10
18

12, AVENUE D'ITALIE. PARIS XIIIe

Sur l'auteur

Dans la longue tradition des écrivains anglo-saxons, Peter Nichols a multiplié les métiers les plus variés, travaillant dans la publicité, comme scénariste et comme berger au pays de Galles, avant de traverser seul l'Atlantique en voilier. Il partage son temps entre l'Europe et les États-Unis. *La Villa* est son second roman.

PETER NICHOLS

LA VILLA

Traduit de l'anglais (États-Unis)
par Sarah Tardy

10/18

NIL ÉDITIONS

Titre original :
The Rocks

Édition originale : Rivereads Books, New York

ISBN 978-2-264-07118-7
Dépôt légal : mai 2018

Pour mon fils, Gus
Pour David et Lizzie
Et pour Kate et George

Lorsque tu mettras le cap sur Ithaque,
Fais de sorte que ton voyage soit long,
Plein d'aventures et d'expériences.
Les Lestrygons et les Cyclopes,
Et la colère de Poséidon ne crains…

La pensée d'Ithaque ne doit pas te quitter.
Elle sera toujours ta destination.
Mais n'écourte pas la durée du voyage.
Il vaut mieux que cela prenne des longues années
Et que déjà vieux tu atteignes l'île,
Riche de tout ce que tu as acquis sur ton parcours,
Et sans te dire
Qu'Ithaque t'amènera des richesses nouvelles.

Ithaque t'a offert le beau voyage.
Sans elle, tu n'aurais pas pris la route…

« Ithaque », Constantin Cavafis, 1911
(traduit par François Sommaripas)

2005

De nouveau réunis

1

Ses hôtes s'étaient toujours émerveillés de voir comme elle ne faisait pas son âge.

« Lulu, ma chérie, arrête, tu ne peux pas avoir *quatre-vingts* ans ? »

Après huit décennies, Lulu Davenport affichait toujours la silhouette souple et svelte d'une femme bien plus jeune. Ses cheveux longs, lisses et épais, qu'elle portait tressés ou relevés en un chignon lâche qui découvrait de charmantes mèches folles à la base de sa nuque, avaient complètement blanchi autour de ses trente ans et semblaient depuis toujours faire partie des nombreux cadeaux dont la vie l'avait dotée. Lulu ne s'était jamais préoccupée de sa santé ou de son apparence. Il s'agissait là d'un hasard de la nature, d'une chance. Elle se déplaçait toujours à pied, jardinait, et tenait la villa Los Roques – « Les Rochers », comme tout le monde appelait son petit hôtel de bord de mer, sur la pointe est de l'île de Majorque –, pour le plus grand bonheur de ses hôtes, depuis plus de cinquante ans. Ainsi avait-elle vécu, heureuse et vigoureuse, jusqu'à cet après-midi de décembre où Vincente, son homme à tout faire, la retrouva sous le soleil méditerranéen, écroulée au milieu de son massif de rosiers jaunes.

Son attaque ne parut pas la changer. Elle recouvra rapidement son incroyable forme. À tout point de vue ou presque, Lulu semblait la même. Pourtant, cette minuscule rupture du flux sanguin avait chamboulé son cerveau, tant et si bien que, depuis, Lulu jurait comme un charretier. Elle employait un vocabulaire limité que D. H. Lawrence n'aurait pas renié : *couille*, *chatte*, *merde*, *pisse*. Comme à son habitude, Lulu tenait les mêmes conversations, avec logique et pertinence, mais en truffant, en ponctuant son discours de ces expressions stupéfiantes. Au départ, ses amis furent immensément amusés de discuter avec une personne qu'ils connaissaient si bien, préoccupée par les mêmes sujets et parlant des mêmes choses, mais dans un langage nouveau, et somme toute spectaculaire. Cependant, passé un certain temps, un curieux sentiment s'installa. Au bout du compte, était-ce toujours Lulu ?

L'autre changement concerna son emploi du temps. Sa rigueur d'antan s'assouplit (rien d'extrême non plus, elle ne sortait pas de son lit au beau milieu de la nuit pour aller arroser ses plantes), laissant place à une organisation des plus fantaisistes. Lulu partait toujours faire son marché, son cabas en paille sur l'épaule, mais à des heures variables. C'est ainsi qu'elle croisa son premier mari, Gerald Rutledge, par une fin d'après-midi de mars. Si tous deux étaient restés dans la petite ville de Cala Marsopa après leur divorce, en 1949, les habitudes diamétralement opposées qu'ils avaient adoptées leur avaient permis de s'éviter pendant près d'un demi-siècle.

Malgré un âge identique, Gerald n'avait pas été aussi gâté par la nature. Lui qui avait fumé toute sa vie souffrait à présent d'emphysème, à quoi s'ajoutait de l'arthrose. Ses hanches demandaient à être remplacées, mais, face à son horreur des hôpitaux, Gerald avait toujours refusé une solution si radicale. Il s'aidait d'une canne pour marcher.

Ils se retrouvèrent face à face à la *tienda de comestibles*[1] du coin où Gerald, une Ducados aux lèvres, était penché sur un pack de yaourts qu'il soulevait d'une main tremblante. Son short en toile kaki et sa chemise à manches courtes bleu pâle, des vêtements en polyester bas de gamme achetés à l'HiperSol de Manacor, laissaient apparaître la peau fripée de ses jambes et de ses bras tannés. Des croûtes laissées par les taches de soleil maculaient son crâne sous ses cheveux ternes et fins.

« Putain, la tronche, Gerald, lui lança Lulu. Qu'est-ce que tu fous là, d'ailleurs, ma couille ? »

La bouche de Gerald s'ouvrit, mais son esprit s'était dérobé. Les mécanismes de sa mémoire, déjà incertains ces derniers temps, avaient été trop ébranlés par la grossièreté de ces salutations. Les souvenirs qu'il gardait de Lulu – provenant pour la plupart des semaines de bonheur qu'avait été leur mariage, quelque soixante ans plus tôt – ne pouvaient s'accorder avec un tel fiel, avec un langage aussi ordurier. Tandis que ses mâchoires remuaient désespérément pour former des mots, ses yeux se mirent en quête de la petite cicatrice blanche qu'ils trouvèrent, toujours visible, sur son menton.

L'attention de Lulu fut attirée par un splendide étalage d'aubergines bleu-noir. Mais, lorsqu'elle s'avança pour les voir de plus près, la main de Gerald

1. Les mots en italique sont dans leur langue originale dans le texte. *(N.d.T.)*

lui saisit le haut du bras. À nouveau, Lulu se tourna vers lui.

« Bas les pattes, sac à merde ! » lui lança-t-elle en se dégageant.

Elle s'éloigna vers les aubergines, satisfaite d'avoir cloué Gerald sur place et pu constater l'état de décrépitude dans lequel il se trouvait. L'AVC qui l'avait terrassée avait été un véritable choc ; un accident qui ne lui ressemblait pas. Soudain consciente de sa vulnérabilité, Lulu craignait depuis lors que Gerald ne vive plus longtemps qu'elle. C'était lui qui devait mourir le premier, et vite à présent.

Elle attrapa une aubergine, passa son pouce sur sa peau ferme et lustrée. Puis elle acheva ses courses avec une redoutable efficacité ; en un rien de temps, Lulu se retrouva dehors.

Gerald la suivit du regard avant de s'apercevoir, en retournant à ses yaourts, qu'il les avait serrés trop fort. Des filets crémeux de *frutos del bosque* coulaient le long de sa main crispée.

Après une journée de grosse pluie, les nuages se retirèrent enfin, semblant avoir attendu l'accalmie pour s'éloigner vers l'est, au-dessus des flots, tels des galions roses et mauves. Lulu rentrait chez elle par le chemin sablonneux encore couvert de flaques qui serpentait entre les villas blanches aux jardins remplis d'arbres fruitiers et de bougainvilliers, et la falaise calcaire qui s'étirait par-delà le port. À l'écart des sentiers battus, cette promenade était surtout empruntée par des piétons et des mobylettes durant les mois d'été, mais désertée le reste de l'année. Par endroits, entre le chemin et la mer, de gros rochers beiges spongiformes avaient pendant des années offert un coin où poser leur serviette à Lulu et ses hôtes, qui préféraient s'installer là, sauter du bord pour faire trempette dans l'eau fraîche et grimper à nouveau, plutôt que de marcher jusqu'à la plage.

Lulu cheminait gaiement, lentement, profitant de la chaleur du soleil – l'hiver avait été particulièrement frais et pluvieux à Majorque –, rassurée par la silhouette familière des rochers où les vagues se brisaient dans un doux clapotis.

Elle ne s'était pas aperçue que Gerald la suivait. Ce dernier avançait à une vitesse extraordinaire, même si elle n'excédait pas une cadence normale. Ses jambes ne fonctionnaient plus comme il fallait. Tout en lui était usé, et ses articulations, à force d'avoir été négligées, menaçaient à présent de se plier dans le mauvais sens et de se rompre. Ses hanches le torturaient. De la sueur perlait sur son front, son cou, sa lèvre supérieure. Son visage pâlissait à mesure que son sang en mal d'oxygène luttait pour atteindre son cœur et ses poumons, le laissant hors d'haleine, sifflant à chaque respiration. Gerald mourait d'envie de s'arrêter pour s'en griller une, mais il aurait perdu Lulu. Alors il continua, poussant rageusement sur ses jambes comme un homme marchant dans l'eau.

Il rattrapa Lulu juste devant la villa. Une fois encore, il lui saisit le bras avec une force alimentée par la hargne et lui fit faire volte-face.

« Tu n'as jamais... », commença-t-il avec un râle de fumeur, avant de se retrouver à court d'air, respirant par à-coups.

À nouveau, Lulu se dégagea, à la fois surprise et immensément réjouie de voir l'effort qu'avait déployé Gerald, de voir comme il était à bout, essoufflé, mal-en-point. Il n'était sans doute qu'à un cheveu de mourir d'une crise cardiaque ici, sous ses yeux, pensa-t-elle un instant.

« Tu n'es qu'une coquille vide, Gerald, une crevure, un éclopé. Un dégonflard. Un misérable connard de merde qui ne vaut pas mieux qu'un…

— Tu n'as jamais fait développer la pellicule ? N'est-ce pas, tu ne l'as jamais fait développer ? » Tels furent les mots enragés, étranglés, qui surgirent de la poitrine de Gerald, son corps penché sur elle. « Je les ai entraînés au loin ! Tu comprends ? Je les ai chassés ! Je… »

Mais il n'avait plus de souffle.

Lulu se pencha en arrière pour s'écarter de ce visage bleu-gris et suintant collé au sien. Puis elle se redressa, ou allait se redresser, quand son cabas pendu à son épaule, rempli d'aubergines, de citrons, de fromage et de vin, l'entraîna et lui fit perdre l'équilibre.

Cette fois-ci, Gerald lui attrapa le bras pour l'aider à se stabiliser tandis que, par réflexe, Lulu s'accrochait à sa chemise. Mais ces gestes exécutés bien trop énergiquement ne leur permirent pas de retrouver leur équilibre, et c'est ainsi qu'ils dégringolèrent. Pendant qu'ils tombaient, la vision du visage de Gerald, si près du sien, de la bave amassée aux commissures de ses lèvres fines et molles, répugna à Lulu à tel point qu'elle détourna sèchement la tête. En atterrissant, sa tempe droite heurta le coin d'une roche acérée.

Les genoux de Gerald percutèrent le calcaire en dents de scie. Un cri lui échappa, sifflement bref et vide, puis il se tordit de douleur, le torse bombé, ses abominables lèvres retroussées.

Accrochés l'un à l'autre, ils roulèrent, non pas jusqu'à l'un des rochers plats où les hôtes avaient coutume de poser leur serviette, mais par-delà la corniche, dans la mer.

2

« D'après le rapport du légiste, les victimes sont mortes noyées », annonça l'inspecteur en feuilletant le dossier posé sur son bureau.

C'était un homme jeune et mince, dont l'assurance et les cheveux hérissés par du gel n'étaient pas sans rappeler ceux d'un policier de *telenovela*.

« On a trouvé de l'eau dans les poumons des deux victimes. Mais il y avait également des blessures externes, principalement à la tête en ce qui concerne *Señora* Davenport et aux genoux pour *Señor* Rutledge, ainsi que d'autres plaies superficielles… » Il leva les yeux vers l'homme et la femme d'âge moyen assis à son bureau. « En revanche, il ne manquait rien. Nous avons trouvé le porte-monnaie de *Señora* Davenport dans son sac et de l'argent dans la poche de *Señor* Rutledge. On ne leur a rien pris, c'est pourquoi nous ne croyons pas à la thèse de l'agression ou du vol. Il est plus probable que les blessures aient été causées par leur chute. »

Il s'exprimait en espagnol. Luc Franklin, le fils de ladite *Señora*, et Aegina Rutledge, la fille dudit *Señor* – deux *Ingléses*, comme feu leurs parents –, s'étaient adressés à lui dans un espagnol irréprochable au moment des présentations. La fille Rutledge était dotée d'un physique typiquement espagnol, avait remarqué l'inspecteur. Cheveux et yeux noirs, teint mat, suffisamment âgée pour être sa mère, mais séduisante malgré tout – sans doute le je-ne-sais-quoi qu'apportait son côté anglais. L'homme, le Franklin (lui aussi à l'aise en espagnol, même si son accent n'était pas aussi bon que celui de la femme), n'était quant à lui qu'un simple *Inglés* grisonnant. Tous deux discutèrent de la mort de leur parent, évoquant les *contusiones* trouvées sur les corps, sans trahir la moindre émotion, mais l'inspecteur n'était pas dupe. À l'évidence, ils osaient à peine se regarder. Tout témoignage de réconfort ou de commisération susceptible de déclencher des larmes était soigneusement évité ; ils ne s'étreignaient ni ne se tenaient la main comme l'auraient fait de vieux amis ; pas non plus de condoléances, pour lesquelles l'inspecteur disposait d'une panoplie de formules tout à propos, maintes fois testées.

Non, ces deux-là ne s'aimaient pas.

« Reste à savoir comment ils sont tombés, reprit l'inspecteur.

— Ma mère a été victime d'une attaque cérébrale en décembre dernier, expliqua Luc Franklin. Elle a très bien pu en faire une nouvelle. Gerald – *Señor* Rutledge – a sûrement voulu l'aider.

— Ils étaient amis depuis très longtemps, remarqua Rutledge fille, corroborant ce scénario. Si elle avait eu des ennuis, je suis sûre que mon père aurait essayé de lui porter secours, même s'il n'était pas au mieux de sa forme, lui non plus.

— *Claro*. C'est très probablement ce qui s'est passé, dit l'inspecteur. *Señora* Davenport a été blessée à la tête, ici – il porta une main à sa tempe –, sûrement à cause de sa chute sur les rochers, sans doute elle-même provoquée, comme vous l'avez suggéré, par une nouvelle attaque – il se tourna vers l'homme avec un air diplomate –, à moins qu'elle ne soit tout simplement tombée par accident. C'était une femme âgée. Son sac était lourd. Ce sont des choses qui arrivent.

— Possible », répondit le Franklin d'un air étrangement détaché.

L'inspecteur connaissait bien cette réaction : répondre à la douleur par l'indifférence. Quand on est mort, on est mort, peu importe comment.

L'inspecteur continua, tenant à dépeindre cette scène pourtant limpide.

« Oui. *Señor* Rutledge passait par là. » Il se tourna vers la fille avec une expression bienveillante qui, présumait-il, avait été celle de son père. « Il a tenté de l'aider. Ils sont tombés, sans doute ensemble, d'abord sur les rochers en contrebas du chemin, avant d'atterrir – les rochers ne sont pas gros à cet endroit, je suis allé vérifier – dans l'eau. Les blessures coïncident. À moins que vous ayez des raisons de croire qu'on les aurait attaqués…

— Non, non, pas du tout, répondit le Franklin, soudain impatient.

— Je suis sûre que c'était un accident », renchérit la Rutledge.

L'inspecteur acquiesça d'un air grave.

« Un tragique accident pour des amis de si longue date. » Il se leva. « Toutes mes condoléances. »

Ils prirent tous les deux l'ascenseur jusqu'au parking du commissariat. Ce fut elle qui finit par rompre le silence.

« Luc, je suis désolée pour ta mère.

— Et moi pour ton père », dit-il en apercevant brièvement le reflet d'Aegina dans la porte en alu brossé qui s'ouvrait.

Ils se dirigeaient vers leurs voitures quand Aegina s'arrêta.

« Luc. Tu ne penses pas… Honnêtement, tu ne penses pas qu'ils auraient pu se battre ?

— Aegina… je ne sais pas, répondit-il en haussant les épaules.

— Mais qu'est-ce qu'ils fabriquaient ensemble ? Ça faisait des années qu'ils ne s'étaient pas vus.

— Je n'en ai pas la moindre idée. Et ton père, que faisait-il là-bas ? devant l'hôtel ?

— Je n'en sais rien », admit-elle.

Mais certains épisodes lui revenaient en mémoire à mesure qu'elle parlait.

« Qu'est-ce que tu ressens ? reprit-elle.

— De l'indifférence. Je n'ai jamais ressenti que ça pour ma mère.

— Ça m'étonnerait.

— Eh bien, peu importe. Je suis désolé pour ton père. Je l'aimais bien », ajouta-t-il en levant les yeux vers elle.

Il se dirigea vers une Land Rover blanche, la voiture de Lulu. Un bip retentit, les phares clignotèrent.

« Tu comptes rester longtemps ? lui demanda-t-elle de loin.

— Je ne sais pas », répondit-il en s'installant à bord.

Puis il claqua la portière et démarra. Aegina resta campée là tandis que la Land Rover faisait marche arrière. Elle le regarda prendre la sortie.

Elle parcourut des yeux cette caverne de béton brut, tâchant de se remémorer la voiture qu'elle avait louée le matin. De l'aéroport de Palma, Aegina s'était directement rendue aux Pompas Fúnebres Gonzalez pour voir le corps avant de rejoindre le commissariat.

Alors qu'elle roulait sur la piste qui menait à Ca'n Cabrer, la ferme de son père, Aegina se rendit compte qu'elle était incapable d'admettre qu'il ne serait pas là. Le trajet depuis Palma passait par des villages, ou plutôt par de nouvelles routes construites tout autour, et devant une multitude de petites villas modernes avant de déboucher sur le bord de mer étincelant, puis sur la colline, parmi les oliviers qui précédaient la maison. Qu'elle arrive de Londres ou de n'importe quel autre endroit, ce trajet avait toujours suscité en elle une sorte d'excitation et la certitude qu'au bout, elle le trouverait. Elle ne l'avait vu à Londres que deux fois dans sa vie. Autrement, son père avait toujours été là, dans cette maison. Pas une fois absent, ou alors sorti et attendu sous peu, aussi constant et immuable que les pierres de ses fondations et la terre qui l'entourait.

Au sommet de la colline, la route tournait brusquement pour longer les citronniers jusqu'à la vieille porcherie, l'atelier de son père, qui jouxtait la maison. Aegina s'arrêta. Elle sortit de la voiture. Il faisait chaud maintenant ; l'air bourdonnait sous le chant des cigales.

Elle grimpa les marches sur le côté du bâtiment et entra dans la grande cuisine. Elle resta debout, immobile. Une théière, son passe-thé et son couvercle, une tasse ébréchée, une assiette en porcelaine et un long couteau au manche taillé dans un os, tout était posé, propre et sec, sur l'égouttoir en bois au-dessus du grand évier en céramique. Son père les avait lavés, était sorti, était mort. Elle savait à présent qu'elle ne le trouverait ni là, ni occupé à préparer du thé, ni dans son bureau, ni dans le salon, un livre à la main, ou déambulant dans ses jardins, son olivette ou son champ de citronniers – du moins ce qu'il en restait.

Elle traversa une à une les pièces remplies de livres, jusqu'à la chambre de son père. Il avait fait son lit bien net, au carré, comme toujours, en ce dernier matin avant de sortir pour le marché.

C'était ici qu'elle avait été conçue.

À côté du lit se trouvait la petite étagère en pin de la région, vieille et grossière, qui contenait la bibliothèque d'origine de son père, les livres rapportés de son bateau – ou sauvés au moment de son naufrage, elle n'était pas sûre – en 1948 : *A History of Ancient Greece*, de J. B. Bury, *Vie à l'ère homérique*, de Seymour, plusieurs éditions de *L'Odyssée*, ainsi qu'un livre de photographies sur la mer Égée, dont elle tenait son prénom.

Assise sur le lit, Aegina sortit un vieux volume bleu des Presses universitaires d'Oxford aux pages légèrement gondolées, *L'Odyssée d'Homère* embossé au dos. Sur la couverture, en or sur le fond bleu passé, une illustration circulaire montrait une petite galère à quatorze rames. La silhouette d'un homme barbu, Ulysse, se découpait, attachée au mât par des cordes. Dans l'eau, en contrebas, deux harpies ailées le regardaient en chantant, enserrant des os dans leurs griffes – des sirènes qui ensorcelaient quiconque s'approchait naïvement pour écouter leur chant harmonieux, qui capturaient les marins et les réduisaient à l'état de squelettes, au fur et à mesure que leur peau partait en lambeaux.

Elle tourna la couverture. Sur la première page vierge, jaunie et piquée, une inscription à l'encre noire passée :

Pour Lulu. Une odyssée.
Avec mon amour éternel, Gerald
Le 20 juillet 1948

1995

Ces chansons d'autrefois

1

« Pourquoi je ne pourrais pas y aller ? C'est ses soixante-dix ans », protesta Charlie.

Avachi sur une chaise devant la grande table en chêne au centre de la cuisine, Charlie grignotait des amandes fraîches qu'il piochait l'une après l'autre.

« C'est pas parce que, papi et toi, vous la détestez que…

— Ce n'est pas vrai, Charlie, répondit Aegina qui préparait le dîner, hachant des oignons, de l'ail et des pignons à l'autre bout de la table. Ce n'est pas que je la déteste. En fait, je ne pense jamais à elle.

— Si, tu y penses.

— Je n'ai pas la force de détester qui que ce soit. Et je suis d'accord avec toi. Bien sûr que tu peux y aller si tu en as envie. On t'a invité ?

— Maman, soupira-t-il, exaspéré. Il n'y a pas besoin d'invit' pour aller aux Rochers. Les gens se pointent, basta. Et moi, j'ai passé ma vie là-bas.

— Je sais bien, mais il ne va pas y avoir trop de monde ?

— Si, mais c'est tout l'intérêt. Et c'est quand même Lulu qui m'a proposé de venir.

— Qui, quoi ? » fit une voix depuis le salon.

Quelques secondes plus tard, Gerald apparut sur le seuil de la porte.

« Pourquoi est-ce qu'elle t'a invité ? Comment est-ce qu'elle te connaît ? »

Il regarda son petit-fils par-dessus ses lunettes de lecture, un adolescent grand et longiligne, doté du teint mat de sa mère. Depuis la dernière fois que Gerald l'avait vu, l'été précédent, Charlie avait franchi la frontière de l'enfance pour sauter à pieds joints dans l'adolescence. Il avait bien pris trente centimètres et se rasait à présent. On aurait dit un jeune matador ténébreux, trouvait Gerald. Grand Dieu.

« Papi, ça fait des années que je vais là-bas, déclara Charlie. Bien sûr qu'elle me connaît. Elle m'a demandé de mixer pour sa fête. Comme petit boulot. Payé cinq mille pesetas.

— Super, dit Aegina d'un ton égal. Mais pourquoi toi, chéri ?

— Elle aime la même musique que moi. Et j'aime la même musique qu'elle.

— Comme… ? demanda Aegina.

— Oh, des vieux trucs, des plus récents. Elle a une platine et des tas de vieux vinyles. Franchement, tu devrais venir voir un jour… puisque tu ne la détestes pas.

— Ça va maintenant, Charlie. Tu sais bien que j'ai beaucoup à faire. Et je préfère passer mes soirées ici.

— Je suis sûr que ça lui plairait, ta musique de camp de concentration », remarqua Gerald.

La dernière tocade de Charlie, deux disques entendus bien trop fréquemment sur le gramophone du salon au goût de Gerald, était la *Troisième Symphonie* d'Henryk Górecki, dite « symphonie des chants plaintifs », qui remplissait la maison de vagues de musique lugubre portées par les hululements de la soprano Dawn Upshaw. Les paroles, ainsi que Charlie en avait informé son grand-père, avaient été gribouillées sur les murs d'une cellule de la Gestapo. S'ajoutait le *Quatuor pour la fin du Temps* d'Olivier Messiaen, composé dans un camp de prisonniers de guerre allemands. Au lycée, le professeur de musique de Charlie traversait une période « musique de l'Holocauste ».

« Lulu n'écoute pas du tout ça.

— Quelle veinarde, remarqua Gerald, planté d'un air indécis dans l'entrée de la cuisine. Elle sait au moins qui tu es ? Je veux dire, que tu es lié à… nous ?

— Bien sûr, papi. Lulu connaît tout le monde. »

Gerald lança un coup d'œil à sa fille. Aegina croisa son regard, puis s'en retourna à son découpage.

« On dirait que vous vous entendez comme larrons en foire, dit-il.

— Tu sais, on va tout le temps là-bas avec Bianca, répondit Charlie. Elle nous a invités tous les deux à son anniversaire.

— Dans ce cas ! »

Bianca, la fille des meilleurs amis d'Aegina à Cala Marsopa, avait le même âge que Charlie, quinze ans. Elle aussi avait sacrément poussé en un an. On aurait pu la prendre pour une fille d'au moins vingt-cinq ans, pensait Gerald.

« Il y a des gens de votre âge qui vont aux Rochers ?

— De temps en temps, dit Charlie en mâchant ses amandes. Le soir, après manger.

— On ne vous sert pas d'alcool au moins ?

— Non, juste du Coca. Ou du TriNaranjus. »

Venant de Charlie, cet adolescent désabusé, provocateur, une telle réponse était peut-être ironique. Gerald se demanda s'il n'était pas en train de se payer sa tête. Peut-être les ados buvaient-ils comme des trous à quinze ans ; Gerald était sans doute le seul à ne pas être au courant.

« Vraiment ? »

Il se tourna vers Aegina.

« Ils boivent du Coca, papa.

— Hmm, fit-il avec un scepticisme qu'il détesta aussitôt, le scepticisme d'un vieux schnock. Tom et Milly, ils seront là ? »

Aegina leva les yeux vers lui.

« Papa, ça fait des années qu'ils sont morts.

— Oh, c'est vrai. »

De retour dans le salon, Gerald s'assit sur le vieux canapé affaissé en cuir et ramassa l'objet qu'il avait posé avant d'aller dans la cuisine : son livre, *Le Chemin vers Ithaque*. Épuisée depuis plus de quarante ans, une nouvelle édition allait être publiée par Doughty Books, un éditeur londonien. Doughty avait sorti une série de textes courts sur l'histoire ancienne, de petits livres cartonnés, jolis, écrits dans une prose claire et vivante par des spécialistes capables d'éviter le style pédant des universitaires. Ces ouvrages avaient plu au grand public, s'étaient bien vendus. Fondée sept ans plus tôt seulement, la maison avait gagné à deux reprises le prix de l'Éditeur indépendant décerné par le *Sunday Times*.

Un peu moins d'un an plus tôt, Gerald avait trouvé dans sa boîte aux lettres poussiéreuse sous les caroubiers, au début de l'allée, une lettre d'une certaine Kate Smythe, directrice de collection chez Doughty. L'un de ses auteurs avait « découvert » *Le Chemin vers Ithaque* dans son édition originale publiée par John Murray, à l'occasion d'une foire aux livres, et le lui avait envoyé. C'était d'après elle un ouvrage « brillant, qui permettait une approche à la fois simple et agréable du milieu nautique pour le lecteur néophyte d'aujourd'hui, un livre qui n'avait rien perdu de sa modernité ». Tout le monde chez Doughty croyait qu'avec « quelques tout petits ajustements », *Le Chemin vers Ithaque* siégerait parfaitement aux côtés de leurs publications récentes sur le Parthénon, les guerres médiques et les marbres d'Elgin. Tous s'accordaient à dire que les photographies en noir et blanc originales de Gerald constituaient « un élément essentiel du livre, classiques dans leur composition et empreintes de cette atmosphère méditerranéenne intemporelle qui offre la possibilité au lecteur d'aujourd'hui d'admirer des clichés contemporains du monde homérique ». (En d'autres termes, comme l'avait dit Gerald à Aegina, ils pensaient qu'il avait trois mille ans.) Gerald avait-il un agent littéraire à qui adresser une offre ? Si tel n'était pas le cas, Kate Smythe était ravie de lui recommander un agent avec qui les éditions Doughty travaillaient régulièrement, une personne impartiale et loyale qui œuvrerait assurément dans son meilleur intérêt. En outre, avait-il un numéro de téléphone où l'on puisse le joindre ?

Sceptique, soupçonnant que cette offre partirait en fumée avant qu'il n'en tire quoi que ce soit, Gerald avait répondu par une lettre dans laquelle il disait ne pas avoir d'agent littéraire pour le moment (il n'en avait jamais eu), mais qu'il serait très heureux de réfléchir à cette proposition. Quelques jours seulement après avoir déposé sa lettre dans la boîte jaune du Correos, à Cala Marsopa, il reçut un coup de fil débordant d'enthousiasme de Kate Smythe, depuis Londres. Cette dernière semblait sincèrement emballée. Elle lui répéta combien elle appréciait son livre, que les éditions Doughty se réjouissaient d'en publier une nouvelle édition, que cet ouvrage serait à coup sûr un succès.

« C'est très gentil à vous », lui répondit Gerald, toujours pas convaincu, les yeux distraitement rivés sur les bouteilles d'huile d'olive couleur miel qu'il produisait lui-même, posées sur l'étagère à côté du téléphone. (Il avait fini par accepter de s'équiper du téléphone en 1987, mais le voulait hors de sa vue et l'avait ainsi installé dans le cellier.)

Moins d'une heure plus tard, il était de retour devant l'étagère pour répondre à un nouveau coup de fil. Son interlocutrice se présenta comme Deborah Greene. Elle était agent littéraire, mandatée par Doughty Books pour transmettre à Gerald une offre pour son avance sur royalties d'un montant de quinze mille livres sterling.

Gerald était parti d'Angleterre bien des années avant que le système décimal n'y ait été mis en vigueur et que la livre en soit réduit à cent *pence*, cette monnaie rétrograde, au lieu des magnifiques vingt shillings et deux cent quarante pennies qui avaient bercé son enfance : à cette époque, on pouvait encore acheter au détail seize roudoudous au citron avec trois pennies. Gerald évaluait encore le luxe à l'aune de celui qui vit sur un bateau : de la nourriture, stockée à l'abri des caprices du ciel et des accidents, en quantité suffisante pour durer un temps déterminé face à l'imprévisibilité des jours à venir. Quinze mille livres étaient pour lui une somme associée au grand banditisme ou à un salaire de star de cinéma.

Gerald resta planté dans le cellier, écoutant déblatérer l'agent littéraire, les yeux à nouveau rivés sur ses bouteilles d'huile. Encore longtemps après, chaque fois qu'il penserait à son éditeur et à ses quinze mille livres d'avance (et chaque fois qu'il entrerait dans le cellier), lui apparaîtrait la vision d'une sève riche et huileuse l'emprisonnant comme dans de l'ambre dorée. Deborah Greene abordait la question des droits étrangers. Les éditions Doughty avaient déjà reçu une réponse enthousiaste d'une maison américaine : les bénéfices risquaient d'être au rendez-vous assez rapidement, si bien que Gerald pourrait sans doute se retrouver avec des droits d'auteur supplémentaires dès l'année suivant la parution (il n'avait pratiquement rien compris à ce passage).

Et sans doute avait-il répondu : « Faites au mieux. »

Deborah Greene lui demanda s'il prévoyait une suite, pour laquelle elle pensait déjà pouvoir assurer une avance complémentaire conséquente. Il n'en avait pas, là, maintenant, mais il y réfléchirait, lui assura-t-il.

Il était alors sorti du cellier, les jambes en coton, pour aller préparer du thé.

Quelques semaines plus tard, un chèque de six mille trois cent soixante-quinze livres (la moitié de son avance, moins la commission de son nouvel agent – le reste étant versé après publication) arriva dans sa boîte aux lettres sous les caroubiers. Il le déposa sur son compte à la Banco Santander, à Cala Marsopa, puis se demanda quoi faire de cet argent. Après plusieurs mois, il prit la décision de faire remplacer certaines tuiles de son toit. Il envoya un chèque de mille livres à Aegina pour son anniversaire (« Bien sûr, tout le reste sera un jour à toi », avait-il écrit pompeusement), ainsi que cent livres à Charlie pour son anniversaire également.

À présent, près d'un an après cette première lettre de Kate Smythe, son nouveau livre, ce miracle tardif qui arrivait l'année de ses soixante-dix ans, était ouvert devant lui, ses pages posées contre le dossier en cuir. L'éditeur avait ajouté en sous-titre : *Un marin nous emmène à la découverte de la route de* L'Odyssée d'Homère. Sur la jaquette figurait un détail d'une vieille mosaïque, une image d'Ulysse encerclé par les six têtes de Scylla, scène bien plus vivante que ce à quoi l'on aurait pu s'attendre, comme les rendus plats et figés des vases grecs. Ici, ainsi que Kate Smythe l'avait souligné au téléphone, la couverture promettait une grande histoire, une histoire pleine d'action. Gerald admirait cette image. La mosaïque était entourée par un bleu Méditerranée qui semblait vieilli et marqué d'ondulations – malin, très malin.

Pourtant, ce sentiment d'allégresse et celui, plaisant pour ne pas dire vertigineux, de posséder tant d'argent à la banque furent bientôt remplacés par une peur panique. L'éditeur avait invité Gerald (l'avait poussé, appâté par une profusion d'appels téléphoniques, de Kate et son équipe, avant qu'Aegina ne se joigne à eux pour lui forcer la main) à venir à Londres pour le lancement du livre. La fête était prévue trois jours plus tard, dans la galerie Duveen du British Museum, qui abritait les marbres du Parthénon rapportés par lord Elgin, et à l'intérieur de laquelle Kate avait obtenu, comme par un tour de passe-passe, que Gerald accepte de lire un extrait de son ouvrage. Depuis des semaines, Gerald souffrait d'un violent trac, de plus en plus puissant. Il se réveillait maintenant au petit matin, trempé de sueur, paniqué, se voyant entouré par une horde de têtes souriantes, toutes dents dehors, comme des Scylla, mais appartenant à des intellectuels, des experts de la littérature tous bien plus calés que lui sur son propre sujet (les éditions Doughty comptaient, parmi leurs auteurs publiés récemment, un professeur de Cambridge spécialiste du Parthénon). À tous les coups, Gerald allait bégayer, bredouiller, incapable de sortir un mot, voire se retrouver victime d'un petit accident intestinal ou se sentir si près d'en avoir un qu'il se verrait obligé de camper dans les toilettes du musée. Pendant ce temps-là, il lui fallait préparer son discours, « quelques mots au débotté », trouver dans son livre un extrait « rigolo ». Kate lui avait fait une proposition. Alors qu'il ramassait son livre, ses synapses le renvoyèrent brusquement à la raison pour laquelle il l'avait posé et s'était levé pour aller dans la cuisine quelques minutes plus tôt : le nom de cette femme dans la bouche de son petit-fils. Il baissa les yeux vers la belle couverture et se rendit compte que, quelle que soit l'édition, ce livre porterait à jamais un stigmate que l'on ne pouvait effacer.

Charlie passa dans le salon.

« À tout', papi.

— Tu ne dînes pas avec nous ?

— Non, merci. Je vais manger en ville avec des amis. »

Gerald ne tarda pas à entendre le torrent d'urine de son petit-fils se déverser dans la cuvette des toilettes voisines, d'une force, d'une vigueur incroyables comparé à son propre jet saccadé, tristement faible.

« Ça ne te dérange pas qu'il aille à cette fête, alors ? demanda Gerald une fois seul à table avec Aegina.

— Non. Tout le monde y va. Je ne vais pas le priver.

— Et ça te ne gêne pas de le laisser seul ici pendant que nous serons à Londres ? Je te l'ai dit, je peux très bien faire l'aller-retour sans toi.

— Ça, je n'en suis pas sûre, papa. Et Charlie se débrouillera très bien. Penny et François sont ravis qu'il reste avec eux…

— Bianca aussi, je suppose.

— Oui, certainement. Ils sont très amis.

— Mais ils… ?

— Couchent ensemble ? Je ne pense pas, non. Mais j'imagine qu'ils se sont déjà embrassés. Peut-être un peu plus. Ils sont très proches. À mon avis, il n'y a rien de méchant là-dessous. Et puis, tu te fourres le doigt dans l'œil si tu penses que je ne vais pas venir à la sauterie de l'année. Attends, quand même : le British Museum ! Et pour la réédition de ton bouquin, qui était déjà quasiment épuisé avant que je sois en âge de le lire ! Je veux assister à ton heure de gloire.

— D'humiliation, tu veux dire.

— Tu vas être super. Ils sont tous impressionnés par ton livre. Il n'y aura pas de discours à faire. Il suffit que tu dises "Merci pour tout", que tu lises quelques lignes, et ils s'occuperont du reste. Ça va être marrant, tu verras.

— Hmm », fit-il avec le même scepticisme qu'un peu plus tôt, puis ils mangèrent en silence pendant quelques instants.

Aegina avait préparé un *tumbet*, une recette de sa mère, un généreux plat majorquin composé d'aubergines, de tomates, d'oignons, d'ail, de fromage de chèvre et d'olives cueillies dans les arbres du jardin. Le regard de Gerald dériva vers les tableaux de sa fille accrochés aux murs : les paysages qui entouraient sa propriété et l'est de Majorque, peints à la terre de Sienne naturelle ou brûlée, des lignes et des ombres aussi familières pour lui que les veines et les taches de ses propres mains brunes et usées. Cela faisait des années que ces tableaux étaient accrochés là.

« Tu peins un peu en ce moment ? lui demanda-t-il.

— Non. Pas du tout, en fait. Je voudrais m'y remettre, mais j'ai l'impression de ne jamais avoir le temps. Ça doit vouloir dire que je n'en ai pas vraiment envie.

— J'espère que tu le feras. J'aime beaucoup tes tableaux, tu sais. Tu es une grande artiste.

— C'est gentil, papa.

— Et Charlie, il peint, lui ? ou il dessine ?

— Non, il n'y a que la musique qui l'intéresse. Enfin, tu l'as déjà entendu jouer du clavier dans sa chambre…

— Oui, c'est impressionnant. Mais, toi aussi, tu t'intéressais à la musique. Tu n'arrêtais pas de passer des chansons sur le petit magnéto que tu emportais partout avec toi. Il y en avait une, je me souviens, qui parlait de s'envoler vers la lune…

— "Everyone's Gone to the Moon".

— Oui, c'est ça. Pas très gaie, comme chanson. »

Deux jours plus tard, ils se retrouvèrent au milieu d'une file d'attente de touristes anglais brûlés par le soleil – habillés pour la plupart comme s'ils revenaient de la plage. Une ribambelle de valises serpentait vers le comptoir d'embarquement Iberia de l'aéroport de Palma.

« Ils ne prennent quand même pas tous le même vol que nous ? » s'étonna Gerald, chaussé de tennis et soigneusement vêtu d'un pantalon en toile bleu passé, d'une chemise blanche que les lavages successifs avaient presque rendue transparente et d'une veste crème en lin, élimée mais propre, genre maître d'école anglais des années 1930.

« Si, répondit Aegina. Et il y en a d'autres qui arrivent.

— Mais comment veux-tu qu'ils nous fassent tous rentrer dans un seul avion ? »

Gerald était incapable d'imaginer d'autres avions que ceux qu'il avait connus pendant la guerre. En 1942, après avoir menti sur son âge pour s'engager dans la Royal Navy, Gerald avait navigué sur un cuirassé, devenu par la suite le porte-avions appelé HMS *Furious*, qui avait servi à acheminer les Supermarine Spitfire et les Hawker Hurricane de la Royal Air Force de Portsmouth à l'île de Malte. Des avions délicats, presque aussi petits que des bateaux à voiles, et qui se maniaient plus ou moins de la même façon, avec leur voilure aussi légère qu'une plume, contrôlée par du câble fin comme du fil de pêche. Ces chasseurs n'étaient pas plus rigides que de grands cerfs-volants et tremblotaient comme des arbrisseaux lorsqu'on les poussait sur la rampe de décollage. Ils fascinaient Gerald, jusqu'au moment où il avait commencé à les voir tomber du ciel en flambant, ces jolis avions, droit vers la mer ou les côtes rocheuses, où ils s'écrasaient dans une spectaculaire explosion. Même en dehors des périodes de bombardements, ces appareils semblaient irréalistes, l'œuvre d'inventeurs fous. Pendant et après la guerre, Gerald avait navigué partout en Méditerranée, entre Alexandrie et Gibraltar, à bord de navires de toutes sortes et de toutes tailles. Certains avaient pris l'eau, d'autres avaient sombré, mais toujours en voguant lentement, majestueusement. Et restait encore la possibilité de nager ou de s'échapper en canot en cas de naufrage. Ne jamais monter à bord d'un avion était pour lui un choix tout naturel. Il avait en outre déjà perdu son propre bateau près des côtes majorquines, avait vécu l'expérience de se retrouver en rade. Sans autre alternative, il avait effectué une fois dans sa vie l'aller-retour en avion de Majorque à Londres en 1979 pour le mariage d'Aegina. À l'évidence, ce sentiment irréel qui entourait tout ce qui touchait à la réédition de son livre l'avait amadoué, était parvenu à l'ébranler au point d'accepter de voler jusqu'à Londres pour se rendre à ce qui, en réalité, n'était qu'un pince-fesses au British Museum. Si Gerald avait su qu'il devrait monter dans un avion pour voir son œuvre et récupérer ses quinze mille livres, peut-être n'aurait-il pas accepté. Peut-être aurait-il reconnu l'appel trompeur des Sirènes.

« Si ça se trouve, on ne va pas pouvoir monter », remarqua-t-il avec espoir.

Aegina lui sourit.

« On a nos billets, bien sûr qu'on va monter, dit-elle en glissant son bras sous le sien. Ne t'inquiète pas, tu survivras. Allez, on va prendre un café et un *bocadillo* dès qu'on se sera enregistrés. »

2

Lulu s'était offert plusieurs cadeaux pour son anniversaire. Personne ne savait mieux qu'elle ce qui lui ferait plaisir. Il y avait pour commencer une *ensaïmada* encore chaude, pâtisserie majorquine en forme d'escargot, feuilletée, saupoudrée de sucre, qu'elle s'était accordée pour le petit-déjeuner. Lulu en mangeait rarement, mais ces pâtisseries étaient trop appétissantes et possédaient le charme (en général rompu lorsqu'on en mangeait plus d'une) des petits plaisirs occasionnels. Une gourmandise, de temps en temps, la satisfaisait et lui suffisait.

Floriana était un autre cadeau, même s'il ne s'agissait que d'un extra dans le rituel hebdomadaire de Lulu. Cette Brésilienne taiseuse, pleine de force, aux traits semblables à ceux d'une Indienne, arriva sur les coups de quatre heures pour donner un massage à Lulu. Elles n'étaient pas amies. Floriana la salua par un « *Bon dia, Señora* », puis se mit à l'œuvre. Elle huila ses mains puissantes et les pétrit avant de les promener sur le corps qui reposait sur la table, long, souple, ferme, et pas encore décharné, presque aussi absorbée par son travail qu'un sourcier, à l'écoute des secrets que lui révélaient les nerfs et les muscles de

Lulu, qui se laissa aller jusqu'à ce que ne persiste plus une once de tension ni une seule pensée néfaste.

Son plus gros cadeau était prévu pour plus tard.

Luc fut réveillé de sa sieste par des voix et un bruit de vaisselle qui s'entrechoquait derrière les volets clos. Il était arrivé la veille, tard dans la nuit, et avait trop bu à midi. La chambre était sensiblement plus fraîche, la lumière plus douce que les rayons brûlants qui filtraient par les persiennes lorsqu'il s'était endormi. Une brise légère au parfum fleuri caressa son visage et sa poitrine ; dehors, les pins bruissaient sous le vent.

Il se leva du lit, nu, et marcha jusqu'à la fenêtre pour entrouvrir les volets. En bas, dans la grande cour à l'ombre des pins, l'équipe de serveurs embauchés pour la fête d'anniversaire de sa mère – des Majorquins aux cheveux noirs, garçons et filles, en pantalon noir serré, tennis noires et chemise blanche – s'affairaient à dresser les tables. L'imposante et mystérieuse Bronwyn, vêtue d'un pantalon militaire et d'un T-shirt large sous lequel son ventre et ses seins ballottaient, prodiguait ses consignes aux jeunes attroupés autour d'elle.

Luc resta les yeux rivés sur l'une des serveuses. Elle était grande ; il ne voyait d'elle que son dos, son cul étroit, mais rond, bien moulé dans son pantalon noir, et ses cheveux bruns frisés tirés en arrière. Une chemise bouffante, qui ne révélait rien de ce qui se trouvait en dessous. Elle se retourna, et c'est alors qu'il découvrit qu'elle avait un nez fort, busqué. Il la regarda écouter Bronwyn, concentrée, bouche entrouverte, avant de disparaître dans la cuisine.

Luc referma les volets. Il logeait dans la chambre du fond de la dépendance de la maison, une construction à deux étages qui abritait la plupart des chambres d'amis. « La caserne », comme l'appelait sa mère : un long bâtiment rectangulaire, blanc, au toit en tuiles et aux volets vert sauge, comme ceux de la maison principale. Ses arêtes menaçantes s'étaient adoucies au fil du temps, à mesure que l'aubépine, les bougainvilliers, les palmiers et les géraniums du Cap avaient poussé et envahi ses murs. Hormis la courte période durant laquelle ses parents avaient été mariés, au début de sa vie, Luc n'avait jamais possédé de chambre à lui chez sa mère. En basse saison, ou lorsque les clients se faisaient rares, il logeait dans la petite chambre de la maison principale. Pendant les premières années de son adolescence, avant la construction de la caserne, au milieu des années 1960, il s'était aménagé un repaire à l'intérieur d'un abri en parpaings couleur ocre, à l'arrière de la propriété – l'un des différents abris que comportait la maison à l'origine, où l'on gardait les outils de jardinage, et peut-être le bétail, à une époque. Il avait installé un matelas sur des planches et des briques, ainsi qu'une corde pour suspendre son linge, des étagères pour ranger ses livres, et avait tiré un fil électrique raccordé à une ampoule qui lui servait de lampe de chevet. La pièce n'était pas plus grande qu'une cellule de prison, mais Luc s'y sentait chez lui. L'abri se situait aussi loin que possible de la maison, du bar et des autres occupants – et surtout, aussi loin que possible de sa mère. Luc était libre d'aller et venir par le sentier du garage sans voir personne ni être vu, libre de mener une vie secrète. Les gens l'oubliaient pendant des heures, parfois des jours entiers. Entre deux longs étés à Majorque, quand il vivait à Paris, chez son père, dans son appartement aux grandes fenêtres, haut de plafond, dans le VIe *arrondissement*, les murs du cabanon se couvraient de moisissures et devaient être repeints en blanc. Il débarquait alors chaque mois de juillet dans son refuge fraîchement repeint, et s'y cloîtrait avec ses livres et ses fantasmes, passant une nouvelle saison aux Rochers, terré dans son coin comme une araignée guetteuse. Mais ce petit logis, ainsi que les autres abris de la résidence, avait été rasé afin de construire la caserne. Depuis cette époque, Luc avait toujours occupé des chambres différentes – n'importe quelle chambre libre – dans la nouvelle dépendance.

Il aperçut son reflet dans le miroir accroché au mur et tira sur la peau de son ventre. Toujours correct pour un quadra. Il enfila un maillot de bain, un T-shirt, puis attrapa une serviette avant d'aller pieds nus vers les escaliers carrelés. Il fit le tour des tables, se faufila entre les employés du traiteur pour traverser la cour en direction du portail qui s'ouvrait sur la route.

« Lukey chéri, bonjour ! » lança quelqu'un depuis le bar, de l'autre côté du patio.

Luc lui retourna son salut, agitant la main. Il tomba sur April, de l'autre côté de la route, étendue sur une serviette, seins nus, sur l'étroit rebord en pierre qui surplombait la mer. Elle venait de sortir de l'eau. Des gouttes salées perlaient sur sa peau blanche et huilée.

« Tiens, lui dit Luc. Comment ça va ?

— Oh, coucou. » D'une main, elle se protégea du soleil et leva la tête vers lui, les yeux plissés. « Bien, ça va bien. Tu viens piquer une tête ? L'eau est délicieuse !

— Peut-être », répondit Luc.

Il étendit sa serviette à côté d'elle et s'assit, sans avoir la moindre envie d'aller dans l'eau, de se mouiller, de réveiller d'un coup son corps encore engourdi de sommeil. April avait reposé sa main et bronzait, les yeux fermés.

« Tu n'as pas peur de brûler, là ? demanda-t-il.

— Tu parles, j'ai une couche comme ça de crème solaire indice deux cents. »

April avait dans les vingt-cinq ans. Elle avait joué dans un film dont le tournage venait de s'achever, un film que Luc avait écrit. Elle avait été choisie à cause de sa peau laiteuse, presque translucide, et de son blond vénitien (en haut comme en bas). Les décors choisis pour le film étaient tous dans les mêmes tons : des friches urbaines entourées de barres d'immeubles dans la banlieue parisienne. Le film avait presque entièrement été tourné à l'aube et au crépuscule, et la pellicule exposée afin de désaturer la plupart des couleurs, si bien que l'héroïne (April), une fille pourchassée par son ex-petit ami, donnait l'impression de pouvoir se fondre ou disparaître dans le béton, à n'importe quel endroit, ce qui rendait fou son poursuivant. Cette impression d'irréalité, d'évanescence que dégageait son personnage était accentuée par le fait qu'avant le tournage, Luc et le réalisateur avaient choisi de couper la plupart des dialogues d'April et de remplacer le reste par des sortes de murmures, afin que l'atmosphère ne soit pas ruinée par son accent californien décelable dans la moindre syllabe de son français.

Elle paraissait en meilleure santé à présent. Sa peau, parsemée de petites taches de rousseur, vue de près, semblait vivante. Elle avait légèrement la chair de poule sur les bras ; les aréoles rose pêche autour de ses tétons avaient durci et fronçaient à mesure que le sel s'évaporait sous la brise marine. Luc se pencha sur elle et posa sa bouche contre son sein frais et mouillé, léchant les gouttes salées…

April se mit à grimacer. Il s'écarta.

« Arrête ! s'exclama-t-elle.

— Pourquoi ?

— Quelqu'un pourrait te voir.

— Il n'y a personne par ici.

— Eh bien, ça me gêne que tu me fasses ça en public.

— Si ça te gêne… »

Luc ramena ses genoux sur sa poitrine, le regard tourné vers la mer calme et bleue où un yacht gigantesque, semblable à un insecte, longeait la côte en fumant, prêt à contourner la pointe est de l'île pour se rendre sans doute de Palma à Pollença, ou mouiller au pied du luxueux hôtel Formentor.

« Bon, écoute, reprit April, les paupières toujours closes. Je voudrais qu'on parle de ta mère.

— Si tu veux.

— Elle… elle est très belle.

— C'est gentil.

— Non, c'est vrai, je n'arrive pas à croire qu'elle ait *soixante-dix ans* ! dit-elle en accentuant ces derniers mots, comme si Luc lui avait raconté des salades depuis des mois.

— Tu trouves qu'elle fait plus jeune. »

April poussa un bref soupir.

« Mais quoi ! Elle fait, je ne sais pas moi, quarante ans ? Maximum. Et son accent ! C'est quoi ? L'accent de la bourgeoisie anglaise ?

— Ça y ressemble, maintenant. C'est ce qu'on appelait l'“anglais standard”, ou l'“anglais de la reine”. Les gens parlaient comme ça en Angleterre il y a quatre-vingt-dix ans. Regarde les films d'actualité de l'époque, tu verras, on l'entend. Pour parler du canal de Suez, les commentateurs disaient “*ca-nell*”.

— Comment ça se fait que tu aies pris l'accent américain, toi, alors ?

— Parce que je suis américain. Je te l'ai déjà dit, mon père était américain. Quand je parlais anglais, c'était avec lui. »

Pendant un moment, April resta silencieuse sous le soleil, mais elle réfléchissait.

« Et qu'est-ce qui s'est passé entre ta mère et ton père ? Pourquoi se sont-ils séparés ?

— Pourquoi les gens se séparent, tiens ? Parce qu'ils ne s'entendaient pas.

— Et elle a un petit ami ?

— Pas dans le sens où tu l'entends.

— Comment ça ? demanda April.

— Elle a des amis. Et des gens qui lui rendent visite. Des amis qui passent la voir quelques jours.

— Tu veux dire qu'ils passent la voir pour baiser ?

— Oui.

— Oh, ça alors. C'est différent, en effet. Elle sait comment se protéger ?

— April, ma belle, tu sais quoi ? Je ne suis pas allé enquêter jusque-là.

— C'est juste que… elle est d'une autre génération et elle n'est plus… toute jeune.

— Ça la regarde. En tout cas, c'est gentil à toi de t'inquiéter pour elle. Tu rentres bientôt ?

— Dans un moment. C'est tellement tranquille ici.

— Prends ton temps. »

Luc se leva et traversa la route pour retourner vers la maison.

« Ah, tu es là, lança Lulu qui traversait le patio entre le bar et la maison principale, croisant la route de son fils.

— Bonjour, maman. Comment se passe ta journée d'anniversaire ?

— Bien, mon chéri. Rentre donc prendre le thé avec moi. »

Luc suivit sa mère à l'intérieur.

« Bronwyn, je vais prendre le thé, annonça Lulu tandis qu'ils franchissaient la porte de la cuisine. Vous apportez une tasse à Luc également ?

— Bien ! » répondit Bronwyn avec son accent des faubourgs londoniens.

Ils se rendirent dans le salon qui s'ouvrait sur le patio ombragé du devant, où cascadaient des bougainvilliers qui cachaient le chemin de terre, mais mettaient en valeur les roches d'ocre et la mer. Lulu s'installa sur un sofa recouvert d'un tissu bleu pâle. Luc s'affala sur le vieux fauteuil club en face d'elle.

« Elle est charmante, vraiment charmante, cette April. »

Ah, pensa-t-il, nous y voilà.

« Vraiment charmante, oui, répondit-il.

— Et elle est bonne ?

— Elle est quoi ?

— Elle est bonne actrice ? répéta Lulu.

— Oh. Pas mauvaise. Elle débute tout juste, tu sais. Elle se débrouille bien jusqu'à maintenant. Elle était parfaite pour…

— Et ton film, tu en es content ? Tu es optimiste ?

— Eh bien, ça ne sera pas *Lawrence d'Arabie*. »

C'était le film préféré de Luc, la référence ultime à l'aune de laquelle il jaugeait le déclin du cinéma.

« Et pourquoi pas, mon chéri ? »

Luc eut un sourire indulgent.

« C'est un petit film, maman. Un film indépendant. Une sorte de polar. Mais audacieux. Je crois que j'ai réussi à écrire un truc bien avec ce qu'ils m'ont donné.

Maintenant, tout dépend de la manière dont le film sera reçu, si les critiques sont bonnes, si le bouche à oreille fonctionne. Si c'est le cas, ma cote va augmenter. Mais même si le film passe inaperçu, je ne serai pas le plus à plaindre, de toute façon. J'ai touché pas mal d'argent, et puis je suis sur un nouveau projet.

— Et qu'est-ce qui fait que ça marche bien ou non ?

— Le jeu des acteurs… plusieurs paramètres. Tout le monde doit…

— Qui ça, "tout le monde", mon chéri ?

— Le réalisateur, le monteur, le producteur…

— Je croyais que tu devais produire ton prochain film.

— J'essaie ! répondit Luc en riant de bon cœur. *Lawrence d'Arabie* est peut-être le plus grand film de tous les temps, n'empêche qu'on ne pourrait plus tourner ça aujourd'hui…

— Tu m'as dit toi-même – tu t'en es plaint pendant des années, en fait – que les scénaristes n'ont aucun pouvoir. Qu'ils touchent de l'argent, point barre. Alors que si tu produis, c'est toi qui tiens les rênes. Tu t'entoures des bonnes personnes, tu leur montres ta façon de voir les choses, et tu as la main sur le résultat.

— Oui, mais…

— Mais il faut que tu apportes un projet à toi, n'est-ce pas ?

— Oui, maman. C'est ça. Et des financements, aussi. C'est justement ce que j'essaie de faire. Je te l'ai dit. J'écris, je lis tout le temps, je fais des repérages, je discute avec des gens…

— J'ai l'impression d'entendre les excuses d'un gamin qui n'a pas fait ses devoirs, Luc. Tu as quarante-cinq ans. Tu ne peux pas passer ta vie à essayer. Tu fais du surplace. Tu te trompes en disant que tu n'es pas le plus à plaindre. Imagine, si ton film tombe aux oubliettes parce que personne n'a jamais entendu parler de toi ! Et ce roman, ça en est où ? Ça avait l'air formidable. Pourquoi tu ne le termines pas ?

— Je l'ai terminé, maman. Tu l'as lu. Tu m'as dit que tu le trouvais nul. Visiblement, tu avais raison, puisque aucun éditeur n'en a voulu.

— Mais tu avais prévu d'en écrire un meilleur. C'est de celui-là que je te parle. Alors, pourquoi tu ne t'y mets pas ? Regarde un peu toutes les horreurs qui se vendent. Toi, tu es bien meilleur. Alors ponds-nous un bon bouquin.

— Excellente idée. J'aurais dû y penser plus tôt.

— Je ne supporte pas de te voir te complaire dans ton échec.

— Maman… – Luc prit une grande respiration. Il sourit. – J'ai écrit quatre scénarios et j'ai gagné pas mal d'argent. Je suis propriétaire d'un bel appartement à Paris…

— Celui de ton père.

— Peu importe, il est à moi maintenant, c'est moi le propriétaire. Il vaut une fortune. Je travaille. J'ai des amis. J'ai une vie agréable. Où est l'échec, exactement ?

— Tu gâches ton talent avec ces projets regrettables. Et regarde l'autre, là – cette fille que tu as amenée. Elle est jolie, elle est gentille – simple au possible –, mais tu penses qu'elle est faite pour toi ? C'est vrai, chéri, qu'est-ce que tu fabriques ?

— Mais écoute-toi, rétorqua Luc avec plus d'agressivité qu'il ne le voulait. "L'autre, là." Tu t'es regardée ? À quand remonte la dernière fois que tu as essayé d'avoir une relation avec quelqu'un ?

— Chéri, j'ai de nombreux et chers amis, comme tu le sais. Tu ne me verras jamais m'engager dans une relation, pas plus que tu ne me verras partir en cure thermale à Baden-Baden.

— Je sais. Tu te suffis à toi-même. Les seules personnes dont tu as besoin, ce sont tes employés de maison. Moi, j'essaie à l'inverse de tisser des liens avec l'humanité de temps en temps. De nouer des relations. C'est dur, mais au moins j'essaie. Il se trouve même que j'aimerais encore avoir des enfants un jour. J'aurais cru que tu serais contente que je te présente quelqu'un, mais non. Au lieu de ça, tu… Mais pourquoi tu dis tout ça, maman ? »

Lulu le regarda sans ciller.

« À cause de la plaisanterie que tu m'avais racontée un jour, sur la place du scénariste dans l'industrie du film.

— Et quelle plaisanterie, au juste ?

— La starlette qui est tellement stupide qu'elle couche avec le scénariste.

— Ah. »

Luc regarda sa montre – la vieille Rolex en Inox de son père –, comme s'il venait de se rappeler un rendez-vous.

« Bien, dit-il en se levant, il faut que j'aille prendre une douche et m'habiller. »

Bronwyn entra avec un plateau.

« J'ai votre thé, dit-elle à Luc. Vous voulez l'emporter avec vous ?

— Non, merci, Bronwyn », répondit-il, puis il sortit du salon.

Une fois dehors, il se mit en route vers la caserne mais se ravisa. Il tourna sur sa gauche, traversa le patio.

« Bonjour ! » lui lança une pétillante blonde derrière le bar.

Lulu employait toujours des Anglaises, d'ordinaire très jeunes et éminemment enthousiastes à l'idée de passer une saison à Majorque pour un salaire de misère. Luc ne connaissait pas celle-là. Elle portait un paréo mal serré.

« Bonjour. Une San Miguel, s'il vous plaît. Pas besoin de verre.

— D'accord. Vous êtes Luc, non ? Le fils de Lulu ?

— Oui. Et vous êtes ?

— Sally ! Enchantée ! »

Elle lui tendit la main par-dessus le bar et Luc la serra.

« C'est ça, bien sûr.

— C'est vous, le producteur de cinéma !

— Scénariste simplement.

— Oh, super ! »

Encore une imbécile.

« Non, non, Luc, elle s'appelle vraiment Sally ! » intervint un vieux monsieur assis sur un tabouret voisin.

Il apparut que ce vieux monsieur ne portait presque rien, sans compter le cigare gros comme un salami qu'il tenait à la main et la fine bande de son slip de bain visible sous son ventre imposant.

« C'est une Sally, une vraie ! » insista-t-il.

Dans les années 1960, pendant près de dix ans, le bar des Rochers avait été tenu par une Anglaise, une jolie blonde, potelée et volubile, qui répondait au nom de Sally. Après son départ, les habitués de l'hôtel avaient continué d'appeler ainsi toutes celles qui lui avaient succédé.

Sally sortit une San Miguel du réfrigérateur de type glacière, avec un couvercle épais qui se fermait en cliquetant, et posa la bouteille givrée sur le comptoir.

« Je tâcherai de m'en souvenir, dit Luc. Ça va, Richard ?

— Ça va, mon petit père, répondit l'homme au cigare. Et toi alors ? Arabella attend avec impatience de te voir. Et de faire la connaissance de ton amie.

— Moi aussi, j'ai hâte, répondit Luc. Mettez-la sur ma note, ajouta-t-il à l'adresse de Sally.

— Super ! »

Sur le côté, Luc remarqua le jeune couple qui le regardait, tout sourires, prêt à lui demander, d'une voix trop aiguë et précipitée, s'il « était dans le cinéma ». Luc le savait au picotement qu'il ressentait sur sa peau. Il s'empressa de tourner les talons.

Sa bière à la main, il traversa la cour pour aller s'asseoir à une table qui n'avait pas encore été dressée pour le dîner. Il porta la bouteille glacée à ses lèvres. Sa première San Miguel de l'année. Cette bière avait été sa première boisson alcoolisée, en 1965, l'été de ses quinze ans. Luc l'avait trouvée trop amère au départ, mais avait réitéré l'expérience quelques jours plus tard et s'était rapidement accoutumé à ce goût. Aux bulles sur son palais et à la saveur unique du houblon. Chaque année, depuis lors, sa première San Miguel était devenue sa madeleine de Proust. En la buvant lui revenaient à l'esprit des images, souvenirs vivants de tous ces étés passés aux Rochers et autour de Cala Marsopa, et tous les espoirs, les mystères, les désirs qui y étaient attachés et qui, pour une raison ou une autre, n'avaient jamais été assouvis.

Il descendit la moitié de la bouteille tant qu'elle était encore glacée. Évidemment, même s'il écrivait *Lawrence d'Arabie*, ce ne serait toujours pas assez bien pour sa mère (elle n'avait vu le film qu'une fois et avait trouvé « tout ce désert plus qu'assommant »). Elle jouait son rôle de mère, qu'elle prenait très au sérieux, en le titillant pour ne pas se complaire dans la médiocrité, dans sa manie de ne jamais aller jusqu'au bout des choses. Elle entendait quand il faisait état de ses petites victoires – dont une nomination aux Césars pour l'un de ses scénarios – et répondait par un « C'est très bien pour toi, mon chéri », pour ne plus jamais les évoquer ensuite. Les succès, les heureux hasards du métier, l'argent qu'il gagnait étaient pour leur part totalement mis sous le tapis. Les deux années qu'il avait passées à Los Angeles à travailler sur un scénario qui n'avait pas abouti, mais pour lequel il avait été grassement payé, n'avait été qu'une occasion de lui témoigner la pitié que lui inspirait cet échec, encore pire que les autres. « Je sais combien tu y tenais, mon chéri, mais sincèrement, c'est aussi bien que ça n'ait rien donné. C'était tellement, tellement mauvais. » Le problème, en réalité, était que Luc partageait son opinion : quand allait-il enfin réussir – réussir pour de bon ? À quarante-cinq ans, y avait-il encore un espoir d'aller plus haut, un espoir que le destin lui sourie ? Les petits films ne rapportaient jamais un franc de plus que les recettes prévues au box-office allemand, français, et dans les autres pays d'Europe centrale, ennoblis par leur étiquette « indé » mais voués à tomber dans l'oubli ; de l'argent, juste assez pour vivre pendant un peu moins d'un an ; et quelques extras, comme des indemnités journalières, de belles chambres d'hôtel et des nanas du genre d'April Gressens.

Une angoisse ancestrale le glaça : était-il destiné à baigner dans la médiocrité ?

« *Perdó.* »

Luc leva les yeux. C'était la serveuse au nez busqué.

Elle s'était spontanément exprimée en *mallorquí*, mais répéta aussitôt en espagnol :

« *Perdóname.* » Elle avait entre les mains une pile d'assiettes et des couverts. « *Tengo que*…

— Je vous en prie, répondit Luc dans un espagnol parfait. Je vous laisse la place. »

Il commença à se lever.

« Non, vous pouvez rester si je ne vous gêne pas, protesta la fille. Je dois simplement mettre la table. »

Elle s'affaira autour de lui avec efficacité. Luc se rendait compte à présent qu'elle était d'une laideur impressionnante. Une gargouille dans une crypte égyptienne. De grands yeux noirs, le front bas, une grosse bouche large, le tout asymétrique, à quoi s'ajoutait ce nez, comme celui d'un méchant dans *Tintin*. Le reste, cependant, se tenait bien : une chevelure épaisse d'Espagnole, un corps de danseuse.

« Vous êtes majorquine ? demanda-t-il.

— Mes ancêtres, oui. Je vis à Barcelone, mais je viens à Majorque chaque été depuis toujours.

— Ah, comme moi alors… sauf pour les ancêtres. Vous vous appelez… ?

— Montserrat, répondit la fille.

— Et moi, c'est Luc, Lluc en catalan.

— Oui, je suis au courant, affirma-t-elle avant de lui sourire brusquement, avec l'air de savoir quelque chose de particulièrement drôle que lui ignorait. Enchantée.

— Et vous faites ça tout le temps ? reprit Luc.

— Non. C'est juste un boulot d'été. Je suis étudiante en histoire de l'art et iconographie religieuse à l'université de Barcelone. »

La meilleure fac d'Espagne. Il y avait donc autre chose derrière ce visage asymétrique.

« Vous êtes croyante ?

— Quand il le faut », répondit-elle avec un grand sourire. Dents blanches pointues, gencives lie-de-vin. « Ravie d'avoir fait votre connaissance… finalement. »

Et, sur ces mots, elle s'en alla vers une autre table.

« Finalement » ? Comment ça, finalement ?

Il n'arrivait plus à détacher son regard d'elle à présent. Montserrat. Ses ancêtres, facilement identifiables, devaient être romains, maures, catalans, ce qui faisait d'elle le produit ultime de l'histoire et de la culture méditerranéennes. Luc la cerna instantanément, comme jamais il ne cernerait l'homogène April de Californie et sa superficialité opaque. Montserrat respirait l'intelligence. Elle était vive, savante (plus que lui sur au moins un point), et drôle. Et elle aussi l'avait cerné, Luc en était certain. Il sirota sa bière, regardant Montserrat se balancer sur ses jambes fines et ses hanches étroites autour de la table. D'un regard et d'un geste précis, elle étendit adroitement la nappe. Il y avait de la force dans ses mains. Son patrimoine génétique lui conférait d'immenses aptitudes aux tâches domestiques. Sans doute était-elle capable de traire les chèvres avec la même dextérité, un enfant en équilibre sur la hanche. Il l'imagina à Paris. En train de lire un ouvrage sur l'iconographie religieuse dans le jardin du Luxembourg. Dans son appartement. Il imagina ses jambes, depuis le dessus des genoux jusque entre ses cuisses. Peut-être pourrait-elle demander son transfert à la Sorbonne.

Luc s'aperçut qu'il s'était complètement trompé sur son compte. Elle n'était pas laide du tout. C'était un Picasso.

Sa mère, bien entendu, avait encore une fois raison : que faisait-il avec April ? En véritable Californienne, elle se débrouillait bien au lit, mais avec une avidité égale qui sentait le par cœur plutôt que la bestialité, et dont il commençait – quoi d'étonnant – à se lasser. À l'évidence, April allait également finir par s'ennuyer sous peu, étant donné qu'elle comprenait aussi bien les centres d'intérêt de Luc que les bases théoriques de la religion hindoue. Ce qu'il devait trouver, c'était une fille comme Montserrat, une fille chaleureuse, entière, qui n'aurait jamais idée de lui parler du mode de protection de sa mère. Ce bon vieux Gerald y était parvenu, lui : il avait épousé une femme de la région qui lui avait donné un enfant et lui était restée fidèle et dévouée jusqu'au bout. Luc voyait déjà le fruit de son union avec Montserrat : brun, beau, artiste dans l'âme, un enfant extraordinaire, asymétrique. Toute une petite famille de Picasso…

« Hé ! » fit la voix d'April.

Par réflexe, Luc se raidit lorsqu'elle se laissa tomber sur ses genoux, insouciante comme celle qui se sait en territoire conquis.

« Non mais vise un peu ce que ta mère m'a donné, lâcha-t-elle avec un air ahuri. Ils sont trop beaux.

— Effectivement », répondit-il.

April faisait allusion à deux bijoux de pied tressés, entrelacés de fils d'argent, semblant porter une histoire, pareils à des parures levantines. Des bijoux aux reflets de vieil or, comme des pièces antiques.

« Ils se portent aux pieds, précisa-t-elle en soulevant ses orteils nus.

— Je sais. Je les connais. »

Mais April n'avait pas l'air de l'entendre.

« Ça s'attache là, autour du deuxième orteil, continua-t-elle. Tu les fais passer sur le dessus du pied, autour de la cheville, et tu fermes comme ça. »

Sur ces mots, elle enfila les bijoux à ses pieds, de vrais pieds d'enfant : blancs, sans veines apparentes ni déformations causées par de mauvaises chaussures, à présent habillés comme pour une fête grecque.

« Quand je suis rentrée, ta mère est arrivée vers moi comme une apparition pour me les offrir. Me les donner !

— Elle t'apprécie beaucoup, répondit-il.

— C'est vrai ? Waouh. Lulu est tellement belle. Regarde, t'en penses quoi ? »

Elle leva les jambes et les fit pivoter pour admirer ses pieds ornementés, sans s'apercevoir (ou faisant mine de ne pas s'apercevoir) que les os de ses fesses s'enfonçaient dans les cuisses de Luc.

Par-delà ses jambes qui s'agitaient en ciseau, Luc regarda Montserrat qui s'occupait d'une table éloignée.

« Ils sont pas trop beaux ? reprit April. Ils se portent pieds nus, sans chaussures.

— Trop beaux, oui. C'est une fille d'ici qui les a fabriqués dans les années 1960. Une amie à moi.

— Je vais les mettre ce soir. »

April caressa la jambe de Luc du bout du pied. À nouveau, elle se tortilla sur lui, volontairement cette fois.

« Mmm. C'est quoi, ça ? »

Seulement la réponse impulsive de son corps ; Luc ne voulait pas donner suite.

« Pas grand-chose », répondit-il.

April se leva et se campa près de lui. Elle leva une jambe, l'étendit gracieusement vers le ciel, puis la posa en l'enfonçant dans la cuisse de Luc.

« Hé, protesta-t-il.

— Avec ces bijoux, j'ai l'impression d'être…, lâcha April sans quitter son pied du regard. Je ne sais pas… »

Les bras en l'air, elle commença à se balancer. Le coup de la danse du ventre. Elle le lui avait déjà fait. D'accord, très bien, se dit-il. À son tour, il se leva tandis que la serviette autour des hanches d'April se défaisait et que ses pieds ornés de fils dorés le caressaient. Il jeta un nouveau coup d'œil à Montserrat, de l'autre côté du patio.

« OK », dit-il.

Il lui prit la main pour l'emmener à la caserne, mais April s'écarta en tournant lentement sur elle-même. Luc partit d'un pas rapide, montant quatre à quatre les escaliers vers sa chambre.

3

C'était la fin de l'après-midi quand Charlie sortit à vélo de la ferme de son grand-père, Ca'n Cabrer, par le chemin de terre. Cala Marsopa se situait à un kilomètre de là, sur la route pavée. Il retrouva Bianca au café anglo-allemand qui faisait aussi office de librairie, sur la place. Ils se saluèrent par une bise, puis marchèrent côte à côte dans la ville en direction du port, Charlie poussant son vélo.

« *¡Ho-laaa!* lança affectueusement Rafaela, une femme brune et pâle au duvet apparent, propriétaire du bar-restaurant Marítimo.

— *Hola,* répondit Charlie en souriant. *¿Cómo estás?* »

Charlie était dans son couffin lorsqu'il était venu pour la première fois dans ce restaurant ouvert sur la marina, et il y était retourné chaque été depuis. Rafaela ne l'avait jamais oublié. On ne pouvait pas en dire autant de tous les commerçants à Cala Marsopa. Une semaine plus tôt, alors qu'il achetait des churros tout frais à un vieux marchand qu'il avait toujours connu, un oncle à ses yeux, qui avait chaque fois une petite surprise pour lui, l'homme l'avait regardé – cet adolescent d'un mètre quatre-vingts à présent – sans le reconnaître du tout, puis lui avait réclamé « *fünfundzwanzig pesetas* ». Charlie était resté comme deux ronds de flanc.

Rafaela les conduisit à une table sur la terrasse qui surplombait les yachts et les bateaux de pêche amarrés dans le port. Ils commandèrent des *hamburguesas* avec des *papas fritas* et deux Coca-Cola. Sylvestre, Nathalie et Marie, trois amis français, les rejoignirent avant qu'ils ne soient servis. Eux aussi, Rafaela les connaissait, ces enfants d'enfants de résidents étrangers installés ou venus régulièrement sur l'île depuis qu'elle-même était petite. Ils commandèrent des calmars.

« *Tout le monde va aux Rochers pour l'anniversaire de Lulu ?* demanda Sylvestre.

— Ouais. C'est moi, le DJ, répondit Charlie.

— Ahhh, pas ça ! s'écria aussitôt Marie, exaspérée. *Putain, j'en ai marre de cette musique*.

— Mais non, elle est bien, protesta gentiment Charlie. De toute façon, c'est une demande de Lulu. »

Après manger, Sylvestre et les deux Françaises rentrèrent par la ville à pied.

La brise marine était retombée. Il faisait chaud près des immeubles en stuc et des murs en béton qui avaient remplacé l'ombre des pins inclinés et les roches calcaires qui jalonnaient le vieux port, encore visibles sur les cartes postales de Cala Marsopa. Charlie et Bianca grimpèrent l'escalier de la digue et marchèrent dans la lumière vive du jour pour aller s'asseoir tout au bout, dans son ombre, à l'abri du soleil. Il faisait plus frais près de l'eau.

Ils échangèrent un baiser mouillé, goulu, comme deux personnes avides de manger, pressées par le temps. Charlie glissa une main sous le T-shirt de Bianca et sortit ses jeunes seins de son soutien-gorge.

À moitié assise sur lui, Bianca avait placé sa main sur la cuisse de Charlie. Ses jambes croisées, espérait-il, masqueraient son sexe en érection qui battait par à-coups en dessous de Bianca. Bianca était toute fine, enfant. Quand Charlie l'avait retrouvée, l'été de leurs douze ans, elle s'était étoffée. Encore davantage à treize ans. Cette année, alors âgée de quinze ans comme lui, le surplus s'était concentré sur ses seins et ses hanches. Il pensait maintenant à elle chaque fois qu'il se masturbait. Ils étaient pourtant amis d'enfance, une relation que Charlie ne voulait pas gâcher. Mais la sexualité les avait submergés, et tous deux jouaient avec comme deux amis jouent à la poupée. Ils n'allaient jamais bien loin. C'était un accord tacite, par lequel ils avaient accepté de ne pas dépasser un certain degré d'intimité. Charlie tenait trop à Bianca pour la rendre mal à l'aise.

Quelques instants plus tard, il regarda sa montre et déclara qu'il devait y aller.

Il récupéra son vélo au pied des escaliers, puis traversa le quai, Bianca assise sur le cadre.

« À tout à l'heure », lui dit-il en la déposant près de la place.

Cinq minutes plus tard, il débarquait d'une ruelle dans une petite allée et posa son vélo contre le mur du bâtiment de la cuisine.

Dix-neuf heures. Aux Rochers, les tables étaient dressées, le dîner bientôt prêt. La plupart des occupants se préparaient dans leur chambre ou faisaient encore la sieste. Quelques-uns étaient assis au bar, en maillot de bain. Charlie traversa le patio, passant devant deux hommes d'âge moyen, penchés sur un plateau de backgammon. Même voûté, Dominick Cleland paraissait grand et mince, un homme dont les cheveux raides, gris-jaune, donnaient de faux airs d'un célèbre ministre britannique. Il portait un T-shirt bleu roi Turnbull & Asser par-dessus son slip de bain. Ses longues jambes glabres, sans galbe, noueuses comme les pattes d'une girafe, entortillées sur elles-mêmes, se terminaient par de longs pieds nus chaussés de mocassins Gucci blancs. Il était l'auteur de romans de gare sur les frasques de la haute société britannique, sujet dont le public avait fini par se lasser. Cela faisait vingt ans qu'il n'avait plus rien publié. Grâce à une modique rente que lui versait son oncle, il vivait la majorité de l'année dans un petit appartement de South Kensington et passait ses étés aux Rochers. Il s'y sentait chez lui. S'il se trouvait à proximité lorsque le téléphone sonnait, il s'amusait à décrocher et criait dans le combiné : « *¡Los Roques! ¿Dígame ?* », même si personne hormis des Anglophones n'appelait jamais là-bas.

Son adversaire, son exact opposé physique, était Cassian Ollorenshaw. Il rappelait depuis sa jeunesse l'acteur Edward G. Robinson avec son air implacable et ses allures de crapaud. Le visage rouge et boursouflé par la couperose, il scrutait à présent le plateau à travers ses lunettes teintées. Sous sa grosse tête, son corps informe était avalé par un ample T-shirt blanc et un maillot large comme une jupe. Les coups partaient vite, en silence. Les deux joueurs revenaient s'installer devant leur plateau de backgammon à la table du patio chaque été – sauf pendant les quelques années où Cassian avait séjourné en prison – depuis que Charlie avait mis pour la première fois les pieds à la villa avec son père, alors qu'il n'était qu'un nourrisson. Ils y jouaient à l'époque où Charlie, petit garçon, s'amusait dans la piscine avec les enfants des clients, et plus tard encore quand ces mêmes enfants étaient devenus adolescents. Ces deux hommes lui semblaient plus familiers que la plupart de ses proches. Levant les yeux vers lui, Cassian lui lança avec un petit sourire :

« *Hallo,* Charlie.

— Bonjour, Cassian.

— *Hallo,* Charlie, renchérit Sally tandis qu'il s'approchait du bar. J'ai ordre de te servir tout ce que tu voudras ce soir.

— Un Coca, s'il te plaît. À la bouteille, ça ira. »

Il emporta son Coca dans la petite remise derrière le bar qui avait autrefois servi à entreposer les bouteilles de gaz, une pièce pas plus large que ses deux portes vitrées. Il y avait à l'intérieur une chaise et une table avec un tourne-disque. Charlie posa sa bouteille et commença à passer en revue les vinyles rangés sur les étagères qui occupaient tout le mur.

Lulu sortit de la maison. Elle traversa le patio avec grâce, dans une fine djellaba en lin qui flottait derrière elle, et sourit sereinement.

« Lulu, ma chérie, l'apostropha Dominick Cleland d'une voix sonore, tout en agitant un cornet à dés. Passes-tu le plus bel anniversaire que tu aies jamais passé ?

— Oui, merci, Dominick. Je suis tellement heureuse que tu sois là pour partager ce jour avec moi. »

Elle passa sans s'arrêter. Dominick lança les dés.

Les clients du bar souhaitèrent un joyeux anniversaire à Lulu.

« Merci », leur répondit-elle, les balayant de son sourire à mesure qu'elle marchait.

Elle entra dans la petite pièce à musique.

« Charlie, dit-elle.

— Oh, bonjour Lulu. Bon anniversaire. »

Elle le prit dans ses bras.

« J'ai un cadeau pour toi.

— Pour moi ?

— Oui, mon chéri. »

Elle lui tendit un vêtement qui se déplia entre ses mains. Charlie le brandit devant lui. C'était une longue tunique noire, ouverte jusque sous la poitrine et cousue de petits boutons collés les uns aux autres.

« Ça vient du Maroc. Elle date, mais elle n'a jamais été portée. Je voulais qu'elle soit à toi. Je pense qu'elle sera très belle sur toi.

— Merci, Lulu.

— Mets-la.

— Quoi, maintenant ?

— Oui, mon cœur. Ce sera ta tenue de travail pour ce soir. J'aimerais voir ce qu'elle donne sur toi. Enlève-moi ce T-shirt et mets-la. »

Lulu parlait avec le ton d'une mère, mélange d'affection et d'autorité naturelle. Charlie retira son T-shirt blanc avec hésitation. Puis il enfila le haut marocain par la tête.

« Une merveille », lâcha-t-elle. Elle promena sa main sur la tunique, la lissa. « Elle te plaît ?

— Oui, répondit Charlie. C'est très…

— C'est une tunique d'homme. Ne t'inquiète pas.

— Non, je l'aime bien, c'est super, protesta-t-il.

— Tu es très beau dedans, Charlie. Bien, pour la musique, tu te souviens de ce que nous avions dit ?

— Oui. Des morceaux calmes et tranquilles, Noël Coward, Al Bowlly, Charles Trenet, Sinatra pendant le dîner…

— Pas que.

— Non, non, je sais. Je vais varier. Je mettrai les Beatles et des trucs des années 1960 aussi. Et puis Tijuana Brass, Motown…

— C'est ça, répondit Lulu, visiblement ravie. Tu sais, je suis très heureuse que ce soit toi qui t'en occupes, Charlie. C'est vraiment gentil de ta part. Merci. »

Elle lui sourit.

« Ça me fait plaisir, Lulu, répondit-il. C'est amusant. »

Lulu se pencha et lui embrassa la joue.

« Alors à plus tard. »

4

« Tu es prêt, papa ? cria Aegina. On y va dans cinq minutes. »

Comme il était étrange d'être là avec son père et de savoir Charlie si loin, à Ca'n Cabrer, sur l'île de Majorque. Même quand il passait une nuit ou deux chez son père, Fergus, à Chelsea, Charlie n'était pas loin. Et il avait toujours passé ses vacances d'été avec elle à Majorque. Mais c'était maintenant lui qui se trouvait là-bas – et elle savait que tout se passerait au mieux chez Penny et François –, et elle chez eux, à Londres, étrangement, agréablement réconfortée par la présence de son père. Gerald lui donnait presque l'impression d'être son fils, en train de se préparer pour le grand soir dans la chambre de Charlie, en bas. Il était cependant bien plus vulnérable que lui, lâché dans le monde, loin de Majorque et de sa Méditerranée.

C'était sans doute la dernière fois qu'il mettait les pieds à Londres. Ce voyage devait rester un bon souvenir pour tous les deux, se remémora Aegina.

« Ça y est, je suis prêt », s'écria Gerald.

Il était assis sur le lit, dans la chambre de Charlie, *Le Chemin vers Ithaque* entre les mains. Il ne voulait pas lire à haute voix – par crainte de passer pour prétentieux. Un simple discours, bref, suffirait pour expliquer les raisons qui l'avaient poussé à écrire, mais Gerald avait peur de sécher en improvisant. Il avait opté pour une solution de facilité, paraphraser la première partie de son introduction qu'il avait réécrite pour la nouvelle édition. Les paragraphes les plus cohérents, qui s'enchaîneraient le plus naturellement à l'oral, avaient été marqués au crayon. Il n'aurait qu'à y jeter un rapide coup d'œil et broder.

Il referma le livre et sortit de la chambre, traversant la cuisine pour arriver dans le grand atelier-salon.

« Je suis prêt, répéta-t-il au cas où Aegina ne l'aurait pas entendu.

— J'arrive », lui lança-t-elle depuis sa salle de bains, à l'étage.

La pièce était remplie de toiles, parmi lesquelles certaines, des grands tableaux, étaient d'un artiste qui aimait peindre scs sujets dans des couleurs criardes correspondant aux organes sous leur peau : violets intestinaux, rouges sang, bleus veineux, blancs osseux, jaunes purulents, qui balafraient les corps pour en souligner la lumière et les ombres – et sans doute aussi, comme le présumait Gerald, leur personnalité. Étaient-ils censés incarner des êtres bilieux, sanguins ? Quel était l'intérêt, sinon ? Ces tableaux avaient une certaine valeur, lui avait appris Aegina. Des paysages d'un autre artiste (ou c'était du moins ce que ces toiles évoquaient à Gerald : des couches topographiques dans un camaïeu de marron) remplissaient presque tout le reste des murs. Pratiquement rien d'Aegina, à l'exception d'un portrait de lui-même et de Charlie pour lequel ils avaient posé, impatiemment, dans le salon et sur la terrasse à Majorque. Il y avait aussi le portrait qu'elle avait peint de sa mère, sa femme, Paloma, d'après une vieille photographie.

Le soleil se déversait par les hautes fenêtres de la face nord.

« Je t'attends dehors », cria Gerald.

Il sortit dans la cour où la petite Renault d'Aegina était garée et fuma une Ducados d'une main tremblante, comme il le constata en l'allumant. Il était dix-huit heures, mais il faisait aussi beau et chaud qu'en plein après-midi. Après tant d'années en Méditerranée, Gerald avait oublié les longues soirées d'été baignées de lumière sous des latitudes comme celle-ci. Il se souvint des crépuscules sans fin, le long de la Tamise, auxquels il avait assisté de nombreux soirs au début de la guerre.

Il leva les yeux vers les autres ateliers qui entouraient la cour, les verrières, les escaliers en colimaçon. Aegina était quelqu'un d'intelligent, de très intelligent. Avec d'autres artistes, elle avait acheté une ancienne prison pour femmes, un lotissement en brique avec cour et jardin, coincé entre deux rues à Fulham, à quelques pas de Bishop's Park sur la Tamise. Les principaux acheteurs avaient revendu à prix d'or certaines parcelles de la prison réhabilitées en ateliers d'artistes, à présent baptisés Burlington Lodge. « Odyssée », la marque de tissus et de vêtements du monde fondée par Aegina – qui comptait désormais des succursales à Manchester, York, Birmingham, Bath, Norwich, Falmouth, Plymouth, Southampton, en plus des boutiques originales de Covent Garden et d'autres quartiers de Londres – avait fait d'elle une femme riche (ou c'était du moins ainsi que le voyait Gerald) ; mais l'achat et la revente du lotissement étaient également un joli coup. Gerald était triste qu'Aegina ne peigne pratiquement plus.

Elle l'avait emmené déjeuner au Chelsea Arts Club, composé de plusieurs salles remplies de tableaux où toute une faune arty la connaissait.

« Non, il est écrivain, avait-elle annoncé aux membres du club en rayonnant lorsqu'ils avaient fait les présentations et que ces derniers avaient demandé si Gerald peignait aussi. Son livre sort demain. La soirée de lancement a lieu au British Museum. »

Gerald avait confirmé par un sourire gêné.

« Papa, tu es superbe ! » s'exclama-t-elle en arrivant dans la cour.

Elle en avait également profité pour emmener son père chez Harrods à la recherche d'une tenue appropriée pour un auteur au lancement de son propre livre. Ils avaient choisi une veste en lin bleu marine, un pantalon clair, kaki, des chaussettes bleu foncé et des mocassins marron. Gerald avait aussi pris des sous-vêtements en coton de meilleure qualité, semblait-il, que ceux qu'il trouvait habituellement à Majorque. Aegina avait insisté pour tout payer, en vain. Avec ses mille livres qui dormaient à la banque, il n'en était pas question. Le total s'élevait à quatre cent trente-cinq livres, soit davantage, présumait Gerald, que tout ce qu'il avait jamais dépensé pour des vêtements. Il y avait quelque chose de ridicule à le voir jouer les grands seigneurs, mais, de toute évidence, Gerald appréciait ce moment. Il avait apporté de Majorque sa vieille cravate d'écolier, qu'elle avait nettoyée pour lui.

« C'est vrai, regarde-toi, poursuivit-elle. Tu es mince et bronzé. Supersapé. Très classe !

— Les gens ont forcément l'air beau quand ils sont avec toi, répondit-il. Même si tu éclipses tout le monde… »

Aegina portait une robe longue sans manches près du corps, rouge brique, qui mettait en valeur ses cheveux et ses yeux noirs, son teint mat, ses bras et ses mollets fins.

Le visage de Gerald s'adoucit.

« Tu me fais toujours penser à ta mère, évidemment.

— Merci pour le compliment, dit Aegina en souriant, puis elle sortit de son sac un appareil photo Kodak jetable. Tiens, mets-toi près de la porte.

— Oh, s'il te plaît, protesta Gerald.

— Écoute, je suis contente que tu sois là, vraiment. Allez, arrête de jouer les grognons ! »

Gerald alla se positionner devant la porte et chercha son meilleur sourire, les yeux plissés. Le clic de l'appareil retentit.

« 1995, annonça Aegina en regardant par le viseur. Papa, de retour à Londres pour fêter la parution de son livre. »

Une fois dans la voiture, Aegina sortit rapidement de la cour. Ils débarquèrent dans la rue, en route pour la soirée.

Gerald avait bien connu Londres à une époque. Il y était monté autrefois pendant les vacances scolaires, puis avec des amis de l'université, sans parler de la guerre, enivré par l'excitation qui vous prenait dans cette ville, la plus grande de toutes, où tout pouvait arriver, alors même – et d'autant plus – que les bombardements retentissaient. Mais, finalement, Gerald était parti, avait passé sa vie sur une petite île et n'était jamais revenu. Il reconnut à peu près Fulham Road qui longeait Knightsbridge et Belgravia, mais les nouveaux immeubles et le système de circulation à une voie le désorienta. En réalité, même s'il se situait grossièrement sur la carte de Londres, Gerald était perdu. Aegina faisait au contraire preuve d'une assurance extraordinaire : elle se faufilait dans la circulation comme un vrai pilote de rallye. Décidément, cette fille savait tout faire, se dit Gerald. Une qualité qu'elle tenait de sa mère, évidemment.

« Et Fergus, tu le vois souvent ? demanda-t-il.

— De temps en temps. Quand il vient chercher Charlie ou qu'il le dépose. Aux réunions du collège, sinon.

— Vous arrivez à vous entendre ?

— Oh, oui. Enfin, ça ne dépasse pas le strict nécessaire. Mais pour tout ce qui touche à Charlie, on est plus ou moins d'accord.

— Et Charlie, il est comment avec vous ? Il s'entend bien avec Fergus ?

— Ça, oui, répondit Aegina en jetant un coup d'œil à gauche et à droite, puis dans le rétroviseur avant de rétrograder pour changer de file. Il a traversé le divorce comme un poisson dans l'eau. Toujours à nager tranquillement vers tout ce qui peut le tirer vers le haut. Il ne me parle pas beaucoup de son père, et c'est pareil de l'autre côté. Il ne parle pas beaucoup en général. Mais je crois que ça va. Qu'il est heureux.

— Tant mieux », répondit Gerald. Un silence passa. « Et toi, tu es heureuse ?

— Oui, je suis heureuse, papa.

— Tant mieux, répéta Gerald. Et tu as… Tu as quelqu'un en ce moment ?

— Non, pas en ce moment.

— Avant, alors ?

— Papa. Oui, bien sûr. » Elle lui lança un regard entre deux coups d'œil dans les rétros tandis qu'elle contournait une voiture garée en double file. « Qu'est-ce que tu veux que je te dise ? »

Rien de précis, en fait. Il ne voulait rien d'autre que son bonheur. Aegina avait réussi, c'était certain. Si seulement sa sœur avait été là, regretta Gerald. Sans doute aurait-elle pu lui en dire plus. Aegina avait effectué sa scolarité en Angleterre après la mort de sa mère et passé ses vacances et son temps libre chez Billie, pendant l'année. Un lien s'était tissé entre elles. Billie n'était pas une mère de substitution, mais davantage qu'une tante, et avait appris au fil du temps des choses sur Aegina que Gerald avait manquées.

Son sentiment de n'avoir pas été un bon père ne s'était jamais effacé. Il n'avait rien trouvé de mieux que de l'envoyer chez sa sœur lorsqu'elle avait commencé à filer un mauvais coton à Majorque. Il fallait la voir, maintenant. Une femme accomplie, incontestablement ; et son divorce avec Fergus n'avait certainement pas été une mauvaise chose. Pourtant, Gerald se demandait toujours s'il aurait eu mieux fait de la garder avec lui ou – à Dieu ne plaise ! – de rentrer lui-même en Angleterre…

« Seulement que tu es heureuse, répondit-il.

— Je le suis. » À nouveau, elle le regarda rapidement, avec un beau sourire. « Je suis très heureuse pour toi et ton superbe livre. »

« Gerald ! »

Une femme mince aux cheveux frisés, un grand sourire aux lèvres, petites lunettes rondes cerclées et robe noire près du corps, s'extirpa d'un groupe massé autour d'une statue grecque en marbre aussi grosse que King Kong.

« Je suis Kate ! Dieu que vous êtes beau ! Honte à nous de ne pas avoir organisé une vraie séance photo ! Vous permettez que je vous embrasse ? »

Elle avait déjà joint le geste à la parole quand Gerald lui répondit par l'affirmative. Par-dessus son épaule, il aperçut plusieurs personnes qui s'approchaient d'eux, tout sourires.

« Vous êtes sûrement Aegina ! poursuivit Kate Smythe. C'est formidable de vous rencontrer enfin tous les deux ! Nous sommes tellement contents du livre – on en parle partout ! Ne vous gavez pas de petits fours, nous vous emmenons dîner après la fête. Venez, Gerald, que je vous présente à tout le monde. »

Nicky, Ruth, Claire, William : Gerald avait parlé à tous ces gens au téléphone, les yeux rivés sur les bouteilles d'huile d'olive du cellier. Il avait oublié qui faisait quoi, mais Kate lui rafraîchit la mémoire : « Marketing… droits étrangers… graphisme… édito. » La gentillesse excessive qu'ils lui témoignèrent, à lui, ce parfait étranger, l'agaça au plus haut point.

Kate le prit par le bras pour le conduire vers d'autres personnes, des auteurs Doughty, des rédacteurs en chef au *Guardian Review*, au *Sunday Times* et à la *London Review of Books*, des acheteurs de chez Waterstones et Foyles.

« J'ai adoré votre livre ! disaient-ils tous. Je l'ai dévoré ! »

Les petits groupes bavardaient, se séparaient et se recomposaient sous les frises géantes et les statues de marbre, couchées pour la plupart, ces figures du Parthénon, aux yeux vides et aux corps superbement musclés, exposées tout le long de l'austère salle zen de la galerie Duveen. Gerald agrippait fermement sa coupe de champagne tandis que les gens lui parlaient. Il y toucha à peine.

Ces gens, à la vérité, ne voulaient pas discuter de son livre. Hormis les « Doughties », comme les employés de la maison se surnommaient eux-mêmes, personne ne semblait l'avoir lu. Ils cherchaient plutôt à parler de leur vie qui, comme par hasard, avait toujours un rapport avec le livre. Gerald souriait d'un air compréhensif ou compatissant, observant leurs cheveux, leurs lunettes, leur peau, se demandant quel âge pouvaient avoir ces inconnus et comment ils vivaient. Ses réponses ne semblaient pas leur importer.

« … je pensais écrire un article sur la manière dont les îles grecques se sont transformées depuis que vous y êtes allé avec votre petit bateau – enfin, depuis l'époque d'Homère, en fait… »

« … un créneau superprometteur… »

« … va faire la une dimanche prochain… »

« … un petit encart sur les livres que les gens ont sur leur table de chevet, si vous… »

« … vous accepteriez d'écrire une critique pour nous ? »

« … le Solent, vous l'avez fait ? Nous avons un Nicholson 32 amarré à Lymington…

« … ma carte… »

« … formidable ! »

« … il y a beaucoup d'Allemands, j'ai l'impression, non ? »

Cachée par le cheval de Séléné, Aegina observait son père vivre son heure de gloire quand un homme se glissa près d'elle en contournant le flanc de la statue ; elle ne se rendit compte de sa présence qu'une fois tout près de lui. Tony Watkins était l'auteur d'une série autobiographique à succès dans laquelle il se dépeignait comme un débauché corrompu ayant accompli des actes scandaleux alors même qu'il tenait une position d'une certaine importance dans les gouvernements Heath et Thatcher. Il lui souriait, comme si Aegina était la seule à pouvoir comprendre ce qu'il trouvait d'amusant.

« Aegina. Et moi qui pensais que votre père était berger en Espagne. Vous nous l'avez bien caché. C'est très futé de votre part. J'aimerais beaucoup que nous soyons présentés comme il se doit.

— Eh bien, il est là, allez donc lui dire bonjour, répondit-elle.

— Non, je pensais plutôt aller dîner, demain soir par exemple ? J'inviterai quelqu'un pour votre père aussi. Que diriez-vous d'Edwina Porboys ? Je suis certain qu'elle l'apprécierait. Rien que nous quatre. Edwina fournit l'ecsta. Votre père a déjà essayé ?

— Vous me répugnez. Allez-vous-en. »

Elle aperçut son père par-dessus son épaule. Il semblait content.

« C'est ça que j'adore chez vous, répondit Watkins. Vous me connaissez déjà par cœur.

— Va te faire foutre », rétorqua Aegina.

Tandis qu'elle rejoignait son père, Kate fit tinter son verre pour demander le silence. Elle commença à évoquer la redécouverte fortuite du court texte de Gerald, « ce chef-d'œuvre ignoré sur le voyage et l'histoire vernaculaire », qui se démarquait et s'imposait à cette époque envahie par les récits nombrilistes qui ne parlaient que de restaurants et de villas à l'étranger, avant de conclure en disant combien elle et tout le monde chez Doughty étaient emballés par la réédition de ce livre qui, sans aucun doute, était un futur classique.

« … et voici donc le dernier ouvrage paru chez Doughty Books, *Le Chemin vers Ithaque*, et son auteur, Gerald Rutledge. »

Gerald vit tous les invités se réunir autour de lui en souriant, en applaudissant, incarnation vivante de son cauchemar sur les intellectuels-Scylla. La bouche ouverte, il attendit quelques instants avant de s'exprimer.

Aegina sentait son cœur battre la chamade et ses oreilles bourdonner.

« Merci infiniment, Kate, commença Gerald. Et merci à vous tous chez Doughty Books. Merci aussi aux autres, puisque vous n'avez rien de mieux à faire, apparemment. »

Cette dernière remarque déclencha une grande vague de rires dont Gerald profita pour s'éclaircir longuement la gorge.

« Je suis moi-même ravi, comme vous pouvez l'imaginer, de voir mon livre tiré de l'oubli et vivre une seconde vie dans une si belle édition. C'est un peu comme faire un bon lifting : on a l'impression de se retrouver avec quelques années de moins. »

Tout le monde rit à nouveau – Aegina aussi, à sa propre surprise. Où l'avait-il pêchée, celle-là ? Elle commençait presque à se sentir soulagée.

Entendre ces rires fit à Gerald l'effet d'une montée de drogue. Il baissa les yeux vers le livre entre ses mains. Les paragraphes marqués au crayon se trouvaient à l'intérieur, mais il se rendit compte qu'il les connaissait par cœur, que cette histoire avait été gravée en lui pratiquement toute sa vie. Le livre ne lui servirait à rien.

« Je ne vais pas vous ennuyer longtemps, poursuivit-il, mais j'aurais aimé vous raconter comment m'est venue l'idée d'écrire ce livre. J'ai passé une grande partie de la Seconde Guerre mondiale dans la British Navy, à naviguer en Méditerranée. À un moment, nous avons mouillé dans le banc des Esquerquis, à l'ouest au large de la Sicile. C'est un récif très peu connu, entre la Sicile et la Tunisie, qui dépasse de la mer d'une trentaine de centimètres seulement. Pendant quatre mille ans, des navires sont passés – avec succès ou non –, aux abords de ce banc oublié des cartes. Il faisait chaud ce jour-là. J'étais parti nager avec des gars de mon régiment. Il n'y avait aucune terre en vue, mais nous nous sommes rendu compte que nous avions pied, jusqu'à mi-mollet. Et là, sans masque, nous avons découvert que le récif était semé d'amphores antiques, ces jarres à deux anses que les Grecs, comme le roi Agamemnon et son armée, qui s'étaient battus pendant la guerre de Troie, avaient utilisées pour transporter du vin, de l'huile d'olive, des amandes, des dattes, du miel et, bien sûr, de l'or et autres objets de valeur, à bord de leurs bateaux. Nous n'avions pas de tuba non plus, rien pour respirer sous l'eau, mais, simplement en plongeant en apnée, nous sommes arrivés à remonter huit ou dix amphores, couvertes de bernacles. On aurait sans doute appelé ça du pillage, de nos jours ! Certaines d'entre elles étaient presque intactes après tout ce temps passé sous l'eau, des centaines, si ce n'est des milliers d'années. Et nous nous sommes demandé : Que peut-il bien y avoir là-dedans ? »

L'assistance était devenue aussi silencieuse que les statues du musée. Kate semblait pendue à ses lèvres, comme si elle n'avait jamais lu ce que Gerald s'apprêtait à dire et brûlait de le découvrir.

Gerald sourit.

« De la vase, de la vieille vase épaisse. Pas d'or. Ni de miel, ni d'amandes pour agrémenter les rations octroyées par Sa Majesté. »

Gloussements dans l'auditoire, sourires amusés.

« Mais le simple fait de voir ces vieilles jarres sortir de la mer, crever la surface de l'eau vers la lumière du jour présent – crever la membrane de l'Histoire, en réalité – m'a profondément bouleversé. Cet après-midi-là au banc des Esquerquis, tous les mythes de la Grèce antique sont pour moi devenus réalité. La preuve se trouvait sous mes yeux. »

Aegina regardait son père fixement. Devant elle, il s'était transformé en conteur-né – à moins qu'il ne fût en train de revivre ce moment, reparti là-bas, sur le récif.

« Au cours de la guerre et après, pendant les années que j'ai passées à naviguer en Méditerranée sur un vieux voilier de vingt-quatre pieds, j'ai lu et relu la traduction en prose de *L'Odyssée* d'A. T. Murray, une vieille édition verte, en lambeaux, tachée par le sel. En deux volumes, dans la "Loeb Classical Library", poursuivit-il. J'ai lu parallèlement un grand nombre de documents de l'Amirauté britannique sur les routes maritimes de Méditerranée. Ce n'était pas de la littérature, plutôt des données factuelles, et pourtant, les hommes qui les avaient rapportées – pas des érudits, mais leur langage et les références utilisées dénotaient un certain niveau d'éducation –, ces hommes livraient de temps à autre des descriptions des ports et des côtes qui pouvaient laisser croire, en dépit des consignes de leur éditeur (nouveaux rires dans l'auditoire), que plusieurs de ces îles, de ces ports, de ces caps que j'avais sous les yeux correspondaient parfaitement à différents épisodes de *L'Odyssée*. C'était, dans certains cas, une évidence. Si une description technique de la géographie de *L'Odyssée* avait existé, je ne vois pas comment le tourbillon de Charybde aurait pu représenter autre chose que le détroit de Messine. Là-dedans, une corvette peut se mettre à tourner comme une toupie au mauvais moment de la marée. Et les falaises sur lesquelles Ulysse se retrouve piégé par les

Lestrygons lanceurs de rochers auraient tout à fait pu être – je ne vois pas d'autre possibilité – l'entrée du port de Bonifacio, en Corse. Il y a aussi une grotte… – soudain, Gerald se déconcentra et perdit sa voix – où je pense qu'Ulysse a trouvé sa ruse contre Polyphème le Cyclope… »

Il se tut, les yeux rivés sur les frises de marbre exposées en face.

Jamais Aegina n'avait vu son père dans un tel état, totalement transporté.

Au moment où son silence commençait à devenir gênant, Gerald se ressaisit et reprit son récit.

« Alors, je me suis demandé pourquoi *L'Odyssée* ne serait pas une histoire vraie ? On sait que Troie a existé, qu'une grande bataille s'est déroulée là-bas, et que Schliemann et ses comparses, il y a seulement un siècle de ça, sont allés en Asie Mineure avec *L'Iliade* sous le bras et ont localisé la ville, avec des preuves de la guerre, sur un tas de cailloux et d'herbe. *L'Odyssée* est bourrée de descriptions de lieux souvent aussi précises et détaillées que l'inventaire d'un agent immobilier. Au fil du temps, à force de naviguer dans les mêmes mers, au large des mêmes côtes, poussé par les mêmes vents que les bateaux d'Ulysse, *L'Odyssée*, pour moi, s'est chargée du poids de la vérité. Je me suis convaincu qu'Homère, aveugle ou non, avait entendu des descriptions très précises de ces endroits, si tant est qu'il ne les ait pas vus de ses propres yeux. Finalement, je me suis décidé à refaire le chemin de Troie à Ithaque sur mon propre petit bateau, en me servant de *L'Odyssée* pour me guider, de la même manière que Schliemann s'était servi de *L'Iliade* pour trouver Troie, pour découvrir le véritable itinéraire emprunté par Ulysse lors de son long et périlleux voyage pour rentrer chez lui après la guerre. Finalement, que ce soit sur un bateau ou un autre, j'ai retracé toute cette route. *Le Chemin vers Ithaque* décrit le voyage d'Ulysse et, avec lui, le mien. »

Gerald s'arrêta, soudain éprouvé. Il tourna son regard vers les visages en suspens. Il avait terminé trop brusquement ; un mot devait être ajouté.

« Le titre de mon livre provient bien sûr du poème de Cavafis, "Ithaque". Comme il le dit si bien, l'important, ce n'est pas la destination – Ithaque –, mais le voyage en lui-même. Merci beaucoup. »

Des applaudissements et des bavardages s'élevèrent, se réverbérant contre les magnifiques marbres. Aegina applaudit aussi, sans quitter son père des yeux. Il était parti ailleurs pendant son discours et n'en était pas totalement revenu.

C'est à ce moment-là que le plaisancier, le type qui possédait un bateau à Lymington, l'apostropha :

« Gerald, combien de temps avez-vous vraiment mis pour aller de Troie à Ithaque ? Pas aussi longtemps qu'Ulysse, j'espère ? » Il gloussa d'un air entendu. « Ça peut se faire en une saison ? »

Gerald dut réfléchir un moment. Il parla tout bas, comme s'il se remémorait des souvenirs à voix haute.

« Je ne l'ai pas fait d'une seule traite. J'ai effectué toutes les portions du voyage sur plusieurs années, soit dans mon propre bateau, soit pendant la guerre avec les navires de la flotte britannique, mais pas dans l'ordre que je décris dans le livre. J'allais le faire, mais… »

Il s'arrêta. Aegina fit un pas en avant. Son père se trouvait mal. Un problème au cœur, ou au cerveau.

Gerald leva une main hésitante à sa gorge. Son visage se déforma. Ses yeux se tournèrent vers les statues de marbre, au fond de la galerie.

« Mon Dieu, s'exclama Kate. Vous voulez un verre d'eau ? »

Aegina la dépassa rapidement. Elle rejoignit Gerald et le prit par les deux bras, le cachant partiellement de la vue des invités alors qu'il se mettait à pleurer.

5

Les invités prenaient place pour dîner quand Lulu se leva.

« Merci à toutes et à tous d'être présents aujourd'hui pour mon anniversaire. J'ai une chance incroyable d'être entourée d'amis aussi chers et fidèles. La plupart d'entre vous revenez aux Rochers chaque été, depuis des décennies – depuis que je suis installée ici, pour certains. À quoi vous attendiez-vous, hein ? – Rires charmés. – Vous m'avez offert de magnifiques cadeaux – à ma demande ou pas –, mais mon vrai cadeau, c'est vous, vous tous qui êtes ici. Je voulais à mon tour vous offrir quelque chose. Quelques babioles. »

Devant chaque place, sur chacune des cinq tables, se trouvait une carte au nom de l'invité accompagnée d'un cadeau enveloppé dans du papier. Du Lulu tout craché. Elle était sincère : elle n'avait de plus grande joie que de se trouver entourée de ses amis, et elle était elle-même la meilleure amie que toutes les personnes présentes aient jamais eue. Parmi ses invités, certains, lors de périodes difficiles, étaient venus séjourner à la villa pendant plusieurs semaines, l'été, avaient profité des chambres, mangé à l'hôtel, ainsi que leurs enfants, sans que Lulu accepte de les laisser payer le moindre centime. Cassian Ollorenshaw faisait partie des meubles après avoir passé six mois à la sortie de son petit séjour à la prison de Pentonville. (Ce n'était pas un mauvais homme, bien entendu, mais un fidèle ami de Lulu grâce à qui bien des gens, elle y compris, avaient gagné beaucoup d'argent.) Tout le monde avait déjà vu Lulu emmener des hôtes à l'improviste faire un tour de l'île en voiture ; donner des livres, des vêtements, des tableaux ; vider le contenu de ses placards, ses étagères, son frigo ; donner à ses amis ce dont ils avaient besoin avant qu'eux-mêmes ne le sachent.

« En gage de l'amour et de la gratitude que j'ai envers vous tous. Et j'aimerais que ceux d'entre vous – presque tout le monde, bien sûr – qui se souviennent de notre cher Tom et de notre chère Milly, que nous aimions si fort – elle se tourna brièvement vers Cassian, puis fixa de nouveau son regard sur les tables autour d'elle –, aient une pensée pour eux. Joyeux anniversaire à nous tous ! »

Lulu leva sa coupe de champagne. Tout le monde applaudit et trinqua. Un homme se mit debout pour porter un toast, mais Lulu le coupa aussitôt dans son élan.

« Roddy, très cher, tu es gentil, mais passons plutôt au dîner que Bronwyn nous a préparé, nous aurons tout le temps de causer ensuite. »

Un sentiment général d'exaltation envahit le patio tandis que les hôtes déballaient leurs cadeaux. Lulu avait acheté des montres Swatch, des colliers et des bracelets du Maroc et du Nouveau-Mexique, des pantoufles brodées, des étoles, des stylos Montblanc, des Filofax ; autant de cadeaux utiles et durables.

« J'y crois pas », s'exclama April en frottant sur sa joue un carré Hermès. Elle balaya les tables du regard, découvrant des larmes dans les yeux des invités, des visages rayonnants. « Enfin, Luc, regarde ! Regarde ça ! Regarde comme tous ces gens aiment ta mère ! Tu te rends compte de la chance que tu as d'avoir une maman pareille ?

— La meilleure maman du monde », rétorqua Luc en suivant du regard Montserrat qui se faufilait entre les tables, un plateau d'assiettes garnies à la main.

Dominick Cleland avait repéré April la veille, dès son arrivée avec Luc, en partie car elle était avec lui, ce qui faisait nécessairement d'elle un objet de curiosité, mais aussi à cause de sa beauté hors du commun et de son incroyable teint – il se figurait le duvet abricot et la chair de son pubis aussi clairement que s'il s'était trouvé à quelques centimètres d'une peinture en trois dimensions. Dominick admirait la constance de Luc. Ce dernier débarquait chaque fois avec une gonzesse de grande classe. Il ne revenait jamais avec deux ans de suite, mais arrivait rarement les mains vides. Il avait une fois débarqué aux Rochers sur un yacht agréablement peuplé, une petite aventure qui s'était révélée très profitable pour Dominick. En général, ses conquêtes étaient jeunes, trop pour vouloir s'engager, reconnaissantes, curieuses et désireuses de faire carrière dans le milieu de l'art – autrement dit, des cibles idéales pour le numéro bien huilé de Dominick, qui mêlait conversations élevées et sous-entendus coquins. C'était sans doute le cinéma qui voulait cela, supposait-il, tous ces candidats jetables, remplaçables à l'infini, désespérés de s'insérer dans le milieu. Ce ne pouvait être Luc lui-même, qui ne posséderait jamais les attributs nécessaires à un homme – le pouvoir, ou du moins son illusion, l'assurance et le mépris des tendres sentiments féminins – pour prendre dans ses filets le genre de femmes qu'il avait l'ambition de viser. Dominick, lui, avait depuis bien longtemps renoncé à désirer de tels pur-sang. Elles vous bouffaient un homme plus vite qu'un cancer. Lui ne demandait à présent rien de plus qu'une petite partie de chasse, un délectable jeu de séduction (n'était-ce pas, après tout, le meilleur moment ?), culminant dans une partie de jambes en l'air, exquise de préférence, même si tout faisait l'affaire du moment qu'il baisait (la même chose qu'avec les plats chinois : il n'en avait jamais vraiment goûté d'authentique), un flirt d'une semaine, pas plus, au terme duquel l'un ou l'autre, lui ou la fille, mais pas les deux en même temps, finissaient heureusement par reprendre l'avion.

Le dîner terminé, et le patio dégagé pour laisser place à la piste de danse, Dominick se dirigea droit vers leur table et invita April à danser. Elle sembla flattée.

« Vas-y », lui dit Luc avec un sourire aussi décontracté que celui de sa mère.

Dominick, qui avait complété ses Gucci blanches par un pantalon assorti et une chemise rose, connaissait toujours ses classiques : le *hully gully*, le *pony*, le *watusi* et le *mashed potato*. Il avait travaillé à Londres chez Annabel dans une autre vie ; les filles semblaient toujours séduites par les danses de l'époque. Quoi qu'il en soit, il les faisait rire, surtout lorsqu'il forçait un peu le trait. Dominick était toujours stupéfait de voir l'effet que produisait son numéro, comme un charmeur de serpent : les amadouer avec un sourire, se tourner lui-même en dérision, les arroser de bon champagne, les faire boire par petites quantités. Dominick les sentait revoir leur jugement sur lui à mesure que la soirée s'écoulait : pas si vieux, finalement – et pas si mal gaulé. Drôle. Un homme à femmes, elles le voyaient bien, tout comme elles voyaient qu'il savait ce qu'elles désiraient. Mais, en règle générale, à un moment donné, elles faisaient encore la fête quand lui était déjà rentré.

Dominick n'essayait pas de séduire la petite amie de Luc. Pas à cet instant, du moins, mais qui savait quand ils se recroiseraient ? (Chose tout à fait plausible, car Dominick avait déjà croisé Luc à Londres – une situation idéale si elle venait à se reproduire, surtout après Majorque et maintenant que les présentations étaient faites.)

Luc se sentait soulagé. Il savait qu'April voulait danser, ou du moins montrer son déhanché et enfoncer ses pieds ornementés dans l'entrejambe de quelqu'un. Dominick était la personne idéale. Ils étaient faits l'un pour l'autre. Il pouvait repartir avec le numéro de téléphone d'April, Luc s'en moquait éperdument.

Se levant de table, il traîna dans la maison. Plusieurs employés faisaient la vaisselle, essuyaient les verres dans l'arrière-salle qui jouxtait la cuisine principale. Montserrat ne se trouvait pas parmi eux.

« Alors, ce dîner ? » lui demanda Bronwyn.

Assise à la table, Bronwyn fumait un petit cigare, une bouteille de Laphroaig posée devant elle avec un gros verre en cristal à moitié plein. Elle portait une veste de chef taillée pour un généralissime, maculée de taches de nourriture et de vin, une serviette en tissu nouée autour du front comme un bandana.

« Excellent, répondit Luc. Surtout le sorbet à l'orange sanguine.

— Pas mal, hein ? Je vous sers à boire ?

— Volontiers. »

Luc attrapa un verre, s'assit et se versa un fond du whisky de Bronwyn.

« Z'êtes ici pour longtemps ?

— Une semaine, je pense, répondit-il. Si je peux rester.

— Ça, vous êtes un bon garçon, vous savez, à faire tout ce chemin pour vot' maman. Elle est très contente.

— Tu parles. Je suis la mouche dans sa lotion Yves Saint Laurent.

— Soyez pas bête. Elle vous adore. Elle veut bien faire. Elle parle de vous tout le temps.

— Oui, pour dire à quel point son fils est un raté. Un mauvais choix dont elle n'arrive toujours pas à se remettre.

— Balivernes, hein. Vous savez qu'elle vous aime. Ça s'entend rien que quand elle prononce votre nom. Vous avez peut-être plus de quarante ans, mais vous êtes toujours son petit garçon, vous savez. Quand elle nous annonce que vous arrivez, on voit bien comme ça compte pour elle. »

Luc leva à moitié son verre.

« Vos employés, vous les avez trouvés où ?

— Qui ça ? »

À nouveau, Luc balaya la cuisine du regard.

« Elle n'est pas là pour l'instant. Le nez.

— Montserrat ?

— C'est ça. Montserrat.

— Elle travaillait en cuisine au Fonda quand Javier était chef là-bas. C'est une Llobet, précisa Bronwyn.

— Quoi, comme dans Juan Llobet ? »

Ce nom était aussi craint à Cala Marsopa que le manoir condamné qui dominait la ville depuis la route du phare, la maison des Llobet, austère, intimidante, à l'architecture stalinienne, sans doute conçue pour des soirées privées comme celles de Lavrenti Beria, théâtre d'assassinats. Juan Llobet, millionnaire reclus ayant fait ses armes de criminel sur la côte des Barbaresques avant la Première Guerre mondiale, allié de Franco par la suite, banquier des nationalistes espagnols pendant la guerre civile, oligarque de Majorque, était mort quelques dizaines d'années plus tôt. Quiconque venait en ville passait par la Carretera Juan Llobet, et tout le monde ou presque avait affaire, ne serait-ce que pour tirer de l'argent, à la *banco* du même nom. À une certaine époque, la mère de Luc avait connu un Llobet, l'un des fils du millionnaire qui séjournait chaque été à Cala Marsopa avec sa famille, mais l'habitude avait dû lui passer. Montserrat Llobet. Voilà qui ne le surprenait pas. Cette fille appartenait à l'aristocratie méditerranéenne, quoique descendant d'une sinistre et noueuse branche, un peu comme si vous aviez Barberousse pour grand-père.

« Eh oui, un autre rejeton des Llobet. Un sacré beau brin de fille, pas vrai ? Je vous souhaite bien du courage.

— Je demandais par simple curiosité. J'ai discuté avec elle tout à l'heure. Elle avait l'air intéressante. Elle fait ses études à l'université de Barcelone.

— Intéressante, oui. Et ambitieuse aussi. Elle a rendu Javier complètement fou.

— Qu'est-ce qu'elle fait à une place de serveuse, dans ce cas ?

— Son père la fait travailler tous les étés, même s'il est riche comme Crésus. Elle est douée pour la restauration. C'est une fille carrée. Passionnée d'histoire de l'art. À mon avis, elle finira patronne chez Christie's à Madrid. »

Luc voyait la vie de Montserrat Llobet se déployer sous ses yeux comme une double page de *Paris Match*. Les yachts, les villas au Cap-Ferrat, les magnifiques enfants – les Picasso d'un autre. Merde alors, pourquoi n'arrivait-il pas à se dégoter une nana comme ça, à avoir cette vie-là ? Il savait très bien pourquoi. Il fallait soit naître dans une grande famille, Llobet ou Grimaldi, soit y être introduit par les crimes odieux, lavés par le temps, d'une génération antérieure, ou bien faire un carton au cinéma et devenir un Sam Spiegel ou un Alexander Korda pour rencontrer quelqu'un comme Montserrat Llobet lors d'une soirée sur un yacht à Cannes. Et le monde vous appartenait. Vous pouviez aussi écrire des films français de série B qui sortaient directement sur cassette et vous retrouver avec April Gressens, de Tarzana.

Luc vida son verre.

« Excellent dîner, Bronwyn.

— Merci, Luc chéri. »

Il se leva et sortit. *Je t'aime… moi non plus* passait sur les baffles du patio. Luc avait beau avoir entendu la musique depuis la cuisine, elle ne le transporta véritablement qu'au moment où il mit les pieds dehors. Tout lui revint alors en mémoire, ou du moins tout ce qu'il avait éprouvé cet été-là, l'été 1969 ; ce que le monde était à l'époque, la manière dont Luc voyait son avenir.

Il marcha jusqu'à la remise où la stéréo était installée. À l'intérieur, Charlie passait en revue des piles de disques ; sa *petite amie*, une fille plutôt bien roulée pour son âge que Luc avait déjà croisée, était assise sur un tabouret, un verre de Coca à la main. Tous les deux semblaient sortir d'un cliché de soirée de *Vanity Fair*.

« Oh, salut ! » s'exclama Charlie. Un grand sourire se dessina sur son visage sitôt que Luc arriva. « Je t'ai aperçu pendant le dîner. Je voulais sortir te dire bonjour, mais Lulu m'a collé ici pour faire le DJ. »

Luc avait un regard bizarre, qui ne cessait de descendre et remonter de son cou à ses hanches.

« Sympa, la tunique, finit-il par lâcher.

— C'est un cadeau de ta mère. Un truc marocain, d'après ce qu'elle m'a dit. Je crois que c'est ancien. »

Luc ne lâchait pas la tunique des yeux, le sourire aux lèvres.

« C'est gentil de sa part. Oui, ça vient de Marrakech. Ça doit faire vingt-cinq ans qu'elle est là. Je me souviens de la période où elle l'a achetée. »

Il considéra Charlie dans cette tunique. *Un sacré bon gamin*, pensa-t-il. *Le portrait craché de sa mère. Il a l'air sincèrement content de me voir. À tous les coups, il ne sait pas d'où provient cette tunique, ni son histoire.*

« Cool ! répondit Charlie. Luc, je te présente Bianca. Bianca, Luc.

— Bonjour, dit Bianca avant de lui serrer la main.

— Et tes films, ça se passe bien ? poursuivit Charlie.

— Oui. Justement, je viens d'en terminer un.

— Génial. C'est quoi, le titre ? Il y a qui dedans ?

— Personne dont tu aurais entendu parler ou dont tu entendras parler un jour. Ça s'appelle *Perdu*. Ça devrait sortir dans une petite dizaine de mois.

— Ah, je suis sûr que ça va être super. J'avais adoré *L'Autre* ! Je te l'avais dit. Vraiment, c'était génial.

— Merci, Charlie. J'avais oublié que tu l'avais vu.

— Tu restes longtemps ?

— Une semaine environ. Et toi ?

— Tout l'été, comme d'hab'. Attends… »

Je t'aime… moi non plus arrivait à sa fin. Charlie chercha un nouveau disque dans sa pile.

« Je te laisse bosser, Charlie. Content de t'avoir vu.

— Merci. Ça m'a fait super plaisir. À bientôt.

— À bientôt, répondit Luc, avant de se tourner vers Bianca et d'ajouter : Ravi d'avoir fait ta connaissance. »

Luc se dirigea vers le bar. Charlie avait mis *A Taste of Honey* de Tijuana Brass, atomisant la vaporeuse mélancolie de Serge Gainsbourg. Dominick se trémoussait vigoureusement devant April, qui riait tout en ondulant près de lui.

Sa mère, en fin chemisier blanc et pantalon, dansait tendrement avec Cassian, les mains sur ses épaules, bras tendus, tandis que ce dernier lui parlait d'un sujet qui visiblement leur tenait à cœur à tous les deux, sans doute le cours de la Bourse.

Luc fit demi-tour et sortit de la propriété pour traverser la route en direction des rochers. Là-bas, la musique n'était plus aussi forte ni chargée de souvenirs, et le clapotis des vagues, qui léchaient les rochers quelque part sous ses pieds, la lui dissimulait. Il se souvint d'avoir sauté, bien des années plus tôt, de ces mêmes rochers, à contrecœur, à cette heure précise de la nuit…

Une petite lueur rougeoyait sur le rebord de la falaise. Quelqu'un était assis là, fumant une cigarette. Une silhouette noire et mince, dont les cheveux reflétaient les lumières du port.

« *Hola.* »

Luc reçut une décharge électrique.

« Montserrat, lâcha-t-il.

— Oui.

— C'est moi, Luc. Nous nous sommes parlé…

— Je sais. Je vous ai reconnu. »

Il s'approcha d'elle. Il distinguait son visage maintenant que ses yeux s'acclimataient à l'obscurité.

Montserrat s'était tournée de sorte que ses traits forts tranchaient dans la nuit, éclairés par la lumière de la route. Luc ne comprenait pas comment il ne s'en était pas aperçu immédiatement : c'était le plus joli visage qu'il avait jamais vu.

Il dit :

« J'ai bien aimé notre petite discussion tout à l'heure.

— Oui, moi aussi. C'était sympa, depuis toutes ces années.

— Comment ça ?

— Eh bien… » Elle rit. « J'ai été amoureuse de vous pendant très longtemps. »

Luc parlait couramment l'espagnol. Il était sûr de ne pas avoir mal compris. Il était donc probablement en train de rêver. Même si ce rêve semblait trop réel.

« Pardon ? »

À nouveau, Montserrat éclata de rire, ses dents luisant d'un éclat bleuté, comme les crêtes des vagues qui tout autour surgissaient de la nuit pour glisser vers les rochers.

« Oui, pendant de nombreuses années, j'ai été amoureuse de vous. »

Luc manqua de trébucher sur une pierre en s'asseyant à ses côtés.

« Je vous connais depuis quand ? » demanda-t-il.

Montserrat semblait amusée de le voir si désarçonné.

« Vous ne me connaissez pas. Mais moi, je vous connais depuis très longtemps.

— Comment ? Par des amis communs ?

— Non. Il y a de ça bien longtemps, quinze ans peut-être, vous aviez une mobylette. Vous avez roulé avec pendant des années. C'est bien ça ? Je n'arrêtais pas de vous croiser, où que vous alliez. Vous étiez terriblement beau. Comme dans *Easy Rider*, vous savez. Un pur Américain… Américain ou Anglais ?

— Américain.

— C'est ce que je pensais à l'époque. Ou ce que j'avais envie de penser. Vous étiez l'homme parfait. Il y avait parfois des filles à l'arrière de votre mobylette et je rêvais, je rêvais d'être moi aussi à cette place derrière vous ! Vous ne pouvez pas savoir.

— Je ne me souviens pas de vous avoir vue…

— Non, bien sûr que non, le coupa-t-elle. J'avais dix, douze, treize ans. Et j'étais laide – aïe ! J'étais la petite fille moche, et vous, le fascinant Américain sur sa mobylette. » Chose incroyable, elle leva une main et repoussa doucement les cheveux de Luc, sur le côté. « Vous aviez les cheveux longs à l'époque. Oh, si vous saviez comme j'étais folle de vous ! »

À nouveau, elle rit, le dévorant des yeux avec un plaisir non dissimulé.

Luc se retint de l'embrasser – il brûlait de sentir ces dents contre ses lèvres et sa langue –, mais il préférait attendre, prolonger ce moment sublime juste un peu. Il lui sourit en retour.

« Si vous étiez laide, ce n'est plus le cas aujourd'hui.

— Disons que c'est moins pire qu'avant. Et vous, vous avez quelques années de plus, mais vous êtes toujours aussi charmant. Peut-être plus européen maintenant, non ? C'est drôle, après tout ce temps, de parler avec vous.

— Je serais capable de parler avec vous pendant… »

Ses yeux se posèrent sur sa grande, sa belle bouche, ses gencives sombres, ses dents blanches, ses yeux rieurs. Si belle, et maintenant prête à…

Des phares les éclairèrent, pas directement, mais Luc vit le regard de Montserrat suivre la voiture. Elle se leva.

Une BMW noire 318i s'arrêta. Montserrat sourit, puis se retourna vers Luc avant de l'embrasser sur les deux joues avec une tendresse amusée.

« À plus tard, Easy Rider », lui dit-elle.

Elle monta dans le véhicule. Luc eut le temps d'apercevoir un jeune homme, un Espagnol, une masse de cheveux noirs, des dents blanches, des traits fins. Leurs deux têtes se rapprochèrent pour se donner un baiser langoureux, bien plus qu'un simple bonjour, puis la portière claqua et la voiture démarra. Un nuage de poussière s'éleva derrière elle et tourbillonna dans la lumière diffuse du port.

Luc n'aurait su dire combien de temps il était resté là. Il finit par entendre la mer se fracasser sur les rochers en contrebas, se retirer en exhalant de profonds soupirs, se fracasser à nouveau.

Il se leva et traversa la route. La musique était moins forte à présent. Plusieurs couples dansaient encore. Les chansons de *Revolver* passaient les unes après les autres. John Lennon disait qu'une femme lui donnait l'impression de ne jamais être né. Cette impression, Luc la connaissait.

Il se rendit au garage et appuya sur le kick de sa vieille Rieju.

« Merci, Vincente, *hombre* », murmura-t-il, quand, au deuxième coup, le moteur démarra.

Le jardinier de sa mère remplissait toujours le réservoir, nettoyait le carburateur et les contacts chaque fois que Luc prévenait de son arrivée.

Il fila à toute vitesse hors de la ville. L'air chaud de la nuit s'engouffrait sous sa chemise, frais sur son torse, une sensation qu'il se souvenait avoir éprouvée tant de soirs à Majorque, voilà si longtemps, roulant vers des destinations où il pensait trouver des réponses – comme c'était à présent le cas.

De peur que le bruit du moteur ne les alerte, il s'arrêta à mi-chemin dans l'allée. Il descendit de selle et posta sa mobylette contre un caroubier. Il se rapprocha de la maison, plongée dans le noir. Aucune voiture garée devant. Même en contrebas, il voyait que les portes de la terrasse étaient closes. Il monta les escaliers. Aucun bruit, aucune lumière. Il tenta sa chance à la porte de la cuisine, fermée à clé. Charlie était pourtant là ; elle l'était forcément aussi.

Il frappa.

Puis appela.

« Aegina ? »

Il contourna les broussailles, les yeux levés vers les volets clos.

« Aegina ! cria-t-il à la maison vide. Aeginaaaa ! Je te demande pardon ! »

De retour au garage, Luc fit le tour de la maison, traversa le patio pour arriver au bar. Désert. Sally était partie. Il se servait un Perrier dans le frigo quand il entendit des grognements de femme, des gémissements… comme une personne traînant un boulet sur une colline ou victime d'un gros problème de constipation… puis un homme haletant comme un cavalier sur un cheval capricieux… Des bruits de baise. Pas forts, mais curieusement distincts. Luc ne parvenait pas à en déterminer la provenance. Pas la caserne, trop loin ; ni la maison. Puis il se souvint de ce que Bronwyn appelait « l'effet Saint-Paul de Londres », un étrange phénomène acoustique qui lui permettait d'entendre depuis sa chambre tout ce qui se disait au bar. Les bruits de baise provenaient de la chambre de Bronwyn, au niveau du mur, juste au-dessus de la piscine. « Vas-y ! Vas-y ! » ordonnait maintenant l'homme. Luc reconnut la voix de Dominick. Quoi d'étonnant. Chacun se console comme il peut. Ou, comme l'avait écrit Somerset Maugham à propos des accouplements impromptus : l'on peut dîner tous les soirs si l'on veut bien manger des navets.

Il monta dans sa chambre avec sa bouteille de Perrier. April était allongée à même le sol, les jambes en l'air contre le mur, les pieds tournés vers le plafond.

« Tu étais où ? lâcha-t-elle d'un ton brusque, à l'exact opposé de sa posture de grand sage. Je t'ai cherché partout.

— Je suis allé faire un tour à mobylette. Tout va bien ? » demanda-t-il.

Pas de réponse.

« Qu'est-ce qu'il y a ? insista-t-il alors.

— Je viens d'avoir Aaron au téléphone.

— Ah.

— Il veut qu'on se remette ensemble.

— C'est pas nouveau, non ? Je croyais que c'était toi qui avais rompu.

— C'était, oui.

— Et maintenant, tu veux retourner avec lui. »

Avec la maîtrise d'un parfait yogi, April ramena ses jambes, se tourna pour s'asseoir sur les fesses, le dos droit, en lotus, les pieds sur les cuisses.

« Tu sais, quand tu parles comme ça, j'ai vraiment l'impression que je ne compte pas pour toi, répondit-elle. Je ne sais pas, je sens que si je te sortais : “Bon, je me remets avec Aaron”, tu dirais juste OK. À mon avis, ça t'emmerde rien que d'en parler. Je suis sûre que tu préférerais aller bouquiner au lit. »

Luc s'assit au bord du lit, tendit les jambes et posa son regard sur April.

« C'est toi qui dis ça ? »

Charlie et Bianca aussi avaient dansé. Tournant lentement sur la piste, serrés l'un contre l'autre. À chaque changement de disque, Bianca l'accompagnait dans la remise où ils échangeaient des baisers.

À minuit, Bianca lui avait annoncé devoir rentrer. Ils s'étaient de nouveau embrassés, comme s'ils ne s'étaient pas vus de la soirée.

« Il vaut mieux que je reste jusqu'à ce que Lulu me dise que c'est terminé, déclara Charlie, qui logeait chez Bianca pendant que sa mère et son grand-père se trouvaient à Londres. Alors, à tout à l'heure, dit-il avec un grand sourire. Ou à demain matin, au moins. »

Sur quoi Bianca s'éloigna pour rentrer chez elle à pied, non loin de là.

Vingt minutes plus tard, Lulu arriva.

« Laisse tourner ça et viens avec moi, annonça-t-elle. J'ai quelque chose d'autre pour toi. »

Elle emmena Charlie par la main dans le patio, puis vers la maison, où ils traversèrent le salon avant de prendre un virage, puis un couloir jusqu'à sa chambre. Charlie était souvent entré dans la villa, mais jamais dans cette pièce-là. La première chose qu'il remarqua fut le portrait géant de Lulu accroché au-dessus du lit. On l'y voyait couchée de tout son long, dans une robe rouge. Raté, pensa-t-il aussitôt. Les portraits de sa mère, eux, étaient toujours ressemblants. Pas autant qu'une photo, ou peut-être plus en réalité, car ses coups de pinceau, distribués au hasard, faisaient au bout du compte ressortir la véritable personnalité du sujet. Peut-être était-ce à cause du temps nécessaire pour peindre un portrait. Une photo ne vous volait que quelques secondes, tandis que Charlie avait parfois vu des gens venir pendant des jours, des semaines d'affilée à l'atelier de sa mère, laquelle apprenait à les connaître, captait leur façon de rire, leur manière de penser au fil de ses discussions avec eux, en travaillant. C'était ce tout, cette entièreté qui ressortait de ses portraits. Charlie avait toujours présumé qu'il en était ainsi de tous les portraits, au point d'être surpris en découvrant, lors d'une exposition de la Royal Society à laquelle sa mère participait, combien les autres tableaux étaient mauvais : d'une technicité extrême, détaillés au possible, mais figurant des sujets raides, tout sauf naturels, leurs mains presque toujours pareilles à celles d'un mannequin. Charlie ne connaissait pas les gens représentés, mais avait l'intuition que ces portraits étaient ratés, que ces personnes n'avaient rien à voir avec la réalité. Ce fut précisément ce qu'il pensa en voyant le portrait de Lulu. Son visage était là, mais quelque chose manquait. Le regard était rivé à l'horizon, vide, légèrement mal centré. Le cou trop long, bizarrement incliné. Les couleurs trop vives. Un effet de transparence dévoilait son corps sous sa robe, un corps qui ne ressemblait pour rien au monde au sien.

« Je voudrais te payer, mon chéri. Nous avions dit cinq mille pesetas, c'est bien ça ?

— Oui, Lulu. Vraiment, merci beaucoup. J'espère que tu as passé un bon anniversaire.

— Un très bon anniversaire, Charlie. Tout était merveilleux. »

Elle s'avança vers sa coiffeuse, attrapa un portefeuille dans un des tiroirs. Elle en sortit cinq larges, beaux billets qu'elle lui tendit. Charlie les fourra dans la poche de son jeans.

« Regarde », lui demanda Lulu.

Les mains posées sur les hanches du garçon, elle le fit pivoter face au grand miroir en pied, légèrement de biais contre le mur. La peinture dorée du cadre s'écaillait, son argent terni et piqué ; un bel objet, sut aussitôt Charlie. Il contempla leurs deux reflets sur la vitre abîmée, comme un couple sur une vieille photo en noir et blanc. Lui, l'homme en noir avec ses cheveux bruns, son jeans sombre, sa tunique, son teint mat ; elle, la femme en blanc, comme ses cheveux, ses vêtements.

Lulu le fit tourner vers elle et leva son visage vers le sien. Elle se trouvait aussi proche de lui que Bianca l'avait été pendant presque toute la soirée. Il remarquait pour la première fois une chose qu'il n'avait jamais vue : la ligne blanche d'une petite cicatrice au bas du menton de Lulu.

« Fais-moi plaisir, tu veux ? lui demanda-t-elle.

— Bien sûr », répondit Charlie, prêt à lui rendre n'importe quel service, tout reconnaissant qu'il était de s'être vu confier du travail, offert cette tunique, qu'elle ait été si gentille avec lui.

Il s'attendait à ce qu'elle lui demande de lui porter une charge lourde dans la cuisine.

Lulu s'assit sur un tabouret en laiton recouvert de cuir. Elle attrapa un flacon de lait pour le corps qu'elle tendit à Charlie, avant de lui présenter son dos.

« Tu veux bien être gentil et me masser la nuque et les épaules ? Elles sont complètement nouées », dit-elle en ramenant sa tresse sur sa poitrine.

Puis elle haussa une à une ses épaules en se balançant légèrement, et fit tomber son haut en maille fine jusqu'à sa taille.

Charlie, les yeux toujours rivés sur le miroir, détourna aussitôt la tête. Des poitrines de femme, il en avait vu des tas, car tout le monde à la plage et dans les piscines de Majorque allait seins nus. Peut-être avait-il déjà vu celle de Lulu. Il ne s'en souvenait pas. Il n'avait jamais regardé Lulu de cet œil-là, comme il avait pu le faire avec les mères de ses amis sur la plage.

Il s'enduisit les mains de lotion et se mit à la pétrir. Sur sa peau douce, chaude et tendue, le lait se transforma aussitôt en un liquide visqueux et glissant.

« Tu es mignon comme tout, mon chéri, dit-elle. Continue, continue donc. »

Charlie était on ne peut plus heureux de faire plaisir à Lulu. Elle l'appréciait, c'était certain.

Sa tête tomba en avant. Charlie s'autorisa un coup d'œil dans le miroir. Les bras de Lulu étaient légèrement croisés. De part et d'autre de sa natte blanche qui pendait sur sa poitrine, il découvrit deux petits seins, minuscules, comme ceux d'une jeune fille, mais aux mamelons foncés, épais comme un doigt. Son érection, qu'il avait gardée pendant presque toute la soirée ou presque à force de se frotter contre Bianca, se raviva soudain, douloureuse.

« Mmm… », soufflait Lulu.

De la chaleur émanait de sa peau. Charlie la sentait qui se propageait jusqu'à sa poitrine, jusqu'à son ventre sous sa tunique. Lulu prenait maintenant de profondes respirations, par le nez, comme les femmes qu'il avait vues au yoga dans le patio des Rochers. Ne sachant si Lulu s'endormait, il se racla légèrement la gorge. Par-dessus son épaule, la main de Lulu se leva et se posa sur la sienne. Un signe pour lui signifier que c'était assez, merci beaucoup mon Charlie, il est temps d'y aller à présent, mais elle ne la lâcha pas et se leva, se tournant vers lui avant de soulever jusqu'à son torse sa tunique marocaine et de le prendre dans ses bras. Charlie sentait ses tétons contre son ventre.

« Ça ne te gêne pas, au moins, mon chéri ? demanda-t-elle.

— Non.

— Tu veux me serrer dans tes bras ?

— Bien sûr », répondit-il poliment.

C'était son anniversaire, après tout. Il plaça ses bras autour d'elle, ses paumes contre son dos brûlant, entre ses omoplates. Elle était deux fois plus étroite que Bianca, filiforme, et pourtant douce et chaude.

Lulu commença à remuer contre lui. Elle enfouissait sa tête dans sa poitrine, pressait son entrejambe contre le sien ; impossible pour Charlie de dissimuler quoi que ce soit. Ses mains qui se promenaient sur son dos descendirent jusqu'à sa ceinture, puis se glissèrent dans son caleçon.

« Charlie, dit-elle à mi-voix. Ta peau est si lisse, si douce. Viens. »

Toujours en lui tenant fermement les mains, elle s'écarta de lui et le guida jusqu'au lit. Elle le poussa sur le dos, puis l'enfourcha tout en promenant ses doigts sur son ventre.

« Si lisse, si douce », répétait-elle.

Elle baissa la tête et frôla plusieurs fois du bout des lèvres le ventre de Charlie. Il la sentit défaire le bouton de sa braguette, baisser la fermeture Éclair.

« Ça ne te gêne pas, mon chéri ? »

Ses nerfs faisaient palpiter son ventre comme le flanc d'un cheval.

« Non », répondit-il.

Alors il sentit ses mains sur lui, le sortant de son jeans, de son caleçon, ses mains qui le pressaient doucement.

Lulu leva la tête, regarda son visage.

« Est-ce que tu es vierge, Charlie ?

— Oui. »

Il se demanda s'il aurait dû mentir. Peut-être allait-elle s'arrêter maintenant.

« Dans ce cas, cela nous fera un beau cadeau à tous les deux. Ça ne te gêne pas, tu es sûr ? »

Charlie ne voulait pas la vexer. Et ne voulait pas non plus qu'elle s'arrête.

« Non. Ça va. Joyeux anniversaire, Lulu. »

Elle éclata de rire. Puis elle l'embrassa sur la bouche. Ses lèvres étaient plus fines que celles de Bianca, mais sa langue bien plus assurée. À nouveau, elle descendit vers son ventre.

Charlie croyait savoir ce qu'elle s'apprêtait à faire. Il leva les yeux vers les rais sombres du plafond.

Il avait vu juste.

6

À quelques kilomètres de Cala Marsopa, Gerald avait fini par se dérider et ne tenait maintenant plus en place. Il regardait les arbres défiler.

« Il nous faut de la pluie », dit-il.

Par la vitre de la voiture, il apercevait des bouts de paysage : des bosquets affaissés, desséchés de caroubiers ; les rouges, oranges et jaunes flamboyants des figuiers de Barbarie. Des citronniers, amandiers, oliviers à travers lesquels résonnait, entrecoupé, l'écho des murs, des maisons de pierre beige. Gerald était impatient de retrouver ses propres oliviers et citronniers – ou du moins ce qu'il en restait. Il se voyait déjà au milieu de ses arbres sur le terrain en pente qui surplombait la maison, dans la lumière du jour déclinant. Là, il apercevrait en se retournant les contours et les crêtes des vallées environnantes, gravées dans son cerveau comme les traits de pinceau d'Aegina sur les toiles accrochées aux murs de sa maison. À travers ses oliviers, il pouvait voir le bleu de la mer qu'il avait parcourue et s'élever, s'élever au-dessus des flots pour distinguer, toute petite, la Méditerranée tout entière, Alexandrie et la poussière de l'Égypte plongée dans la guerre, et se remémorer les livres qu'il avait lus à l'époque et depuis, l'histoire du monde que leurs pages lui avait apprise, fil conducteur de toutes ces images qui l'avaient conduit à ce moment précis.

À mesure que la route descendait vers la mer, le regard de Gerald se fixa sur Los Olivos, le lotissement entassé sur la colline en haut de sa propriété.

Aegina sentit son père se tendre.

« Quelle abomination, grommela Gerald. Pourquoi diable ne m'a-t-on pas donné ces avances plus tôt ? J'aurais vendu mes oliviers pour… »

Mais il s'arrêta brusquement.

« Parce que les choses ne se passent jamais comme on le voudrait, papa, répondit-elle à sa place. Tu as de la chance que ça se soit goupillé comme ça. Même ce machin-là – elle pointa du doigt l'entrée des lotissements, une arche en stuc aux couleurs tapageuses, et la route pavée qui grimpait sur la colline –, nous n'en voulions pas, et pourtant, ça nous a aidés, non ? » Elle le regarda furtivement. « Tu sais, *tout* pourrait être pire. Si tu vivais en Angleterre, qui sait la vie que tu aurais eue. À l'heure qu'il est, tu serais peut-être un vieux monsieur qui vit dans une HLM et qui manque de se faire écraser par un bus à deux étages chaque fois qu'il se traîne jusqu'au supermarché avec son filet à provisions. Enfin, c'est vrai, regarde où tu vis, papa. Regarde la manière dont tu vis. Ce que tu as construit. Et ce qui vient de se passer. Ça n'a quand même rien de minable, si ?

— Disons que… »

Aegina lança un nouveau coup d'œil à son père et vit son regard tourné vers l'horizon, guettant les premiers signes de Ca'n Cabrer.

« Je suis très fière de toi, papa, poursuivit-elle. Charlie le sera aussi. Il lira ton livre un jour, et sera curieux d'en savoir plus sur toi. Il me posera des questions, comme je t'en ai posé, et alors, je serai capable de lui raconter la drôle de vie qu'a vécue son grand-père. »

Gerald répondit par un rire ironique.

« Cela dit, je ne suis toujours pas sûre de savoir pourquoi tu n'es pas parti en Grèce quand tu en avais l'occasion ; pourquoi Majorque, poursuivit Aegina.

— Eh bien, j'ai rencontré ta mère.

— Mais enfin, ça ne colle pas. Tu l'as rencontrée trois ans après être arrivé ici. Allez, pourquoi tu n'es pas parti ? Dis.

— J'ai perdu la *Néréide*. Tu le sais déjà.

— Tu l'as perdue trois ans avant de rencontrer maman. Tu aurais très bien pu aller en Grèce pendant tout ce temps. En plus, la vie devait probablement être moins chère qu'en Espagne. Tu aurais pu t'acheter un nouveau bateau la première fois que ton livre est sorti. Si tu es resté, c'est que tu l'avais décidé.

— Oh, c'est de l'histoire ancienne, tout ça, répondit Gerald en feignant l'indifférence. Je ne me souviens plus de ce qui s'est passé avant ma rencontre avec ta mère, la voilà, ton explication. Et ça devrait te faire plaisir. »

Aegina laissa tomber.

« Oui, répondit-elle, puis elle attrapa la main de son père et la serra. J'en suis heureuse. »

Deux jours plus tard, Aegina montait les marches de la « tour », un ancien grenier reconverti en chambre pour Charlie, au deuxième étage. Des années plus tôt, Aegina avait financé les travaux pour l'agrandir et y ajouter une salle d'eau. Ces escaliers, elle ne les montait pas souvent. Elle entendit de la musique à travers la porte. Elle frappa.

« Ouais ? fit la voix de Charlie.
— Je peux entrer ?
— Vas-y. »
Il était allongé par terre à côté de ce qui, à première vue, ressemblait à un petit *vanity case* en similicuir rouge. Il était ouvert, ses deux plateaux déployés ; une platine sur le premier, une baffle sur le second. De vieux vinyles et 45 tours traînaient sur le tapis.
« Mon Dieu, où est-ce que tu as trouvé tout ça ? demanda Aegina. J'avais ton âge la dernière fois que je les ai vus.
— En bas. »
Elle s'assit près de lui et contempla les pochettes. Charlie, remarquait-elle, avait le regard rivé sur le disque qui tournait sur la platine. Quand la chanson s'acheva, il leva le bras de l'appareil et l'éteignit.
« J'adorais cette chanson – je l'adore toujours, remarqua Aegina.
— Ouais. Moi aussi », répondit Charlie.
Aegina se tourna vers lui.
« Tu sors en ville ce soir ?
— Non. Je crois que je vais rester ici.
— Tout va bien, Charlie ? »
Il ne répondit pas.
« Tu es à peine sorti de ta chambre depuis que nous sommes revenus. Il s'est passé quelque chose avec Bianca ? »
Long silence.
« Pas vraiment.
— Est-ce que tu veux m'en parler ? »
Charlie resta silencieux.
« Il s'est passé quelque chose à l'anniversaire de Lulu ?
— En quelque sorte.
— Tu peux me raconter ? »

Elle attendit. Elle savait quand elle devait attendre.

« La fête était sympa. C'est moi qui me suis occupé de la musique. Bianca est partie vers minuit, un peu avant la fin. » Charlie s'arrêta, ramassa un disque et le reposa par terre. « J'ai… j'ai couché… j'ai couché avec une femme là-bas.

— Oh, fit Aegina du ton le plus neutre qu'elle put. Oh, répéta-t-elle, le temps de réfléchir à une réponse qu'elle ne parvenait pas à trouver. Et… ça… ça s'est bien passé ? Elle a été gentille avec toi ?

— Oui.

— Tu as utilisé un préservatif ?

— Non.

— Oh, Charlie. Si tu as des rapports sexuels, tu dois utiliser un préservatif. Ça peut être dangereux, tu sais. Tu es au courant, tu as lu des choses sur le sida et…

— Je sais.

— Et Bianca et toi, vous…

— Non.

— Donc c'était ta première fois ?

— Oui. »

Aegina prit la main de Charlie et la serra. Elle baissa les yeux vers elle, cette belle main, presque une main d'adulte à présent, et sentit une vague de tristesse l'envahir. Bien sûr, tout le monde disait que cela passait vite, que les jours semblaient longs mais que les années filaient en un clin d'œil, et en effet… tout était vraiment passé trop vite.

« Bianca est au courant ?

— Non.

— Tu comptes le lui dire ?

— Je ne sais pas. Qu'est-ce que tu en penses ? »

Il s'était tourné vers elle. Elle qui était censée lui délivrer un conseil avisé.

Aegina réfléchit un moment.

« Eh bien, c'est compliqué, commença-t-elle. D'un côté, tu n'as pas envie de lui mentir, pas vrai ? Ce n'est pas bien, insista-t-elle. En même temps, ça va lui faire du mal. Il faut que tu le lui dises si tu penses que… Je crois que tu vas devoir faire le point sur ta relation avec Bianca, savoir où cela vous mène – et si tu as envie de refaire ça avec cette femme. Est-ce que c'est le cas ?

— Non. Elle ne le souhaite pas.

— Elle s'est sûrement servie de toi. Enfin, je suis certaine qu'elle t'appréciait – beau comme tu es –, mais ce n'était pas très malin, ni très bienveillant de sa part. Tu as des sentiments pour elle ?

— Je crois que je l'aime, mais je sais qu'elle ne m'aime pas. Elle est un peu plus âgée.

— Oh, Charlie, répéta Aegina en dégageant tendrement une mèche du front de son fils. Je sais ce que tu ressens. Moi aussi, j'ai vécu ça à une époque. Je sais ce que tu ressens. »

Il se tourna vers elle, l'air soudain intéressé.

« Ah bon ? demanda-t-il. Et il ne voulait pas de toi ? Quel crétin !

— Eh bien, la situation était un peu différente. Mais je ressentais la même chose que toi. La même chose, tu peux me croire. »

Charlie poussa nonchalamment les disques posés par terre. Il leva les yeux vers sa mère.

« Tu es fâchée contre moi ?

— Mais non, mon chéri ! » Elle le prit dans ses bras. « Oh, mon Charlie d'amour, tu n'as rien fait de mal, ajouta-t-elle en l'étreignant. Mais, Charlie, je t'en prie : la prochaine fois, mets un préservatif. » Elle le relâcha et le regarda. « Tu en as au moins ?

— Non, répondit-il avec un petit sourire.

— Bon. Dans ce cas, on ira t'en acheter. Et si tu as des… si tu fais l'amour avec Bianca, tu devras les utiliser. Et avec n'importe qui d'autre. Promis ? »

Charlie hocha la tête.

« Merci de m'avoir parlé. Tu sais que tu peux tout me dire, pas vrai ?

— Oui, maman. Merci.

— Tu descends dîner avec nous ?

— Oui. »

Aegina se leva.

« Dans dix minutes ? »

Charlie acquiesça.

Aegina s'apprêtait à sortir quand elle s'arrêta. Elle traversa la chambre, ramassa la tunique jetée sur une chaise. Elle la brandit devant elle, scrutant attentivement les broderies, les coutures, malaxant le tissu entre ses doigts.

« Où est-ce que tu as trouvé ça ? »

Charlie regarda tour à tour la tunique et sa mère.

« C'est elle qui me l'a donné. »

Aegina regarda la tunique, puis Charlie.

« Qui ça, elle ?

— La femme, répondit-il. Ça vient du Maroc. Un vêtement ancien. »

Aegina baissa les yeux vers la tunique pendant quelques instants, avant de la replacer soigneusement, comme pour l'exposer, sur le dos de la chaise.

Puis elle sortit de la chambre.

Charlie ralluma la platine, et le 45 tours se remit à tourner. Il souleva le bras de l'appareil pour le poser sur le disque *Everyone's Gone to the Moon*.

1983

Un chavirement

1

Le vrombissement semblait de plus en plus fort, de plus en plus féroce.

« Voilà ! » annonça François Duhamel.

Il considéra la cuisine en souriant avant de balayer la pièce d'un grand geste pour désigner le bruit qui résonnait par la porte ouverte de la terrasse de Ca'n Cabrer.

« *Je vous présente Señor* Gómez et sa terrible Lambretta. Prêts pour une virée dans le *campo*, messieurs ?

— Absolument », répondit Fergus Maitland.

C'était un homme de grande taille, à l'embonpoint naissant, dont les cheveux bouclés, qui séchaient à l'air libre, étaient encore plaqués en arrière par endroits en de longues ondulations ; des traits fins, quoique expressifs, complétaient son visage joufflu. Fergus avait revêtu sa tenue de vacances de tous les jours, peu adaptée à une promenade dans la nature méditerranéenne : short de bain Lacoste, chemise à manches courtes rose pâle, mocassins noirs, chaussettes noires, panama Herbert Johnson acheté sur Bond Street.

« Aegina, belle, Charlie chéri, dit-il, amusez-vous bien à la plage », puis il s'avança vers la table de la cuisine, où Aegina donnait son petit-déjeuner à leur fils de trois ans, pour les embrasser tous les deux.

Gerald regardait par la fenêtre avec un air mauvais, de l'autre côté de la terrasse, en direction des citronniers plantés sur la colline.

« Soyez prudents à la *playa* », lança François, un type mince comme un fil, aux cheveux souples, âgé d'une petite trentaine d'années.

Penny, sa femme, et Bianca, leur fille, se trouvaient également à table.

« Même s'il n'y a pas de vent, la mer est agitée aujourd'hui. Il va y avoir des vagues à Cala Espasa, *alors prudence avec les enfants*, d'accord ?

— Évidemment », répondit Penny.

François sortit sur la terrasse qui surplombait la longue route.

Fergus et Gerald – Gerald en dernier, traînant la patte de mauvais gré – lui emboîtèrent le pas. En contrebas, ils virent débarquer de la colline *Señor* Gómez suivi par un panache de fumée grasse bleutée.

« Merde alors, lâcha Fergus, il se balade vraiment en scooter. Qu'est-ce qu'il a contre les voitures ? Lui qui est entrepreneur en bâtiment, il ne voudrait pas quelque chose de solide ? »

François sourit.

« Mais si. Tu vas voir », répondit-il.

Le silencieux du Lambretta n'était d'aucune espèce d'utilité. Le cent cinquante centimètres cubes débarqua au bout de l'allée, image nostalgique d'authenticité, son vacarme se réduisant à un vrombissement relativement doux. *Señor* Gómez coupa le moteur, puis leva les yeux vers les trois hommes qui le regardaient d'en haut.

« *Buenos días* », déclara-t-il avec une gravité solennelle.

Il descendit de selle et posta son scooter sur sa béquille.

« *Hola, amigo,* lança François. *Venimos abajo.* »

Ils descendirent l'escalier qui menait à l'allée. *Señor* Gómez était habillé comme un paysan : une chemise en coton bleu décolorée par les lavages successifs, pantalon bleu foncé râpé, vieilles baskets. Il ôta un petit chapeau à bord étroit, usé et grossièrement tissé, révélant un front si pâle et gris sur ce visage brûlé par le soleil que l'on aurait cru voir la peau d'un cadavre. Les rides profondes qui encadraient sa bouche et ses yeux, et les plis de sa nuque semblaient encrassés, comme la peau à jamais noircie d'un mineur. *Señor* Gómez était court sur pattes, un mètre soixante-cinq environ. Sa carrure évoquait celle d'un bouddha.

François fit les présentations avec grandiloquence.

« *Señor* Rutledge, *el proprietario. Señor* Maitland, *nuestro banquero. Señor* Gómez, *constructor.* »

Gómez serra la main des trois hommes. Gerald sentit les callosités de ses mains de maçon.

« Très ancien ! » s'exclama Fergus avec un sourire joyeux en désignant le vieux Lambretta. L'engin était doté de deux selles séparées et d'un pare-brise jauni en acrylique tout craquelé. « *¡Antiguo!*

— Ah, *sí*, répondit Gómez, impassible, mais trahissant tout de même une pointe de fierté. *Modela cincuenta y ocho. Veinticinco años.*

— *Bueno*, lâcha François. *¿Pues, vámonos?*

— *Sí* », répondit Gómez.

François en tête, ils contournèrent la maison pour arriver à la colline que Gerald avait observée d'un air si morose par la fenêtre de la cuisine. Ils grimpèrent quelques mètres à travers les citronniers et les amandiers, les feuilles, coques sèches d'amandes et brindilles craquant sous leurs pas. François avançait à grandes enjambées. Fergus, lui, se frayait maladroitement un chemin et se retrouva bientôt à bout de souffle. Gómez progressait à pas courts, assurés, déterminés, comme une mule. Gerald semblait quant à lui marcher d'un pas tranquille, même une fois au sommet, en connaisseur des lieux ; mais il traînait à l'arrière, ramassant des branches tombées, des fruits qu'il jetait soigneusement sur le côté, comme pour dégager un passage. Ils atteignirent un sentier perpendiculaire à la côte. Bientôt, la maison disparut derrière le flanc de la colline. Le terrain qui s'ouvrait devant eux était maintenant plus large, couvert de rangées régulières d'oliviers en lieu et place des citronniers et amandiers. À travers les arbres apparaissaient la ville, le phare, la mer.

François s'arrêta.

« *Bueno*, nous y sommes. *Aquí está la parcela,* annonça-t-il en s'adressant à Gómez et à Fergus. Voilà la parcelle. *Desde aquí*, à partir d'ici. »

Il leva les bras pour désigner la vallée, puis traça une ligne imaginaire en direction de la ville. Il se mit alors à gesticuler, avec plus ou moins de succès, pour expliquer en espagnol des questions d'hectares, de nombres d'unités, de route d'accès, de réseau électrique, de téléphone, d'eau et de tout-à-l'égout.

« *¡Fantástico!* » s'exclamait ponctuellement Fergus, dès qu'il parvenait à se figurer le résultat final.

Depuis quatre ans qu'il arpentait Majorque, Fergus avait découvert que l'ajout d'un simple *o* en fin de mot donnait son équivalent espagnol. La technique ne fonctionnait pas à tous les coups, mais le résultat sonnait toujours mieux que de l'anglais.

Sous son chapeau de paille, le visage de *Señor* Gómez ne laissait rien transparaître. Ses yeux plissés s'arrêtaient sur chaque endroit du terrain que François mentionnait.

Gerald regardait dans la même direction, du côté de la paisible olivette plantée sur les coteaux. Des oliviers pouvant vivre deux mille ans. Leur âge se voyait : au fil des siècles, des bosses étaient apparues sur leurs troncs noueux, informes, comme les pustules sur le nez d'un méchant de bande dessinée, et leurs branches étaient déformées, tordues comme si le rachitisme les avait ravagées – alors qu'il s'agissait en réalité de survivants sains, plus vieux encore que la plupart des nations d'Europe, et toujours productifs. Gerald ne s'était jamais considéré comme le détenteur de ces arbres ; lui qui les avait choyés, élagués, entretenus trente ans durant, conscient de n'être leur gardien que provisoirement. Et ces arbres l'avaient nourri en retour.

Jamais il n'avait imaginé devoir les faire couper.

« C'est qu'il n'a pas le choix », dit Aegina, les yeux rivés sur Charlie qui accourait vers elle dans le sable en hurlant.

Une vague s'éleva et s'enroula avant de se briser avec fracas derrière lui. Il n'allait pas réussir à arriver jusqu'à elle, voyait Aegina, mais c'était le jeu de Charlie. Leur regard se croisa et elle éclata de rire, mimant une grimace de terreur. L'eau déferla sur lui, le submergea jusqu'à mi-cuisse, éclaboussant sa poitrine, mais Charlie continua sa course en poussant de hauts cris, les yeux grands comme des soucoupes en voyant cette mer qui se jetait sur ses jambes comme une horde de chiots fous.

Il faisait beau et le vent soufflait à peine sur Majorque, mais un temps moins clément dans une autre région de la Méditerranée – le mistral, peut-être, dans le golfe du Lion –, avait engendré des vagues qui balayaient à présent la pointe est de l'île. Pour Charlie et d'autres sans doute, une vraie journée de vagues s'annonçait, exceptionnelle dans une crique aussi protégée que Cala Espasa, au nord de la ville. Charlie ne cessait d'aller et venir en courant, fuyant les vagues qui, inéluctablement, le rattrapaient. Les premières fois, lorsqu'il tombait et se retrouvait complètement sous l'eau, dressant la tête pour reprendre de l'air, Aegina se précipitait vers lui, posant ses mains partout sur sa tête, son visage, pour nettoyer l'eau salée de ses yeux. Mais rien ne pouvait entamer l'enthousiasme du petit garçon, qui retournait d'un pas mal assuré vers les vagues dès que celles-ci se retiraient. Inlassablement, comme un chien après un os.

Bianca semblait moins enthousiaste.

« Oh-oh », lâcha Penny qui pressentait ce qui allait arriver en la voyant trébucher dans les vagues avant d'être engloutie sous l'eau.

Bondissant sur ses pieds, elle se rua vers sa fille qui se relevait en toussant au milieu de l'écume. Bianca voulait imiter Charlie, mais elle finit par se mettre à pleurer à force de tomber.

« Oh, mon cœur », dit Penny en la soulevant.

Elle la ramena jusqu'à leur place sur le sable sec, à l'ombre du parasol, et l'enveloppa dans une serviette avant de la consoler dans ses bras.

« Il est vraiment fauché ? demanda alors Penny.

— Quasiment. Il a reçu un peu d'argent d'une tante pendant un moment – tu sais, comme dans les vieux romans : trois cents livres par an avec lesquelles tu vivrais comme un prince dans le Dorset ou un endroit comme ça. Il a dépensé tout ce qu'il avait en achetant

Ca'n Cabrer et, depuis, il vit de ce qu'il arrive à produire et à vendre. Mais va gagner ta croûte en vendant des olives, des citrons et des amandes. Surtout à sa manière à lui. Tout le monde achète au supermarché maintenant, dans les HiperSol, les SuperSol, et ils se fournissent tous chez les mêmes gros producteurs. Ça leur revient beaucoup moins cher au kilo. De toute façon, ils n'achètent que par tonnes. Et voilà que la ville décide d'augmenter la taxe foncière.

— C'est vraiment triste », répondit Penny. En l'entendant, Bianca leva les yeux vers elle et prit une mine désolée. « Rien n'est plus pareil de nos jours, pas vrai ?

— Oui, c'est triste, dit Aegina en suivant des yeux Charlie dans l'eau. Ça lui brise le cœur, et à moi aussi, mais il est obligé de vendre quelque chose. Il s'est déjà séparé de deux parcelles de terre en bas du chemin il y a plusieurs années, or ça n'a presque rien rapporté. Ça vaudrait bien plus aujourd'hui. Moi, je lui ai conseillé de tout vendre et d'aller s'installer dans une maison plus petite, en ville, mais il dit qu'il serait malheureux comme les blés là-bas, et moi aussi sans doute. Il a de la chance d'avoir François pour s'occuper de tout ça.

— François est très optimiste. Et il pense que le projet sera réussi. Vraiment, les maisons vont être belles, et pas si nombreuses que ça. François dit qu'on ne les verra même pas de chez vous.

— Ce sont ses arbres qui le chagrinent le plus, Penny. Il s'en occupe depuis qu'il vit ici, ils sont comme des amis pour lui. Mais que veux-tu ? Soit il le fait avec l'aide de François et peut avoir son mot à dire, soit il vend tout à quelqu'un d'autre, et ce serait bien pire. Il n'y a qu'à voir comment s'est transformée l'île depuis que tu y es installée.

— Je sais, répondit Penny, même si je ne peux pas dire que ce soit une mauvaise chose pour François. Il a fait des affaires monstrueuses avec ses lotissements. C'est bien que lui et Fergus se soient associés sur ce coup, pour Gerald.

— C'est bien, oui », dit Aegina.

Charlie arriva à leur hauteur en hurlant de rire, les arrosant de gouttes d'eau salée tandis qu'il tirait Bianca, qui se recroquevilla contre sa mère. Il repartit en courant vers les vagues.

« Fergus passe pas mal de temps aux Rochers, non ?

— Oui.

— Ça ne t'embête pas ?

— Non, bien sûr que non, répondit Aegina. Tous les clients sont anglais. Il est dans son élément là-bas. Sincèrement, je suis contente qu'il ait trouvé un endroit qui lui plaise ici, où il puisse se poser, boire un verre. Il peut y aller sans moi, ça ne me dérange pas. Lui non plus, d'ailleurs. Je crois qu'il est content de pouvoir se retrouver seul pendant quelques heures. Et, maintenant qu'il a ce projet, ça va l'occuper. Ça marche bien.

— Gerald ne va jamais là-bas ?

— Plus maintenant. Il y allait avant, à pied ou en voiture. Il pensait que personne ne le voyait. Je me souviens d'être passée devant les Rochers en voiture quand j'étais petite – quand on prenait "le grand chemin" pour rentrer. Il ralentissait chaque fois devant.

— À ton avis, qu'est-ce qu'il ressent pour Lulu ? »

Aegina secoua lentement la tête.

« Je ne suis pas sûre. Elle l'obsédait à un moment. Ma mère a été obligée de lui remonter les bretelles bien comme il faut.

— Et tu ne sais toujours pas ce qui s'est passé entre eux ? Luc ne te l'a jamais dit ?

— Non. »

Charlie arriva une nouvelle fois en courant.

« J'ai faim ! s'exclama-t-il.

— *Bueno*, répondit Aegina. *Bocadillos*. »

Toutes deux ouvrirent leurs paniers, étalèrent leur pique-nique sur les serviettes. Les enfants commencèrent à picorer leurs sandwiches géants.

Au retour de l'olivette, François étala des plans devant *Señor* Gómez sur la table de la salle à manger. Ces derniers détaillaient la hauteur et la conception de quatre modèles de villas à deux étages, à peu près de la même taille et au coût énergétique semblable. Chacune d'entre elles possédait quatre chambres (ou trois plus un bureau), trois salles de bains, un grand rez-de-chaussée avec une pièce à vivre et une cuisine ouverte donnant sur la terrasse. Chacune possédait sa propre piscine. De légères variations quant à l'extérieur des maisons et leur agencement figuraient sur les plans. Les villas allaient être orientées vers la mer, sans pour autant donner l'impression d'être alignées les unes à côté des autres ou le long de la route d'accès. Elles ressemblaient, mais en plus grand, aux maisons de Los Piños, le petit lotissement que François avait bâti sur la route de Cala Espasa. Ce projet avait été une réussite, toutes les maisons vendues, même si François avait trouvé son maître d'œuvre (qui vivait à une demi-heure de là, à Artà) passablement compétent et peu enclin à travailler sur un plus gros projet avec lui. François avait besoin d'une personne capable de lui fournir des finitions élégantes, doté d'une expérience sur des chantiers plus vastes, des terrains plus difficiles, et qui vivait à proximité afin de pouvoir assurer un suivi permanent. Gómez et un autre entrepreneur de Cala Marsopa nommé Roig étaient les seuls à répondre à ces critères. Gómez était son homme.

« *Bueno* », dit *Señor* Gómez.

Il déclina l'invitation à déjeuner de François. Il devait regarder tout cela de plus près, prétexta-t-il, même si François soupçonnait qu'il se sentait simplement mal à l'aise à l'idée de se retrouver à table avec des étrangers. Le maçon enroula les plans qu'il glissa sous son bras, puis annonça qu'il les recontacterait dans quelques jours. Tout le monde serra sa main calleuse et le regarda s'éloigner en pétaradant sur son Lambretta.

« C'est un miracle qu'il soit toujours en vie, remarqua Fergus en rentrant, à se balader sur cet engin avec des plans sous le bras. Ça, pour un drôle d'oiseau… À votre avis, il est intéressé ? Tu le prendrais, toi ?

— Oui, j'aimerais le prendre, répondit François. Et je crois que c'est ce qu'il veut aussi. Il a fait du super-boulot à Porto Colom, même si ce chantier-ci est différent. Il est aussi important, mais on cherche à faire quelque chose de sympa. Avec un peu de cachet. Un lotissement avec de belles maisons, dans un joli cadre, une colline charmante, bien faite. Une vitrine. Oui, il est intéressé. Et, oui, nous voulons *Señor* Gómez.

— Ça vaut le coup de revoir Roig ? »

Gerald sortit sur la terrasse. Campé dans l'ombre, il alluma une Ducados. Il imaginait déjà le village de touristes sur la colline en haut de sa maison, la musique tard dans la nuit, les pneus qui crissent, les rires retentissants des fêtards, les chiens qui aboient, les ordures jetées partout sur la colline, dégringolant jusqu'à sa propriété, la paix de son olivette à jamais compromise.

Fergus le rejoignit dehors.

« Gerald, je nous emmène déjeuner. Chez Fonda, ça te va ?

— Pourquoi pas plutôt au Marítimo ? » répondit Gerald.

Fergus détestait le Marítimo, avec ses calmars trop gras et sa clientèle de pêcheurs, sans parler des touristes ringards provenant des appartements de location au-dessus du port.

« Oui, bien sûr. Ça marche aussi pour toi, François ? Le Marítimo ? »

Gerald se rendit dans le cellier et sortit deux sacs plastique HiperSol d'un panier accroché à un clou. Il les remplit de citrons, entassés par terre dans une cuve en plastique.

Ils allèrent en ville dans le Range Rover cubique dc Fergus, qui semblait glisser et cahoter comme un téléphérique sur l'allée en pente raide de la ferme. Son intérieur cuir apportait un confort que Gerald n'avait connu qu'une fois, pendant un voyage dans un wagon de première classe, bien des années plus tôt. Mais il restait persuadé que le centre de gravité du véhicule était trop haut, pouvait les faire chavirer, si bien que chaque virage le rendait nerveux. Son beau-fils lui donnait une impression à peu près similaire, avec son imposante assurance, sa constante bonne humeur. Au demeurant, Fergus s'occupait indéniablement bien d'Aegina – en plus de quoi celle-ci gagnait maintenant sa vie avec sa boutique de Covent Garden. Gerald n'avait plus à avoir peur que sa fille ne puisse subvenir à ses propres besoins. « Il est drôle, et je me sens en sécurité avec lui », disait-elle de Fergus avant leur mariage. Ce sentiment de sécurité, Gerald ne l'avait jamais donné à sa fille, s'était-il rendu compte non sans amertume. Au contraire, Gerald savait qu'Aegina se sentait de plus en plus responsable de lui, ce résistant planté sur sa colline à Majorque, tributaire de revenus de plus en plus faibles, qui n'aurait rien de plus à lui léguer qu'une propriété délabrée d'une valeur aussi incertaine que sa santé, condamnée à se détériorer avec l'âge. Avec un père comme ça, la vie qu'offrait Fergus devenait irrésistible. Mais cela ne voulait pas dire qu'il était forcé de l'apprécier.

Le Marítimo se situait au deuxième étage d'un bâtiment en béton à l'entrée du port, au bord de la route. La terrasse offrait une vue sur la mer, par-delà la digue.

Le patron donna l'accolade à Gerald, un homme trapu, à la peau blanche recouverte par endroits de petits poils blancs frisés qui avaient échappé au rasoir, dans le cou. Gerald lui tendit les deux sacs de citrons, dont l'homme s'empara avec respect.

« *¡Gerald, viejo amigo!* lança-t-il d'une voix chaleureuse. *¿Cómo estás? Demasiado tiempo, hombre*. »

Il avait environ le même âge que Gerald, mais semblait plus vieux et en moins bonne santé. Il se mouvait avec difficulté.

« Bien, *Rafael. ¿Y tú?* »

Rafael Soler haussa les épaules et poussa une série de grognements fatalistes.

« *El hígado*, le foie. *El reumatismo. ¿Qué puedo hacer?* »

Rafael échangea une poignée de main avec Fergus et François, déjà rencontrés en compagnie de Gerald et qui, à ce titre, bénéficiaient d'un traitement de faveur.

La belle et ténébreuse petite fille de Rafael, une adolescente prénommée Rafaela, les suivit sur la terrasse tandis que son père les installait à sa meilleure table, sous l'auvent, avec vue sur la marina, en leur demandant si cette place leur convenait.

« *Estupendo,* répondit François.

— Une sangria, c'est "possiblé", *por favor* ? demanda Fergus en souriant à pleines dents à la jeune fille.

— *Sí* », répondit-elle avant de se hâter vers le bar.

Rafael resta posté près de la chaise de Gerald, une main posée sur son épaule comme pour garder l'équilibre, pendant qu'ils s'échangeaient les dernières nouvelles. L'espagnol de Fergus était rudimentaire, des phrases passe-partout pour les vacances acquises au fil des quatre dernières années. Il avait cependant retenu quelques mots de vocabulaire sur les bateaux et les poissons, qu'il prononçait toujours avec une déception fataliste. Les yeux rivés au loin sur le port, Rafael respirait bruyamment en secouant la tête. Nous y voilà, pensa Fergus, l'inexorable coup de gueule du travailleur face à la modernisation. Ce spécimen-là, par exemple, empâté par la bouffe et le manque d'exercice, devait avoir un père qui bossait dix-huit heures par jour, forcé de raccrocher les crampons à cause d'une maladie. Tout compatissant, François hochait la tête tandis que Gerald traduisait pour Fergus ce que leur racontait Rafael à propos des poissons, de plus en plus petits et rares partout en Méditerranée, des bateaux de pêche locaux de moins en moins nombreux, de plus en plus souvent remplacés au port par des yachts qui ne bougeaient jamais.

« C'est rudement triste, déclara Fergus d'un air apitoyé.

— Homère appelait la Méditerranée la "mer infestée de poissons", remarqua Gerald. Mais c'est fini tout ça. »

Rafael leur recommanda le gaspacho, puis leur souhaita un « *Buen provecho* » avant de s'éclipser.

« Ah, enfin un peu de vent », dit François.

L'air humide et salé vacilla, réverbérant le soleil. Gerald contempla la mer comme à travers une fine membrane et se vit, là, dans un petit bateau blanc, pénétrant dans Cala Marsopa pour la première fois, contournant l'ancienne digue pour arriver sur le quai sous le vieux bar Marítimo, un lieu dont il ne connaissait rien, où il ne comptait rester que jusqu'à ce que le vent tourne.

« Cette mer est toujours infestée », remarqua Fergus.

François se tourna vers lui.

« Comment ça ? demanda-t-il.

— Eh bien, commença Fergus en levant une main vers le port. Regarde tous ces foutus bateaux. Comme l'a dit notre cher ami, ils n'étaient pas là avant, non ? »

La *Néréide* était alors le seul bateau de plaisance du port, en mai 1948. Puis les coques rutilantes, toutes rondes, des bateaux de pêche étaient arrivées, une quinzaine peut-être, certaines décorées d'un œil égyptien peint sur la proue. Le petit port intérieur s'était rempli. Des filets noirs avaient été étalés sur le quai en pierre ; des pêcheurs aux visages sillonnés comme des noix s'asseyaient dessus pour tisser sous le soleil avec de grosses aiguilles en bois.

« Les gens dans ces yachts sont là pour dépenser leur fric, poursuivit Fergus. Ils viennent manger ici, non ?

— Oui, admit Gerald. Mais l'Espagne qu'ils recherchent en venant ici, cette Espagne-là est en train de disparaître.

— Pas sûr, répliqua Fergus. Tout est toujours en train de disparaître, d'être remplacé par autre chose

– de mieux, souvent. J'ai tendance à penser que la plupart des gens ne regretteront pas l'Espagne d'avant. Les toilettes turques, le téléphone impossible à trouver. Les touristes viennent ici pour le soleil, le sable, la paella, les tapas. Pour voir des nichons et des culs à la plage. Ils débarquent de Sheffield, de Düsseldorf, et ils sont éblouis quand ils voient tout ça. Ça leur coûte moins cher que de rester chez eux. Les locaux, ça ne leur rapporte pas un max, peut-être ? Il n'y a qu'à voir comme leur vie s'est améliorée. »

François éclata de rire.

« Autrefois, les Espingouins croyaient que tous les non-catholiques cachaient une queue préhistorique sous leurs vêtements.

— Quelles foutaises, lâcha Gerald.

— Qui sait, continua François. Cela étant, Gerald, sur ce point, je suis obligé d'être d'accord avec ton beau-fils, *nuestro banquero*. Il y a huit ans, avant la mort de Franco, toutes les femmes du pays étaient habillées en noir et se baladaient à dos d'âne. Maintenant, victoire des victoires, elles sont toutes à moitié à poil sur les plages, en string, et conduisent des Seat et des Renault. C'était sans doute plus pittoresque à l'époque, mais c'était pareil dans l'Europe entière avant l'industrialisation, quand tout le monde attrapait la peste bubonique. Les Espagnols, ce n'est pas des vieux paysages de carte postale qu'ils souhaitent, des murs qui s'effritent, des mules. Demande à *Señor* Gómez. Il ne voudrait jamais que ça redevienne comme avant. Parce qu'il s'enrichit maintenant. »

Rafaela revint avec un plateau où se trouvait une corbeille de pain, des verres, une grande carafe de sangria, des oranges et des citrons.

« *Rafaela, prefiero un vaso de agua con gas, por favor*, lui dit Gerald.

— *Sí*, Gerald, répondit-elle, puis elle tourna les talons.

— Cet endroit, là, reprit Fergus, le Marítimo : il a quel âge, d'après toi ? Ça a l'air tout neuf. Il sort d'où l'argent, pour construire ça ?

— Ils ont reconstruit cette partie du port et étendu la digue il y a une dizaine d'années, après une tempête, un hiver, qui avait endommagé la structure d'origine et les baraques des anciens pêcheurs, répondit Gerald. Je crois que l'assurance les a aidés.

— D'accord. Mais regarde ton ami, là-bas, scotché à sa télé au bar. Son chiffre est bien meilleur avec un resto deux fois plus grand qu'avant. Il a beau dire qu'il n'aime pas voir son joli petit port envahi par des yachts, n'empêche que c'est chez lui que descend chaque plaisancier qui débarque sur le quai en dessous de nos pieds. »

Rafaela arriva avec deux grands bols de gaspacho.

« *Estupendo* », dit François.

Elle leur demanda ce qu'ils voulaient manger d'autre.

« *Hamburguesa, por favor* », répondit Fergus avec un accent espagnol déplorable.

François et Gerald commandèrent des sardines grillées.

« Et si nous parlions plutôt de ce que Gerald va toucher en échange de son joli bout de colline ? intervint François, qui persistait dans son enthousiasme. J'en ai déjà discuté avec lui, mais tu es meilleur que moi en maths, Fergus.

— Alors allons-y, approuva Fergus en leur versant à tous les deux un verre de sangria ; Gerald poussa le sien sur le côté. Bien ! Gerald ! au lieu d'acheter ta terre tout de suite, à un prix qui ne refléterait ni son potentiel, ni les prix actuels du marché, mon groupe voudrait faire de toi son partenaire, t'impliquer dans le déroulement du projet pour que tu gagnes plus gros.

— C'est très gentil à toi, Fergus, répondit Gerald. Mais pourquoi ferais-tu une chose pareille ?

— Je vais être parfaitement honnête, Gerald. Je fais ça par amour. Parce que tu es le père d'Aegina, le grand-père de Charlie. Je ne veux que leur bonheur, et leur bonheur, en l'occurrence, passe par le tien. Si tu conclus cette affaire, tu toucheras suffisamment pour couler de vieux jours longs et heureux, ce que nous te souhaitons, et sans bouger de chez toi. Je sais que Sanitas couvre tes frais médicaux de base, mais, avec ça, tu auras tout ce qu'il te faut en cas… de nécessité. Et puis, le temps passant, tu auras aussi un héritage à transmettre à Aegina et à Charlie. C'est vrai, à quoi bon se voiler la face ? Bien sûr que l'argent est important. Personne n'entreprendrait jamais rien, sinon. Mais, dans notre cas, ce n'est pas seulement un bon placement financier, c'en est aussi un pour Aegina et Charlie – et pour toi aussi, au passage. Tu comprends ? » Fergus descendit la moitié de sa sangria. « *¡Fantástico!* »

Le regard de Gerald se planta sur François, assis en face de lui, qui lui répondit par un sourire confiant.

« Alors, c'est gagnant-gagnant, non ? »

Fergus resservit à boire avant de poursuivre :

« Nous avons déjà une idée de partenariat. Pour commencer, Gerald, un acompte pour ta terre : vingt-cinq mille livres. Garanties. En quatre paiements, étalés sur la première année. Ensuite, on construit au fur et à mesure que l'on vend. On construit quelques maisons, on les vend, on en construit quelques-unes de plus, jusqu'à ce que la phase un prenne fin. Quinze pour cent des profits sur chaque maison sont à toi.

C'est comme ça qu'on fait de l'argent. Au bout de dix maisons – à la fin de la phase un, vu ton train de vie –, tu auras de quoi faire pour le restant de tes jours.

— Donc, si je comprends bien, répondit Gerald, tu me prends ma terre, tu rases mes oliviers, tout ça pour six mille deux cent cinquante livres, c'est ça ?

— Au début, oui. Mais mes investisseurs mettent un demi-million. Moi-même, j'investis – je compte acheter l'une des maisons de la phase deux pour Aegina et Charlie. Tu seras payé dès le départ, Gerald, et il y aura encore de l'argent à venir après. N'oublie pas non plus les quinze pour cent sur tout ce que nous vendrons.

— Sur vos profits. Tu as dit, sur les profits que vous tirerez de chaque maison. À quel moment considérerez-vous que vous aurez fait du profit ? Quand vous vendrez une maison ? Quand vos investisseurs auront amorti leur demi-million ? Ou bien quand vous aurez couvert la totalité de vos frais ?

— À vrai dire, c'est structuré, tu ne peux pas vraiment raisonner comme ça. On pourra faire les calculs quand tu voudras, tu verras. Mais le principe est clair : dix propriétés vendues à prix croissant, avec un tarif de base de quatre cent mille livres. Des prix moins élevés pour nous mettre sur les rails au départ, plus élevés ensuite. En gros, ça grimpera entre six et huit millions, minimum. Dont à peu près la moitié sera considérée comme du profit. Il faudra juste enlever quelques taxes, qu'on devrait pouvoir prendre en charge pour toi, et tu auras ta part, Gerald, presque sept cent cinquante mille livres. Et ce dans deux ans. Sur un compte en Suisse, si ça te chante. Alors, on en dit quoi ?

— Qui sont les investisseurs ? demanda Gerald.

— Un groupe avec lequel je travaille à Londres. Ils aiment le marché des maisons de vacances à Majorque exactement pour les raisons que je viens de t'exposer. La Costa del Sol toute bétonnée, très peu pour eux. Majorque fait plus village. Il y a du potentiel pour les mini-projets immobiliers comme ceux dont je te parle. Impact dérisoire sur le paysage : on ne verra presque rien depuis la route, et toi, tu ne verras rien du tout depuis chez toi. Vingt voitures tout au plus, capacité maximale, plus quelques visiteurs qui passent. Une piscine par propriété. Élégance. Voisins sympas. Ils t'inviteront à leurs soirées.

— Et ce groupe d'investisseurs, c'est du solide ?

— Aussi solide que les maisons – même plus sûr, en fait. Au Lloyd's, pour la plupart. Mutuelles d'assurance. Solide comme un roc. Tu ne peux pas trouver mieux. Et nous sommes prêts à signer. Aujourd'hui. »

Gerald savait Fergus capable, sur le papier, de prouver tout ce qu'il avançait, de lui montrer des chiffres qui dissiperaient ses doutes. De telles garanties ne valaient rien à ses yeux. Gerald, lui, voulait manger des olives, des amandes, des caroubes, boire de l'eau du puits parfumée par ses citrons. Mais, grâce à Fergus, Aegina se sentait en sécurité, elle l'avait dit. Et Gerald pouvait maintenant réaliser une bonne action pour elle.

Rafaela apporta trois assiettes.

« "Sauso tomato", *por favor*, demanda Fergus. Alors, on en dit quoi, Gerald ? J'aimerais donner une réponse à mes associés le plus vite possible. Qu'on fasse appel à Mister Lambretta ou à l'autre gars, ce projet sera gagnant dès la seconde où tu signeras. »

Fergus et François le regardaient avec impatience. Gerald, lui, avait les yeux rivés sur la digue.

C'est quoi, son problème ? pensa Fergus. À toujours avoir l'air déçu, hanté par quelque chose. Fergus lui accordait la plus belle des faveurs de toute sa misérable existence en lui offrant une sécurité pour lui et sa famille, et lui faisait la fine bouche ? Vieux casse-couilles aigri. Et le pire dans tout ça, c'était qu'il avait transmis ses défauts à Aegina. Avec elle, rien n'allait jamais. Tel père, telle fille, hantés, déçus, constamment insatisfaits.

« Gerald, mon bon, tu as besoin d'un peu de temps pour réfléchir ? » demanda Fergus. Il regarda François en levant les yeux au ciel, puis se tourna à nouveau vers Gerald. « Allô, Gerald, ici la Terre. »

Gerald s'arracha à sa contemplation de la mer pour les considérer tous les deux. Ce condescendant « mon bon », venant d'un promoteur immobilier, un arriviste qui avait la moitié de son âge, était une offense, qui l'amusait pourtant. Fergus était un bouffon.

« Non. Inutile d'en discuter davantage. Je signerai quand vous voudrez.

— Formidable ! s'exclama Fergus. Après le déjeuner, dans ce cas. Je te ferai un chèque en même temps. Six mille livres dès aujourd'hui dans ta poche, Gerald. Alors, qu'est-ce qu'on dit de ça ? »

Gerald ne sembla pas entendre. Il contemplait à nouveau la mer, l'air absorbé.

Les deux autres suivirent son regard.

Un grand bateau de plaisance, bâti et décoré comme un galion pirate luisant, avec une poupe surélevée et une voile carrée gonflée sur sa vergue, voguait dans le vent léger, approchant du port.

Deux hommes se tenaient pieds nus sur le pont en teck, tout au bout de la proue du *Dauphin*.

« C'est la maison de ma mère, là-bas, annonça Luc en pointant du doigt la bâtisse au sommet des rochers. Avec les volets couleur sauge.

— *Mais c'est fabuleux !* s'exclama Gábor Szabó dans un français parfait. Cette île est d'une beauté extraordinaire. Comment se fait-il qu'elle soit toujours si peu connue ?

— Pas tant que ça, en fait. Robert Graves vit sur la pointe nord de Majorque. Vous savez… – Luc avait toujours des doutes sur ce que pouvaient penser les gens du cinéma de ses références, particulièrement Szabó – … "*I, Claudius*" ?

— Mais bien sûr. Superbe. Un scénariste pour la télé ?

— Il a écrit le livre duquel a été tirée la série pour la BBC. » Luc se dépêcha de changer de sujet. « Joan Miró, le peintre, habite pas loin de Palma. Et puis, il y a aussi George Sand – qui était en réalité une femme française, comme vous le savez –, qui a passé un hiver sur l'île avec son amant malade de la tuberculose, Frédéric Chopin. Un désastre. Elle a écrit un livre sur leur voyage. *Un hiver à Majorque*.

— Oui, j'en ai entendu parler. Je pensais que c'était un roman. Un peu comme *L'Île mystérieuse*, de Jules Verne. Comme Lilliput.

— Non, c'est une histoire vraie.

— Il n'empêche, personne ne parle de Majorque. Personne ne va à Majorque. Alors que… regardez, tout est d'une beauté incroyable ! *Formidable !* »

Szabó était en extase. Lui qui avait fait un si long voyage depuis Monte-Carlo pour trouver cette terre inconnue ; à présent découvreur de lieux inexplorés, un Bougainville, un Cook, un Gama, vêtu d'un pagne tahitien bleu gonflé par le vent, d'une chemise longue en lin blanc rapportée d'Inde. Dans son dos, des kystes d'acné avaient laissé sur le fin tissu de sa chemise des pointillés de sang entourés d'auréoles de pus.

De son gros bras, il entoura l'épaule de Luc.

« Mais c'est fabuleux ! Nous avons atteint Thulé ! Nous serons ici des pionniers, Luc. »

2

Le petit groupe était étendu sur des tapis de sol à l'ombre des pins, au fond du jardin clos de la villa dominant la piscine. Une brise légère faisait bruire leur souffle à travers les aiguilles des branches. Ils étaient cinq : Lulu, Sarah Bavister, une cliente régulière des Rochers, descendue pour deux semaines sans son époux, avec ses enfants et une nounou alors partis à Son Moll, une plage à l'abri des vagues inhabituelles qui agitaient la mer ; Dominick Cleland, enchanté par le soudain et nouvel enthousiasme de Lulu pour le yoga et les contorsions des participantes. Deux plaisancières du *Dauphin* complétaient le tableau, arrivées au port un peu plus tôt dans l'après-midi : Véronique, la femme française de Gábor Szabó, et sa sœur, Mireille.

Assis dans un coin du patio près du bar, Fergus observait Cassian Ollorenshaw jouer au backgammon avec le producteur de cinéma hongrois descendu du yacht. Suite au déjeuner, Fergus avait raccompagné François et Gerald en voiture jusqu'à Ca'n Cabrer, et rédigé un chèque d'un montant de six mille deux cent cinquante livres à l'attention de ce dernier, soit un quart de l'acompte pour le transfert de propriété des cinq hectares et demi des terres de Gerald à la périphérie de Cala Marsopa, au profit de la Mallorca Ventures Company. Gerald avait signé le document préparé par Fergus. Mission accomplie.

Fergus était maintenant absorbé par l'atmosphère qui régnait à la table. Quelque chose de semblable à l'excitation contenue d'une salle des ventes.

Cassian, en short de bain et T-shirt à manches longues, était voûté tel un gnome, suspendu au-dessus du plateau de jeu qu'il scrutait derrière ses verres jaunes fumés. Ses cheveux roux mi-longs étaient plaqués en arrière, à l'ancienne, par une sorte de pommade, des boucles indisciplinées tombant sur sa nuque, et son front était enduit d'oxyde de zinc jusque dans les cheveux de ses tempes. Pas un Narcisse, pour sûr. Un paquet rouge de Dunhill King Size et un briquet de la marque doré au fond hachuré étaient posés près de son coude gauche. Depuis sa libération au mois d'avril de la prison de Pentonville, dans le nord de Londres, Cassian avait passé la majorité de son temps à cette table dans l'angle du patio. Cette place était devenue son bureau. Le téléphone du bar, dont le fil serpentait le long du carrelage, était lui aussi posé là, près des cigarettes.

« Ne t'inquiète pas, je paierai toute la facture, avait-il déclaré à Lulu à propos du téléphone. Ça sera plus simple que de retrouver qui a passé quels appels. De toute façon, ils seront presque tous de moi. »

Cassian restait pendu des journées entières au téléphone. Il décrochait dès qu'il sonnait, répondant à tous les appels ou presque qui arrivaient aux Rochers. À l'approche de la haute saison, le carnet de réservation se retrouvait rapidement rempli. Cassian s'avérait particulièrement efficace pour résoudre les problèmes de chevauchement, chose que Lulu, peu douée pour la gestion des chambres, n'était jamais parvenue à accomplir si adroitement. Elle répondait toujours par l'affirmative aux demandes des clients, leur laissant volontiers le loisir de réfléchir lorsqu'ils n'étaient pas sûrs de savoir combien de temps rester.

« Cette chambre-ci est bien plus calme, conseillait régulièrement Cassian au téléphone. Vous risqueriez de ne pas fermer l'œil de la nuit autrement, avec la musique du Ses Rotges, en haut de la route. Et je ne vous parle pas du jardinier avec son gosse, à sept heures du matin. En revanche, il faudrait que vous soyez parti le 14. »

Assis nonchalamment à la table en face de lui, Szabó, toujours en pagne, mais avec une nouvelle chemise en coton bleu pâle, perdait la partie. Il ne s'en souciait guère. Szabó se délectait de se retrouver face à un joueur d'un tel talent. C'était un peu comme jouer contre un Arabe dans un souk. Sur le yacht, Szabó avait affronté Luc, avec qui la partie était courue d'avance. Szabó s'en était lassé. Ils n'avaient pas non plus misé d'argent. Alors que Cassian, lui, n'était pas en train de le plumer pour de faux.

« J'ai entendu dire que vous alliez bâtir sur la colline, dit Cassian à Fergus.

— Ah. Oui. »

Fergus fut surpris, mais pas désagréablement, de faire l'objet des derniers potins financiers. Aegina ou François avaient dû vendre la mèche, présuma-t-il.

« Nous venons de signer, en fait.

— Je connais Johnny Barton, répondit Cassian.

— Ah oui, vraiment ? Il fait partie de nos investisseurs. Vous le connaissez d'où ?

— Un vieux camarade d'Eton College.

— Oh, je vois.

— Et vous construisez quoi, sans indiscrétion ?

— Non, je vous en prie », répondit Fergus avant d'exposer à Szabó les grandes lignes du projet, deux groupements de villas ultra-chic implantées sur un site d'exception, avec vue panoramique sur la mer au sud et à l'ouest, et même, par temps clair, sur Minorque.

« Où ça, exactement ? demanda Szabó.

— Juste à la sortie de la ville, à un kilomètre d'ici.

— Vous êtes déjà complets ?

— Vous voulez dire…

— Vous avez déjà tout vendu ?

— Oh non. Non, pas tout à fait. Nous avons des gens intéressés, certaines de mes connaissances à Londres, mais oui, il nous reste encore des villas.

— Et vous êtes obligé de construire selon vos plans, poursuivit Szabó, ou serait-il possible de réunir plusieurs parcelles pour construire plus grand ?

— Ah. Eh bien, c'est tout à fait envisageable. Du moment que la villa et les alentours restent dans le style du lotissement. Qui à lui seul est déjà très séduisant. Plutôt dans la veine de ce que l'on voit sur la Côte d'Azur.

— Tout cela m'a l'air merveilleux. Vous pourriez me faire visiter le site ?

— Mais bien sûr, répondit Fergus. Quand vous voulez.

— Demain matin ? Dix heures ?

— Parfait. Je passerai vous prendre au bateau.

— *Fabuleux* », répondit Szabó.

Il jeta un rapide coup d'œil au plateau de jeu, lança les dés, puis tourna son regard vers le groupe de yoga sous les pins. Lulu était une femme envoûtante. Tous deux avaient été présentés avant le début du cours. Cela faisait une heure que Szabó ne l'avait pas quittée des yeux, la regardant travailler un enchaînement de postures répétitives, et pourtant en constante évolution, comme le carillonnement des cloches d'une église. Szabó était fasciné par l'étonnante souplesse de Lulu, qui frisait sans aucun doute l'hypermobilité, par sa silhouette ferme et musclée, sa peau mate et lisse de plus en plus luisante à mesure que le cours progressait, cet épais cordon de cheveux blanc qu'elle portait en une longue tresse tombant négligemment sur son cou, ses sourcils noirs marqués contrastant avec le blanc de sa chevelure, la fluidité de ses mouvements, cette tranquillité facile. Extraordinaire. Comme il était étrange, étonnant que cette femme, créature gracieuse et irradiante, si *British*, si distinguée dans ses manières et son accent, si frappante par sa simple présence, soit la mère d'un être aussi torturé et effacé que Luc, qui parlait comme un titi parisien.

Lulu aimait terminer son cours de yoga par de courtes lectures philosophiques. Elle avait récemment parcouru un ouvrage d'apparence savante, intitulé *L'Éveil de l'intelligence*, de Jiddu Krishnamurti, oublié dans une chambre par l'un de ses hôtes. Le contenu était d'une imbécillité sans pareille, mais le patronyme de l'auteur lui avait plu, comme la promesse du titre. La photographie de l'auteur sur la couverture, en revanche, l'avait fait réfléchir à deux fois. Krishnamurti avait clairement l'air d'un illuminé, doté d'un charme tout indien qu'elle-même ne pouvait supporter, mais qui en impressionnait tant d'autres, à mi-chemin entre un Beatle et Gandhi. Or si cet auteur était si brillant, pourquoi cette mèche sophistiquée, pourquoi ce cran en forme de vague (maintenu sans aucun doute par de la laque), qui de toute évidence avait pour but de lui servir de cache-crâne ? Que venait faire une preuve aussi flagrante de futilité et de manque de confiance en soi sur la couverture d'un livre prônant la vérité intérieure – ou peu importe la manière dont il nommait cela ? Cependant, ces lectures, pensait Lulu, formaient une parfaite transition, un pont tout trouvé entre le relâchement des énergies physiques et spirituelles mobilisées et le gin tonic qui s'ensuivait.

Pendant que ses camarades se détendaient, allongés sur leur tapis, respirant avec les arbres qui soupiraient délicatement au-dessus d'eux, Lulu ouvrit le livre à une page cornée et se mit à lire de sa voix claire, capable de porter jusqu'à la piscine, le patio et le bar, cette voix aux inflexions et à l'accent des émissions d'antan :

« La culture ancienne est presque morte, et pourtant nous nous y accrochons… À moins que ne se produise une profonde révolution psychologique, la simple réforme de la périphérie n'aura que peu d'effets. La révolution psychologique… est possible à travers la méditation… »

Les apprentis yogis affluèrent bientôt dans le patio avec leur tapis et leur sac, respirant et marchant comme des danseuses, luisants de transpiration et de bien-être intérieur. Les femmes s'installèrent à différentes tables. Dominick joua le barman et apporta les boissons.

Szabó se leva, remerciant de bonne grâce Cassian pour sa performance.

« Vous accepterez que je vous fasse un chèque demain ? » lui demanda-t-il.

L'Anglais lui avait raflé mille deux cents livres.

« Bien sûr, répondit Cassian. Sauf si vous mettez les voiles avant. »

Sensible à ce bon mot, Szabó éclata de rire. Il traversa le patio et rejoignit son épouse, sa belle-sœur,

Lulu, ainsi qu'une autre femme assise à leur table, arrangeant son pagne avant de prendre place.

« Alors, ce yoga ? demanda-t-il.

— Très agréable, répondit Véronique Szabó, toujours dans un état second.

— Ça en avait l'air, remarqua Szabó. C'est un lieu comme on en voit rarement que vous possédez là, Lulu. Un petit Alhambra rien qu'à vous.

— Ce serait beaucoup dire, répondit Lulu, même si c'est effectivement isolé. Les gens ont le sentiment de pouvoir fuir le monde extérieur, je crois.

— Et c'est heureux ! » intervint Sarah Bavister, qui s'attachait les cheveux, debout à côté d'eux. La silhouette de cette femme rappelait celle du pigeon boulant, courte mais délicate, dotée d'une poitrine totalement disproportionnée, trônant sur un torse bombé. « Cela fait des années que je viens, poursuivit-elle. Le monde a beau devenir de plus en plus laid, rien n'a jamais changé ici. Comme Lulu.

— Sarah, très chère, répondit cette dernière.

— Les gens de l'extérieur sont acceptés au restaurant ? demanda Szabó. Nous aimerions beaucoup nous joindre à vous pour dîner ce soir. Nous sommes quatre – dont votre cher fils.

— Nous serons ravis de vous accueillir, répondit Lulu. Je vais prévenir la cuisinière.

— Et nous ferez-vous le plaisir de venir déjeuner à bord du *Dauphin* demain ? lança Szabó en balayant la table du regard.

— Oh, mais oui ! s'exclama Sarah. Ce bateau est d'une beauté ! Je meurs d'envie de voir l'intérieur.

— Oui, merci, répondit Dominick.

— C'est d'accord pour tout le monde, alors ? demanda Szabó en s'arrêtant sur Lulu.

— C'est très gentil à vous, répondit-elle avec un sourire courtois, tout en se levant. Il faut que j'aille trouver Claire pour lui parler du dîner. Nous passons à table à neuf heures. »

Szabó la suivit un instant du regard tandis qu'elle s'éloignait, pieds nus. Puis il tourna sa chaise vers les deux hommes toujours attablés près du bar.

« Messieurs, nous vous compterons parmi nous pour déjeuner demain sur le yacht, j'espère ?

— Volontiers, merci ! » répondit Fergus.

Cassian se contenta d'un mince sourire pour accepter l'invitation.

Szabó et les autres terminèrent leur verre avant de se lever de table pour prendre le chemin du port.

Fergus resta assis avec Cassian.

« Vous jouez ? » lui demanda Cassian en installant le plateau.

Fergus éclata de rire.

« Pas à votre niveau.

— Oh, ne vous en faites pas, répondit Cassian. On peut jouer pour le fun. »

Fergus ne voyait rien de fun là-dedans.

« À vrai dire, je vais bientôt devoir y aller », s'excusa-t-il sans pour autant bouger de sa place, tripotant son verre.

Comme tout le monde, Fergus avait entendu dire qu'Ollorenshaw avait fait de la prison en raison d'irrégularités financières d'un niveau rarement égalé. Presque un cas sans précédent. Fergus était intrigué.

« Votre projet semble être une belle affaire, remarqua Cassian tout en plaçant les dames sur le tablier.

— Je crois, oui, répondit Fergus avec enthousiasme. Ça devrait sacrément bien marcher.

— Vous pensez que vous auriez pu pousser le projet plus loin ? »

Avec ses yeux aux paupières lourdes, Cassian le scrutait comme un lézard à travers ses verres fumés.

« La question s'est posée, bien sûr. Mais cela aurait impliqué un travail beaucoup plus important. Beaucoup plus d'argent à avancer. Et un impact bien plus lourd sur les propriétés environnantes. Pour être tout à fait franc, je ne pense pas que nous aurions eu le feu vert de ce bon vieux Gerald si nous avions voulu réaliser quelque chose de plus ambitieux.

— Je vois, répondit Cassian. » Il agita le cornet à dés et les jeta sur le plateau. Un 3 et un 1. « Vous ne vous laisserez pas tenter ?

— Bon, d'accord, céda Fergus. Mais juste une partie, alors. Il faut que je retourne en ville bientôt. »

Luc s'éclipsa rapidement après avoir accompagné Szabó, sa femme et sa belle-sœur sur la route du port jusqu'aux Rochers, et salué sa mère d'un baiser sur la joue. Il se rendit au garage et sortit sa vieille et minuscule Rieju Jaca sur la route poussiéreuse, puis sauta sur le kick. La mobylette démarra au quart de tour. Gracias, *Vincente. Mille pesetas la prochaine fois que je te verrai*, amigo.

Luc roula tranquillement jusqu'au port. Il devait passer prendre Gaspard, le chef guadeloupéen du *Dauphin*, en charge de réapprovisionner le garde-manger du bateau. Gaspard à l'arrière, il traversa Cala Marsopa en lui montrant le primeur du marché avant de le déposer au nouveau supermarché derrière la place.

« Ils te livreront au bateau, lui dit Luc. Mais la plupart des *mercados* aussi. Sinon, ils peuvent t'appeler un taxi qui te ramènera au port. Il suffit de suivre le quai.

— Formidable », répondit Gaspard.

L'exotisme de Gaspard détonnait au milieu des touristes blancs indolents en vêtements d'été de supermarché. Un mètre quatre-vingt-quinze, mince, peau café-au-lait et lèvres charnues, immense regard azur, très direct, très gay, queue-de-cheval noire frisée, Gaspard était vêtu d'une fine chemise blanche qui bouffait sous le vent, d'un corsaire rouge, et portait à l'épaule une sacoche berbère en cuir à franges.

« *Merci, mon cher* », lança-t-il à Luc avant de lui souffler un baiser et de lui dire au revoir de la main.

Luc repartit dans la ville à toute berzingue. Les rues, presque entièrement goudronnées à présent, plus sûres, dotées de trottoirs, le transportaient inexorablement dans ses souvenirs, quel que soit son itinéraire. Toujours, Luc cherchait cette tête, ces cheveux, ce corps particulier, cette silhouette qu'il espérait ou craignait de voir tout à coup débarquer, s'incarner dans une individualité vivante. Plus que tout, il désirait voir son visage.

Il s'arrêta au *tabacos* près du port, autrefois un simple renfoncement dans un mur où l'on vendait des cigarettes et des billets pour la *lotería* au milieu des pêcheurs édentés assis dehors sur des chaises, transformé à présent en jolie boutique vitrée qui vendait également des jeux d'échecs en bois d'olivier, *botas*, castagnettes, figurines de taureaux en velours et posters de corridas. Les pêcheurs et leurs chaises avaient disparu. Luc acheta un paquet de Gitanes, souhaita *buenas tardes* à la vieille marchande qui ne le reconnut même pas.

Elle se tenait dehors lorsqu'il sortit, les yeux rivés sur la Rieju, tenant par la main un petit garçon.

« Elle est à toi, dit Aegina. J'en étais sûre. »

Elle le regarda calmement, un petit sourire aux lèvres – il ne put lire quoi que ce soit d'autre. La tête levée vers lui, le gamin aux cheveux bruns, à la peau mate comme elle, le scrutait de ses grands yeux marron.

« Et lui, il est à toi ? » demanda Luc.

Le petit garçon se réfugia derrière Aegina en le voyant le regarder.

« Oui. C'est Charlie. Charlie, tu veux bien dire bonjour à Luc ? C'est un vieil ami. »

Le petit garçon resta derrière sa mère, accroché à ses cuisses.

« Il est beau, d'après ce que j'arrive à voir. Sans doute qu'il tient de toi.

— Luc, je suis désolée pour ton père », lui dit Aegina.

Plus tôt cette même année, Luc lui avait envoyé une lettre, à Ca'n Cabrer, ne connaissant pas son adresse à Londres, pour lui annoncer la mort de son père emporté par un cancer de la prostate la veille de son soixante et unième anniversaire.

« Je l'avais beaucoup apprécié quand on s'était rencontrés à Paris. Je suis sincèrement désolée.

— Lui aussi t'avait beaucoup appréciée. Tu es au courant pour Teddy ? » demanda-t-il.

Ami d'enfance dont les parents vivaient par intermittence à Majorque, et qui avait joué avec eux presque chaque été depuis toujours, Teddy Trelawney était mort d'une overdose d'héroïne à New York cet hiver-là.

« Oui, je suis au courant, répondit Aegina en jetant un coup d'œil à Charlie qui commençait à tirer sur son bras, tenant sa main entre ses deux paumes. Je n'arrive pas à croire… à comprendre comment il en est arrivé là. Teddy était une si belle, une si bonne personne.

— Je suis sûr qu'il l'est resté jusqu'à la fin », répondit Luc.

Ses cheveux étaient maintenant plus courts, coupés aux épaules, toujours d'un noir profond, sauf au soleil. Autrement, Aegina n'avait pas tellement changé depuis la dernière fois qu'il l'avait croisée par hasard dans la rue quatre ans plus tôt – elle était mieux, à vrai dire : Luc la reconnaissait davantage à présent.

« Tu as l'air en forme, lui dit-il.

— Toi aussi. Tu as minci.

— C'est parce que je cours. J'ai fait le marathon en avril.

— Difficile à imaginer. »

Charlie tirait de plus en plus fort.

« Une minute, Charlie, lui dit-elle. Tu vis toujours à Paris ?

— Oui. »

Pendu à son bras, Charlie tentait maintenant de la faire chavirer.

« Je veux partir, lâcha-t-il.

— Oui, on y va », dit Aegina.

Elle lança un dernier regard à Luc, le genre de regard qui, en moins d'une seconde, disait qu'était resté gravé en elle le roman que tissait leur histoire commune.

« Je suis contente de t'avoir revu. Au revoir.

— Au revoir », répondit-il avec l'impression d'avoir une boule de bowling dans la poitrine.

Il les regarda s'éloigner sur le sol en damier. Charlie avait lâché Aegina, mais Luc vit leurs deux mains se rapprocher l'une vers l'autre, comme aimantées, jusqu'à s'imbriquer.

Il fourra son paquet de cigarettes dans la poche de sa chemise, monta sur sa Rieju et s'en alla. Il était un peu plus de cinq heures, les gens rentraient de la plage. Les rues grouillaient d'étrangers, touristes anglais, scandinaves, allemands, s'appropriant la ville, s'en faisant les maîtres, comme lui l'avait un jour été.

3

Un homme nommé Block accompagné de sa femme descend d'un train arrêté dans une gare quelque part en Europe. Il pénètre dans le café de la gare pour acheter le journal. À l'intérieur, une vieille dame perd l'équilibre. Block la rattrape, elle s'accroche à lui, lui souffle quelque chose qu'il ne parvient pas à entendre. Les gens du bar s'attroupent autour d'eux pour l'aider. Block tente de s'en aller – son train va repartir –, mais la vieille dame s'agrippe de toutes ses forces au revers de sa veste, bredouillant des mots dans son oreille avec fièvre. D'autres la soutiennent, l'aident à s'allonger, Block se libère. Il s'échappe en courant sous la pluie battante, mais son train est parti sans lui.

Trempé jusqu'aux os, il retourne dans la gare, demande au guichet s'il peut faire prévenir sa femme dans le train. La vendeuse hausse les épaules, répond qu'elle ne le pense pas. Block demande à quelle heure part le prochain train. Pas avant deux heures. Il retourne au café. La vieille dame est morte – étendue par terre, calme et silencieuse. Les gens se sont écartés, commentent ce qu'il s'est passé, attendent la police, l'ambulance. Block commande un café. Il est en train de le boire, tremblant dans ses habits mouillés, quand un homme apparaît près de lui et le remercie d'avoir essayé d'aider la vieille dame. Il n'a rien fait, répond Block, il se trouvait simplement là quand elle a trébuché. L'homme voit que Block a froid, qu'il est trempé, et lui paie un cognac. Reconnaissant, Block le boit à petites gorgées. Elle semblait vouloir vous dire quelque chose, lui déclare l'homme qui lui a payé un cognac. Je n'écoutais pas, répond Block, je voulais sortir pour attraper mon train. Vous avez bien dû intercepter quelque chose, insiste l'homme. Block s'est maintenant tourné vers lui, et sent pour la première fois, en le regardant, autre chose que de la gentillesse…

« Attendez, Luc, franchement. Il faut qu'on sache, lâcha Szabó. Le film ne tourne qu'autour de ça, de ce qu'elle lui dit. Ce ne serait pas utile de le révéler ?

— Gábor, on va le savoir… à la fin. Oui, bien sûr qu'il faut le savoir, renchérit Luc avec respect, en pesant ses mots. Mais tout l'intérêt est là : en réalité, ce que la femme dit n'est pas le plus important. Lui ne sait pas, nous non plus, voilà l'intérêt : la tension, le suspense. Tout ce que nous et lui savons, c'est que d'autres types *croient* qu'il sait et se lancent à sa poursuite. Le voilà, l'élément moteur, le "MacGuffin". Je pensais que le principe vous plairait. L'idée de ne pas savoir.

— Oui, oui, évidemment qu'elle me plaît. J'aime bien. J'adore. Mais le public, lui, est-ce qu'il va bien aimer ? Les distributeurs, est-ce qu'ils vont bien aimer ? Est-ce qu'ils vont comprendre que l'intelligence du film est là, qu'ils doivent l'accepter ? Je n'en suis pas sûr.

— Mais c'est l'essence même de l'histoire, Gábor. Plonger Block dans la confusion la plus totale, dans un dédale de détails insignifiants. Enfin, il y a quand même une logique derrière tout ça pour Yatsevich et ses hommes, et le film le montre clairement, mais tout est si embrouillé, si inattendu pour Block qu'il se met à douter de la structure et du sens même de sa vie. C'est pour ça qu'il change.

— Et qu'il emballe la fille, ajouta Szabó.

— Oui. Mais le clou n'est pas là, répondit Luc avec précaution. Néanmoins, à mesure qu'il change, la fille croit de plus en plus en lui. Elle est un peu le miroir de la nouvelle opinion que Block a de lui-même. »

Szabó éclata de rire.

« Ne soyez pas si compliqué. Ce qu'elle aime, ce n'est pas la nouvelle opinion qu'il a de lui-même. C'est sa queue. »

Tout avait commencé à Paris, lors d'une entrevue chez Szabó, puis dans des cafés et pendant des dîners à la brasserie Balzar où Szabó et Véronique avaient leurs habitudes. La femme de Szabó assistait presque toujours à leurs discussions, présence silencieuse, discrète, concentrée sur son assiette ou un bouquin, aussi étrangère à leur débat qu'un chien – jusqu'au moment où elle émettait son avis.

Le scénario n'était déjà pas bien épais avant que Szabó ne le voie. L'intrigue avait donné du fil à retordre à Luc. Elle ne comportait rien de superflu, passait rapidement du café de la gare au second train où Block rencontrait la fille, qui sautait avec lui dans un bus pour échapper à l'homme qui lui avait payé un cognac. Ils atterrissaient dans une maison au bord du lac. S'ensuivait une longue traversée en barque dans le brouillard pour arriver dans un vieux bureau obscur où se trouvaient des photos de la vieille dame, jeune, main dans la main avec un homme, un industriel qui se révélait être son père. Les lieux étaient délibérément flous, neutres, difficiles à identifier – à l'image du Clermont-Ferrand glacial que Rohmer avait dépeint dans *Ma nuit chez Maud*, l'un des films préférés de Luc. En plus de suggérer que cette histoire pouvait arriver à n'importe qui, Luc cherchait aussi à sous-entendre que ce film pouvait être tourné n'importe où, dans n'importe quel endroit que le producteur pourrait négocier et pour lequel il accepterait de dépenser ses sous. Cette approche pragmatique avait influencé chaque décision que Luc avait prise en construisant son histoire. Ce scénario allait se concrétiser.

Szabó l'adorait. Szabó était fan. Il avait tout compris : l'odyssée existentielle qui propulsait Block vers la compréhension de la vacuité de sa vie et vers une existence plus authentique. Ce dernier avait posé une option de dix-huit mois sur le scénario, avec renouvellement possible. Il s'agissait à présent d'aborder la question du casting.

« Je verrais bien Roy Scheider », déclara Szabó d'entrée de jeu, plissant les yeux pour voir Luc plus nettement.

À mesure qu'ils discutaient du scénario, Szabó se mit à appeler Block « Roy », décrivant la manière dont il volait une voiture dans le parking de la gare cette nuit-là…

« Mais Block ne vole pas de voiture, intervint Luc. Il ne ferait jamais ça. Il ne saurait même pas comment s'y prendre. Ce n'est pas du tout son genre. Non, ils prennent le bus…

— Luc, Luc. »

Szabó leva sa fourchette et le morceau de veau planté dessus avec un sourire indulgent, paternel. Ils dînaient au Balzar.

« Roy Scheider ne prend pas le bus. Vous avez déjà vu quelqu'un prendre le bus dans un film ? Faire la queue à l'arrêt derrière les ménagères qui ramènent le poulet rôti pour le dîner ? Derrière les gosses qui rentrent de l'école ? Non. L'action est stoppée. C'est impossible. Roy Scheider ne peut pas s'arrêter pour attendre le bus.

— Et si ce n'était pas Roy Scheider ? »

Le visage aux traits durs, anguleux de l'acteur n'était pas celui que Luc avait imaginé pour son personnage, plus doux, plus vulnérable physiquement, un homme aussi bien capable d'exprimer le doute que la peur.

« Qui, alors ?

— Eh bien, commença Luc, en prenant des pincettes à présent. Je ne sais pas… pourquoi pas Albert Finney ?

— Albert Finney ? Mais Albert Finney ne vous porte pas un film. Je n'aurai jamais mes distributeurs avec Albert Finney. Qui connaît Albert Finney ?

— C'est un grand acteur. Qui a au moins le visage d'un humain.

— Luc. Albert Finney : de qui parle-t-on ? D'un acteur fait pour jouer les Anglais, bon pendant cinq minutes par tranches de huit secondes sur tout un film, et dans des rôles de bureaucrate ou de magnat, pour apporter une note de classe. Alors que la terre entière connaît Roy Scheider. *French Connection. Les Dents de la mer.* Roy Scheider est connu jusqu'en Finlande, jusqu'en Afrique, jusque dans les bleds paumés de la jungle de Bornéo où les gars peignent les affiches sur le mur de leur cinéma et reproduisent tellement mal Roy Scheider qu'il ressemble à un poulpe coursé par un requin blanc. Et devinez quoi ? – Szabó enfourna son morceau de veau et sourit d'un air entendu, la bouche ouverte, regardant Luc en mâchant ostensiblement. – Roy ne prend pas cher. J'ai parlé avec son agent. Ce qu'il veut, c'est avoir son film. Pas jouer l'acolyte de Gene Hackman ni le second violon du requin. Il veut être la star. Avoir la fille, pas le poisson ! Et je peux vous garantir qu'il lira votre scénario et que ce rôle lui ira comme un gant après quelques petites retouches. Comme le coup du bus. Personne ne prend le bus.

— Cary Grant, dans *La Mort aux trousses*.

— Cary Grant, on pourrait le mettre dans une brouette que le film serait génial. Pas Roy Scheider. Il lui faut une grosse cylindrée, et Raquel Welch à l'arrière. Ça, ça vous donne un film.

— Raquel Welch ? »

Szabó eut un rire affectueux.

« Mon cher Luc. À qui pensiez-vous pour la fille ?

— Je ne sais pas. Isabelle Huppert…

— Vous imaginez Roy Scheider au lit avec une fille pareille ? Trop névrosée, un vrai moulin à paroles…

— Et ces taches de rousseur ! intervint Véronique sans lever les yeux de son épais magazine aussi grand qu'un atlas, *Die Yacht*, qui affichait en couverture des bateaux hauts comme des immeubles.

— Vrai, approuva Szabó. Personne ne traverserait la jungle ou ne se lancerait dans une course-poursuite pour Isabelle Huppert, le moulin à paroles en dépression, couverte de taches de rousseur. Mes distributeurs n'achèteront jamais le film avec une nana pareille. »

Szabó avait affrété un yacht pour six semaines, en partance de Monaco. Équipage complet, chef de cuisine, cabines en nombre. Une croisière paisible le long de la Riviera avec son épouse et sa belle-sœur, une très belle femme. Luc devait absolument se joindre à eux. Szabó insista. Ce voyage leur permettrait de travailler tous les jours, de procéder aux quelques ajustements nécessaires, d'achever un premier jet.

« Hum… »

Cette proposition tombait comme un cadeau du ciel : une croisière en yacht sur la Riviera avec un producteur de cinéma et des femmes, pour écrire un scénario. Cependant, après un dîner en compagnie de Szabó et de Véronique, Luc n'avait chaque fois qu'une envie : fuir et se vider la tête.

« Eh bien, c'est que…

— Graham Greene a écrit *Le Troisième Homme* sur le bateau d'Alexander Korda pendant une croisière en Méditerranée », remarqua Szabó en levant un sourcil broussailleux.

Luc l'ignorait, ce qui ne l'empêchait pas de considérer ce film comme un modèle ultime en matière d'intrigue dissimulant des informations au spectateur.

« J'adore *Le Troisième Homme*…

— Alors, elle lui dit quoi ? le coupa Szabó. Si nous n'entendons pas ce que la vieille dit à Block, tout le monde dans la salle va se demander ce qui se passe.

— Mais, Gábor, est-ce que ce n'est justement pas l'intérêt ? De ne pas savoir ? Comme dans *Le Troisième Homme*.

— Non. Car si les gens ne savent pas, ça ne les intéresse pas. Le début du *Troisième Homme* est une catastrophe. Un classique de nos jours, mais une très grosse déception pour Alexander à l'époque. Prenez *Casablanca* : il y avait les lettres de transit. Le spectateur comprenait immédiatement. Ça, c'est un élément moteur, un élément moteur que l'on connaissait. Tout le monde courait partout, cherchait les lettres de transit. Et quiconque mettait la main dessus pouvait fuir Casablanca. Pas plus compliqué. Dans notre cas, Block ne sait pas ce qu'il cherche. Block a l'air d'un con. Nous nous foutons de ce qu'il fait, tout le monde s'en fout. Il faut que le spectateur entende ce que la vieille lui murmure à la gare.

— Mais tout le film repose sur ce mystère ! Qui est cette femme, ce que Yatsevich recherche. Le vrai sujet du film, c'est Block, c'est le sens qu'il trouve à sa vie en agissant différemment. Le cœur de l'histoire est là, et les gens trouveront ça plus intéressant que…

— Ça ne fonctionne pas. Mes distributeurs vont me demander : "De quoi ça parle ?" Je ne peux pas leur répondre que c'est l'histoire de Roy Scheider qui cavale à droite à gauche pour "se trouver". Ça va passer pour une histoire de hippie. Ils vont dire non. Roy Scheider sait qui il est. C'est un dur. Un homme. Alors voilà ce que je dois leur dire : c'est l'histoire d'un homme qui apprend l'existence de tableaux dérobés par les nazis, cachés dans un endroit que seule la vieille connaît, puisque son père les a volés. Elle le révèle à Roy Scheider, qui part à leur recherche, tue les méchants à sa poursuite et repart avec la fille. Ça, c'est un film. »

Luc avait toujours cru qu'il réussirait en tant que scénariste et deviendrait riche. Son père, Bernard Franklin, originaire de Walpole dans le Massachusetts, était un correspondant en France du *Herald Tribune*, installé depuis longtemps à Paris, auteur de livres sur les particularités françaises et les rapports anglo-européens. Luc avait vu son père les écrire, les uns après les autres, les sortir pour disparaître aussitôt dans le trou noir des librairies, oubliés à jamais. Luc trouvait les livres de son père inintéressants (jamais on ne voyait quiconque les lire dans l'avion ou au café), en plus de rapporter très peu. Lui voulait écrire des romans. Comme Hemingway, comme Steinbeck et Fitzgerald, puis plus tard comme Kerouac, des livres qui se vendraient encore mieux que les meilleures ventes de son père et que l'on adapterait au cinéma.

Lorsque le roman qu'il avait écrit à vingt-sept ans se trouva refusé par tous les éditeurs qu'il avait démarchés, Luc sombra dans un traumatisme prolongé. Il commença à en écrire un nouveau mais, envahi par le doute, l'abandonna. Un jour, au Select à Paris, il tomba sur l'un de ses amis venus prendre un verre avec un producteur prénommé Claude. L'ami en question présenta Luc au producteur, le désignant comme écrivain. Claude raconta une anecdote qu'il avait lue dans le journal à propos d'un réfugié qui avait tenté de rejoindre l'Italie à la nage depuis une île au large de l'Albanie, une traversée de quatre-vingts kilomètres. Ce dernier avait été repêché en mer tout près de la côte italienne sans bateau ni radeau aux alentours, et renvoyé en Albanie. « Vous imaginez un peu ? » demanda Claude en les regardant tous les deux. « Un tel rêve, une telle bravoure, une telle déception ! » Luc mentionna à son tour la nouvelle de John Cheever, « Le Plongeon ». Claude se souvenait du film, qu'il avait adoré. « Ah, Burt Lancaster », soupira-t-il. Claude ignorait que *Le Plongeon* était avant tout une nouvelle. Il appela Luc le lendemain et organisa une entrevue durant laquelle il lui reparla de l'histoire de l'Albanais. Était-il possible, demanda Claude, que quelqu'un puisse tenir dans l'eau si longtemps ? Luc lui répondit que la forte salinité de la Méditerranée constituait un facteur favorable, que lui-même avait passé une grande partie de son enfance à nager là-bas, dans les eaux de Majorque. Claude lui proposa vingt mille francs – soit cinq mille dollars environ – pour écrire à partir de cette histoire un scénario qu'ils esquisseraient tous les deux, ce qu'il accepta. Claude lui confia un ensemble de scénarios écrits par Jean-Claude Carrière afin qu'il observe la manière dont ils étaient construits. Le scénario fut bouclé en un mois. Puis le tournage d'un autre film accapara Claude, mais Luc avait été payé pour écrire le sien. Il était désormais scénariste. Réembauché pour de nouveaux scripts. Bilingue, il pouvait travailler en français comme en anglais (plusieurs de ses scénarios furent écrits dans les deux langues, de sorte que les producteurs puissent les proposer à des distributeurs français et américains). Il proposait même ses propres scripts. Certaines personnes à Hollywood touchaient des sommes mirobolantes en vendant des scénarios au coup par coup. Luc songea à s'exiler à Los Angeles, là-haut sur la colline, et fréquenta pendant plusieurs années le Festival de Cannes en compagnie d'un producteur. Mais, au bout du compte, rien ne s'était passé. Il avait fêté ses trente ans. L'impression de plus en plus prégnante d'un décalage entre ce qu'aurait dû être sa vie et ce qu'elle était réellement commença à le terrifier. Luc se voyait sombrer dans l'oubli.

Szabó était sa bouée de sauvetage.

Le couple, accompagné par la sœur de Véronique, embarqua sur le yacht à Monaco. Luc devait les rejoindre deux semaines plus tard. Comme il arrivait par l'aéroport de Nice, Szabó lui avait proposé de les retrouver à mi-chemin, dans le petit port de Saint-Jean-Cap-Ferrat. Luc n'avait jamais mis les pieds là-bas, mais il savait une chose : c'était à cet endroit que Somerset Maugham avait acheté sa fameuse villa et vécu une grande partie de sa longue existence.

Le yacht n'était pas arrivé lorsque son taxi le déposa au port en milieu d'après-midi – ils avaient prévu de passer la journée en mer, l'avait prévenu Szabó au téléphone, et seraient de retour au coucher du soleil. Son sac déposé à la *capitainerie*, Luc remonta les petites rues du Cap-Ferrat au milieu des rangées de pin et de cyprès, et des denses remparts de buis cachant la vue des grandes villas crénelées aux couleurs pastel, peintes à la chaux. Telles étaient les maisons des riches qui ne connaissaient pas la célébrité : noblesse européenne déchue, nazis planqués, industriels des temps modernes, ainsi que la vraie, l'ancienne grande bourgeoisie. Pas des écrivains.

Luc cherchait la villa La Mauresque de Somerset Maugham. Il avait lu de nombreuses fois *Le Fil du rasoir*, l'histoire d'un jeune homme en quête de vérité dans le milieu mondain, et vu tout autant de fois son adaptation au cinéma de 1946, un film au noir et blanc soyeux nommé aux oscars, avec à l'affiche Tyrone Power et Gene Tierney – et ses tétons pointés sous son chemisier léger lors de la mémorable scène finale de leurs adieux –, dans une villa sur la Riviera française.

Avec les millions engrangés grâce à ses livres, Somerset Maugham avait acheté la villa La Mauresque et vécu là-bas dans le luxe, écrivant le matin, jouant au bridge l'après-midi, invitant de richissimes hôtes à se divertir chez lui. L'un d'entre eux, avait-il lu dans une biographie, avait un jour traversé la maison et les jardins pour s'exclamer, émerveillé : « Tout ça en écrivant ! »

Il finit par trouver l'entrée de la villa. Près de vingt ans après la mort de Somerset Maugham, le symbole mauresque choisi par l'auteur pour éloigner le mauvais œil, reproduit sur toutes les couvertures de ses livres reliés, était toujours gravé dans la pierre au début de l'allée.

Ils travaillaient le matin, dans un coin calme du pont avant, assis dans des fauteuils de réalisateur en teck avec leur café tandis que l'équipage préparait le petit-déjeuner et que Mireille, la sœur de Véronique, fainéantait dans sa cabine à l'arrière du bateau. Pendant qu'ils discutaient, Véronique se tenait debout derrière Szabó, un plateau à ses côtés, à presser, inciser et nettoyer à l'aide de cotons alcoolisés les kystes d'acné apparus au cours de la nuit sur le dos et les épaules de son époux. Une tâche qui l'occupait au moins une demi-heure chaque matin. Szabó l'ignorait comme il aurait ignoré une manucure, concentré sur leur histoire. De son côté, Luc s'efforçait de ne pas regarder la pile de cotons imbibés de sang et de pus qui croissait sur le plateau.

Réalisateur de documentaires ayant fui la Hongrie lors du soulèvement de 1956, Szabó avait étanché sa soif d'argent grâce à une reconversion dans la production de films érotiques destinés aux marchés allemand et scandinave, avant de se diriger avec succès vers des films grand public. À mesure que le débat s'animait, que l'histoire de Luc se voyait remodelée pour coller aux exigences des distributeurs de Szabó, le ton de ce dernier et son approche du projet changeaient. Auparavant confiant, amusé par la naïveté de Luc mais toujours respectueux de ses idées et de son histoire, Szabó semblait à présent beaucoup moins content. « Je ne sais pas…, disait-il en faisant claquer sa langue dans sa bouche comme s'il tripotait un trou dans ses molaires. On s'éloigne, là. » Leurs séances de travail du matin devinrent irrégulières. Szabó, insomniaque chronique, d'ordinaire le premier levé pour chasser ses démons nocturnes, commença à émerger de plus en plus tard ou à paresser dans le salon en teck du yacht, buvant son café à petites gorgées, observant d'un œil distrait les cartes des côtes alentour. Il s'était lassé.

La grand-voile carrée, décorée d'un blason sur lequel figurait un *delphinus* bondissant, était rarement déployée. Le yacht fonctionnait au moteur. Le générateur tournait toute la journée ainsi qu'une bonne partie de la nuit. Ils jetèrent l'ancre à Antibes et dînèrent chez Félix, dans la vieille ville. Szabó avait entendu dire que Graham Greene fréquentait cet endroit tous les soirs, et il espérait le croiser. Sa brève expérience de distributeur pour le film de François Truffaut, *La Nuit américaine*, l'avait grandement impressionné, mais, malgré deux soirées consécutives au restaurant, il ne parvint pas à apercevoir l'inaccessible auteur.

« J'aimerais naviguer en mer, demanda Szabó au capitaine du bateau, Tony Clement, un Anglais laconique à l'accent élégant, rompu au métier, tout de blanc vêtu. Pas faire du va-et-vient entre deux emplacements au port. J'aimerais rallier un autre pays par la mer. J'aimerais un vrai voyage.

— Ce n'est pas moi qui vous conseillerais le contraire ! répondit affablement Tony.

— Où pouvons-nous aller ? »

Tony déroula une carte de l'ouest de la Méditerranée sur la table du salon.

« Eh bien, il y a la Corse…

— Combien de temps ? l'interrompit Szabó.

— Calvi se trouve à une journée…

— Plus loin, ordonna Szabó. Je vous parle d'un voyage. Où l'on ne peut pas crier "terre". Où l'on navigue de nuit. En pleine mer.

— Et les Baléares ? lança Luc à tout hasard.

— Les quoi ? » répliqua Szabó.

Luc posa un doigt sur la carte, trente centimètres plus bas que les côtes françaises.

« Il y a quoi là-bas ?

— Des îles qui appartiennent à l'Espagne, répondit Tony. Un jour et une nuit, plus éventuellement une autre journée de navigation.

— Elles ont du charme ?

— Eh bien, ce n'est pas la Côte d'Azur.

— En fait, intervint Luc, j'ai plus ou moins grandi là-bas. »

Szabó le regarda avec surprise.

« Où ça ? »

À nouveau, Luc posa son doigt sur la carte.

« Ici exactement. Sur la pointe est de Majorque. Ma mère possède un petit hôtel là-bas.

— Vraiment ? L'endroit a du cachet ? » insista Szabó.

Luc avait tout à coup retrouvé l'inspiration.

« Beaucoup de cachet », répondit-il.

4

Luc dormait sur le yacht, mais prit sa mobylette à la première heure pour aller retrouver sa mère au petit-déjeuner.

« Chéri, je ne monte pas sur les bateaux, lâcha Lulu. Sauf les ferries. Tu le sais bien. »

Oui, oui, il le savait. Lulu ne cessait de le répéter, et, d'aussi loin qu'il s'en souvenait, Luc n'avait jamais vu sa mère monter sur un bateau malgré toutes ces années passées à vivre près de la mer et du port rempli de yachts que ses amis gouvernaient. Mais Szabó avait mordu à l'hameçon. Elle l'avait impressionné, et lui-même désirait l'impressionner en retour, à domicile, à bord de son luxueux bateau de location. Toute sa vie, Luc avait constaté l'effet que produisait sa mère sur ceux qui l'entouraient, et connaissait bien son pouvoir de séduction.

« Maman, le bateau ne quittera même pas le port. Il fait la taille d'un immeuble. Tu ne le sentiras pas tanguer…

— Je n'ai pas le mal de mer. Je ne monte pas sur les yachts, point, déclara Lulu avec grandiloquence. Tu le sais bien.

— Oui, je sais, répondit Luc. Mais Gábor n'arrête pas de parler de toi. Je crois qu'il a organisé tout ce déjeuner pour te revoir.

— Ce n'est pas mon problème. Il n'a qu'à venir ici s'il veut me voir.

— C'est juste un déjeuner.

— C'est un bateau.

— Mais merde alors ! s'exclama Luc. Juste parce que madame a vécu une mauvaise expérience en mer avec son premier mari il y a deux cents ans, tu ne remettras plus jamais les pieds sur un bateau ?

— Ce genre de remarque n'aide pas, mon chéri.

— Je sais. Tu ne fais que ce que tu as envie de faire. Je le sais bien. Je suis bien bête d'avoir pensé que tu ferais une exception pour moi. »

Sans crier gare, Luc tourna les talons et partit sur sa Rieju.

Lulu resta tout aussi insensible à la tentative de persuasion de Sarah Bavister.

« Oh, Lulu, mais il faut absolument que tu viennes ! Regarde ce bateau, enfin ! Allez, nous ne pouvons pas rater ça. Vraiment, tu ne veux pas venir ?

— Vraiment, je ne veux pas. »

Le petit-déjeuner terminé, Lulu enfila une paire de gants et, son sécateur en main, monta les marches qui menaient au jardin, au-dessus de la piscine. La brise de la veille était tombée. Le vent qui s'élevait encore, à peine perceptible sur la peau, produisait un bruit comme un souffle doux dans la canopée des pins qui ombrageaient les massifs. Lulu tailla les rosiers plantés le long du mur d'enceinte. Tous se portaient à merveille. Au mois de mai précédent, elle y avait dispersé les cendres de Tom et Milly, morts dans le crash de leur petit avion, alors qu'ils partaient pêcher en Écosse pour les vacances – au moment même où la culture de leurs fraises commençait à leur rapporter très gros. Cassian les avait rapatriés de Londres dans deux gros pots de lait en poudre. Tom et Milly avaient loué la villa Los Roques pendant plusieurs étés après la guerre. C'était eux qui y avaient invité Lulu, avant de lui prêter l'argent pour acheter le domaine.

« Comme ça, ça reste dans la famille ! » lui avaient-ils dit.

Très chère Milly. Était-il fantasque d'imaginer que ses rosiers ne s'étaient jamais aussi bien portés ? *Tchak*, *tchak*, faisait le sécateur.

Bien sûr, Luc était intelligent, mais Lulu doutait de plus en plus de son talent. Elle avait lu sa prose – les premières pages de romans abandonnés, ainsi que celui qu'il avait achevé, mais dont elle avait une piètre opinion et que tous les éditeurs avaient refusé. Luc lui avait parlé d'un autre roman, l'histoire d'un journaliste à Paris pendant l'Occupation. Au moins, celui-ci semblait receler un potentiel commercial, puisqu'il faisait figurer des nazis. Et puis il s'était mis aux scénarios. *Tchak*, *tchak*. Luc possédait des facilités pour écrire des films, force lui était de l'admettre. Elle visualisait clairement ses scènes, mais se demandait toujours pourquoi quiconque irait voir de tels films, remplis de personnages sans but et enclins à l'autodestruction. Lulu détestait y reconnaître son fils – car tous ces personnages étaient pathétiques, et donc plutôt crédibles. *Tchak*. Au moins, il gagnait sa vie. Il lui arrivait encore de l'aider de temps à autre, mais il était toujours décevant de donner de l'argent à un adulte.

Tchak… Tchak…

Ce producteur ridicule avait à l'évidence eu un coup de cœur pour lui. Il l'avait invité en vacances. Possédait de l'argent. Ne cessait d'encenser son travail. Peut-être comptait-il réellement faire le film.

Tchak. Milly, très chère, tu me manques tellement. Que penses-tu de tout ça ?

Plus tard, en descendant les marches, de retour du jardin, Lulu trouva Sarah au bord de la piscine.

« Je viendrai déjeuner avec vous, annonça-t-elle.

— Oh, ma Lulu, c'est formidable ! s'exclama Sarah.

— À quelle heure faut-il y être ?

— Treize heures, je crois.

— Nous prendrons ma voiture. »

Sur ces mots, elle rentra se changer.

« Je suis tellement contente que Lulu se joigne à nous ! dit Sarah.

— Ça m'étonne, répondit Dominick, qui bronzait non loin de là, les yeux fermés, luisant d'huile sous le soleil de midi. Lulu ne monte jamais sur les bateaux, tu sais.

— Mais toi, tu viens ? lui demanda-t-elle.

— Oh, oui, répondit Dominick. Je voudrais voir l'intérieur du yacht. Je parie qu'il y a un pieu où s'envoyer en l'air aussi grand que le lit de *La Nuit des rois*. »

Le Range Rover de Fergus arriva sur le quai en vrombissant juste avant dix heures. Il se gara près du yacht. À deux mètres au-dessus de sa tête environ, il ne vit personne sur le pont du *Dauphin*. Tout frétillant, s'accrochant à la corde de sécurité, il monta sur l'étroite passerelle instable en aluminium.

« Bonjour », dit-il lorsqu'un membre de l'équipage, qui astiquait un objet non identifié en cuivre, apparut enfin.

Un peu plus loin, il distingua le producteur de cinéma sur le pont avant, torse nu devant sa femme occupée à Dieu savait quoi dans son dos. De toute évidence, il avait oublié la visite.

« Bonjour, bonjour ! lança Fergus. Toujours intéressé de voir notre propriété ?

— Bien sûr ! répondit l'autre. J'arrive tout de suite. »

Cinq minutes plus tard, Fergus traversait la ville avec lui en voiture.

« Vous cherchez vraiment à acheter ? lui demanda-t-il.

— Toujours, répondit Szabó. La Côte d'Azur, les Cinque Terre, tout ça, c'est envahi maintenant. Pas assez tranquille. Alors je prospecte un peu partout. Je voudrais trouver une villa dans un coin calme, pas loin de la mer, au soleil. À quelques heures de vol de Paris. Il y a bien un aéroport ici ?

— Absolument, répondit Fergus. À Palma, à une heure et demie de route. Toute l'Europe est desservie. Il doit y avoir deux heures de vol jusqu'à Paris. Ça vous fait du quatre heures porte à porte. Plutôt pas mal, hein ? »

Gerald taillait ses oliviers – ces arbres qui n'étaient plus les siens, à proprement parler, même s'il n'était pas certain de connaître la frontière exacte entre sa terre et la parcelle qu'il avait maintenant officiellement cédée à Fergus et à ses promoteurs insatiables. Heureusement, tous n'allaient pas être abattus, même sur leur parcelle. Leur intention était que les villas se fondent dans le paysage qu'ils préserveraient autant que faire se peut, lui avait assuré Fergus. L'idée avait même traversé Gerald qu'ils ne parviendraient pas à vendre toutes leurs maisons, et que le projet serait finalement abandonné. Aussi Gerald avait-il décidé de continuer à tailler et à s'occuper de ses arbres tant qu'un promoteur pour vacanciers ne viendrait pas le déloger.

La voix de Fergus lui parvint dans le vent étale du matin. Ce baratineur arrogant, au dynamisme forcé, faussement sympathique – Gerald ne trouvait pas les mots. Il ramassa aussitôt sa petite scie et son vieux panier en osier, et se sauva en silence grâce à ses espadrilles. Il grimpa la colline pour se mettre à l'abri de Fergus et de quiconque l'accompagnait. Il se trouvait assez haut, au milieu des figuiers de Barbarie et des chênes-lièges, quand il le vit en contrebas : Fergus, un panama sur la tête, avec un homme corpulent vêtu d'une chemise bleue aussi grande qu'un drap. Il s'accroupit et observa. Les deux hommes avancèrent de quelques pas et s'arrêtèrent. Fergus pointait l'horizon du doigt et gesticulait avec force et enthousiasme. À la posture impassible de l'homme à la chemise, qui jetait de rapides coups d'œil autour de lui, Gerald voyait qu'il n'était pas impressionné. Tant mieux. Il ne fit que quelques commentaires avant de tourner les talons, laissant Fergus le suivre sur le chemin par lequel ils étaient arrivés, toujours en parlant.

Au-dessus d'eux, Gerald leur emboîta le pas sans les quitter des yeux, jusqu'à ce que les deux hommes disparaissent derrière la maison. Puis il attendit d'entendre le Range Rover s'éloigner.

Aegina peignait dans son atelier, près de la cuisine.

« Fergus était avec qui ? » demanda Gerald.

La sueur avait formé des traînées sur ses tempes et son cou poussiéreux.

« Un producteur de cinéma qui mouille au port, répondit Aegina. Il lui montrait le terrain. Tu leur as parlé ?

— Non. J'ai préféré me planquer.

— Ça ne m'étonne pas de toi », répondit-elle en riant.

Gerald regarda la toile sur son chevalet, le même paysage qu'il venait de quitter : des oliviers, une terre escarpée, plongeant vers la mer, la ligne de crête au loin vers le nord. Aegina peignait d'après une photographie en couleurs accrochée au-dessus de la peinture.

« C'est beau. »

Elle se tourna vers lui.

« Comme ça, tu pourras toujours regarder ton jardin. »

Gerald se pencha et posa un baiser sur la joue de sa fille. Puis il lui demanda :

« Où est Charlie ?

— Penny est passée le prendre pour l'emmener à la plage avec Bianca. J'ai ma matinée de libre. »

Gerald retourna dehors. Il récupéra son panier et sa scie, puis reprit le chemin jusqu'à son olivette sur la colline, poursuivant la taille jusqu'à obtenir des arbres qui donneraient encore dans cinquante ans. À genoux sur le sol, il brisa contre ses cuisses les plus petites branches afin de les ranger dans son panier. Du bois pour l'hiver prochain.

Aegina écoutait les disques de son père en peignant. Gerald aimait la musique pastorale de la fin du XIXe, début XXe siècle. Des compositeurs anglais : Vaughan Williams, Elgar, Butterworth, Holst, Finzi, Alwyn, Bantock, Parry, Bridge, Delius, Moeran. Il aimait aussi lire des romans comme ceux de Thomas Hardy, Arnold Bennett, Anthony Powell, tout en écoutant ses 33 tours sur sa vieille platine. Sans doute se représentait-il des images de la campagne du Dorset, pensait Aegina, de montagnes du Lake District, des marécages, de Londres sous la lumière des réverbères victoriens. Aegina, elle, préférait la musique traditionnelle marocaine avec laquelle elle avait grandi, une musique qui lui rappelait instantanément les terres de Ca'n Cabrer et toutes les images rattachées à sa vie à Majorque.

Sa rencontre avec Luc en ville l'avait troublée. Tous deux étaient imprimés l'un en l'autre, de manière aussi forte que les premières émotions ou sensations olfactives des bébés ou des animaux. Il y aurait toujours Luc, et les autres. Aegina se demandait si Charlie et Bianca en viendraient à ressentir l'un pour l'autre cette même fatalité, cette même inéluctabilité. Tous les deux nus sur la plage aujourd'hui, leurs petites mains potelées s'échangeant des poignées de sable, se retrouveraient-ils nus bien plus tard, ces mêmes mains explorant leur corps ? Leur monde particulier, bâti sur l'idée que chacun se faisait de l'autre, se briserait-il également, pour se perdre à jamais ?

Aegina n'aurait plus su dire pourquoi, mais Fergus lui avait semblé être le bon antidote. Stable, gai, amusant, extrêmement sûr de lui, sain d'esprit, présentable, grand, propre, adepte des costumes. Un promoteur immobilier, pas un artiste ni un rêveur. L'opposé de son genre d'hommes, autrement dit. Une vision étrange et incongrue lors d'une fête qui s'était déroulée sept ans plus tôt à Sidney Close, dans l'atelier de Jonquil Thorn, l'une de ses professeurs aux beaux-arts de Chelsea. Une demi-tête de plus que tout le monde, sa veste à fines rayures détonnant au milieu d'une marée de cuirs et de jeans.

Fergus l'avait abordée dès son arrivée.

« Tu es une étudiante de Jonquil ?

— J'étais, répondit Aegina. Je travaille maintenant.

— Ah. Mais tu es une artiste ?

— Oui.

— Je ne connais absolument rien à l'art, déclara-t-il d'un air guilleret.

— Alors qu'est-ce que tu fais là ?

— Jonquil me conseille des œuvres à acheter. Je lui ai déjà pris des trucs abstraits, énormes. Et toi, tu fais quoi ?

— Pas de l'abstrait.

— Mais encore ?

— Des paysages, des dessins, des portraits… Des trucs superchiants.

— À vrai dire, j'aurais besoin de paysages. »

Le lendemain soir, Fergus sonna à la porte du petit appartement en sous-sol qu'occupait Aegina sur Gloucester Road.

« Comment tu connais mon adresse ? lui demanda-t-elle.

— Trouvée dans le Filofax de Jonquil. Je peux entrer voir ce que tu fais ? »

Aegina se sentit à la fois offensée et flattée.

« Elle sait que tu as fouillé dans ses affaires ?

— J'en doute.

— Bon. Puisque tu es là… »

Fergus fut obligé de se pencher pour entrer.

« J'aime bien celui-là, déclara-t-il en ramassant le tableau d'une rivière, sombre, aux effets de flou, l'une des tentatives d'Aegina pour peindre la Tamise dans le style de Whistler.

« C'est extrêmement bien fait… non ? »

Malgré elle, Aegina fut charmée de le voir avouer qu'il ne savait pas se faire un avis (ou faisait semblant de ne pas le savoir), et lui demander à elle, l'artiste.

« Ce n'est jamais aussi bien qu'on le voudrait, mais…

— Il est à vendre ? l'interrompit Fergus. Tu en voudrais combien ? »

Son autre signe particulier : l'argent.

« Je n'en ai pas la moindre idée », répondit Aegina.

Fergus s'intéressait à ses œuvres pour de mauvaises raisons. La situation devenait gênante.

« Deux cents livres ?

— Ça ne peut sûrement pas valoir autant. Tu peux acheter un tableau correct du XIXe chez Christie's à ce prix-là.

— Mais il me plaît.

— Tu ne connais strictement rien à l'art. C'est toi-même qui l'as dit. » Elle désigna la toile qu'il tenait entre ses mains. « CQFD.

— Dis-moi ce qui cloche dans ce tableau, dans ce cas, insista Fergus. Jonquil, elle en dirait quoi ?

— Tu ferais mieux de le lui demander…

— C'est fait. Pas pour ce tableau, bien sûr, mais je lui ai demandé ce qu'elle pensait de toi – en tant qu'artiste. Elle dit que tu es douée. Donc, deux cents *pounds*, ça me semble être une somme raisonnable. Tu sais bien que des croûtes se vendent dix fois ce prix-là. Alors, marché conclu ? »

Fergus la rendait nerveuse. Aegina avait hâte qu'il s'en aille. Mais elle avait aussi besoin d'argent – comme toujours. L'argent qui biaisait votre vision du monde. Qui vous faisait flancher.

« Si tu insistes.

— J'insiste. Tu as mangé ? »

Refuser aurait été mal élevé. Elle était deux fois plus nerveuse à présent. Mais affamée, en même temps.

Sur Fulham Road, lorsqu'une nuée de pigeons s'envola sur leur passage, Fergus s'empressa de passer un bras autour d'elle. Une manière de la protéger.

Il l'emmena chez San Frediano. Bon repas, bon vin. Fergus lui raconta l'histoire d'un pigeon qu'il avait trouvé et caché pendant plusieurs jours dans son dortoir, au pensionnat.

« Il a chié partout sur l'uniforme blanc amidonné de la maîtresse quand elle l'a trouvé ! Je te dis pas ce que je me suis pris. »

Aegina éclata de rire.
« Que s'est-il passé ?
— J'ai reçu une sacrée dérouillée !
— C'est-à-dire ?
— Six coups de bâton. Bien sentis.
— Quoi, on t'a battu pour ça ? »
Elle le voyait, petit garçon, rossé à coups de canne en bambou.
Fergus la réinvita à sortir, ce qui la flatta, mais Aegina n'était pas intéressée. Il avait dix ans de plus qu'elle. Un businessman, un type avec qui elle n'avait rien en commun. Et Fergus était presque trop grand. Plusieurs fois, elle déclina.
À la fin du printemps, il débarqua chez elle à l'improviste.
« Tu t'es absentée, lui dit-il.
— J'étais au Maroc. »
Elle lui expliqua s'être rendue là-bas afin d'acheter des tuniques et autres vêtements qu'elle rapportait pour les revendre dans des boutiques. L'excursion avait été courte, mais profitable. Depuis plusieurs années, Aegina payait ainsi une partie des frais de son école d'art.
« Je peux t'inviter à dîner ? Chez San Fred, ça ira ? »
Prise de court, Aegina n'eut pas le temps d'inventer une excuse. Elle était épuisée par le voyage, mais affamée, une fois encore. Elle se souvint des bons plats qu'ils servaient. Et, tout à coup, Fergus lui parut… de bonne compagnie.
« D'accord. Mais je ne rentrerai pas tard, si ça te va. »
Il lui parla cette fois d'une étable reconvertie qu'il venait d'acquérir dans le Dorset. Cette maison avait besoin de décoration. Une vente aux enchères de

tableaux britanniques et européens du XIXe siècle allait bientôt avoir lieu chez Christie's. Fergus se demandait si, pendant quelques jours, Aegina aurait du temps pour l'y accompagner.

« Je croyais que tu préférais l'art moderne, lui lança-t-elle.

— Difficile de te dire ce que je préfère. Quoi qu'il en soit, il nous faut des tableaux. Des trucs anciens, pour aller dans l'étable. Des vaches, des bottes de foin, tu vois… Oh, allez, quoi. »

Ils se rendirent à une première exposition le jeudi avant la vente aux enchères. Aegina recommanda à Fergus deux peintures à l'huile de la baie de Naples, d'Arthur Meadows : des tableaux de bonne facture qui prendraient certainement de la valeur avec le temps.

Il la raccompagna par une route sinueuse.

« Pourrais-je me servir à nouveau de ton regard aiguisé ? » lui demanda-t-il.

Il l'emmena jusqu'à un pâté de vieux immeubles dans le quartier de Fulham.

« Je viens d'acheter le bâtiment, annonça Fergus avant de la conduire jusqu'à un appartement au deuxième étage. Regarde, on a même une vue sur la Tamise et Wandsworth par là. Qu'est-ce que tu penses de ces moulures ? J'ai envie de faire abattre quelques cloisons pour créer de plus grands appartements, avec plusieurs salles de bains… De grandes cuisines ouvertes. Il faudra équiper l'immeuble d'un ascenseur. Alors, tu en dis quoi ?

— Les appartements seront géniaux, répondit Aegina qui visualisait le projet à sa manière.

— Je retourne à l'étable ce week-end. Tu m'accompagnes ? »

Elle refusa instantanément, quoique poliment.

« Allez, insista-t-il. Tu n'as rien de prévu de toute façon.

— J'avais l'intention de peindre. D'aller me promener au parc.

— Tu n'auras qu'à peindre à l'étable. Apporte tout ce dont tu as besoin. Et tu iras te promener sur les falaises du Dorset. La balade est plutôt sympa, à vrai dire. Tu as lu *Sarah et le Lieutenant français* ? Une partie de l'intrigue se déroule là-bas. Et puis, moi aussi, j'aurai une tonne de choses à faire. On se retrouvera pour manger. Et tu auras ta chambre et ta salle de bains rien que pour toi, bien sûr. Avec une cheminée près du lit. Le pub du coin est très sympa. Quoi qu'il en soit, je serai bien trop occupé pour t'embêter.

— Pourquoi veux-tu que je vienne, dans ce cas ? »

Mais, en réalité, Aegina avait déjà commencé à envisager sa proposition.

« Disons que, si tu insistes, je pourrai dégager un peu de temps, répondit Fergus. J'aimerais beaucoup que tu voies l'étable pour me dire quel genre d'œuvres tu imaginerais là-bas. »

Une fois à la campagne, Fergus s'habilla en Levi's. Il ne travailla pas une minute, et Aegina ne peignit pas. Il se révéla être un amant infatigable. Vendredi soir, samedi matin, samedi soir, dimanche matin. Sur le chemin du retour, Fergus proposa de faire un crochet par San Frediano. Elle avait passé un merveilleux week-end, lui répondit Aegina, mais avait besoin de rentrer chez elle, dans son appartement.

Son vagin était rouge et enflammé le lendemain. Pas étonnant, pensa-t-elle, mais son état empira encore le lendemain. Elle se rendit chez le gynécologue. Une mycose, conclut-il, qui survenait souvent après une longue période d'abstinence ; cela lui semblait-il plausible ? Oui, répondit-elle, puis elle lui demanda si son partenaire pouvait en souffrir également. « C'est très probable », lui répondit le docteur, qui lui suggéra de dire à son ami qu'il n'y avait rien de grave s'il présentait les mêmes symptômes.

Elle appela Fergus, mortifiée.

« J'ai attrapé une mycose vaginale, lui annonça-t-elle. Rien de grave – ce n'est pas une MST. Mais tu pourrais avoir quelque chose toi aussi. Je suis désolée.

— Non, ne t'excuse pas, c'est moi qui suis désolé… Je t'ai refilé quelque chose ?

— Non, sans doute que non. Ne t'inquiète pas. Ce sont des choses qui arrivent. Tout va bien pour toi, alors ?

— À merveille, du moins la dernière fois que j'ai regardé. Mais je suis vraiment embêté pour toi, Aegina. Est-ce que je peux faire quelque chose ? t'inviter à dîner ?

— Ça va aller, répondit-elle. C'est supportable, sincèrement. En revanche, je pense que je vais rester chez moi. Merci quand même. »

Mais Fergus, dans un élan de galante sollicitude, s'était braqué. Il lui acheta des fleurs et de quoi dîner – un poulet rôti, une soupe, des asperges et d'autres en-cas de chez Foxtrot Oscar, avec une bouteille fraîche de pouilly-fuissé –, et lui apporta le tout chez elle.

« Loin de moi l'idée de m'inviter, dit-il. Tout est pour toi. Je m'en vais. Surtout, appelle-moi si tu as besoin de quoi que ce soit. »

Fergus s'apprêtait à partir quand, bien entendu, Aegina lui demanda de rester pour ne pas en laisser la moitié (il se trouva que Fergus en avait même acheté bien plus que pour deux). Quelques jours plus tard, c'était elle qui sonnait chez lui pour leur préparer à manger. Fergus avait une grande cuisine tout équipée.

Ce n'était pas l'homme parfait. Aegina en était consciente. Tous deux étaient si différents. Mais elle commençait à céder. Fergus était drôle, étonnamment drôle. Léger. Généreux. Fiable. Voilà comment tous les hommes devraient être, se disait-elle, même si Fergus n'était pas son genre. Son genre ? Mais quel était son genre ? À côté de quoi passait-elle avec un homme comme lui ? Lui qui la choyait. Lui qu'elle appréciait – beaucoup, réalisa-t-elle. Fergus n'était pas beau à proprement parler, mais séduisant, en grande partie grâce à son incroyable assurance. Fergus ne lui faisait pas de scène. Peut-être était-ce à cause de cela qu'il ne l'attirait pas davantage.

Puis il se fit renverser par un taxi sur Sloane Avenue, en sortant de chez Michelin. Elle alla lui rendre visite à l'hôpital, découvrit son visage tuméfié et sa joie de la voir à son chevet. À ce moment-là, Aegina ressentit une décharge d'émotion qui, semblait-il, était sincère. Elle s'occupa de lui, une fois de retour dans son appartement. Elle rencontra sa mère, une femme charmante, venue de Basingstoke après avoir appris l'accident…

La musique s'était arrêtée. Aegina entendait à présent les seuls coups de pinceau sur sa toile.

Elle sentait toujours les moments où Luc était en ville, mais avait réussi à l'éviter des années durant. Tous deux s'étaient coupés l'un de l'autre, comme amputés. Elle ressentait pourtant à présent ce membre fantôme, qui toujours la démangeait, la piquait. Il y avait à la place Fergus, sorte de prothèse bien commode.

5

Luc suivait du regard la Seat 600 de sa mère (ou plutôt des Rochers, puisque Lulu la prêtait à tout le monde) qui arrivait sur le quai. Les reflets du soleil sur le pare-brise ne permettaient pas de distinguer qui se trouvait au volant.

Après son départ brutal du petit-déjeuner, Luc avait roulé loin de la côte, poussant sa mobylette à l'intérieur des terres sur les petites routes menant au village de Ruberts, perdu au fin fond de la campagne, presque au centre de l'île. Un trajet sinueux, qu'il connaissait pour avoir rendu maintes visites à un ami qui possédait autrefois une maison là-bas. L'endroit était suffisamment éloigné pour que Luc soit sûr de ne pas être de retour au yacht avant le déjeuner. Il ne voulait pas annoncer à Szabó que sa mère ne viendrait pas.

Lorsqu'il revint à bord du *Dauphin*, sur les coups de treize heures, seul Fergus était arrivé, assis à la grande table de cockpit du bateau en compagnie de Szabó, Véronique et Mireille.

« Ah, Luc ! » s'exclama Szabó, qui sembla transporté de joie en le voyant.

Sans aucun doute, pensa Luc, la bonhomie permanente de Fergus avait fini par le lasser, même si les deux femmes riaient et semblaient apprécier l'époux d'Aegina. Mireille, particulièrement. La belle-sœur de Szabó, petite créature musclée au corps quasi simiesque, à l'expression indéchiffrable, avait semblé jusqu'alors plongée dans un état catatonique, abstraction faite de l'énergie minimale qu'elle déployait pour se dorer au soleil, lire et manger.

« La sœur de Véronique sera des nôtres, lui avait dit Szabó à Paris en lui présentant la croisière, les sourcils levés pour souligner un sous-entendu grossier. C'est une très belle femme. Véronique lui a déjà beaucoup parlé de vous. »

Mais cette annonce n'avait pas produit l'effet escompté sur lui, bien au contraire. Luc trouvait Mireille dépourvue de tout intérêt, presque au point de lui déclencher de l'aversion. Elle l'ignorait délibérément, ou répondait à ses tentatives pour nouer la conversation en laissant paraître une souffrance polie habituellement réservée aux supérieurs hiérarchiques ennuyeux. Mais Mireille manifestait à présent des réserves insoupçonnées de personnalité et d'humour, elle souriait, faisait claquer sa langue, se balançait sur sa chaise d'un air farceur, buvant chaque parole que Fergus prononçait. Comme par enchantement.

Fergus, ce mystère impénétrable. Luc l'avait vu à plusieurs reprises durant ses derniers étés aux Rochers. Le genre d'Anglais qu'il qualifiait de « Harry-la-flambe », un abruti fini qui parlait trop fort, bien qu'ayant clairement réussi. L'argent, Luc ne le savait que trop bien, exerçait un pouvoir inouï sur la plupart des femmes, mais même avec ça, Luc ne parvenait pas à imaginer Fergus avec Aegina, ne voyait tout bonnement pas comment une telle relation pouvait fonctionner. L'existence d'une Aegina capable de faire sa vie avec un homme pareil lui semblait tout aussi improbable que la soudaine effervescence de Mireille.

« *Salut*, lança-t-il en français pour couper la chique à Fergus.

— Où sont ta mère et les autres invités des Rochers ? lui répondit Szabó d'un air douloureux.

— Ils ne devraient pas tarder. » Luc évita son regard, gardant les yeux rivés sur le quai, quand il aperçut la petite Seat. « Tiens, les voilà. »

La voiture se gara près du yacht. Sarah sortit la première, suivie par les longues jambes de Dominick puis, contre toute attente, par sa mère. Elle leva la tête, croisa son regard et lui sourit. À sa grande surprise, Luc éprouva une soudaine bouffée d'affection pour elle.

« Merci, maman, lui murmura-t-il en l'embrassant, tandis qu'elle montait sur la passerelle en aluminium du bateau.

— C'est bien parce que c'est toi », lui souffla-t-elle en retour.

Luc sentit la présence de Szabó derrière lui et se poussa pour laisser le producteur se glisser sur la passerelle tel un auguste personnage.

« Madame », lança-t-il à Lulu en souriant de toutes ses dents, se penchant vers elle avec la précision nécessaire pour frôler de ses grosses lèvres chacune de ses joues.

Puis il se tourna courtoisement vers Sarah, avant de la saluer d'une bise un tantinet moins enthousiaste.

« Et vous êtes… ? dit-il en se tournant vers le troisième invité.

— Dominick », répondit l'autre.

Szabó lui serra la main.

« Merci d'être venus. Attendons-nous d'autres personnes ?

— Il n'y a que nous, répondit Sarah.

— *Fabuleux* », dit Szabó, qui leur indiqua le pont où s'étaient levés Fergus, Véronique et Mireille.

— Votre ami Fergus est déjà parmi nous. Que diriez-vous d'une coupe de champagne ? »

Roger, un jeune membre d'équipage à la peau tannée, en T-shirt blanc, short assorti et chaussures bateau, s'approcha avec un plateau chargé de flûtes pétillantes que Szabó fit passer à ses invités.

« Quel magnifique bateau ! » s'exclama Sarah.

Szabó haussa les épaules comme si les mots lui manquaient.

« Il est extraordinaire, répondit-il modestement.

— Pouvons-nous jeter un coup d'œil à l'intérieur ? » demanda Dominick.

Même Mireille, que chaque centimètre carré du bateau avait paru jusqu'ici ennuyer à mourir, suivit Fergus tout de go tandis que Szabó emmenait ses convives pour une visite du bateau.

« Oh, ma-gni-fique ! Gábor, voudrez-vous bien me laisser prendre un bain après le déjeuner ? » demanda Sarah lorsqu'ils visitèrent la salle de bains de la chambre principale.

La baignoire, assez grande pour contenir deux personnes, était constituée de douelles en teck tenues par des bagues de métal, comme un tonneau géant coupé en deux, en forme d'ellipse. Le genre d'accessoire dans lequel les pirates avaient dû folâtrer dans le vieux Port Royal.

« Certainement, répondit Szabó. Tout le monde aura droit à son bain. »

À l'extérieur, dans la chambre principale, Dominick ne quittait pas le lit des yeux. Parsemé d'oreillers blancs, celui-ci occupait presque toute la largeur du bateau, laissant simplement libre le renfoncement créé par les murs incurvés de la cabine dotée de grandes fenêtres asymétriques à croisées, tel un galion du XVIIIe siècle.

« De quoi s'envoyer en l'air comme dans un film de cape et d'épée, commenta tout bas Dominick.

— Totalement absurde, lui répondit Lulu en baissant la voix. Sauf si tu veux rouler comme une pierre et passer par la fenêtre, d'après le peu que je connais des bateaux.

— Certes, mais la plupart des yachts comme celui-ci ne sortent jamais en mer. Ils mouillent dans les marinas du 1er janvier au 31 décembre. »

Lulu commençait à se sentir oppressée.

« Je remonte, dit-elle en se dirigeant vers les escaliers.

— Tout le monde est prêt à passer à table ? lança alors Szabó. Je vous ai réservé une petite surprise. »

De retour sur le pont, ils trouvèrent la grande table de cockpit recouverte d'une nappe en tissu, dressée pour le déjeuner, avec des corbeilles de pain, des seaux à glace remplis de bouteilles de rosé et de vin blanc, des bouteilles de San Pellegrino. Tout le monde s'installa sur les coussins bleu roi posés sur les bancs en teck et les chaises longues. Tendue par un câble fin au-dessus des têtes flottait une toile triangulaire, comme gonflée par le vent, bleu roi également, baignant le cockpit d'une ombre douce et profonde.

Deux jeunes membres d'équipage émergèrent, des saladiers à la main. Ils servirent du vin aux invités. Puis ils redescendirent avant de réapparaître, chacun portant un plateau rempli d'assiettes garnies. Gaspard apparut à son tour. Véronique présenta le chef, qui énonça le menu à mesure que les assiettes étaient servies : colin grillé froid, réduction de figues, pommes grenaille chaudes, demi-avocat aux graines de grenade, assiette de foie gras et toasts.

La distribution des assiettes n'était pas terminée que Lulu sentit le pont sous ses pieds et tout le bateau tanguer.

Elle se tourna vers Szabó.

« Vous avez allumé le moteur, affirma-t-elle. Vous ne nous emmenez pas en mer ?

— Chère madame, ce n'est que le générateur, la rassura Szabó. Il se met en marche et s'éteint toute la journée. Mais parlons un peu de vous, chère Lulu, depuis quand possédez-vous ce fabuleux hôtel des Rochers ? Vous êtes installée à Majorque depuis longtemps ?

— Je suis arrivée de Londres en 1947 pour travailler comme cuisinière chez des amis qui louaient la maison que l'on appelle maintenant “la maison principale”. J'ai fini par l'acheter… »

Mais Lulu s'interrompit, et son regard rivé sur le visage souriant de Szabó (qui lui-même la fixait dans l'espoir d'accaparer un maximum son champ de vision) se tourna brutalement vers le débarcadère et la structure d'un blanc aveuglant qui trônait au bout. Le yacht n'y était plus amarré de la même façon. Son regard se tourna vers la proue du bateau, où le long mât de beaupré blanc, légèrement incliné, et les bastaques se balançaient lentement, devant la côte rocailleuse que l'on apercevait de l'autre côté du port.

« Pourquoi est-ce qu'on bouge ? » demanda sèchement Lulu.

Le regard de Szabó pétilla d'excitation. Il se retourna et adressa un signe de tête au matelot à la queue-de-cheval planté quelques mètres plus bas sur le pont, au pied du grand mât. D'un geste vif, Roger détacha le cordage enroulé à un taquet. Au même moment, deux membres de l'équipage, de chaque côté du pont, commencèrent à larguer les amarres, tirant de tout leur poids sur les câbles.

Non, pensa Luc. Il tourna rapidement la tête vers la poupe où se trouvait le grand gouvernail en bois, endroit auquel Tony, le capitaine, devait se trouver en cas d'action importante. Tony était en train de manœuvrer le bateau.

Les invités furent surpris par un bruit de frottement, de glissement de pans de tissu qui, au-dessus de leur tête, se transforma en un bruit fracassant quand un lourd rideau de toile à voile tomba du large espar, à mi-chemin du mât. Le bateau cahota. Lentement, la voile se gonfla ; le blason au *delphinus* bondissant ondula avant de se figer, retenu par des cordes à ses quatre extrémités, tandis que la brise légère inondait la grand-voile, à présent tendue ; glissant sur les flots, le yacht se détacha du quai, prenant la direction de la sortie du port.

Lulu bondit comme un ressort.

« Ramenez-moi à quai. Je n'irai nulle part sur ce bateau.

— Ma chère Lulu, protesta Szabó, les mains jointes, je ne vous emmène que pour une balade d'une heure, juste un tour en mer le temps de déjeuner. Une fantaisie de ma part, un coup de tête. Pardonnez-moi. »

Il lui sourit, certain du charme que produirait sa petite folie.

« Fantastique ! » s'exclama Sarah.

Le regard de Dominick se planta sur Lulu.

« Gábor, intervint Luc, qui à son tour se leva. Il faut la ramener au port. Elle ne…

— Luc, c'est un cadeau pour votre mère et vos amis, l'interrompit Szabó, les bras maintenant grands ouverts en direction du groupe installé à table. Tout le plaisir est pour moi. »

(Même au comble de la consternation, Luc ne put s'empêcher de remarquer ces mots, les mêmes, déclamés avec la même grandiloquence, que ceux prononcés par Anthony Quinn incarnant Aouda Abou Tayi de la tribu des Howeitat dans *Lawrence d'Arabie*, à l'attention de Lawrence et de sa troupe d'Arabes sortis comme par miracle du désert du Néfoud pour s'allier aux Howeitat et prendre la ville d'Aqaba. « Tout le plaisir est pour moi », disait Aouda devant un grand banquet au milieu du Wadi Rum.)

Lulu tourna les talons et regagna la poupe à grands pas, encore proche du quai qui ne cessait de s'éloigner. D'un geste énergique, elle jeta soudain son sac à main par-dessus bord, lequel vola sur près de sept mètres au-dessus de l'eau pour atterrir sur le quai en béton. Puis elle fit de même avec ses espadrilles, avant de passer elle-même par-dessus le garde-fou pour se jeter à l'eau avec grâce.

Luc, qui s'était précipité sur le pont, la vit plonger, les pieds en premier, dans les flots luisants. Quelques secondes plus tard, la tête de Lulu réapparut à la surface dans le sillage du bateau, puis elle partit à la nage vers les marches en béton du quai.

Tout le monde s'était levé de table, attroupé au bastingage. Les plaisanciers regardèrent Lulu arriver jusqu'aux escaliers et sortir de l'eau avec panache, comme si nager tout habillée dans le port lui était parfaitement naturel. Sans se retourner, elle marcha jusqu'à son sac à main, le ramassa et se dirigea à grandes enjambées vers sa voiture, gouttant élégamment.

« Mince alors, lâcha Fergus.

— Ah, fit à son tour Dominick, béat d'admiration. Lulu. »

Abasourdi, Szabó se tourna vers Luc.

« Mais pourquoi ? demanda-t-il. Que s'est-il passé ?

— Elle déteste les bateaux, Gábor. Elle est venue uniquement parce qu'elle pensait que nous restions au port.

— Lulu ! cria Sarah. Tout va bien ? »

Devant sa voiture, Lulu se retourna et sourit.

« Oui, merci », répondit-elle d'une voix claire et joyeuse.

Puis elle pencha la tête et essora sa longue queue-de-cheval trempée.

« À plus tard, ma belle ! cria encore Sarah, en lui disant au revoir de la main. Nous ne serons pas longs ! »

Tout le monde regarda la Seat s'éloigner sur le quai.

Szabó masqua sa déception en riant à gorge déployée.

« *Mais elle est superbe !* s'exclama-t-il. Votre mère est une femme extraordinaire, Luc !

— Oui », approuva-t-il en ajoutant pour lui seul : *Et toi, tu es tout sauf Aouda Abou Tayi de la tribu des Howeitat.*

Soudain, sa mère lui manqua. Luc aurait aimé pouvoir sauter par-dessus bord, lui aussi, et fuir à la nage Szabó et son bateau d'imbéciles pour passer l'après-midi avec elle. Il l'aurait fait, si tous ses espoirs de film n'avaient pas dépendu de son bon vouloir.

« *Mais elle est dingue, cette femme* », souffla Véronique à sa sœur, avec un haussement d'épaules dédaigneux tout français.

Szabó se tourna vers le reste des invités avec un sourire résolu.

« Eh bien, retournons à ce splendide déjeuner. »

Sur la mer animée de vaguelettes, le *Dauphin* sortit du port, son foc d'artimon et sa trinquette maintenant dressés, apparemment poussé par la grand-voile carrée gonflée par le vent. Mais, derrière ce galion tape-à-l'œil, voguait en réalité un lourd, un imposant rafiot, propulsé par un bruyant moteur diesel GM 671.

6

À genoux sur le sol du cellier, Gerald embouteillait son huile d'olive stockée dans de grandes bonbonnes à la sortie de la presse.

Il s'arrêta. Depuis la petite brique de ventilation tout en haut du mur lui parvenait le grondement effréné d'une tronçonneuse. Gerald posa sa bouteille et sa petite pompe sur une feuille de papier journal dépliée sur les tomettes.

En sortant par la cuisine, il se rendit compte que le bruit provenait des caroubiers, quelque part en contrebas du côté de la route – de ses terres, sans aucun doute. L'espace d'un moment, le grondement s'abaissa et, derrière le bruit, Gerald reconnut les toussotements d'un moteur diesel luttant pour tourner à plein régime. Il se hâta de descendre la colline en direction du bruit.

Les grondements s'intensifièrent, de plus en plus insistants. Gerald sentait les machines l'assiéger. Il se mit à courir à travers les arbres. Devant lui, une grosse masse bougeait par tressautements saccadés, rasant les bois et la végétation comme un rhinocéros enragé. Une grosse masse jaune.

Une clairière apparut. Dans la pente qui descendait vers la route, des arbres abattus et des branches arrachées étaient entassés pêle-mêle près d'un grand amas de terre marron-rouge retournée, étalée sur près de cinquante mètres en amont de la colline. À ses pieds, le mur d'enceinte s'était effondré sur six bons mètres, démoli, ses pierres beiges poussées à l'intérieur, sur le côté. Au sommet de ce massacre, sur le flanc de la colline, sommeillait un bulldozer jaune. Dans la cabine du conducteur, Gerald reconnut la silhouette râblée de *Señor* Gómez, le maçon, un vieux casque de chantier blanc sur la tête. Ses bras mats et musclés commandaient deux longs leviers, faisant avancer par à-coups les chenilles qui labouraient la terre sur leur passage.

Un deuxième homme en casque de chantier – plus jeune, aussi petit que Gómez, mais encore plus costaud, son fils peut-être – gravissait la colline, dégageant le chemin avec sa tronçonneuse pour le bulldozer. Les arbres tombaient, comme assassinés, leurs branches dressées vers le ciel. Le bulldozer arriva derrière lui, arracha les souches, poussa le reste sur le bas-côté de la tranchée qui descendait jusqu'à la route. Les deux hommes progressaient sur la colline à un rythme régulier. Un film s'était formé dans l'air chargé de particules de diesel toxiques et de fumée grasse et bleutée de la tronçonneuse.

Gómez, qui scrutait l'horizon en travaillant, aperçut Gerald qui les regardait. Il le salua d'un signe de tête. Le regard de Gerald croisa le sien. L'Anglais était médusé, semblait ne pas comprendre ce que les deux hommes fabriquaient. Gómez arrêta le bulldozer quelques instants.

« *¡La carretera!* La route ! » lui cria-t-il en levant une main devant lui, vers la colline, puis vers la droite pour lui indiquer le chemin de la route d'accès au chantier, dans l'olivette.

De nouveau, ses mains se posèrent sur les commandes. Le bulldozer toussa et repartit en cahotant.

Gerald se souvenait de la route à présent, qui devait débuter au niveau de la voie principale et contourner la colline en passant au-dessus de sa maison, sans qu'il n'entende ou ne voie quoi que ce soit, lui avait promis Fergus. Construire une route était bien sûr inévitable, non seulement pour les futurs propriétaires des villas, mais aussi pour acheminer les bétonnières et les camions chargés de matériaux de construction que l'on entendrait vrombir pendant des mois, sinon des années.

Tout était là, déjà. Gerald ne s'était jamais figuré autre chose que le petit lotissement de villas esquissé par un artiste sur le prospectus que Fergus lui avait montré. Sur ce dessin en deux dimensions, à l'encre et au pastel, une nature floue, mais bien présente, entourait les maisons orange espagnoles aux toits en tuiles, leurs terrasses et leurs fenêtres placées à des endroits différents pour casser leur monotonie. Le genre de lotissement que l'on pouvait voir partout. Gerald (bêtement, il s'en rendait compte à présent) n'avait pas pensé aux dommages collatéraux considérables qu'un si modeste éden allait engendrer en bordure des terres qu'il lui restait. Jamais il n'avait anticipé ce bruit infernal. La soudaineté de ces travaux était un choc – sans trop savoir pourquoi, Gerald avait pensé que rien ne commencerait avant la fin de l'été –, de même que leur réalité tangible, qu'il avait permise. Tout ça pour six mille livres.

Il observa quelques minutes encore Gómez et son acolyte poursuivre leur ascension, stupéfait de leur rapidité, par l'efficacité de leur brutalité ; sûrement allaient-ils parvenir à faire le tour de la colline pour ouvrir leur route en l'espace d'un jour ou deux.

Il regarda les troncs sciés, les branches et les arbres brisés, déracinés, éparpillés sur toute la colline comme une armée décimée. Hébété, il fit demi-tour et regagna d'un pas lourd sa maison à travers les caroubiers.

J'ai commis la pire des erreurs.

7

Luc n'en pouvait plus de naviguer. Jamais il n'avait connu de passe-temps plus pénible. Avancer presque toujours sans savoir où, sans route directe, sans confort, dans une lente agonie. Pour couronner le tout, il se retrouvait aussi prisonnier, forcé d'endurer la vision qu'avait Szabó de son scénario, de négocier avec lui ce qui plairait aux distributeurs, assommé par la monotonie de son caniche de femme et de sa belle-sœur (jusqu'à récemment) lobotomisée. Pendant tout le déjeuner et même après, tandis que le bateau tanguait et virait en dérivant lentement loin de la côte qui à présent l'aimantait, Luc n'avait cessé de revoir sa mère sauter par-dessus bord, sublime acte de défiance et d'indépendance qu'il admirait et enviait de plus en plus, à mesure que les heures s'écoulaient. Il se voyait dans l'eau, fuyant le yacht à la nage, son vacarme et sa bêtise noyés dans le bruit des vagues.

Luc avait été invisible pendant le déjeuner. Un mot ou deux, puis plus rien. Personne ne lui avait prêté la moindre attention. Luc faisait un bon public pour les plaisanciers et le petit groupe des Rochers, mais ces derniers préféraient la viande fraîche, clairement fascinés de se découvrir les uns les autres. En sortant de table, il descendit dans sa cabine où l'air était moins chaud pour s'étendre sur sa couchette et bouquiner.

Il se réveilla, désorienté. Il faisait jour ; pendant quelques instants, Luc se crut le matin. Puis il entendit des voix en provenance du pont, indistinctes, et se rappela qui se trouvait à bord.

Tout était étrangement calme. Passé quelques minutes, il se rendit compte que le moteur était éteint. Le yacht se balançait doucement, tanguait lentement de chaque côté. Par le petit hublot près de sa couchette, Luc découvrit que la lumière dehors s'était adoucie, se réverbérait sur l'eau à l'oblique, que le ciel était moins bleu derrière le voile de chaleur tremblant du milieu d'après-midi.

Il resta allongé un moment encore, bercé par les mouvements paisibles du bateau et son manque total d'envie de se lever pour rejoindre les autres sur le pont. Ce dont Luc avait envie, c'était de descendre à quai et de dîner avec sa mère. Il regarda sa montre : presque dix-sept heures. Ils ont dû profiter du vent pour retourner au port avec la voile. Sans doute n'allaient-ils pas tarder à arriver. Il se redressa.

Une fois remonté, Luc jeta un coup d'œil par-delà la proue. Rien que la mer. Il finit par apercevoir Majorque au loin, à l'horizon – à douze kilomètres environ, estima-t-il d'après ce qu'il avait appris pendant la croisière. Mais il s'interrogea : la voile carrée était roulée comme un store et la grand-voile, déployée quant à elle, pendait mollement sur son mât au milieu du pont, non pas dans le but de le faire avancer, comprit Luc, mais de le stabiliser.

La voix de Sarah, un cran plus stridente qu'à l'accoutumée, lui parvint du cockpit.

« Du nouveau, Luc ? »

Luc se retourna. Sarah, Dominick, Fergus et Mireille étaient assis dans la cabine, formant un tableau des plus étranges. À l'exception de Mireille, tous ressemblaient à des passagers qui attendaient leur train à la gare. Mireille, seins nus, était assise près de Fergus, une jambe ramenée vers elle, le pied posé sur le banc en teck, l'autre tendue, pied sur la table, offrant une bonne ventilation à son entrejambe en bikini. Luc ne l'avait jamais vu beurrée, mais elle en avait bien l'air à présent.

« Quand est-ce qu'on rentre ? » demanda-t-il.

En réponse, Sarah prit une mine dépitée et attrapa son verre de vin sur la table.

Mireille gloussa.

« Eh bien, c'est la question à soixante-quatre mille *pesetas* ! s'exclama Dominick.

— Comment ça ? répondit Luc.

— LE MOTEUR A LÂCHÉ ! s'écria Sarah. D'où tu sors, bon sang ? »

Brûlé par le soleil, le visage de Sarah était cramoisi, comme ses épaules et son poitrail de pigeon boulant au-dessus de son haut de maillot de bain minuscule.

Mireille riait maintenant aux éclats.

« Ce n'est pas drôle ! la rabroua Sarah. J'ai mes enfants qui m'attendent. Ils vont se demander où je suis.

— Oui, moi aussi, mais ils savent au moins que nous allons bien, répondit Fergus d'un ton réconfortant. Nous sommes dans la ligne de mire des Rochers depuis le début…

— Dans ce cas, ils doivent s'arracher les cheveux à se demander ce qu'on fout là sans bouger ! s'exclama Sarah. Mon Dieu, comme je regrette de ne pas avoir sauté avec Lulu ! Elle savait ! Bon sang, elle savait !

— Elle ne savait rien du tout, répondit Luc. Elle déteste les bateaux, c'est tout.

— Eh bien, je comprends pourquoi ! Mon Dieu ! »

Lorsque Luc descendit, la salle des machines était ouverte. À l'intérieur du petit compartiment rempli de conduits, de tuyaux, de câbles, de boutons et de valves, il trouva Tony assis sur une petite caisse à lait près du moteur. Plusieurs de ses composants avaient été dévissés, des tuyaux en caoutchouc détachés ; d'autres parties pleines de cambouis étaient rangées dans une petite cuve rouge en plastique à ses pieds. Tony vissait et dévissait quelque chose à l'aide d'une clé à molette à cliquet. Roger, le matelot à la queue-de-cheval, était accroupi à ses côtés, présentant des outils comme une infirmière derrière un chirurgien.

« Salut, dit Luc.

— Tiens, salut, répondit aimablement Tony sans vraiment regarder Luc, mais plutôt un tuyau près de sa tête.

— Je crois que j'ai raté le clou du spectacle. Je m'étais endormi. Que s'est-il passé ?

— Rien de très réjouissant. Le moteur a surchauffé. On a dû le couper. Je pense qu'un sac en plastique ou quelque chose s'est pris dans l'échangeur de chaleur. Il a traversé le filtre et s'est retrouvé dans la coque. Ça nous a bloqué de l'eau. La turbine est cramée, complètement fichue. J'en ai une de rechange, bien sûr, mais il faut que je retire ce foutu machin et les débris de l'ancienne turbine avant de l'installer.

— La réparation prendra combien de temps d'après toi ?

— Impossible à dire », répondit Tony, comme si cette question constituait une énigme philosophique sortie du néant, qui méritait d'être pesée. Une expression d'intense réflexion se dessina sur son visage pendant quelques instants. « Ce sera fait quand ce sera fait », conclut-il d'un air satisfait, tout en toisant le moteur comme un enfant pas sage.

Puis il se tourna vers Roger et lui dit avec un air de connivence :

« Au moins, ce n'est pas une Volvo Penta ! »

Roger, qui avait décodé le sous-entendu, éclata de rire, mais Tony se contenta d'un sourire complaisant.

La sérénité, le détachement dont Tony avait fait preuve durant la croisière, n'avait pas échappé à Luc, une qualité acquise, sans doute, à force de subir les caprices des plaisanciers, quand ce n'était pas ceux du bateau. Jamais le capitaine ne se départait de son heureuse tranquillité, imperméable aux changements de plans, aux ordres contradictoires, aux déceptions comme celle de n'avoir pas trouvé de place au port de Portofino, aux tensions, sautes d'humeur et épreuves de toute sorte. Tony restait en retrait, installé à la barre, ou vaquait à différents endroits du bateau ; toujours laconique avec son équipage, il écoutait les prévisions météo à la radio, allait et venait pour resserrer ou ajuster une vieille pièce. Il n'était pas de ces capitaines démonstratifs, ces conteurs capables de distraire les passagers avec leurs aventures marines, bourrés de charme iodé. Lui était constamment présent, mais à l'écart, les yeux généralement rivés sur l'horizon ou sur une partie du bateau, un vague sourire aux lèvres dissuadant toute personne de pénétrer dans son intimité ou d'entamer une conversation.

« Très bien », répondit Luc.

Il s'apprêtait à partir quand Fergus apparut à côté de lui, voûté pour passer sa tête dans le compartiment.

« Alors, ça avance ? demanda-t-il avec un enthousiasme forcé.

— Oui, ça vient, répondit Tony, aimable, en levant rapidement la tête.

— Oh, bien ! dit Fergus, visiblement soulagé. Nous pourrons donc repartir bientôt ?

— Ah. Ça, je ne peux pas vous le dire, fut la réponse cordiale de Tony.

— Oh. D'accord. Bien… Dans ce cas, est-il possible de contacter quelqu'un sur la côte ? Nous voudrions faire savoir que tout va bien et à quel moment nous serons de retour. Vous n'auriez pas une radio, un machin pour appeler aux Rochers ?

— Si, bien sûr, répondit Tony. Roger va s'occuper de ça en haut avec vous. Rodge, essaie de contacter le Real Club Náutico, 2-1-8-2. Ils pourront sûrement vous mettre en contact avec quelqu'un à quai. Ça pourrait vous aider ?

— Ce serait super », dit Fergus.

Roger posa ses outils, s'essuya les mains sur un chiffon et sortit de la salle des machines, suivi par Fergus.

De son côté, Luc alla chercher une bière dans la réserve. Il trouva Véronique et Gaspard faisant l'inventaire du frigo et du congélateur. Tous deux sortaient des paquets glacés fumants pour les ranger à nouveau, débattant sur chaque produit avec de grands gestes, grognant de dégoût, avant de tomber soudain d'accord quand fut abordée la question du beurre danois – une menace pour la Communauté économique européenne. Ils ignorèrent royalement Luc qui se glissa entre eux pour atteindre le frigo.

« Où est Gábor ? demanda-t-il.

— Il ne faut pas le déranger, répondit Véronique. Il se repose. Tous ces ennuis l'ont totalement stressé.

— Quels ennuis ?

— Ils veulent tous rentrer ! Que veux-tu qu'il fasse ?

— Je suis sûr que personne ne pense que c'est de sa faute.

— Bien sûr que ce n'est pas de sa faute ! » s'exclama Véronique.

Luc s'en alla avec sa bière, passant devant le poste de pilotage où il entendit Roger, observé de près par Fergus, dire dans sa radio : « Real Club Náutico, ici le yacht le *Dauphin*… Real Club Náutico… »

Dehors, les malheureux prisonniers levèrent des yeux pleins d'espoir lorsque Luc apparut. Mireille ne se trouvait plus parmi eux.

« Alors, ça en est où, ce moteur ? » demanda Dominick.

Ses cheveux, habituellement plaqués en arrière, pendaient par mèches de part et d'autre de son front. Des taches de boisson souillaient sa chemise. Les restes du déjeuner avaient presque entièrement été débarrassés, à l'exception de verres de vin à moitié pleins encore posés sur la table. Dans un seau en argent rempli de glace fondue, une bouteille flottait au rythme du bateau.

« Je ne sais pas, répondit Luc. Ils travaillent dessus.

— Mais tout cela est ridicule, Luc ! lança Sarah. C'est vrai, combien de temps allons-nous encore rester plantés ici, à dériver ? Enfin, regardez ! Nous sommes à des kilomètres de la côte maintenant ! Jessica et les autres doivent être morts d'inquiétude !

— Fergus est en train d'essayer de joindre les Rochers.

— Et le canot de sauvetage, Luc ? demanda Dominick en pointant un gros Zodiac pneumatique équipé d'un moteur, que l'on voyait dépasser par-dessus le bossoir. Ils ne pourraient pas nous ramener avec ça ?

— Je ne sais pas », répéta Luc.

Le Zodiac servait d'ordinaire pour faire la navette au port entre le quai et le bateau, une embarcation rapide, stable, qui filait dans l'eau comme un navire de commando débarquant sur une plage. Luc tourna son regard vers la proue, où deux membres de l'équipage du *Dauphin*, Tim et Ian, fumaient une cigarette.

« Luc, pourrais-tu aller te renseigner s'il te plaît ? l'implora Sarah.

— Oui, bien sûr.

— Merci ! »

Mais, plutôt que d'aller trouver le flegmatique Tony dans la salle des machines, Luc s'en alla voir les deux jeunes sur la proue. Deux Anglais, en l'occurrence, qui profitaient sans doute d'une année de césure pour travailler.

« Salut, leur dit Luc en approchant.

— Oh, salut, Luc », répondirent Tim et Ian.

Luc leur sourit gentiment.

« Vous pourriez nous ramener avec le Zodiac ? demanda-t-il avec un signe de tête en direction de la poupe. Leurs enfants les attendent.

— Oh… »

Tim fronça les sourcils pour produire un maximum d'effet, une expression à mi-chemin entre le doute d'un expert et une ferme détermination.

« J'en sais rien, ajouta-t-il. Ça va quand même faire une sacrée distance maintenant. On est au moins à dix bornes de la côte, à mon avis. Demande à Tony.

— Vous pourriez aller lui demander pendant que je prépare les autres ? Il faut vraiment qu'on rentre.

— Très bien, répondit Tim, qui jeta sa cigarette par-dessus bord avant de partir vaillamment sur le pont.

— Génial. Merci », répondit Luc en lui emboîtant le pas.

Dans le cockpit, Sarah et Dominick se redressèrent, lançant à Luc un regard plein d'espoir.

« Tim va voir ce qu'il peut faire, déclara-t-il avec enthousiasme.

— Formidable ! s'exclama Sarah. Merci mille fois, Luc ! »

Elle et Dominick se levèrent comme si le train approchait.

Fergus arriva sur le pont.

« Apparemment, ils ne parviennent pas à démonter l'hélice…, annonça-t-il.

— Ça ne fait rien, l'interrompit Sarah. Nous rentrons avec le canot pneumatique. Luc s'est occupé de tout.

— Oh, fantastique, répondit Fergus, qui se fendit d'un signe de tête approbateur en dépit du gouffre qui les séparait. Bien joué. »

C'est alors que Tim réapparut.

« Je suis désolé, mais Tony dit que c'est trop loin pour le Zodiac.

— Comment ? » s'indigna Sarah. Elle se tourna aussitôt vers Luc. « Je croyais que tu avais dit que nous partions ?

— Eh bien, je pensais qu'on pourrait. J'ai demandé à Tim d'aller poser la question au capitaine.

— À vrai dire, je pense vraiment que ça ferait trop loin en canot, renchérit le matelot, les sourcils de nouveau froncés pour souligner sa compassion. Ça pourrait même être assez dangereux, vu la distance. »

Fergus se tourna vers lui.

« Et pourquoi n'est-on pas en train d'avancer en ce moment ? Il y a quand même des voiles. Qu'est-ce qu'on fout là, à flotter ? Vous ne pouvez pas nous rapprocher de la côte avec les voiles pendant que vous bossez sur le moteur ? ou alors nous ramener et bosser dessus demain ? Certains d'entre nous ont des obligations, vous savez. Votre moteur, ce n'est pas notre problème. Alors allez dire ça au capitaine, s'il vous plaît.

— Oui, très bien, absolument », répondit Tim.

Mais il resta sur place, vacillant légèrement d'un pied sur l'autre avec hésitation.

« En fait, le truc, c'est que nous avancerions avec les voiles si nous le pouvions, évidemment, commença-t-il. Or il n'y a pas beaucoup de vent en ce moment, et le peu qui souffle, en réalité, provient des terres… et nous pousse vers le large. En plus, le yacht est tellement lourd que nous ne pourrions aller nulle part juste avec la voile – pas dans la direction qui nous intéresse, du moins. Donc, sauf changement de météo, il n'y a pas vraiment d'autre solution que de rester là jusqu'à ce que le moteur soit réparé.

— Mais enfin, c'est ridicule ! s'écria Sarah en les prenant tous à témoin. On ne va quand même pas rester plantés là à dériver dans la Méditerranée, bon sang ! Nous avons des obligations – mes enfants m'attendent aux Rochers ! La situation ne pose peut-être pas de problème à Gábor, étant donné qu'il est allé se coucher ou je ne sais quoi, mais nous, nous n'avons pas demandé une croisière, que je sache ! Nous sommes venus déjeuner ! Mince alors, nous n'avions pas prévu ça !

— Tout à fait, aquiesca Tim, qui secouait maintenant la tête pour souligner son approbation. Écoutez, je vais aller chercher Tony, d'accord ? Vous lui en parlerez directement. »

D'un air hésitant, il se retira du salon.

Dominick souleva la bouteille trempée dans son seau.

« Un petit remontant ? » proposa-t-il.

Sarah s'empressa de lui tendre un verre qu'elle attrapa sur la table.

« Volontiers ! »

8

Après s'être débarrassée sous la douche des résidus salés, légèrement huileux, laissés par sa traversée du port à la nage, Lulu enfila un short en coton blanc et un chemisier ample en lin crème, puis demanda à Claire de lui apporter une salade sous la pergola luxuriante de la terrasse avant, qui surplombait les rochers et la mer, et n'était pas utilisée par les clients.

Lulu mangea sa salade, le regard rivé au loin sur le *Dauphin* qui voguait lentement dans la brise légère, à peut-être deux kilomètres de la côte, ses voiles déployées. Comme cette scène était pittoresque – et cet homme idiot ! Mais Lulu était heureuse de voir le yacht ainsi, à l'horizon, car elle savourait le plaisir de ne pas se trouver à bord.

Son corps fut parcouru d'un frisson.

Lulu avait accompli un effort pour Luc – qui ignorait à quel point elle avait pris sur elle –, à tort. Elle avait enfreint une règle, et voilà le résultat. Plus jamais elle ne mettrait les pieds sur un bateau, quelle qu'en soit la raison.

Son déjeuner terminé, Lulu partit faire sa sieste. Elle se réveilla à seize heures et s'en alla nager cinquante longueurs dans la piscine. Elle reprit une douche. La maison était enfin fraîche. Elle revêtit une djellaba en coton, sans rien en dessous, et se rendit dans la cuisine. Claire préparait le dîner : *merluza con sanfaina*, un poisson de Méditerranée proche du cabillaud, revenu avec des tomates, des poivrons et des aubergines ; une tourte préparée avec les groseilles que Judy Plumley venait de lui ramener d'Angleterre ; et, pour finir, le sorbet à la pêche maison de la cuisinière.

« Parfait, Claire, lui dit Lulu.

— Lulu ? »

Campé dans l'entrée, Cassian tenait un shaker à cocktail embué dans une main et deux verres en cristal à moitié remplis d'olives dans l'autre.

« Martini ? proposa-t-il.

— Tu me connais si bien », répondit Lulu.

Tous deux sortirent sur la terrasse avant. Lulu s'installa dans le sofa blanc profond, Cassian dans un grand fauteuil en osier. Il servit les boissons, passa son verre à Lulu, puis posa ses pieds sur une ottomane recouverte d'un bout de *kélim* élimé.

« Tu n'es pas restée avec les autres, remarqua-t-il.

— Non. Je me suis enfuie.

— C'est bien ce que je pensais.

— Grand bien m'en fasse, ajouta-t-elle en scrutant les flots. On ne les voit plus. Soit le bateau a coulé, soit il a disparu au coin, là-bas. J'ignore comment quelqu'un peut passer des heures comme ça, à flotter, à quelques encablures du point que l'on veut atteindre, mais sans pour autant y aller – et volontairement, le plus souvent. Très singulier, comme passe-temps. Un peu comme la danse folklorique. Une torture, si tu veux mon avis.

— C'est parce que, toi, tu as besoin d'être le capitaine de ton propre navire, Lulu.

— Cassian, béni sois-tu. Enfin quelqu'un qui me comprend. » Lulu prit une petite gorgée de son martini. « Rares sont les hommes comme toi. Ton père, ce saint homme, a fait de toi un gentleman. Sais-tu quel est le problème avec la plupart des Anglais ? Ils apprennent à boire au pub, si bien que préparer un cocktail digne de ce nom est aussi énigmatique pour eux que de transformer le plomb en or. »

Cassian sourit.

« Quand as-tu mis les pieds dans un pub pour la dernière fois, Lulu ?

— Je ne fréquente pas les pubs, très cher.

— Cela me surprend.

— J'y suis allée une fois pendant la guerre. Une horreur, déplora-t-elle sur le ton utilisé pour raconter de vieux souvenirs qu'il valait mieux oublier. *Salud.* »

Lulu et Cassian sirotèrent leur martini.

« Tu savais que Gerald Rutledge ne possédait même pas le téléphone chez lui ? demanda Cassian.

— Ça ne m'étonne pas. Pourquoi cette question ?

— Parce que Fergus Maitland donne le numéro des Rochers aux gens qui veulent le contacter.

— Tout le monde le fait, Cassian. Ça ne me dérange pas.

— Oui, tu as raison. »

Ils sirotèrent à nouveau. Puis Cassian demanda :

« Tu as entendu parler d'El Niño ?

— *Quesaquo ?* demanda Lulu. Un torero ?

— Sans doute. Mais je voulais parler du phénomène climatique dans l'océan Pacifique, qui provoque un réchauffement climatique anormal jusque sur la côte ouest de l'Amérique du Sud. Il pleut davantage dans les terres, là-bas. Ils ont connu ça l'hiver dernier. Le Paraguay a été frappé par des inondations catastrophiques.

— Pauvre Paraguay.

— À vrai dire, El Niño a un impact sur le climat du monde entier. Moins de pluie en Australie, mais beaucoup plus d'incendies. De la sécheresse en Afrique.

— Pauvre et chère Australie. L'Afrique a toujours été dévastée, en revanche.

— Tout de même, l'hiver dernier, le montant des dégâts s'est élevé à plusieurs millions au Paraguay, au Brésil, en Australie, et dans beaucoup d'autres endroits.

— Quelle malchance, répondit Lulu en sirotant son martini.

— Oui. Non seulement pour ces pays et les millions d'habitants touchés, mais aussi pour les assurances. Les membres du Lloyd's – ceux qui paient l'assurance de leur poche – ne doivent pas en mener large dans ce genre de situation.

— Je vois. Dis-moi où tu veux en venir.

— Oui. » Cassian sourit. « La semaine a été rude pour les investisseurs du Lloyd's. Les conséquences d'El Niño à travers la planète commencent à se faire ressentir.

— Eh bien, Cassian, très cher, je suis profondément navrée pour tout le monde, pour Lloyd, pour la terre entière. Y a-t-il quelque chose que je puisse faire ?

— À vrai dire, oui. Tu connais mon ami Johnny Barton.

— Je t'ai entendu parler de lui, répondit Lulu.

— Johnny a appelé ici toute la journée. Il cherchait à joindre Fergus Maitland. Il fait partie du projet immobilier pour développer le terrain qu'ils viennent d'acheter à Gerald Rutledge.

— Ah », lâcha Lulu.

Elle chaussa ses lunettes posées sur la table basse, lissa sa djellaba sur ses jambes croisées.

« Tu en as entendu parler ? continua Cassian.

— Vaguement, répondit Lulu. Des villas de vacances, c'est ça ?

— C'était ça. Johnny représente la majorité des partenaires. La plupart sont des actionnaires du Lloyd's. Ils veulent se retirer du projet.

— Il cherche de nouveaux partenaires, alors ?

— Non. Pas du tout. Ils veulent vendre le terrain. L'acquisition s'est faite dans des termes qui leur étaient extrêmement favorables – pas plus tard qu'hier, d'après ce que j'ai entendu. Sauf que, aujourd'hui, ils veulent tout laisser tomber. Ils le rendront d'ailleurs sûrement à Gerald s'ils n'arrivent pas à s'en débarrasser.

— Comme c'est fascinant ! La misère du monde qui arrive jusque dans notre jardin. Et quelle est ton idée ?

— J'envisage de racheter le terrain à Johnny, mais pour en faire quelque chose de différent. Le projet de Fergus n'exploite pas tout le potentiel du terrain avec ses villas espacées et ses jardins. Il y aurait de la place pour beaucoup plus de constructions, pour faire beaucoup plus de profit. Comme les immeubles de Porto Cristo. Voudrais-tu t'associer avec moi ?

— Pour construire un village entier de vilaines bicoques collées les unes aux autres ? L'idée me révulse.

— Mais les promoteurs engrangent un fric fou. »

Cassian alluma une Dunhill King Size.

Lulu connaissait ces petits yeux derrière ces épais verres fumés.

« Tu as déjà tout prévu, Cassian.

— Oui, avoua-t-il.

— Combien ?

— Environ cent mille livres. J'investirai la même chose. Nous ferons appel à ton avocat, Beltran, pour officialiser le partenariat. Il suffira de bâtir quelques immeubles et nous vendrons le reste sur plan.

— Je doute d'avoir cent mille livres, très cher.

— Je pense que tu les trouveras, à vrai dire. Et même plus, en comptant ta part du domaine de ta mère.

— Et il y aurait beaucoup d'argent à la clé ?

— Trois ou quatre fois ce que nous aurons investi au bout de deux ans, je pense. Et beaucoup plus au bout de quatre. Nous pourrions faire passer tous nos achats par une société offshore. Nous servir de ma banque, la Butterfield, aux Bermudes.

— À qui d'autre as-tu demandé ?

— Personne. Il n'y aurait que toi et moi. Je ne t'en voudrai pas si tu refuses. Le terrain peut toujours être rendu à Gerald. »

Lulu ramassa son verre sur la table.

« Et Fergus ? Il fait partie du plan ?

— Non. Il détient simplement des parts dans le groupe de Johnny. Il n'a pas le pouvoir d'arrêter la vente. Il est fini, *out*.

— Et Gerald, pourrait-il nous empêcher de construire ce que nous voulons ?

— Impossible. Mais nous devons agir vite. J'aimerais prévenir Johnny aujourd'hui ou demain – de préférence avant que Fergus rappelle Gerald et qu'il aille discuter de tout ça avec lui. »

Lulu détourna le regard, au-delà des rochers, vers la mer.

9

Charlie se réveilla sur les coups de dix-neuf heures. Sa sieste de l'après-midi, qui commençait entre treize heures et treize heures trente à Londres, ne débutait jamais avant trois ou quatre heures à Majorque où, à force d'aller constamment à la plage, de jouer avec Bianca, d'aider son grand-père à cueillir ses citrons et ses olives, le petit garçon dormait bien plus longtemps.

Le soir était tombé, s'aperçut Charlie. Sa chambre était presque noire, les couleurs parties. Par la fenêtre ouverte, il distinguait le ciel bleu pâle derrière les feuilles vertes des citronniers.

Charlie savait qu'il trouverait tout le monde derrière les portes de cette chambre. Papi, dans le salon, qui fumait ses cigarettes dégoûtantes en écoutant la radio, le BBC World Service, comme le disait la voix, qui disait aussi à papi ce qu'il se passait dans le monde. Il y avait toujours une catastrophe quelque part, et lorsque la BBC l'annonçait à papi, celui-ci soufflait sa fumée vers le plafond en soupirant : « *Plus ça change, plus c'est la même chose.* » Charlie trouverait aussi maman et papa, sur la terrasse, en train de boire des apéros. Charlie aimait rester dans son lit, sachant où tout le monde se trouvait, sachant qu'il pouvait se lever et les rejoindre quand il l'aurait décidé.

Je vais sortir de mon lit très bientôt, pensa-t-il.

Il attendit aussi longtemps qu'il le put, soit sept secondes environ, puis se leva et marcha jusqu'à la porte.

Il entendit la radio dès qu'il sortit.

« Ah, Charlie, te voilà, lui dit son grand-père en se levant lorsqu'il arriva. Comment va ?

— Bien », répondit Charlie.

Il traversa la pièce d'un pas assuré et sortit sur la terrasse. Mais personne. Il fit demi-tour. Son grand-père se trouvait derrière lui.

« Où ils sont, maman et papa ?

— Oui, ils ne sont pas encore là, répondit Gerald avec entrain. Papa est allé faire du bateau et maman est allée voir en ville quand il rentrera. Elle va revenir d'un instant à l'autre. »

Charlie dépassa son grand-père pour se rendre dans la cuisine. Personne non plus là-bas.

« Tu veux un verre de TriNaranjus, Charlie ? du jus d'orange ? »

Papi lui parlait avec un grand sourire.

« Où ils sont, maman et papa ? répéta Charlie d'une voix de plus en plus aiguë qui se transforma en sanglots.

— Non, ne t'inquiète pas, dit papi en le soulevant dans ses bras. Ils vont bientôt rentrer. Ça va aller, mon garçon. »

Et papi embrassa son front, mais Charlie hurla et repoussa l'odeur de cigarette qui pue.

Papi le porta jusqu'au salon et le posa sur le canapé.

« Et si on jouait, Charlie ? Une partie de morpion, hein ? » Un jeu découvert récemment, auquel Charlie gagnait à tous les coups. « Ou est-ce que tu préfères une histoire ? »

Charlie sauta par terre et courut sur la terrasse. Agrippé au garde-fou, il se mit à crier en direction de la route en contrebas :

« Mamaannnn ! »

Papi attrapa Charlie, le souleva à nouveau et retourna avec lui dans le salon.

« Tout le monde va bientôt rentrer, Charlie, il ne faut pas t'inquiéter », lui dit-il en le faisant sauter dans ses bras avec un rire faux.

Mais Charlie ne voulait rien entendre. Il posa ses mains sur la poitrine de son grand-père et poussa de toutes ses forces en hurlant.

« Tiens, tu sais quoi ? » Papi le tenait à bout de bras pour le regarder dans les yeux. « Et si on allait les chercher ?

— Oui, répondit Charlie, qui cessa instantanément de pleurer.

— Bien. Allons en ville, je sais où ils seront. Il n'y a que deux endroits possibles. Nous allons vérifier les deux, d'accord ? »

Charlie hocha la tête. La proposition de papi semblait sensée.

« Très bien. Allez, on va mettre les chaussures. »

Papi porta Charlie jusqu'à sa chambre où ils trouvèrent ses petites espadrilles bleues.

« Maman a pris ma voiture et ton papa la sienne. Nous allons devoir y aller sur le vélomoteur de papi. Tu veux bien ?

— Oui, papi », répondit Charlie.

Il faisait maintenant presque nuit. Dans l'allée qui menait à la sortie, papi fit démarrer son vélomoteur et s'assit sur la selle. Charlie craignit soudain que papi parte sans lui, et son visage commença à se tordre, mais papi le souleva et l'installa juste devant lui, presque sur ses genoux, assis entre ses jambes. L'engin se mit à vibrer.

« Il faut que tu t'accroches comme ça, avec tes mains sur mes bras. Tiens-toi très fort à mes bras ou à ma chemise. Tu comprends ? Voilà. Tiens-toi très fort, Charlie. De cette manière, tu ne pourras ni tomber en avant, ni sur le côté. Et moi, je suis juste derrière toi. Ça va aller ? C'est parti. »

Le vélomoteur démarra dans un bruit de pétarade, en vacillant, avant de plonger dans l'allée en pente raide. Comme s'ils tombaient. Charlie poussa un cri perçant. Mais, en réalité, ils ne tombaient pas, ils dévalaient l'allée en piqué comme un oiseau.

Au pied de la colline, à l'embranchement de l'allée et de la route, le vélomoteur s'arrêta. Papi regarda autour de lui.

« On y est, dit-il. Accroche-toi ! »

Le vélomoteur vrombit très fort et trembla sous les jambes de Charlie avant de bondir en avant. Charlie se mit à rire d'excitation. Les murs de pierre sur le côté de la route devenaient flous. Un petit rond de lumière jaune rebondissait devant eux alors qu'ils fendaient la nuit sous le ciel indigo. L'air chaud fouettait le visage de Charlie, ses cheveux épais se soulevaient dans le vent.

« C'est marrant ! cria-t-il.

— Marrant, n'est-ce pas ? » approuva Gerald.

L'obscurité se dissipa. Ils étaient arrivés en ville. Des boutiques aveuglantes de lumière et des phares de voiture défilèrent. Charlie se retrouva projeté vers l'arrière, contre la poitrine de papi, puis vers l'avant, agrippé à ses bras, sous les à-coups du vélomoteur. Ils filèrent à travers la ville, zigzaguant comme par miracle dans la circulation, dans les ruelles poussiéreuses, tournant, ralentissant, accélérant dans la nuit. Une course dangereuse, semblait-il, mais rigolote, car Charlie savait qu'il se trouvait en sécurité. Le vélomoteur vrombit encore plus fort, gagna de la vitesse. Ils roulaient à toute allure dans le port, suivant les reflets des lumières de la ville dans l'eau à leurs pieds. Tout à coup, Charlie entendit un autre vélomoteur près d'eux, mais ce n'était que leur propre écho contre la digue tandis qu'ils filaient le long du quai vers la lumière blanche qui clignotait tout au bout. Puis l'engin ralentit avant de s'arrêter en broutant tout doucement.

« C'est la voiture de papa, tu vois ? » dit papi.

C'était bien elle : le Range Rover carré qu'il connaissait si bien, tout seul sur le quai.

« Apparemment, il n'est pas encore revenu. Il est allé faire du bateau. Ils doivent être en retard. »

À cette phrase, Charlie commença à s'inquiéter, mais papi s'empressa d'ajouter :

« Ils ne vont sans doute pas tarder. Et si on allait chercher maman en attendant ? »

Charlie hocha la tête.

« Oui. »

À nouveau, le moteur gronda sous sa selle. Papi fit demi-tour avec le vélomoteur, puis ils repartirent à toute allure sur le quai et serpentèrent dans le port jusqu'à ce que Charlie comprenne où son papi l'emmenait.

« Les Rochers ! » s'écria-t-il.

Son père l'avait déjà emmené là-bas quelques fois pour prendre un TriNaranjus pendant que lui-même buvait des apéros avec ses amis. Charlie aimait bien Les Rochers.

« Exact », répondit papi.

Ils ralentirent et s'arrêtèrent devant une grande maison près de la mer. Papi coupa le moteur et porta Charlie, dépassant le portail pour arriver dans la cour où tous les grands buvaient des apéros. Toutes les têtes se tournèrent vers eux.

« Quelqu'un aurait des nouvelles du bateau ? demanda papi.

— Non », répondirent plusieurs personnes en chœur.

Un homme aux cheveux roux, avec des lunettes jaunes, s'approcha. Il s'adressa à papi d'une voix calme, une vraie voix de grand :

« Gerald, je pense que vous feriez mieux de rentrer. Nous n'avons pas eu de nouvelles. Si nous apprenons quoi que ce soit, nous enverrons quelqu'un vous prévenir. »

Charlie voyait clairement que papi cherchait du regard maman et papa, mais l'homme roux posa une main sur son épaule et les raccompagna dehors.

« On vous tient au courant, répéta-t-il.

— Mais où est maman alors ? » demanda Charlie tandis que papi démarrait de nouveau le vélomoteur. Il fondit en larmes. « Où est maman ? hurlait-il.

— Je suis sûr qu'elle sera rentrée avant nous, mon garçon », le rassura papi.

Le vélomoteur bondit et descendit bruyamment la route toute pleine de bosses. Quelques minutes plus tard, il gravissait péniblement la longue allée de la ferme, puis arriva au sommet. Le plus beau cadeau du monde était là : la voiture de papi. Maman les avait entendus arriver et les attendait dehors.

« Maman ! » cria Charlie.

Elle le prit dans ses bras et le serra. Derrière l'épaule de Charlie, Aegina regarda son père.

« Où est-ce que vous étiez passés ? » demanda-t-elle.

10

Les derniers rayons du crépuscule disparus, un ciel d'un noir d'encre s'installa. Pas de lune, et les étoiles brillaient faiblement, l'air opaque d'humidité. Majorque se dressait au nord, à l'horizon, sous des lambeaux de brume vaporeuse. Plus proche, mais à une distance inconnue, se balançaient les lumières des bateaux de pêche, suspendues pour attirer les poissons, entourées d'un halo qui luisait sur cette mer d'huile. Enfoncés dans l'eau, les bateaux de pêche disparaissaient et réapparaissaient comme des lucioles.

Les passagers du *Dauphin* étaient tombés dans un silence abasourdi. Fergus et Sarah se trouvaient assis à la lueur des lanternes électriques en cuivre que les deux jeunes matelots, Tim et Ian, avaient accrochées dans le cockpit au-dessus de leur tête. Sarah marmonnait dans sa barbe depuis maintenant quelques heures, mais Fergus, après s'être risqué à quelques « Pardon ? » ou « Vous disiez ? », avait fini par en faire fi. Allongé sur un canapé dans le salon, Dominick avait feuilleté un *Paris Match*, un *Vogue*, *L'Express*, suivant du regard quiconque passait sur le bateau. De temps à autre, Véronique allait et venait d'un pas pressé, pieds nus sur le tapis du salon, entre la coquerie et la poupe où logeait Szabó, resté cloîtré dans sa chambre depuis que le moteur avait lâché et qu'avaient commencé à s'élever les premières plaintes et signes de mécontentement.

Véronique semblait résolument indifférente à la situation et au confort des invités qui avaient à présent – peu importe qui en était responsable – largement abusé de leur hospitalité. Cette dernière dardait sur Dominick des regards chargés de ressentiment chaque fois qu'elle passait, lequel souriait en retour, imperturbable. Voyant l'humeur délétère qui s'était installée sur le pont, Mireille avait également disparu on ne savait où.

En l'absence de Szabó, et au vu de l'ignorance délibérée que témoignait Véronique à l'égard de leurs invités récalcitrants, Luc s'était senti obligé, pendant un moment du moins, de jouer les maîtres de cérémonie. Après tout, les invités des Rochers comptaient parmi les amis de sa mère, et Luc incarnait l'intermédiaire par lequel était partie l'invitation de Szabó. Aussi leur avait-il apporté de nouvelles boissons, des olives, tout en essayant de ranimer la conversation en leur racontant d'amusantes anecdotes sur d'autres frayeurs que leur avaient faites au fil des ans les clients des Rochers, que l'on avait crus disparus ou même échoués, mais qui, finalement, étaient toujours réapparus sans plus de mal qu'un vilain coup de soleil ou une sacrée…

« Tu penses vraiment que tu nous aides avec tes histoires ? le coupa sèchement Sarah.

— Je ne sais pas, répondit Luc. Je voulais juste montrer que la situation pourrait être pire. Il doit exister des bateaux moins confortables, j'imagine…

— Se retrouver en rade est donc monnaie courante chez vous ?

— Non, mais ça arrive, expliqua Luc. Ce n'est pas rare que les gens rencontrent des problèmes en bateau…

— Lulu le savait, bon sang ! Elle aurait dû nous prévenir ! rétorqua Sarah.

— Tu ne peux pas dire qu'elle ne nous avait pas mis sur la piste, répondit Dominick avec un sourire malicieux.

— Oh, la ferme ! » lui cria Sarah en lui jetant une olive.

C'était à ce moment-là que Dominick s'était retiré dans le salon pour feuilleter des magazines.

À vingt et une heures, Szabó apparut à la porte de la salle des machines, sortant vraisemblablement du bain, vêtu d'une chemise et d'un pantalon en lin immaculé qui contrastaient sévèrement avec les pièces de moteur démontées graisseuses et les mains pleines de cambouis de Tony et Roger, lesquels riaient à gorge déployée.

« Alors on s'amuse, Tony, hein ? lui demanda Szabó.

— Oh, oui. Toujours content de faire mon boulot, répondit l'autre.

— Tant mieux. Nous allons dîner, alors dites aux gars de vous descendre quelque chose si vous voulez manger.

— Oui, merci, monsieur, répondit Tony.

— Et ce moteur, alors ?

— Tout va pour le mieux. J'ai retiré l'échangeur de chaleur, les lignes et…

— Non, non, non, l'interrompit Szabó en levant sa grosse main. Ça ne me parle pas à moi, les moteurs. Dites-moi juste combien de temps ça prendra.

— Tout le monde sera de retour pour le petit-déjeuner, monsieur Szabó.

— Très bien. »

Szabó grimpa les quelques marches qui menaient au salon, où Dominick lui adressa un grand sourire depuis son canapé.

« Comment ça va ? lui demanda Szabó.

— À merveille, merci beaucoup. Il n'y a pas d'autre endroit au monde où je rêverais d'être, répondit Dominick.

— Tant mieux. Nous allons bientôt dîner. Vous vous joignez à nous ?

— Oh, mais bien sûr. Vous êtes si bon de vous occuper aussi bien de vos invités.

— C'est tout naturel. »

Sur ces mots, Szabó sortit sur le pont.

Mireille était réapparue, affublée d'un T-shirt bleu délavé trop large portant l'inscription RANDO CANYON dans le dos. Elle et Fergus aidaient les deux jeunes matelots à mettre le couvert. Luc tentait de parler à Sarah, qui fixait la table d'un œil morne.

« Bonsoir, annonça Szabó. Comment va tout le monde ?

— Ça va, merci, dit Fergus. Des nouvelles du moteur ?

— Ça progresse. Luc, venez donc que je vous dise deux mots. »

Szabó traversa le pont, solidement campé sur ses jambes afin de parer au léger roulis du bateau. Luc le suivit. Mais ce « Venez que je vous dise deux mots » lui avait annoncé la couleur.

Szabó s'arrêta à l'avant du bateau, à l'endroit où tous deux travaillaient habituellement. Leurs chaises en teck n'étaient plus là. Agrippé au bastingage,

Szabó scruta la mer noire et les quelques lumières qui flottaient au loin. Puis il se tourna vers Luc.

« Nous avons accompli un magnifique travail tous les deux, Luc », commença-t-il. Cela s'annonçait donc si mal que ça. « Vous êtes quelqu'un d'intègre, Luc, ajouta-t-il en posant une main sur son épaule. Vous m'avez beaucoup appris sur ce plan-là. Moi qui voyais depuis le départ Roy Scheider pour ce film. "Roy fait ci, Roy fait ça" ! Mais j'ai compris – son visage s'illumina soudain, comme par une révélation –, j'ai compris que vous n'aviez pas écrit ce film pour Roy Scheider !

— C'est que… j'aurais pu…

— Non, non. Voilà la vérité. Votre scénario aurait fait un film pour Albert Finney, à la rigueur – c'est une œuvre d'art, en tous les cas. Bourrée de psychologie, de messages profonds. Ce que j'ai tout de suite aimé, la première fois que je l'ai lu, c'était votre histoire, *votre* histoire : cet homme, ce moins-que-rien, capable de prendre le bus ! Sincèrement, vous verriez ça ailleurs ? Ce type qui pénètre dans un monde complètement fou, qui se redécouvre lui-même, lui qui n'est qu'un personnage insignifiant ! Du grand art. Pas un rôle pour Scheider. Je sais maintenant qui…

— Eh bien, je verrais…

— Non, non, non. Vous avez raison. Albert Finney, Alan Bates, Tom Courtenay. Un acteur, en somme. Quelqu'un qui sache oublier qu'il est une vedette pour laisser voir l'homme que vous avez décrit. Et le monde dans lequel il se trouve. C'est un film d'atmosphère, pas un thriller.

— Il y a quand même quelque chose de noir…

— Je ne suis pas capable de faire un tel film, Luc. J'aimerais le voir, aller au cinéma pour le voir, j'aimerais beaucoup ; ce film, avec ce genre d'acteurs.

Mais jamais mes distributeurs ne me donneront l'argent pour faire ça. Vous avez écrit toute cette belle histoire pour rien, lâcha-t-il.

— Donc… vous retirez votre option ?

— Non, non, non. L'option est maintenue jusqu'à expiration. Un point positif, pour vous comme pour moi. Cela nous laisse un délai. Quand je serai de retour à Paris, je vous trouverai quelqu'un pour faire ce film – avec *votre* histoire. Je connais des producteurs britanniques, un en particulier, un Écossais qui serait exactement le genre de producteur indépendant qu'il vous faudrait. Ces gars-là font des petits films. Je vais le leur vendre. Prendre la place de producteur exécutif. Ils vont réaliser le film. Un truc de qualité. Et tout le monde sera content. Récompense aux BAFTA. On vous courra après pour écrire des scénarios. Que du bon pour vous.

— Autrement dit, vous comptez vendre l'option à quelqu'un d'autre ?

— Exactement. C'est beaucoup mieux pour vous.

— Et s'ils souhaitent en faire autre chose ? S'ils veulent le transformer en comédie romantique, faire appel à un autre pour réécrire le scénario ?

— Non, non, non. Je vais le vendre aux personnes qu'il faut. À des gens bien. Qui auront envie de faire le même film que vous, qui vous respecteront. Qui vous demanderont peut-être même de le réaliser. Comme Bill Forsyth. Ce film, c'est un film d'auteur. Ce sera parfait.

— Merci de vous préoccuper autant de moi, Gábor », répondit Luc.

Szabó passa un bras autour de son épaule.

« Vous êtes mon ami, Luc. Allez, venez dîner. Boire du bon vin, rire de tout ce que nous avons fait ensemble », dit-il, non sans rappeler à Luc l'agent double du KGB que jouait Paul Scofield dans *Scorpio*, annonçant à Burt Lancaster, ripou de la CIA, peu après avoir tenté de l'assassiner : « Allez, venez boire de la vodka avec moi, parler du bon vieux temps et pleurer. »

Les autres étaient déjà installés à la table du cockpit devant Gaspard, un grand plat de pâtes noir violacé à la main.

« Alors, *tagliatelles à l'encre de seiche*, annonça-t-il avant de désigner d'un signe de tête les autres plats que Tim et Ian posaient sur la table. *Ratatouille, omelette aux fines herbes et salade.* » Puis il haussa les épaules. « C'est tout ce que nous avons. Je n'ai pas pu faire mieux.

— *Parfait !* s'exclama Véronique avec des applaudissements sonores. *Parfait, parfait !*

— *Merci* », répondit d'une voix morne Gaspard, qui se retira.

D'un ton plein de rancune, Véronique ajouta :

« Gaspard a essayé de préparer quelque chose avec le peu que nous avions. Au pied levé.

— C'est très gentil à vous de prendre si bien soin de nous », répéta Dominick.

Il se trouvait assis près de Sarah, à moitié avachie sur lui.

« Eh bien, nous ne pouvions pas vous jeter par-dessus bord, répondit Véronique le plus sérieusement du monde, en haussant les épaules, comme si la solution l'avait réellement effleurée.

— Tout ça m'a l'air délicieux ! lança Fergus. Et les… les choses noires, qu'est-ce que c'est ?

— Des pâtes, rétorqua Véronique.

— À l'encre de seiche ?

— Oui.

— Formidable. »

Véronique servit son mari, puis remplit son assiette avant de passer le plat à sa sœur. Placée à côté de Fergus, Mireille lui flanqua une platée de tagliatelles noires.

« Oh, merci », dit-il, le regard cloué sur la profonde échancrure de son T-shirt RANDO CANYON lorsque Mireille tendit les bras pour passer le plat.

Szabó anima le repas d'anecdotes politiques et de souvenirs de son grand ami, l'acteur disparu Stephen Boyd, avec qui il avait connu un tournage mouvementé en Yougoslavie.

« Stephen ! Un sacré rigolo, s'exclama-t-il. Quel farceur ! Un bel homme, oui. »

Mais, alors que tout le monde mangeait pendant que Szabó faisait à lui seul la conversation, une brise légère se leva sur l'eau, à l'insu des passagers. De petites bourrasques, d'abord, qui firent tressaillir la grand-voile sur son mât avant de se muer en un vent constant, favorable, stabilisant les toiles agitées. Roger apparut sur le pont. Sans un mot, il dirigea Tim et Ian. Les matelots ajustèrent la grand-voile qui se gonfla sous le vent, levèrent l'artimon. Le frôlement des cordes fut entendu à table, l'enclenchement soudain du treuil du bateau. Le yacht cessa de tanguer, bascula, puis s'immobilisa, tranquille comme il ne l'avait pas été depuis des heures, seulement bercé par les vagues qui léchaient la coque avec un clapotis régulier comme une douce mais puissante respiration.

« On bouge », lâcha Dominick.

Roger regagna la barre et programma le pilote automatique sur un nouveau cap. Le yacht semblait maintenant tourné vers les lointains contours de Majorque.

Le dîner terminé, Szabó s'excusa ; il lui restait encore beaucoup à faire.

Luc aida Véronique, Tim et Ian à débarrasser, rapportant plats et assiettes en bas dans la coquerie.

À table, suite à ses plaintes répétées, Dominick étalait de la crème sur la poitrine enflammée de Sarah, du bout des doigts, tandis que cette dernière poussait de petits gémissements de souffrance, soulagement ou désespoir.

Fergus alluma le cigare que Szabó lui avait offert, campé au bord du pont. Mireille le rejoignit, secouée de rire à la moindre de ses paroles.

De retour dans sa cabine, Luc essaya de lire, en vain. Impossible de ne pas penser à qui pourrait récupérer son scénario. Luc se demandait si ce nouveau rebondissement devait être considéré comme une bonne ou une mauvaise chose. Peut-être allait-il tomber sur une personne de goût. À moins que Szabó renonce à céder l'option, incapable de trouver quiconque acceptant de satisfaire ses conditions.

Ou qu'il ne se passe tout simplement rien.

Tout ce temps gâché à penser à Roy Scheider. À se mettre dans sa peau, à trouver en lui une sensibilité, une humanité cadrant avec la brutalité latente chez son personnage taiseux, guidé par son instinct.

Luc n'arrivait pas à lire. Encore moins à s'endormir. Il se leva de sa couchette et sortit pieds nus de sa cabine.

Le yacht avançait lentement, à un rythme régulier. L'onde était toujours calme, mais piquetée par la brise à présent. C'était un vent chaud, un vent venu du sud – du Maroc, probablement. Luc fit quelques pas sous l'artimon gonflé, sur le pont si calme qu'il n'était pas besoin de s'accrocher.

À l'extrême bord de la proue, il s'arrêta près du beaupré qui, du long de ses quatre mètres, s'avançait sur la mer. À cet endroit, Luc était exposé : le câble qui servait de garde-fou sur le pont s'interrompait à deux mètres de là pour faciliter le maniement des voiles. Par sécurité, Luc s'accrocha au cordage du foc d'artimon relié au pont. De tout le bateau, cette place était sa préférée. Sur ce petit triangle, ces quelques lattes de teck, au-dessus des flots déferlant tout autour de lui, Luc avait la sensation de voler aussi haut qu'un oiseau, filant au-dessus de la mer. Un rien le séparait de l'eau ; Szabó et ses âneries, sa femme sans manières et sa belle-sœur, tous étaient derrière lui, dans un autre monde, encapsulés dans leurs escarmouches mégalos, leurs controverses d'estivants, tandis que lui voguait à toute vitesse dans le vent clair, devant eux, aussi détaché d'eux que la figure de proue d'un bateau.

Derrière la foule de petits bruits du yacht prenant la mer – afflux, stridence, bouillonnement des flots, sifflements, gémissements du vent graves ou perçants dans la multitude de cordes et de câbles forgeant l'architecture alambiquée du voilier, craquements, dépliements, fredonnements d'un si grand tissage mécanique, vagues de vibrations résonnant aux confins de la perception humaine, tous ces bruits devenus voix quotidienne de ce monde sur l'eau, oubliés en un rien de temps par ses passagers –, derrière cette foule de petits bruits, Luc entendit autre chose.

Quelque chose de rythmique, de décousu. Non pas dû au bateau, ni à la mer –, mais un rythme humain… des grognements. Penché en avant, Luc passa sa tête derrière le foc d'artimon pour découvrir, dans l'ombre nocturne de la voile, l'inscription RANDO CANYON à califourchon sur une paire de longues jambes pâles tressautantes…

Luc recula d'un bond, exécutant un demi-tour maladroit pour s'extirper incognito, quand son doigt de pied se coinça sous le beaupré. Il poussa un cri silencieux, la bouche grande ouverte, le genou tordu tandis qu'il s'effondrait. Accroupi, désorienté pendant quelques instants, Luc se laissa tomber sur les fesses, sachant que le boucan qu'il ferait en percutant le pont ou le bastingage serait forcément entendu – sauf qu'il ne percuta rien. À sa grande surprise, Luc plongea dans le vide, dans l'onde qui doucement roulait sous la poupe.

La bouche toujours grande ouverte, Luc but aussitôt la tasse – une eau chaude, salée, qu'il recracha en toussant, les lèvres pincées pour ne pas recommencer. Puis il disparut sous l'eau, encore désorienté, battant des jambes, les bras levés. Impossible de distinguer le haut du bas. Ses yeux ouverts ne percevaient qu'une phosphorescence trouble. C'est alors qu'il se cogna contre quelque chose de dur, la coque. Ses mains s'y posèrent, mais la coque glissait, avançait rapidement. Luc la poussa pour se dégager, craignant d'être aspiré par l'hélice, quand il se rappela que le moteur était hors de service. Il se propulsa à la surface, reprit de l'air avant d'être happé à nouveau. Mais il savait à présent où se trouvait l'extérieur, où se trouvait le bateau. Alors il remonta, se débattant dans l'eau pour s'éloigner de la coque, de peur que l'hélice, même si elle ne tournait pas, ne l'attrape, ne le retienne sous l'eau ou ne lui heurte la tête. Il fallait maintenant crier, avertir les autres. Il refit surface. Il se trouvait toujours à l'arrière du bateau.

« À l'aide ! » bafouilla-t-il.

Pas assez fort.

Il aspira de l'air – de l'eau également –, fut pris d'un haut-le-cœur, toussa.

« À l'aide ! » tenta-t-il à nouveau.

Le yacht continuait d'avancer, non pas vite, semblait-il, mais la poupe allait bientôt s'éloigner. Une scène parfaite pour un film. Caméra subjective, le personnage dans l'eau face au bateau qui file devant lui et l'abandonne.

« À l'aide ! Arrêtez-vous ! Je suis tombé à l'eau ! À l'aiiiide ! »

Le yacht l'avait maintenant dépassé, continuait à progresser. Doucement bercé par les flots, le *Dauphin* était beau, ses voiles gonflées comme de blanches paraboles. Une image semblable à celle de la brochure, enfin. Mais personne à la poupe. À l'avant, des lumières étaient allumées, celles de la cabine de Szabó. Luc n'arrivait pas à voir si les hublots étaient ouverts.

« À l'aide ! Gáborr ! À l'aiiiide ! »

Luc avait pourtant l'impression de crier assez fort.

« À l'ai… »

Une petite vague créée par le bateau fouetta son visage et s'engouffra dans sa bouche.

Luc continua à crier. Personne au bastingage. Agitant les jambes plus fort encore, il tenta de dresser la tête et d'appeler, les mains en porte-voix.

« À l'ai… »

Il s'enfonça sous l'eau. À nouveau, il refit surface en se démenant. Le cœur battant à tout rompre, hors d'haleine, Luc décida de se concentrer pour rester à flot et reprendre sa respiration. L'espace d'un instant, le yacht disparut. Puis il le retrouva. Sous cette perspective faussée – les yeux au ras de l'eau, à seulement cinq ou dix mètres de la ligne d'horizon, semblait-il –, Luc ne cessait de perdre de vue le bateau dont il n'apercevait déjà que la coque et le gréement qui glissait sous les vagues. Une minute plus tard, le *Dauphin* semblait se trouver à une distance irréelle, minuscule à l'horizon, ses lumières presque invisibles.

« À l'aiiiiide ! »

Parti.

Luc tourna lentement sur lui-même, surnageant comme un chien, pour savoir ce qui l'entourait. Seulement les ondulations rapprochées des vagues. Aucune lumière, mais, tourné d'une certaine manière, vers le nord, présuma-t-il, se découpaient sur le ciel les contours de Majorque. Une partie de Luc n'en revenait toujours pas, incapable de croire, d'imaginer, d'accepter ce qui venait de se produire.

Mais, d'un autre côté, une petite voix lui disait très clairement : *T'es mort, mon pote.*

Luc avait passé la moitié de sa vie dans l'eau, à nager au pied des rochers près de la côte ou pendant des sorties en bateau. Plongeur aguerri – il pouvait tenir deux minutes en apnée –, il s'y sentait dans son élément. Seulement, Luc n'était pas un nageur. Deux cents, trois cents mètres pour aller du bateau au quai ou rejoindre les rochers quand il tombait en ski nautique, passe encore. Luc en était capable. Mais il n'avait jamais tenté plus.

Entre douze et seize kilomètres le séparaient de la pointe est de Majorque.

À moins que quelqu'un à bord du *Dauphin* ne remarque rapidement son absence et que le bateau ne fasse demi-tour et parvienne à le trouver… En réalité, même dans cette éventualité, Luc savait qu'il n'existait qu'une seule solution pour s'en tirer, celle des Clutterbuck, Malcolm et Pansy Clutterbuck, un couple d'amis de sa mère qui, des années plus tôt, avec leur fille de quinze ans, Cobina, avaient mis le cap sur Gibraltar à bord de leur bateau de plaisance, le *Vagabond*, par une nuit venteuse. Pansy venait de sortir du cockpit, deux tasses de chocolat chaud à la main – préparées à grand-peine sur le réchaud à paraffine –, et s'approchait de Malcolm, à la barre, quand le bateau s'était fracassé sur une vague. Davantage préoccupée par ses chocolats chauds que par sa sécurité, comme elle l'avait dit plus tard, Pansy avait volé par-dessus bord, toujours agrippée à ses tasses. Le yacht, propulsé par ses voiles, s'était éloigné en un rien de temps. Plus de Pansy à l'horizon, perdue au milieu du sillage d'écume du bateau.

« Eh bien, très chers, imaginez Malcolm, assis derrière son gouvernail à attendre son cacao, qui me voit tout à coup voler par-dessus bord avec mes tasses à la main, dans le noir, comme un homme-canon au cirque, instantanément engloutie dans des vagues énormes. À sa place, vous auriez fait quoi ? aimait demander Pansy.

« Dieu merci, Malcolm a réagi de la meilleure manière qui soit : il n'a pas bougé d'un pouce pendant plusieurs minutes, le temps de réfléchir. Pas un coup de gouvernail, pas une manœuvre, pas un coup d'œil pour vérifier la progression du bateau. Il s'est laissé dériver pendant qu'il se creusait la cervelle. Moi, j'étais déjà à deux cent cinquante mètres de là. Il a fini par sonner la cloche du cockpit pour réveiller Cobina. Comme vous le savez, réveiller un adolescent peut s'avérer difficile, même dans ces conditions. Alors, Malcolm sonne, sonne, sonne encore jusqu'à ce que Cobina émerge sur l'échelle. Il lui dit : “Maman est passée par-dessus bord. Descends enfiler ton ciré et reviens prendre la barre.” Cobina descend. Elle remonte dans le cockpit quelques minutes plus tard. Le bateau est toujours en train d'avancer. “Prends la barre et garde exactement le même cap, ne dévie pas d'un degré", lui dit Malcolm. Cobina prend la barre et Malcom la laisse là. En bas, sur la table à cartes, il examine la situation : la trajectoire du bateau est bonne, on avance grâce au vent ou au courant, peu importe. Ma trajectoire à moi est bonne également. Étant donné l'endroit où je suis tombée à l'eau, je dérive dans la même direction que le bateau, de telle manière que nous allons nous croiser dans quatre minutes environ – je suis déjà à la flotte depuis dix minutes à ce moment-là. Autrement dit, on va finir par se rejoindre. Si ça, c'est pas malin ! Malcolm dessine la trajectoire du bateau et la mienne jusqu'au point de rencontre. Il prend en compte le vent, le courant, avec une marge de sécurité. Il trace le tout au compas avec son crayon à papier, retourne dans le cockpit, reprend la barre à Cobina (totalement amorphe, la pauvre, elle était encore à moitié endormie), et continue à compter jusqu'à ce que les quatre minutes soient écoulées. Et là, il vire de bord – il empanne, vu le vent – et commence à repartir en arrière, contre le vent, en suivant sa nouvelle trajectoire.

« Eh bien, moi, au milieu de tout ça, je peux vous dire que je suis restée parfaitement calme. Heureuse, même. Je savais que c'était plié. Qu'il n'y avait rien à faire. Que je n'avais pas une chance – pas la moindre chance, très chers –, d'être retrouvée et secourue par un vent pareil, en pleine mer, en pleine nuit. Je l'ai complètement accepté. Je me suis dit : "Tant pis." Et je me suis remémoré tout un tas de choses : mon enfance, mes étés en Cornouailles, même Benenden, mon vieux pensionnat – Dieu sait pourquoi – que j'avais adoré ; la vie merveilleuse que nous avions eue avec Malcolm. Cobina, qui était une vraie splendeur et allait devenir une femme fabuleuse. C'est le genre de choses auxquelles j'ai pensé. Je n'étais pas pressée d'en finir. Je n'essayais pas de nager. Je flottais comme un bouchon dans les vagues, amusée de me rappeler tout ça. C'était comme ça que j'avais décidé de finir ma vie : en flottant comme un bouchon tout en pensant à quel point j'avais eu une belle existence. J'attendais de m'endormir, ou quoi qu'il m'arrive d'autre. J'aurais tout aussi bien pu me retrouver en chute libre, projetée d'un avion sans parachute. C'est dire à quel point je ne pensais pas m'en tirer une seule seconde. J'étais en paix, totalement en paix.

« Mais quand, vingt minutes plus tard, peut-être, j'ai vu une lumière, je me suis dit : "Bon sang, qu'est-ce que c'est que ça ?" L'idée ne m'a même pas effleurée que cela pouvait être le *Vagabond*. Impossible de savoir ce qui arrivait, ni à quelle distance, rien. J'ai d'abord pensé à un bateau de pêche ou à un ferry à plusieurs kilomètres au loin. Et puis, en le voyant tanguer comme ça, s'élancer dans les vagues, j'ai compris que c'était le *Vagabond*, qu'il se rapprochait de moi. Et, à ce moment précis, je peux vous l'avouer : j'ai eu la peur de ma vie – peur qu'ils ne me trouvent pas. J'ai presque espéré qu'ils s'en aillent ! Mais, quelques instants plus tard, le yacht était là, avec Malcolm sur le pont qui m'aveuglait avec une grande torche rouge en disant : "Ah, te voilà", comme s'il venait de retrouver sa chaussette. Eh bien, il m'a repêchée. Et je suis descendue refaire du chocolat. »

Certes, cela ne risquait pas d'arriver à présent. Le *Dauphin* ne comptait pas de Malcolm Clutterbuck, personne n'avait vu Luc passer par-dessus bord ni marqué sa position, et personne n'aurait eu l'intelligence de calculer sur une carte l'itinéraire nécessaire pour faire demi-tour et le retrouver. Personne ne l'avait entendu tomber – la faute à lui, qui avait pris toutes les précautions pour que Mireille et son amant ne le remarquent pas.

Luc essaya de se souvenir de ce qu'il avait vu. Rien d'autre que son T-shirt RANDO CANYON au milieu d'une paire de jambes pâlichonnes. Sans doute celles de Dominick, ce vicelard toujours prêt à sauter sur n'importe qui. Étonnant pourtant, étant donné l'intérêt prolongé qu'il avait montré pour la gorge brûlée de Sarah ; Dominick n'était pas du genre à disperser son énergie. Il possédait en outre un flair infaillible pour repérer et attraper le gibier, même le moins ragoûtant. Ses petites attentions à l'égard de Sarah n'avaient pas échappé à Luc après la panne du moteur. À l'évidence, Dominick allait sans tarder trouver une cabine, si ce n'était pas déjà fait, où s'occuper dignement d'elle, jusqu'à ce que ses soins produisent leurs effets.

Elles ne pouvaient pas non plus appartenir à Tim, Ian ou Roger. Mireille se souciait d'eux à peu près autant que de Luc.

Restait Fergus.

Comment Luc ne l'avait pas immédiatement repéré, au moment où il avait mis les pieds sur le bateau, voyant les réactions inattendues que déclenchait son esprit affûté chez Mireille, autrement neurasthé…

Il trompait Aegina, le salaud. Luc avait toujours su que Fergus ne la méritait pas. Il en avait maintenant la preuve. Sa colère monta. Et voilà que, à présent, il ne pouvait rien révéler à Aegina. Luc ne lui aurait pas dit, de toute manière : elle finirait par comprendre toute seule, si ce n'était déjà fait. Elle se débarrasserait un jour ou l'autre de Fergus. Luc en avait toujours été convaincu.

Mais, le temps qu'une telle chose se produise – ou plutôt, le temps que la nuit passe –, Luc, lui, serait mort. Plus question de se remettre avec elle. Luc s'était toujours demandé si Aegina y avait autant pensé que lui. Non pas qu'il le souhaitât réellement, mais elle était toujours passée avant tout le monde à ses yeux. Luc lui comparait toutes les femmes qu'il rencontrait, et jamais personne ne l'avait surpassée, jamais personne n'avait été capable de la lui faire oublier. Aegina s'était imprimée sur lui comme un tatouage.

Et elle, l'avait-elle vraiment oublié ? Pour elle, Fergus incarnait-il réellement l'avenir ?

Comme il était curieux de penser à toutes ces années qu'elle vivrait désormais sans lui ; dans dix, vingt, trente ans, Aegina se souviendrait (avec un peu de chance) de la dernière fois qu'elle l'avait vu ; avec sa mobylette, devant le *tabacos*. À trente-trois ans. De quoi se souviendrait-elle ? Des bonnes choses, des mauvaises ? Luc avait toujours pensé qu'il se passerait plus entre eux.

La mer n'était plus aussi chaude à présent. Luc esquissa quelques brasses, ses pieds remuant lentement sous l'eau, non dans l'espoir d'avancer – nager était vain –, mais de rester à flot.

Rester à flot, il n'avait fait que ça toute sa vie. Luc avait la sensation de ne jamais avoir commencé à exister. Il n'avait ni réussi, ni gagné d'argent, n'était jamais tombé amoureux de quelqu'un – d'autre. Toujours à penser que ces choses arriveraient après, dès que le projet sur lequel il travaillait serait achevé, dès qu'il aurait entamé le prochain. Toujours à croire que tout marcherait après.

Il fit un tour sur lui-même, simplement pour voir, comme n'importe quelle personne bloquée quelque part le ferait.

Comment se noie-t-on ? Est-on si fatigué au bout d'un moment que l'on finit par couler ? Puisqu'il ne nageait pas, Luc n'était pas encore fatigué. Continuer à flotter ainsi était certainement possible pendant dix, vingt minutes encore, mais ensuite... Luc n'en avait aucune idée. Faire du surplace jusqu'à l'aube pour être repéré par un yacht ? Possible. Conserver assez de chaleur et d'énergie – ou était-il plus judicieux de dépenser de l'énergie en nageant un peu pour avoir chaud ? Mais cela reviendrait à dépenser des calories, et donc à gaspiller le peu de force qu'il lui restait encore.

Qu'importe. Personne ne le trouverait de toute façon. C'était fini.

T'es mort, mon pote.

Il n'avait pas de montre. Depuis combien de temps était-il là ? Dix minutes ? Une demi-heure ? Il leva les yeux vers les étoiles, plus claires à présent que dans le ciel brumeux. Froides et lointaines.

Luc aurait aimé lire – Maugham ou Nevil Shute. Il voulait approfondir Nevil Shute après avoir lu *The Chequer Board*, *Le Sixième Livre* et *Le Testament* – il adorait Nevil Shute. Lire jusqu'à s'endormir. Dériver dans ces mondes où tout avait plus de corps, plus de sens que dans sa propre tête.

Sa bouche se remplit d'eau. Il cracha, secoué par un spasme, tout à coup paniqué, se débattant à grand bruit dans l'eau, comme si un animal l'avait mordu. Était-ce une petite vague, ou avait-il sombré pendant un moment ?

Était-ce donc ce qui l'attendait ? Une lutte sordide, marquée par la peur et la souffrance ? Une ridicule, insignifiante lutte sous les étoiles, comme un lièvre qui convulse sur le bord de la route encore bien longtemps après que la voiture a disparu ?

Valait-il mieux en finir ? Se laisser couler, avaler de l'eau ? Comment faisait-on cela ?

Luc n'avait aucun espoir – l'espoir ne faisait pas vivre, Pansy Clutterbuck en savait quelque chose –, mais il ne comptait pas renoncer à penser. Luc avait encore beaucoup à penser.

Fergus, cette ordure. Aegina allait forcément le quitter. Mais quoi, alors ? Finirait-elle par trouver quelqu'un d'autre, quelqu'un qu'elle aimerait ?

Tel était son problème : Luc n'aimait qu'Aegina. Il avait toujours su qu'il n'aimerait jamais quelqu'un d'autre, ou du moins pas comme il l'aimait, elle. Enfin, plus besoin de s'en faire à présent.

Il pensa à sa mère. Il la revit sauter du bateau, et son cœur se gonfla d'admiration.

Comment allait-elle prendre la nouvelle ? Que ferait-elle ?

Luc se rendit compte qu'il le savait très bien.

11

Les Rochers étaient à trois minutes du port en voiture. Après de si nombreuses heures en mer, le trajet semblait même trop court.

Assis à l'avant du Range Rover de Fergus, Szabó sortit le premier. Il attendit que Tony, le capitaine du *Dauphin*, et ses hôtes hagards, cramés, Fergus, Dominick et Sarah, descendent chacun leur tour dans la chaleur du matin. Personne ne disait mot. Szabó les conduisit solennellement par le portail tel un général vaincu.

Depuis sa table dans l'angle près du bar, Cassian suivit du regard cette procession. Il abaissa son livre, *Le Troisième Reich, des origines à la chute*, de William Shirer. *Tiens donc*, pensa-t-il, *ici souffle un vent mauvais*. Le regard de Szabó ne tarda pas à croiser le sien.

« Bonjour, lui lança ce dernier, son visage et sa voix impassibles. Est-ce que Lulu est là ?

— Je vais voir », lui répondit Cassian.

Il se leva, puis traversa le patio pour rentrer dans la maison.

Quelques instants plus tard, Lulu vint à leur rencontre. Cassian marchait tout près, comme prêt à lui offrir son bras. Elle jeta un rapide coup d'œil au petit groupe.

« Où est Luc ? lâcha-t-elle.

— Je suis désolé de vous l'annoncer, mais nous l'ignorons, répondit Szabó. Il n'était plus à bord ce matin. Nous ne savons pas quand ni comment il nous a quittés. Voici le capitaine Clement. Il va vous dire quelles procédures ont été engagées. »

Tony s'expliqua succinctement.

« J'ai prévenu le Salvamento Marítimo. Ils sont en train de faire des recherches. Je leur ai transmis les coordonnées exactes de notre position, mais il reste le problème de ne pas savoir quand, et donc où précisément Luc est passé par-dessus bord. La seule chose dont on est sûrs, c'est qu'il n'était plus parmi nous au petit-déjeuner. Nous avons immédiatement fouillé le bateau…

— Je ne comprends pas, l'interrompit Lulu. Vous n'avez remarqué sa disparition que ce matin ? Dans ce cas, qu'avez-vous fabriqué depuis hier ?

— Notre moteur a lâché, se justifia Tony. Nous avons passé la nuit à le réparer. Le vent s'est un peu levé aux alentours de minuit, et nous n'avons pas arrêté de louvoyer vers l'île depuis, jusqu'à quatre heures ce matin quand nous avons réussi à remettre le moteur en marche. Nous n'avons pas remarqué l'absence de Luc avant huit heures environ. J'ai fait demi-tour à ce moment-là, mais il pouvait se trouver n'importe où…

— Vous voulez dire que vous l'avez laissé là-bas ? »

Sarah se mit à sangloter.

« Nous l'avons cherché ce matin, Lulu, se défendit Dominick. Mais nous n'avions pas la moindre idée de la direction qu'il aurait pu prendre, vois-tu. Nous étions déjà presque arrivés quand nous avons découvert qu'il manquait. »

Tony ajouta :

« Le Salvamento Marítimo devrait arriver sur place très bientôt.

— Ma très chère…, commença Szabó d'une voix débordante de sollicitude et de gravité.

— Oh, vous, la ferme ! » répondit Lulu. D'un geste de la main, elle congédia Szabó et Tony. « Hors d'ici. » Puis elle agrippa Cassian par le bras et planta son regard sur lui, ainsi que sur Dominick. « Veuillez venir tous les deux avec moi, s'il vous plaît. »

Lulu fit volte-face et contourna rapidement la maison, jusqu'au garage. Cassian et Dominick la suivirent.

« Mieux vaudrait aller donner notre déposition à la police, proposa Tony au reste du groupe.

— Oui, bien sûr, dit Szabó, mais c'est vous, le capitaine. À vous d'aller faire la déposition. Moi, je retourne au yacht maintenant.

— D'accord, mais la police demandera sans doute vos noms à tous, répondit Tony. Il faudrait que je les prenne.

— Très bien, intervint Fergus d'un air pensif. Néanmoins, cette affaire n'a pas grand-chose à voir avec nous. Si nous avions étés sur un ferry ou autre, nous n'aurions été considérés que comme des passagers, n'est-ce pas ?

— Ce n'était pas un ferry, répondit Tony. J'aimerais vos noms, s'il vous plaît. »

Lulu roula à tombeau ouvert, soulevant de la poussière sur la route au-dessus des rochers. Le port apparut bientôt. La Seat s'arrêta juste au bord de l'eau, freinant d'un coup sec au pied des pontons où étaient amarrés les bateaux de pêche, à moteur et les petits voiliers de plaisance. Lulu sauta de la voiture. Cassian et Dominick lui emboîtèrent le pas, traversant le quai à toute allure.

Les gens vaquaient sur leur bateau, prenaient le soleil sur le pont, hissaient à bord glacières, enfants, beaux-parents. Des vrombissements de moteur s'éloignaient du ponton, d'autres se rapprochaient des quais de ravitaillement.

« Que veux-tu faire, Lulu ? demanda Cassian.

— Il nous faut un bateau. Quelque chose de rapide, évidemment. Dominick, c'est ton domaine.

— Lulu, mais les gardes-côtes, le Salvamento…, commença-t-il.

— Aussi bons à rien que la Guardia Civil, rétorqua-t-elle. Nous ne pouvons pas les laisser faire. Il faut aller là-bas et le retrouver nous-mêmes. Sinon, personne ne le fera. »

Dominick jeta un coup d'œil à Cassian, qui lui lança un regard approbateur.

« Très bien », céda Dominick.

Les yachts n'étaient pas le truc de Dominick, qui était d'ailleurs indifférent aux bateaux en soi, mais il louait volontiers des hors-bord pour emmener des filles faire du ski nautique. Il savait reconnaître un bateau rapide d'un lent, et comment le manœuvrer.

« Eh bien, le délai est un peu court pour…

— Trouve-nous un bateau, Dominick, lui ordonna Lulu. Avec quelqu'un à l'intérieur, évidemment. Tiens, pourquoi pas celui-là ? »

Lulu pointa un doigt sévère en direction d'un engin trapu, massif, en fibre de verre blanche érodée, large à l'arrière, pointu à l'avant, comme une tête de flèche, égayé par des flammes orange décalquées autour des trous d'échappement encrassés de la poupe. Un homme et une femme, blonds, tous deux très bronzés, minces et musclés, prenaient le soleil dans le cockpit non loin du quai.

« Il a l'air rapide », répondit Dominick.

Lulu s'approcha du bord du quai, à un mètre du couple sur le bateau.

« Vous parlez anglais ? leur demanda-t-elle.

— Oui, bien sûr », répondit l'homme avec un accent allemand.

Il sourit.

« Mon fils est tombé à l'eau pendant une sortie en mer. Je voudrais louer votre bateau pour partir à sa recherche.

— Oh », lâcha l'Allemand. Sa femme et lui échangèrent un regard, puis se tournèrent vers Lulu. « Je suis désolé. Ce n'est pas possible, nous attendons des amis. Vous devriez prévenir la police. Ils peuvent vous aider…

— Je vous donnerai cinq mille pesetas l'heure, intervint Lulu. Ou ce que vous voudrez.

— Nous ne voulons pas de vos pesetas », répondit l'Allemand, beaucoup moins souriant tout à coup.

Un peu plus bas sur le quai, Dominick cria alors :

« Venez ! »

Il leur faisait signe. Lulu et Cassian se précipitèrent à sa rencontre. Alors qu'ils approchaient, un grondement profond, incontrôlable, recouvrit tous les bruits ambiants, suivi par un nuage de fumée bleue qui s'éleva de l'eau et tourbillonna autour de Dominick. Un petit homme sec en short de bain s'affairait déjà pour larguer les amarres d'un long bateau cigarette gris, effilé comme la lame d'un cimeterre. Le grondement s'était mué en un vrombissement que l'on aurait cru sorti d'une grotte profonde.

« Je vous présente Jorge, annonça Dominick. Il me connaît bien. J'ai loué plusieurs fois des bateaux à Manuel, le propriétaire de celui-ci. Il va nous emmener.

— *Venga, venga* », leur dit Jorge, tout excité par l'urgence de leur mission.

Prenant la main de Lulu, il l'aida à franchir la plate-forme blanche qui précédait le petit cockpit renfoncé. Cassian la suivit. Dominick acheva de larguer les amarres et rejoignit à son tour le cockpit. Jorge actionna plusieurs manettes, provoquant sous leurs pieds ce même grondement, comme surgi des entrailles d'une caverne.

Au moment où ils dépassèrent la digue, Jorge poussa de nouveau les manettes à fond, d'un geste régulier, et le long bateau bondit en avant, comme sortant des starting-blocks. Le hors-bord semblait voler sur les flots, filant à cinquante nœuds loin de la côte.

Lulu cria quelque chose à Dominick.

« Comment ? » essaya-t-il de répondre, mais le vent s'engouffra aussitôt dans sa bouche ouverte.

Cramponnée à son bras, Lulu s'approcha pour lui crier dans l'oreille :

« Bien joué ! »

12

Après avoir raccompagné Szabó et Tony au port, Fergus sortit de la ville, direction Ca'n Cabrer. Naturellement, puisque Gerald faisait de la résistance pour installer le téléphone (ridicule), il n'avait pas été en mesure d'appeler Aegina pour la rassurer. Peut-être avaient-ils vu le yacht depuis la terrasse, cependant, qui voguait vers le port plus tôt ce matin-là. Aegina s'était sans doute fait un sang d'encre. Fergus les voyait, elle et Gerald, raconter des histoires au petit Charlie pour qu'il ne s'inquiète pas. Pauvre petit père.

Hormis la partie de jambes en l'air dont seule était responsable cette cagole nymphomane de Mireille, l'excursion s'était révélée atrocement pénible ; le pire ayant été cette impossibilité de descendre du bateau lorsqu'ils l'avaient souhaité. Fergus ne voyait aucune situation dans laquelle on ne pouvait pas dire, à un moment donné : « Merci, mais j'arrête là. » L'avion, peut-être, où il vous était impossible de sortir pour aller chercher un taxi, un train ou n'importe quel autre moyen de locomotion capable de vous ramener chez vous. Fergus comprenait à cent pour cent l'aversion de Lulu pour les navires, à présent. Ils auraient pu rester bloqués en mer pendant des jours et des jours, bordel de merde.

Fergus tourna dans l'allée et enclencha les quatre roues motrices pour gravir la côte plus rapidement – et être entendu.

Tandis que la maison apparaissait derrière les citronniers, l'idée lui vint qu'Aegina serait peut-être bouleversée en apprenant la nouvelle pour Luc. Quelque chose s'était passé entre eux à un moment. Pour ce que Fergus en savait, ils ne se voyaient plus du tout à présent. Clairement, ils n'étaient pas proches. La nouvelle lui ferait sans doute un petit choc, balayé rapidement par le soulagement de savoir que lui, Fergus, allait bien.

Oui, tout le monde était en effet sorti sur la terrasse, même le petit Charlie qui lui faisait coucou alors qu'il appuyait sur le champignon pour gravir les derniers mètres. Fergus klaxonna, puis tourna pour se garer sous la maison.

« Bonjour, bonjour ! lança-t-il joyeusement en sortant de voiture.

— Papaaaaaaa ! s'écria Charlie.

— Salut, mon petit bonhomme ! Comment va ?

— Bien ! »

Arrivé devant la maison, Fergus attrapa dans ses bras Charlie qui accourut vers lui.

« On t'a cherché toute la nuit, papa ! lui lança-t-il, encore sous le coup de l'émotion, visiblement.

— Je suis vraiment désolé, mon chéri. Ce vieux bateau idiot est tombé en panne. Nous avons dû rester dedans sans rien faire pendant des heures ! Qu'est-ce qu'on s'est ennuyés !

— Dieu merci, tu es sain et sauf, dit Aegina d'une voix grave remplie de compassion. Nous étions inquiets.

— Tu m'étonnes !

— Je suis allée jusqu'aux Rochers cette nuit, mais personne ne savait rien. Que s'est-il passé ?

— Le moteur a lâché. Ils ont mis toute la nuit à le réparer. Et ce bateau à la con qui n'était pas foutu d'avancer d'un mètre sans moteur, ou du moins pas dans la bonne direction !

— Et tout le monde va bien ? demanda Aegina.

— Luc a disparu, on ne sait pas ce qui s'est passé.

— Comment ça ? Il va bien ?

— On ne sait pas. À vrai dire, il est possible que non. Il n'était plus à bord quand nous sommes rentrés. »

Charlie se trouvait toujours dans ses bras. Aegina le récupéra pour le poser doucement. Elle se tourna vers son père et dit :

« Charlie, va montrer tes Lego à papi dans ta chambre.

— Mais je…, commença le petit garçon.

— Charlie, il faut que j'aille tailler les arbres du verger, intervint Gerald. Est-ce que tu veux venir m'aider ?

— Oui, papi. »

Sur ces mots, Gerald prit Charlie par la main et sortit avec lui de la maison.

« Où est-il, dans ce cas ? demanda Aegina.

— Eh bien, il a dû passer par-dessus bord à un moment donné. Nous ne savons pas quand, répondit Fergus. La seule chose de sûre, c'est qu'il n'était plus là ce matin. »

Effectivement, oui : un choc, à l'évidence. Aegina avait blêmi.

« Vous ne l'avez pas retrouvé ?

— C'est-à-dire, nous avons cherché une heure ou deux, mais comme nous n'avions pas idée du moment auquel il avait disparu… Il pouvait être n'importe où.

Le capitaine a appelé les gardes-côtes ou je ne sais trop qui et…

— Tu veux dire que vous l'avez laissé là-bas ?

— Non, moi non. Ce n'était pas mon initiative, ma chérie. Le capitaine pensait que… »

Aegina se détourna brusquement et partit en courant dans les escaliers. Quelques secondes plus tard, elle dévalait l'allée dans sa voiture.

Un choc, à l'évidence. Fergus s'en alla voir dans la cuisine s'il restait quelque chose à manger. Il mourait de faim.

Plus tard, à son retour, Aegina trouva Gerald dans sa cabane à outils, qui pulvérisait un vieux sécateur de WD-40.

Elle resta sur le seuil de la porte. Ses yeux étaient embués. Gerald se tourna vers elle.

« Alors, tu as appris quelque chose ? »

Elle secoua la tête.

« Il y avait une voiture de la Guardia près du yacht. Le Salvamento le recherche. Personne ne sait rien. Qu'est-ce que tu en penses, papa ? À ton avis, combien de temps quelqu'un peut tenir dans l'eau ?

— Je… » Gerald ne voulait pas dire ce qu'il savait. « Cela dépend de plusieurs choses… Il faut voir l'état de la mer – plutôt calme en ce moment, et elle l'était hier soir –, et la force physique du naufragé. Pendant la guerre, un tas de gars sont restés à flot pendant pas mal de temps quand leur bateau s'est fait torpiller… Surtout ceux qui avaient quelque chose à quoi se raccrocher. Enfin, tout est possible. »

Gerald n'avait connu qu'une poignée de ces chanceux. Ceux qui s'étaient noyés étaient beaucoup plus nombreux. Une vieille page lui revint soudain en mémoire, celle de l'*Oxford Book of English Verse*, une anthologie de la poésie anglaise, qui toujours résonnait en lui lorsque survenait une noyade :

Nuit la plus noire du ciel descendait,
Dans l'Atlantique des tourbillons rugissants,
Quand, pauvre hère, je tombai,
Tête la première dans l'océan,
D'amis, d'espoirs, de tout privé,
Sa maison flottante à jamais quittée.

« Le Naufragé », de William Cowper. Gerald ne s'en souvenait pas en entier – juste quelques vers d'une vérité criante, qui donnaient la sensation d'être à l'eau :

Survit longtemps celui qui vit une heure
Dans l'océan, se maintenant tout seul…

Gerald posa ses outils, s'essuya les mains et serra Aegina dans ses bras. Il promena une main calleuse sur sa tête, dans ses épais cheveux.

« Il n'y a plus qu'à attendre. »

Elle resta raide et immobile dans ses bras. L'un comme l'autre savait qu'aucun mot n'existait face à la douleur d'une mort prématurée.

13

« Je n'arrive pas à dire… précisément », lâcha d'une voix anxieuse Dominick, qui scrutait successivement la côte au loin et la mer autour de lui.

Toute cette masse, toute cette mer, tout ne se ressemblait-il pas ? Un carré d'eau bleue, identique au suivant – mais en même temps complètement différent sous la lumière du jour. Les vallées vertes de la côte, impossibles à distinguer de nuit, étaient à présent bien visibles. Noyée dans l'obscurité, seulement dessinée par les lumières du rivage, l'île avait alors paru beaucoup plus éloignée.

« Nous étions dans cette zone… je crois. »

Voilà des heures qu'ils naviguaient sur le bateau. Le soleil les avait brûlés. Leurs yeux piquaient. La surface de l'eau demeurait presque étale. Le soleil était haut, éblouissant, illuminant la mer de minuscules facettes fracturées. Le bateau bougeait lentement, presque immobile, son lourd grondement déclenchant à présent chez ses passagers, plutôt qu'une excitante montée d'adrénaline, un atroce mal de tête qui donnait à chacun l'envie de sauter par-dessus bord, de hurler, ou d'aller s'enfermer en bas dans la cabine microscopique, la tête enfouie sous un coussin en mousse – même si, bien sûr, personne ne pouvait faire cela.

« Vous étiez à cet endroit, affirma Lulu. Je vous ai vus partir dans cette direction. Je n'ai pas arrêté de vous regarder vous éloigner tout l'après-midi. Je n'arrivais pas à comprendre pourquoi le bateau ne se dirigeait pas quelque part ou ne revenait pas à quai. »

Le hors-bord ne cessait de louvoyer. Lulu se tourna vers la poupe où Jorge tenait la barre. Ce dernier semblait perdu, n'arrivant plus à suivre l'itinéraire en dents de scie que Lulu avait décrit en insistant pour le suivre point par point.

« *¡Oye!* lui lança-t-elle. *Vamos a continuar lentamente hacia adelante y atrás por aquí.* Nous allons continuer comme ça lentement, d'avant en arrière.

— *Sí, señora* », acquiesça Jorge, qui donna un coup de gouvernail.

La proue du long bateau vira à quarante-cinq degrés.

« Comment te sens-tu, Lulu ? » demanda Cassian.

Il posa une main sur son bras.

« Je suis très remontée contre ces gens, ce Hongrois et son équipage d'imbéciles, pour n'avoir pas fait plus attention. Pour l'avoir laissé là-bas. Imagine, s'ils avaient été en route pour l'Italie ou je ne sais où ? Qui serait parti à sa recherche ? Et, bien sûr, aucune trace du Salvamento. Ni hélicoptère ni avion. Nous sommes les seuls à pouvoir faire quelque chose.

— Oui, nous ferons tout notre possible, Lulu, répondit gentiment Cassian. Nous ne pouvons rien faire de mieux.

— Cela fait quand même un moment qu'il est dans l'eau…, remarqua Dominick.

— Sans blague ! l'interrompit Lulu. Comme si je ne le savais pas ! Inutile de me le dire, puisque c'est évident. »

Son regard se tourna vers l'immense étendue bleue, désespérément étale. Ni coin, ni gouffre, ni plein, ni creux. Aucune variation de couleur, aucun indice d'aucune sorte. Nulle part où s'arrêter, nulle part où se reposer. Juste ce bleu infini dans lequel couler, mourir d'une mort atroce, pas naturelle. Derrière les mots des deux hommes, Lulu entendait bien leur réalisme, leurs injonctions d'arrêter d'y croire. Jamais. Car personne d'autre qu'elle ne serait capable de le trouver. Personne d'autre qu'elle ne s'en souciait. Tout reposait sur ses épaules. On n'est jamais mieux servi que par soi-même, voilà la seule manière dont la vie fonctionnait. Lulu en était persuadée, elle savait donc quoi faire. Alors que la plupart des gens restaient les bras croisés, à attendre que les choses se passent, à se plaindre lorsque, enfin, elles bougeaient.

« Luc sait que je suis partie à sa recherche. Il va s'accrocher. Nous devons donc continuer à chercher. »

Dominick se retint de lui répondre : « Mais Lulu, pourquoi Luc penserait-il une seule seconde – pardon, très chère, mais après avoir sauté du yacht, bordel – que tu monterais sur un nouveau bateau pour partir toi-même à sa rescousse ? »

« Mais bien sûr qu'il le sait ! » s'exclama Lulu, si sèchement que Dominick crut avoir pensé tout haut.

Jorge lança à Dominick un regard qui disait : *Ça va être encore long ? Je regrette d'avoir à le dire,* hombre, *mais...* à quoi Dominick lui répondit en silence : *Écoute, laisse tomber, continue d'obéir.*

Le temps passa. Tout à coup, Lulu annonça :

« Regardez, il est là. »

Elle montra quelque chose du doigt.

À deux cents mètres de là, une main leur lançait des signes. Tout le monde reconnut instantanément Luc.

« *Dios mío* », lâcha Jorge.

Il tourna la barre, et le bateau s'élança vers Luc comme un mastiff soudain déchaîné. Une fois à sa hauteur, Jorge exécuta un demi-tour et s'approcha de Luc en marche arrière comme pour faire un créneau. Puis il poussa les manettes à fond pendant quelques secondes afin d'empêcher le bateau de dériver, avant de l'arrêter complètement. Sautant sur la poupe, il décrocha l'échelle en chrome de la petite rampe de plongeon proche de l'eau. Lentement, le bateau se rapprocha de Luc. Tout le monde s'attroupa sur la plate-forme. Jorge descendit l'échelle jusqu'à l'eau. Le bras tendu, il attrapa la main de Luc, puis le tira jusqu'à l'échelle.

« Bonjour, maman, furent ses premiers mots éraillés. Je me doutais bien que je te verrais ici.

— *¡Tire! ¡Tire!* » lança Jorge aux autres, restés sur le bateau.

Cassian et Dominick attrapèrent Luc par les bras, Jorge par la taille. Les bras et les jambes de Luc fonctionnaient encore un peu. Ils le hissèrent sur l'échelle.

Lulu le serra dans ses bras. Puis elle s'écarta.

« Tout va bien maintenant », lui dit-elle.

Tout le monde l'aida à franchir le pont jusqu'au cockpit, où ils l'assirent sur un vieux coussin. Ses lèvres étaient craquelées, ses yeux rougis.

« Vous auriez de l'eau ? demanda-t-il de sa voix rauque.

— *Sí, sí, sí*, s'empressa de répondre Jorge avant de disparaître dans la cabine.

— Je n'arrive pas à le croire », dit Dominick.

Son regard se posa sur chaque passager, tour à tour.

« Depuis combien de temps étais-tu dans l'eau ? demanda Cassian.

— Je suis tombé vers minuit. Quelle heure est-il ?

— Presque deux heures. Ça fait quatorze heures. »

Jorge réapparut avec deux petites bouteilles d'Évian. Il en déboucha une et la donna à Luc. Luc l'attrapa et but doucement avant de passer sa langue humide sur ses lèvres desséchées. Puis il se versa de l'eau sur le visage.

« Formidable, dit-il.

— Luc, c'est incroyable. Mais comment es-tu resté à la surface ? demanda Dominick.

— Aucune idée, répondit-il entre deux giclées d'eau. J'ai fait du surplace. J'ai un peu flotté sur le dos. » Luc continuait de boire, avalant l'eau, puis la laissant dégouliner. « Au départ, j'étais sûr que j'étais cuit. Je savais que le bateau ne reviendrait pas, puisque personne ne m'avait vu tomber. Mais, au bout d'un moment, j'ai eu la certitude que tu viendrais me chercher, maman.

— Mais bien sûr ! répondit Lulu d'un air presque indigné. Qu'aurais-je pu faire d'autre ?

— Rien. » Luc sourit, puis porta sa main à ses lèvres, soudain conscient de la douleur. « J'ai compris. À partir de là, j'ai attendu, simplement. »

Le petit groupe le conduisit en bas, où Luc fut enveloppé dans des serviettes.

À la barre, Jorge vira de bord. Le bateau tourna lentement, puis il poussa les manettes à fond et partit vers la côte sans aller trop vite. De temps à autre, il secouait la tête et balayait du regard la mer vide, en se répétant :

« *Increíble. Increíble.* »

14

Quand arriva la fin du mois d'août, Aegina, Charlie et Fergus repartirent en Range Rover vers Londres. Les touristes et propriétaires de résidences secondaires quittèrent l'île. Les volets des villas se fermèrent. Les bateaux s'éloignèrent. Le calme regagna les rues. Seul le chant passager d'un cyclomoteur interrompait le vent qui bruissait au sommet des pins plantés tout autour des maisons de Cala Marsopa.

Venaient alors les jours de septembre, aussi chauds et ensoleillés que ceux du mois d'août, la mer aussi bleue et attrayante qu'au milieu de l'été, l'air toujours chargé des stridulations électriques des cigales dans la chaleur de midi, mais entre ces jours s'en glissaient d'autres, nouveaux, où les vents frais de la Serra de Tramuntana balayaient l'île depuis le nord, portant avec eux des odeurs de feu de bois et l'humide fraîcheur des nuages de montagne. L'automne qui doucement s'insinuait, l'air changeant, l'aspect de la mer depuis Ca'n Cabrer, bleu roi un jour, se parant au soleil de mille reflets, grise comme un navire de guerre le lendemain, roulant comme de l'étain en fusion, tous ces signes excitaient Gerald. Aux alentours de la fin septembre arrivaient alors les lourdes gouttes froides de pluie, augurant les grands vents d'équinoxe qui bientôt scelleraient l'alternance des saisons.

C'était le moment préféré de Gerald, quand l'île ressemblait de nouveau à cette terre isolée, verdoyante et paisible, qu'il avait connue les premières années. Depuis trente-cinq ans, Gerald n'avait pas bougé, mais beaucoup de choses avaient changé autour de lui ; Aegina avait grandi, était partie, puis revenue sur l'île avec Charlie. Ca'n Cabrer s'était métamorphosée, surtout depuis quelques années, grâce à l'argent et aux idées d'Aegina. Une maison méditerranéenne assez agréable se dressait maintenant au lieu des bâtiments nus qui avaient abrité chèvres et brebis. Comme Gerald le sentait à présent, les saisons, inexorablement, donnaient un nouveau souffle à tout. Gerald aimait se remémorer cette phrase de Goethe : « Tout dans le monde se laisse supporter sauf une série de beaux jours. »

Aegina et sa petite famille partis, la maison retrouvait son calme, et Gerald ses outils. Il étalait ses couteaux, ses faux, ses scies et autres instruments d'émondage sur le banc devant l'appentis, puis s'affairait à les aiguiser, à les nettoyer. Près de sa radio à ondes courtes Grundig apportée de la maison, il écoutait le BBC World Service tout en travaillant, toujours réconforté par leur version du *Lillibullero* (l'hymne des Royal Marines qu'il n'avait cessé d'entendre pendant la guerre et écoutait presque quotidiennement depuis), qui marquait chaque début d'heure, suivi par l'annonce de l'heure locale et les cloches de Big Ben. Les dimanches matin, Gerald écoutait l'émission d'Alistair Cooke, « Une lettre d'Amérique ». Ce troisième dimanche de septembre, Cooke évoqua les feuilles d'érable et de chêne dont les couleurs changeaient avec l'automne le long de la célèbre route 15 du Connecticut, dont une portion, appelée la Merritt Parkway, avait été créée à l'initiative du formidable Robert Moses, un urbaniste ayant laissé une empreinte sur New York aussi indélébile que Haussmann sur Paris. Puis Cooke aborda les débats actuels qui opposaient l'administration Reagan au Congrès pour initier de nouveaux chantiers publics, bien moins vastes et ambitieux que tous ceux entrepris par Moses – débats d'ores et déjà faussés par les démocrates qui cherchaient à lancer leur poulain, opposant de Reagan, en vue des prochaines présidentielles, à seulement un an de là. Gerald aimait toujours écouter « Une lettre d'Amérique » ; l'émission aurait tout aussi bien pu s'intituler « Une lettre de Mars », animée par le plus urbain des Anglais, le temps d'une quinzaine de minutes. Avant le *Lillibullero* et les nouveaux coups de Big Ben.

Certains jours, Gerald était encore lui-même surpris d'avoir vécu la plus grande partie de sa vie ici. Majorque n'avait rien d'antique – jamais il n'avait entendu parler de cette île avant de la découvrir sur sa carte –, même si poussaient sur son sol quelques-unes des plantes imaginées par Homère dans le jardin d'Alcinoos : oliviers, vigne, poiriers, grenadiers, pommiers et figuiers. Pourtant, tout avait concouru – sa fille et ses deux épouses y compris – à ce que Gerald largue les amarres dans ce port, trouvé au gré du vent, comme souvent dans *L'Odyssée*, où l'on subissait les caprices des vents et des dieux. Mais cela faisait maintenant des décennies que Gerald y vivait, seul la plupart du temps, à quelques kilomètres de la femme qui l'avait fait rester et qu'il n'avait presque jamais revue depuis tout ce temps. Deux fois, peut-être, en trente-cinq ans. Une dans la rue – rencontre brève et électrique. Une autre dans de drôles de circonstances, le temps d'une matinée dans un trou paumé d'Espagne. Gerald n'était plus qu'une coquille vide après ce qu'il s'était passé entre eux, une coquille vide qui petit à petit s'était remplie à nouveau, tissant une vie autour de cet accident. Pas celle qu'il avait imaginée en arrivant. Mais à présent… Ca'n Cabrer était devenue sa maison, le berceau de son enfant. Le fruit de ce que Gerald avait fait de sa vie.

Le dernier lundi de septembre, peu avant que Big Ben ne sonne les coups de huit heures du matin, Gerald entendit de gros engins dans ses citronniers – *pas encore Gómez, tout de même ?* Les travaux avaient cessé au terme du premier jour ; le maçon n'était jamais réapparu. Le projet immobilier visionnaire de Fergus avait échoué, exactement comme l'avait espéré Gerald, faute de moyens pour le réaliser.

« Ne t'inquiète pas, il n'est pas question que tu rembourses les six millc livres, lui avait assuré Fergus. Nous avions conclu un marché, l'argent est et restera à toi, mon vieux.

— À qui appartient la terre, dans ce cas ? lui avait demandé Gerald.

— Eh bien, à mon groupe pour l'instant. Ils te proposeront certainement de la reprendre pour la moitié du prix. Comme ça, tu pourras la revendre. »

Mais il n'en était pas question. Gerald aurait préféré continuer ainsi, avec ses six mille livres de plus en poche.

Sans même s'arrêter devant l'appentis pour éteindre la radio, Gerald se faufila entre les arbres, descendant la colline. Il n'entendait pas un, mais plusieurs gros moteurs diesel, qui résonnaient en même temps que les bruits secs des arbres coupés et ceux, profonds et étouffés, de la terre retournée. Derrière, à mesure que

Gerald se rapprochait, s'élevaient les rugissements alternés de plusieurs tronçonneuses.

Le travail de Gómez – une voie de cinquante mètres dégagée par son bulldozer et la tronçonneuse de son acolyte – avait déjà presque disparu sous l'action d'une pelleteuse orange Komatsu et d'une excavatrice Caterpillar, chacune deux fois plus grosse que la machine de Gómez. Disséminés plus haut sur la colline, Gerald découvrit plus d'hommes qu'il ne put en compter, ouvrant un chemin large comme une autoroute à coups de tronçonneuses, pelles, pioches. Gómez n'était pas parmi eux.

« *¡Oiga!* » cria Gerald à l'ouvrier aux commandes de la pelleteuse.

Mais ce dernier ne l'entendit pas, remarquant simplement un homme qui courait dans sa direction derrière le bras plongeant de l'engin. Furieux, il sortit de sa cabine, faisant signe à l'intrus de déguerpir. Mais Gerald s'approcha.

« Qu'est-ce que vous faites ? lui demanda-t-il.

— Mon boulot ! Et vous ? Vous avez perdu la tête ?

— Vous travaillez pour Gómez ?

— Qui ça ? Non. Pour Jaime Serra. Allez, éloignez-vous maintenant ! »

L'ouvrier remonta dans sa cabine, mais, avant que la portière ne se referme, Gerald lui cria :

« Qui c'est, ce Serra ?

— Un constructeur », répondit l'autre.

Puis l'ouvrier s'enferma. Assis sur son siège, il attrapa les leviers devant lui. Le godet de la pelleteuse s'éleva dans les airs avant de plonger tout à coup pour mordre la terre, sous la souche d'un cèdre coupé. Il s'enfonça, s'acharnant sur les racines, comme enragé. Gerald regarda la souche jouer dans la terre, et s'élever, arrachée par la pelleteuse. Par saccades, le bras se leva, puis projeta la souche sur le côté. Deux hommes équipés de tronçonneuses se mirent aussitôt à l'œuvre pour découper rapidement les racines. Enfin, les chenilles s'actionnèrent, et l'engin tout entier s'ébranla.

Gerald continua d'observer ce spectacle pendant un moment, ces deux grosses machines arrachant la terre, ces hommes dégageant le chemin comme des fourmis. Tous gravissaient efficacement la colline.

Rebroussant chemin, Gerald se hâta de regagner sa maison. Il voyait déjà la lettre incendiaire qu'il allait écrire à Fergus. Il était évident qu'ils avaient vendu la terre. Alors que Gerald aurait dû recevoir une proposition en premier.

Vendue à qui, d'abord ? Et ces hommes, quels qu'ils soient, comptaient-ils construire les mêmes maisons ?

Pour une fois, Gerald regretta de ne pas avoir le téléphone.

1970

Les Phéniciens

1

Il faisait froid dans ce paysage lunaire, au sud de Mohammedia, où la Renault 4 avait bifurqué sur la nationale 9, quittant la côte atlantique et les collines du Rif pour s'enfoncer dans les terres. Le chauffage ne fonctionnait pas. Sans doute des feuilles coincées dans le conduit d'air, présumait Luc. Cela faisait un an qu'il se posait la question, quand il faisait froid et qu'il se trouvait au volant, n'ayant aucune envie de s'arrêter. Luc regrettait de ne pas y avoir pensé avant d'avoir quitté Paris, mais pas un seul instant il n'avait envisagé que la température serait assez basse au mois de juillet, au Maroc, pour avoir besoin du chauffage. Leurs trois premières soirées, en France et en Espagne, avaient été plus chaudes. En outre, Luc ne voulait pas s'arrêter là, au milieu de nulle part, en pleine nuit. Avec ses vitres qui refusaient de coulisser et ses portières qui fermaient mal, la Renault était aussi hermétique qu'une tente. Luc était gelé, mais Aegina, endormie sur la banquette arrière, ne semblait pas dérangée par le froid. Elle dormait d'un sommeil paisible et profond.

Un panneau apparut dans le faible faisceau jaune des phares : des caractères arabes, comme des hiéroglyphes, au bas desquels se lisait l'inscription *Tensift-El Haouz*. Peut-être une ville, espéra Luc. Ils avaient beau avoir dîné à l'ouest de Rabat – un bon *tagine royal* accompagnée d'une bouteille de rosé des montagnes du Rif –, plusieurs heures après, Luc avait de nouveau faim ; et sommeil également, mais manger le requinquerait certainement. Une demi-heure passa. Aucune ville en vue. Le paysage, ou du moins ce que le pinceau des phares laissait entrevoir, vacillant comme la flamme d'une chandelle au milieu des pulsations de lumière froide des étoiles, s'étirait de toute part comme une mer stérile semée de petites bosses, coraux pâles engloutis par la nuit. La route était plate et droite ou presque ; le peu de côtes, de dénivelés et de virages donnaient à Luc la sensation de rouler à travers des salles obscures sans fin, dépourvues de murs, mais de forme et de taille constamment différentes.

« Aegina. »

Cela faisait plusieurs fois qu'il répétait son prénom, réalisa-t-elle. Lentement, Aegina émergea et ouvrit les yeux. La voiture ralentissait. C'était encore le beau milieu de la nuit. Sans bouger, Aegina regarda fixement la loupiote du plafond et le visage éclairé de Luc lorsqu'il leva la tête.

« Aegina… »

Il se tourna vers elle, croisant son regard brièvement, puis regarda de nouveau la route tandis qu'ils s'arrêtaient. À nouveau, Luc se tourna vers elle.

« Tu as faim ? »

Aegina se redressa. Devant eux, un bus – l'un de ces vieux bus marocains fumants qui transportaient des familles entières avec des poulets sur le toit – était arrêté. Le moteur tournait, ses phares creusant un tunnel de lumière dans l'obscurité brumeuse qui s'étalait au loin.

Près du bus, au bord de la route, deux hommes et un garçon étaient accroupis devant un brasero rempli de charbon incandescent, tenant à la main de petits bâtons, comme des cannes à pêche miniatures. Aucune habitation, aucun abri en vue ; pas de camion, pas d'animal. Seuls luisaient une lampe à gaz et le brasero, près des hommes et du garçon sur le bas-côté de la route au milieu de nulle part, entourés de quelques autres passagers retirant leur brochette du feu. Aegina sentit une odeur de viande brûlée.

« Je meurs de faim, répondit-elle. Ils préparent à manger ?

— Vu l'odeur, je dirais que oui.

— Où sommes-nous ?

— Aucune idée, répondit Luc. À mi-chemin, j'imagine, entre la côte et Marrakech. On y sera sûrement vers midi. Je vais devoir dormir quelques heures avant.

— Je prendrai le relais au volant après manger. »

Aegina et Luc sortirent de la voiture pour s'approcher de cette petite oasis de lumière et de nourriture. Sur les brochettes grillaient des morceaux d'agneau. Avec du romarin et de la coriandre, sentit Aegina. Une fois arrivés à la hauteur du brasero, l'un des deux hommes accroupis sortit un petit pain plat et rond, qu'il trancha et ouvrit en deux. Avec ses doigts, il leur demanda : *Un ? Deux ? Trois ?*

« *Deux, s'il vous plaît* », répondit Aegina.

Alors, il sortit deux brochettes du feu et les déposa dans le pain ouvert, avant de jeter du sel et des épices sur la viande grésillante. Puis il referma le pain et tira sur les pics pour les ressortir nus. Luc avait trois morceaux dans son pain.

« *Vingt-cinq dirhams* », annonça-t-il dans un français guttural.

Luc lui tendit les billets sales et chiffonnés rangés dans sa poche.

Le bus repartit, laissant derrière lui les visages des trois Marocains penchés sur le brasero, lueur rougeoyante et solitaire au milieu de la plaine noire, sous le ciel piqué d'étoiles blanches.

De retour à la voiture, Luc et Aegina mangèrent leurs sandwiches marocains au-dessus du tableau de bord chauffé par le moteur. Chaque saveur se détachait sur les papilles d'Aegina, comme libérée en explosant dans sa bouche : l'agneau chaud, le sel, les épices, le pain imbibé de gras tiède.

« C'est le meilleur truc que j'aie jamais mangé », dit-elle.

Elle leva les yeux vers les trois silhouettes près du brasero, vers le cercle insondable d'obscurité qui les entourait, avant de regarder Luc de nouveau.

« Luc, je n'arrive pas à croire qu'on soit là.

— Ce qui est encore plus dingue, répondit-il en mangeant, les yeux rivés sur elle, c'est d'y être avec toi.

— Oui. C'est marrant. »

Aegina sourit – la bouche pleine, les joues gonflées, incapable de cacher ses dents et le sandwich qu'elle mâchait –, un sourire qui signifiait bien plus que ces simples mots.

« Je vais prendre le volant. J'ai envie de conduire. »

Luc avait envie d'embrasser ses lèvres grasses, mais, le temps d'hésiter, Aegina était déjà passée sur le siège du conducteur. Luc s'installa à l'arrière. Il s'étendit, une couverture sur les jambes. Puis la voiture s'ébranla et se lança sur la route.

« Tout va bien devant ? demanda-t-il.

— Impeccable », répondit Aegina.

Il contempla sa masse de cheveux noirs, sa tête légèrement penchée en avant, alerte, les bras tendus sur le volant, et son profil, sa mâchoire qui travaillait encore à la faible lumière des phares.

Il était heureux.

2

Depuis la mort de sa mère, en 1966, Aegina vivait en Angleterre où elle allait au pensionnat. Sa tante Billie l'accueillait à l'occasion des longs week-ends ainsi qu'en début et fin de trimestre. La sœur aînée de Gerald, restée célibataire, habitait dans un ancien poulailler (c'était toujours ainsi que l'on nommait la maison) en bordure de Knole Park, à Sevenoaks, à une heure de train de Londres dans le sud de l'Angleterre. Ce petit arrangement leur avait à tous les trois sauvé la vie, même si Aegina et son père avaient souffert de leur séparation durant la première année. Malgré son caractère bien trempé, Billie – qui refusait pourtant de faire la moindre concession pour vivre avec un homme – avait accepté cette charge, cet impératif qui finalement avait donné un sens à sa vie décousue. Elle vivait de maigres revenus que lui rapportaient des traductions d'articles universitaires français, à quoi s'ajoutait la vente occasionnelle de poteries de style oriental ; elle se nourrissait des fruits et légumes de son jardin et récupérait le reste. Elle avait la voiture en horreur, et roulait sur une ancienne moto side-car BSA de l'Automobile Association – un problème, à l'arrivée d'Aegina, pour faire l'aller-retour à chaque début et fin de trimestre jusqu'à l'école pour filles de Saint-Hilary, à vingt kilomètres de là, avec tout son barda. Mais il leur avait suffi d'une bonne corde et de faire attention dans les virages.

Au terme de sa dernière année à Saint-Hilary, Aegina avait passé les premiers jours des grandes vacances chez sa meilleure amie, Penny, à Londres. Elles avaient écumé les soirées ; Aegina avait fait les boutiques pour rapporter des vêtements à Majorque. Puis elle avait pris le train pour redescendre à Sevenoaks. Billie l'attendait devant l'immeuble résidentiel Railway and Bicycle à la sortie de la gare.

« Alors, ma puce, tu t'es bien amusée en ville ? Penny va bien ? lui demanda-t-elle.

— Très bien, merci, Billie. Elle te passe le bonjour. »

Aegina enfila son casque et ses lunettes de motard. Par tout temps, malgré le bruit du vent et leur harnachement, la moto side-car se révélait être un moyen de locomotion bien commode pour bavarder, quoiqu'en élevant la voix. Tandis que Billie mettait les gaz sur Mount Harry Road avec son pot d'échappement pétaradant, Aegina lui cria :

« Devine quoi ? Je vais peut-être aller au Maroc.

— Vraiment ? répondit Billie d'une voix perçante.

— J'ai trouvé une tunique dans une boutique à Londres. De Marrakech. Je suis sûre que des tuniques comme ça se vendraient comme des petits pains à Majorque – et à Londres aussi. J'en ai marre de tresser des bijoux. J'aimerais bien aller là-bas pour acheter quelques vêtements. Il faut que je gagne un peu d'argent pour mon école d'art. Qu'est-ce que tu en penses ?

— C'est une idée intéressante, ma puce », cria Billie d'un air évasif.

De retour au poulailler, Billie releva sa longue tresse grise en chignon au sommet de son crâne, puis s'affaira pour préparer le déjeuner – soupe d'orties, pain complet maison, fromages, le tout accompagné de leur inconditionnel Branston Pickle et arrosé d'une Mackeson Stout pour Billie et d'un sirop de citron vert bien dilué pour Aegina –, qu'elles dégustèrent pendant que cette dernière montrait à sa tante la tunique marocaine noire qu'elle avait trouvée chez Granny Takes a Trip, « Mamie part en voyage », sur King's Road, tout en lui exposant son idée.

Au cours des deux dernières années, son père avait vendu deux petites parcelles de ses terres, côté route, afin de payer les frais de scolarité d'Aegina et de subvenir à ses besoins, mais l'école d'art n'était plus dans ses moyens. Aegina avait postulé à une bourse, mais, même avec, un petit boulot allait être nécessaire pour joindre les deux bouts. Lors des étés passés, Aegina avait gagné un peu d'argent en vendant des bijoux de pied en sisal doré qu'elle tressait à des boutiques de Cala Marsopa et à des clientes des Rochers, mais la mode avait fini par passer et Aegina elle-même s'était lassée. Cette activité lui avait permis de mettre presque cent livres de côté. Certains vols retour du Maroc coûtaient moins de trente livres. En allant sur place pour acheter soixante ou soixante-dix tuniques (la fille de la boutique, dont le petit ami avait rapporté les siennes de Marrakech, disait qu'elles ne lui avaient pas coûté plus d'une livre pièce), à condition de revendre chaque unité cinq livres, Aegina pouvait s'assurer près de deux cents livres ; assez, peut-être, en addition d'une bourse, pour tenir un an dans son école d'art. Et si sa stratégie fonctionnait, peut-être pourrait-elle recommencer pendant les vacances suivantes.

« Mais tu ne penses quand même pas y aller toute seule, ma puce ? demanda Billie.

— J'étais sûre que tu dirais ça. J'ai essayé de trouver quelqu'un pour m'accompagner, or le problème, c'est que tout le monde est déjà pris. À ton avis, ça vaudrait le coup de proposer à Dennis ? »

Dennis était le petit ami attitré d'Aegina. Un garçon du coin, élève au lycée de Sevenoaks qui, comme elle, venait d'obtenir son bac et s'apprêtait à entrer à l'université. Tous deux s'étaient rencontrés juste avant Noël, à l'occasion du bal de fin de trimestre organisé par Saint-Hilary et le lycée de Sevenoaks – ni l'un ni l'autre n'étant mixte –, en vue d'aider filles et garçons à développer leur sociabilité. Depuis, Dennis l'avait invitée à sortir à chaque début et fin de trimestre. Un gentil garçon, incontestablement, doué en musique, de surcroît : il jouait du banjo à cinq cordes avec d'autres camarades du lycée, dans un groupe de country appelé les Ide Hill Boys. Aegina avait assisté à l'un de leurs concerts au Feathers, à Tonbridge. Campé derrière le violon et la mandoline, la mâchoire crispée par la concentration, Dennis avait l'air de courir un marathon derrière ses camarades musiciens, s'efforçant de les rattraper. Les quelques fois où Aegina et Dennis s'étaient vus, ils s'étaient embrassés. Une expérience somme toute satisfaisante pour Aegina – Dennis était plutôt mignon, grand et mince avec des cheveux bruns bouclés et des cils étonnamment longs –, mais elle ne souhaitait pas aller plus loin. Au bout du compte, elle avait fini par le trouver un peu barbant.

« Tu as envie d'y aller avec Dennis ? lui demanda Billie.

— Non, pas vraiment. Enfin, ça pourrait être pratique, mais je suis sûre qu'il faudrait que je m'occupe de lui tout le temps.

— Sans doute. Mais mieux vaut que quelqu'un t'accompagne. Je suis sûre que ton père dirait la même chose. C'est vrai, je ne sais pas du tout à quoi ressemble le Maroc. Et toi ? C'est un pays sûr, au moins ?

— Billie, j'ai dix-huit ans. J'ai le droit d'aller où je veux, non ?

— Tu viens de les avoir, et tu sais que ce n'est pas la question. Ton père et moi, nous allons tous les deux nous inquiéter pour toi, Aegina, et certainement pas pour de mauvaises raisons. Quand même, l'Afrique ! Vraiment, je pense que quelqu'un devrait y aller avec toi. Pas forcément un garçon. Tiens, pourquoi pas Penny ?

— Elle voulait, oui, mais toute la bande part en Écosse. Et puis, elle s'est inscrite pour une sorte de régate qui va lui prendre la moitié de l'été. »

Aegina entendait déjà la voix de la raison étouffer son fabuleux projet. L'idée lui tenait à cœur, mais elle ne souhaitait pas non plus tenir tête à Billie. Malgré tout le soutien qu'elle lui témoignait, Billie pouvait être bornée quand elle le voulait. Et elle finissait toujours par gagner.

Cependant, de son côté, sa tante éprouvait les mêmes remords à s'opposer à Aegina. Certes, Billie avait l'autorité nécessaire, mais la jeune fille était très indépendante – un trait dont elle avait hérité de sa mère –, capable de la plus grande obstination quand elle croyait sa cause juste.

Billie apporta leurs boissons à table, s'assit et prit une grande goulée de bière brune.

« C'est un très beau projet que tu as là, ma puce. Une très belle initiative. Va au bout. Il nous faudra juste trouver quelqu'un pour t'accompagner. Et tes amis de Paris ?

— Je suis sûre qu'ils ont déjà tous prévu d'aller à Majorque.

— Mais toi aussi ! Ils seront probablement contents de faire un petit voyage avant. Et si tu les appelais après le déjeuner ? »

3

Le matin de son deuxième jour à Paris, Aegina s'habilla à la hâte, laissa un petit mot à Florence et sortit. Elle n'aimait pas Passy. Trop mort, trop bourgeois, trop rive droite, au point de lui donner l'impression d'être une pauvre citoyenne de seconde zone. Aegina préférait la rive gauche, où elle avait logé lors de ses précédents séjours à Paris, chez Sylvie. Mais Sylvie et sa famille étaient déjà parties pour Majorque.

« *Le Maroc ! Bien sûr que je pars avec toi !* s'était exclamée Florence au téléphone, deux jours plus tôt. *Viens immédiatement !* »

Mais la chanson n'avait pas vraiment été la même à son arrivée. Les parents de Florence refusaient catégoriquement. Deux filles toutes seules au Maroc ? Mais étaient-elles folles ? C'était hors de question – à moins qu'un de leurs amis garçons se joigne à elles.

« *Pas de problème* », leur avait alors répondu Florence.

Puis elle avait appelé Nathalie, Aymar et François – leur petite bande de Cala Marsopa – pour se retrouver au Café de Flore. Aymar partait le lendemain en Bretagne pour l'*école maritime* d'Éric Tabarly, pendant deux semaines. François, un jeune maigre aux cheveux raides, s'en allait faire le mont Ventoux à vélo, la portion du Tour de France, dans l'espoir de se qualifier comme *gregario* dans l'équipe La vache qui rit, pour l'année suivante. Quant à Serge et Alain, tous deux étaient déjà à Majorque.

« *Et Luc ?* » demanda Aegina d'un air parfaitement détaché.

Dans le train vers Douvres, pendant la traversée de la Manche en ferry, puis dans le second train pour la gare du Nord, Aegina n'avait cessé de penser à lui. Voilà des années qu'elle ne l'avait pas vu. Des années depuis ce terrible été.

« Luc ? » demanda Florence.

Elle haussa les épaules et balaya la table du regard. Ils ne le voyaient presque plus, même à Paris, lui apprit-elle. Sylvie pensait que Luc était parti pour New York. Mais Aymar affirma l'avoir croisé quelques semaines auparavant : il se rendait à Rome, si ses souvenirs étaient bons, pour travailler sur un film pendant l'été.

« Ne t'en fais pas, lui dit Florence, on trouvera quelqu'un. »

De toute façon, Florence ne pouvait pas partir avant le concert des Doors, la semaine d'après ; elle avait déjà pris ses billets.

Aegina s'engouffra dans le métro bondé de travailleurs matinaux, direction Cluny-La Sorbonne, avant de remonter le boulevard Saint-Michel. Elle s'acheta un croissant au café, place Edmond-Rostand, puis entra dans le jardin du Luxembourg. Billie serait furax si elle partait toute seule, et son père tellement flippé que ses reproches silencieux résonneraient jusqu'au fin fond du Sahara. En outre, ils avaient sans doute raison : mieux valait y aller avec quelqu'un.

Aegina sentait la défaite approcher. Toujours ce même gouffre qui s'ouvrait après coup, coupant ses rêves et désirs de la réalité. Qu'allait-elle faire si elle renonçait au Maroc ? Aller à Majorque, vendre à nouveau des bijoux, attendre de recevoir l'acceptation d'autres écoles ? Attendre, attendre, attendre. Attendre de vivre.

Elle termina son croissant, bien feuilleté et beurré, près du jardin fruitier, petit verger fermé que bordait la rue Auguste-Comte. Derrière les grilles, dans la rue, des gens en costume sombre se rendaient d'un pas pressé à leur travail, mais, sur les allées sablonneuses qui serpentaient entre les pelouses et les bustes pensifs de Baudelaire et de Sainte-Beuve, tout était calme. Les gardiens en uniforme élaguaient les longues branches des pommiers et poiriers plantés en espalier, comme pour les préparer à un ballet.

Aegina ouvrit son vieux sac en toile pour y chercher la serviette en papier sur laquelle Aymar avait griffonné le numéro de Luc – ou plutôt de son père, puisque Luc habitait toujours chez lui, avait précisé Aymar.

Sans doute était-il par monts et par vaux, à Rome ou à New York, comme avait dit la bande.

Elle se demanda même s'il accepterait de lui parler.

En sortant rue d'Assas, elle trouva une cabine téléphonique.

« Oui, allô ? »

Elle avait reconnu sa voix.

Ils se donnèrent rendez-vous au Saint-Médard, un café dans le Ve arrondissement, à la lisière du quartier Latin, sur la petite place où convergeaient, comme des cours d'eau, plusieurs rues animées telles que la rue Mouffetard.

Effectivement, Luc était allé à Rome. Par le biais de Fabio, un ami et camarade de fac de l'Université américaine de Paris, il avait décroché un incroyable job d'été sur le tournage d'un film de Fellini à la Cinecittà, mais la proposition était finalement tombée à l'eau. Logé avec Fabio dans l'appartement de ses parents, à Prati, Luc s'était néanmoins rendu tous les jours sur le plateau, espérant se voir confier une autre tâche, en vain. Se sentant de trop dans l'appartement, il était rentré à Paris. Un séjour à Majorque était prévu, mais plus tard au cours de l'été. Lulu venait de convertir l'une des dépendances de la maison en « caserne », comme elle l'appelait, dominant la piscine à l'arrière de la propriété – rasant au passage la cabane à outils que Luc avait aménagée pour en faire son nid depuis dix ans. Tout était encore en chantier. Luc se figurait parfaitement sa mère en train d'aboyer sur ses ouvriers et sur lui également, l'embringuant malgré lui dans ses travaux. Ne pas descendre avant la mi-août au plus tôt était plus prudent. En attendant, Luc ne savait quoi faire. Et voilà qu'Aegina débarquait avec son histoire de tuniques au Maroc.

Luc avait toujours ressenti une étrange connexion, non pas déplaisante, mais intime, avec Aegina, à cause du bref mariage de leurs parents. Comme un demi-frère et une demi-sœur qui s'étaient manqués de peu. Il avait toujours apprécié Gerald, même s'il l'avait rarement vu ; ce dernier s'était toujours montré aimable. Or sa mère ne l'évoquait jamais. Leur mariage n'avait duré que très peu de temps – un tout petit peu moins longtemps que son mariage avec le père de Luc. Chaque fois que Luc tentait de lui poser des questions sur Gerald, Lulu mettait un terme à la discussion en disant que cela n'avait été qu'une grossière erreur, rien de plus. Il s'était toujours demandé ce que savait Aegina.

Cette fille était d'une beauté incroyable. Jamais Luc n'avait vu de cheveux plus bruns, sans pour autant être noirs ; une peau mate d'Espagnole. Jeans moulant, blouse brodée ample de Cochabamba. Voilà des années qu'il ne l'avait pas vue (lui, toujours en vadrouille, elle l'évitant), depuis Cala Marsopa, l'été de ses quatorze ans. De quoi se rappelait-elle encore ? Luc se souvenait de tout.

« Je suis un peu fauché, lui dit-il pour éviter d'accepter d'emblée sa proposition.

— Moi aussi, répondit Aegina. J'ai juste assez pour acheter les tuniques, et je compte dormir dans les auberges de jeunesse les moins chères. On pourra avoir un tarif étudiant. Ça ne devrait pas trop nous coûter. »

Elle était devenue une véritable Anglaise à présent.

« En fait, on pourrait prendre ma voiture, dit Luc. Elle n'est pas toute jeune, mais elle consomme assez peu.

— Quoi, partir en voiture au Maroc ? Aller-retour ?

— Ouais. Je suis sûre que ça peut se faire. Et on dormirait à l'intérieur. »

Tous deux s'imaginèrent le tableau.

« Je veux dire, on se relayerait au volant, ajouta Luc. L'un conduit pendant que l'autre dort. Ça ne coûterait rien, et on ne serait pas obligés de s'arrêter.

— Non. Oui. Enfin, ce serait bien.

— Oui. Tu sais, je ne suis pas… » *Comment lui dire ?* « Je ne suis pas en train d'insinuer quoi que ce soit. J'ai une petite amie.

— Oh ! Tant mieux ! s'exclama Aegina. Moi aussi, j'ai quelqu'un. C'est parfait, dans ce cas.

— Super », répondit Luc.

Et tous deux sirotèrent leur café.

« Et pourquoi ne vient-il pas avec toi ?

— Oh, il a des trucs à faire. C'est un musicien. Il doit… Il joue quelque part.

— Ah.

— Et ta copine ? Qui est-ce ?

— Oh, une actrice. Enfin, elle débute juste.

— Génial. Elle s'appelle comment ?

— Sophie. Et ton copain ? »

Aegina but une petite gorgée.

« Dennis, répondit-elle, les lèvres sur le bord de sa tasse.

— Il joue de quoi ?

— Du banjo. »

Le père de Luc les emmena dîner dans son restaurant favori, Chez René. Il leur posa des questions sur leur voyage, l'itinéraire, ce qu'ils avaient prévu. Une formidable aventure en perspective, leur dit-il. Il connaissait un journaliste à Tanger au cas où. Il demanda à Aegina si les études en Angleterre lui plaisaient. Mais aucune question sur son père. Puis il glissa cinq mille francs à Luc en cas de pépin.

4

Luc avait repris le volant quand les premiers rayons de l'aube commencèrent à poindre dans le rétroviseur, bleutés dans le ciel noir qui s'étirait au loin. Petit à petit, la lumière cerna l'horizon jusqu'à dessiner les contours de l'Atlas dont les montagnes se dressaient devant lui, sur sa gauche.

La route, ligne grise épousant la courbe des plaines, comme dans un livre pour enfants, se mit à grimper à l'approche de Marrakech. Le Haut Atlas débutait, avec sa terre plus verte, plus vallonnée, jalonnée de petites fermes et de vignes, des paysages proches de l'Andalousie, dans le sud de l'Espagne, que Luc et Aegina avaient traversée avant d'atteindre Algésiras. Une carte Michelin du Maroc les aidait à se repérer. Chez un libraire de la rue de l'Odéon, Luc avait déniché un guide Pol vieux de huit ans, *Marrakech et sa région* – édition 1962. Trente et une pages, plus une carte de la ville. Le centre de Marrakech, son attraction principale, d'après le guide, consistait en une immense place centrale, la place Jemaa el-Fna, l'un des marchés les plus animés d'Afrique autour duquel se déployait un labyrinthe de ruelles et de petites allées formant le vaste souk, le plus grand du Maroc. À l'intérieur de la médina – la vieille ville, pratique pour accéder à la place et au souk – se trouvaient de nombreux riads, anciennes maisons transformées en hôtels de charme, dont les chambres s'ouvraient sur un patio central.

Aussitôt franchis les murs de la médina, les rues se rétrécirent, fourmillant soudain de monde. Luc suivit les quelques panneaux en direction de la place Jemaa el-Fna, jusqu'à arriver dans des rues tortueuses, bordées de grands murs ocre inégaux, semés de portes et de soupiraux irréguliers, tournant pour se perdre dans d'inextricables dédales. Luc prit un virage, tenta tant bien que mal de se fier à son sens de l'orientation, mais se retrouva très vite perdu.

« Regarde, lui dit Aegina, le guide ouvert sur ses genoux. Un riad. Al Hamoun. Il est dans le guide. Et si on essayait ? »

« *Ah, oui, bien sûr* », leur dit avec un timide sourire l'homme mal rasé à l'accueil.

Il les conduisit à l'étage, dans une galerie entourant le patio et sa fontaine que l'on entendait couler. La chambre était spacieuse. Des murs blancs, de hautes et étroites portes-fenêtres aux bordures bleu roi. Un grand lit double au matelas fin, fatigué, mais recouvert de draps blancs, frais et propres, engageants. Aegina se rendit à la fenêtre qui s'ouvrait vers l'intérieur et poussa les volets ajourés. La chambre donnait sur une petite rue, les toits et quelques grands palmiers dépassant derrière un mur.

Elle se retourna vers Luc, un grand sourire aux lèvres.

« Je pense que la sieste pourra attendre. Et si on partait explorer ? »

Après la cohue des rues étroites, à se frayer un chemin entre les vieux immeubles cannelle aux murs décrépits, à enjamber les briques cuites au soleil jonchant continuellement le sol, la place Jemaa el-Fna s'ouvrit devant eux comme un stade transformé en marché aux puces. Sous l'ombre des tissus se succédaient des centaines de petites échoppes ; partout, des mules attendaient, au milieu des charrettes, des tables couvertes de perles, de colliers, de pierres précieuses, de fossiles, de dattes, de pistaches. S'ajoutaient encore des marchands de jus d'orange, charmeurs de serpents, montreurs de singes, danseurs folkloriques remuant leurs bracelets à grelots, joueurs de tam-tam, mendiants malades, aveugles estropiés et émaciés, assis par terre comme une corde nouée, tendant la main vers les nuages hauts et moutonneux, porteurs d'eau vêtus comme des gardiens de la Tour de Londres, trimbalant coupelles en cuivre et gourdes en peau de chèvre sombre, remplies à ras bord.

Tel un essaim de moucherons, des bandes de garçons excités en short et T-shirt déchirés les accostaient en leur tirant les bras.

« Hippie ! Hippie ! criaient-ils. Qu'est-ce que tu veux ? »

« Viens, hippie ! Plaisir des yeux ! »

« Kif ? Kif ? »

D'autres, au sourire joyeux, le regard blanc laiteux, les gencives abîmées, des lésions sur la peau :

« Sac berbère ! »

« Collier en ambre ! En argent ! »

« Je vous guide, je vous guide, hippies ! »

Une fois débarrassés des garçons, ils trouvèrent l'entrée du souk, une rue qui se transforma rapidement en passage défoncé serpentant entre les bâtiments, remplie de virages serrés, à l'ombre des vieux pans de tissu qui pendaient au-dessus des têtes, zébrant les alentours de rais de lumière. De minuscules étalages s'entassaient contre les murs en stuc des ruelles éclairées par des ampoules à nu. Des allées de tapis, de tissus, de djellabas, de sacs en cuir, de selles, de ceintures, des allées de babouches couleur sorbet, au bout pointu et recourbé. Et, presque partout, un transistor posé sur une étagère ou à même le sol, une vieille antenne s'élevant vers le plafond bas, dont les baffles criaient des chansons d'amour chantées par les voix lancinantes des femmes marocaines.

« Les voilà ! » s'écria tout à coup Aegina en attrapant Luc par le bras.

Ils s'engouffrèrent dans l'allée des tuniques, où se succédaient des étalages remplis de vêtements souples en coton, des exemplaires accrochés à des cintres devant chaque marchand. Plusieurs styles et couleurs semblaient exister, mais les tuniques étaient majoritairement blanches, avec un col arrondi, ouvert jusqu'à la poitrine, cousu de nombreux petits boutons.

Aegina promena ses doigts sur une étoffe blanche suspendue dans l'allée. Le vendeur, un homme court et rond, bien rasé, en djellaba blanche et babouches jaunes, s'empressa de décrocher le cintre et de brandir la tunique sur son bras replié.

« Meilleure qualité, dit-il en regardant successivement le vêtement, Luc et Aegina, de ses yeux francs, comme soumettant son fils au jury d'un conservatoire pour décrocher une bourse.

— C'est ça que tu cherches, pas vrai ? demanda Luc. Elle ressemble à celle que tu as ?

— À peu près, répondit Aegina. Mais le biais autour du col n'a pas l'air d'être…

— Très beau travail, dit le vendeur. Couture de meilleure qualité.

— Oui », approuva Aegina en souriant au marchand. Puis elle sortit la tunique noire de son sac. « J'en voudrais une comme celle-là, vous voyez ? Avec la broderie – je ne sais pas comment on l'appelle – autour du col directement cousue sur la tunique, et non pas rajoutée.

— Oui, oui, oui, je comprends, répondit l'homme en brandissant toujours la pièce. Venez. »

D'un geste sec et répété de la main, il leur fit signe de les suivre.

« Venez, je vous montre, répéta-t-il.

— Vous en auriez en noir ? » demanda Aegina.

Soupir bref et résigné du marchand.

« Bien sûr. Plein en noir. »

L'homme les conduisit dans son arrière-boutique, un petit espace bourré à craquer de piles de vêtements, qu'il poussa d'une main experte et puissante pour fouiller dans des cartons. Puis il se retourna, dépliant une tunique noire devant Aegina.

« Tunique spéciale », annonça le marchand.

De ses gros doigts, il attira leur attention sur les broderies qui ornaient le col, ainsi que le bas du vêtement et les poignets.

« Tout fait main. Pas mettre en machine. Spécial. Meilleure qualité. Beaucoup de temps à fabriquer.

— Oui, c'est plus ou moins ça, dit Aegina. Tu vois, Luc ?

— En effet.

— Je voudrais en acheter cent, dit Aegina au marchand. Combien par pièce pour cent tuniques ?

— Cent tuniques ? demanda l'homme. Vous voulez cent tuniques ?

— Oui.

— Cinquante dirhams chaque.

— Cinquante dirhams ? répéta Aegina, sans cacher sa surprise.

— Bien sûr. Le travail d'une personne, à la main, très soigneux, toute la journée. Deux jours des fois. »

Elle se tourna vers Luc.

« Ça fait au moins six livres. Je ne peux pas !

— Pour cent tuniques, je fais bon prix. Trente dirhams par tunique. Trois mille dirhams, cent tuniques, intervint l'homme.

— Je suis désolée, mais c'est très loin de mon budget.

— Combien tu veux payer ?

— Je cherche des tuniques pour moins de dix dirhams », répondit Aegina.

L'homme replia et lissa soigneusement le précieux vêtement noir et baissa les yeux en souriant.

« J'ai des tuniques pour toi à dix dirhams. »

Il reposa le vêtement et repartit vers l'avant du magasin. Il sortit une nouvelle tunique d'une pile et la montra à Aegina.

« Très bonne qualité. Une tunique, dix dirhams. Cent tuniques, je fais meilleur prix, six cents dirhams. »

Aegina examina la tunique, puis jeta un regard à Luc.

« Mais elle est comme l'autre, les broderies sont cousues.

— Avec fil noir, répondit le marchand comme un sage.

— Du fil noir ? demanda Luc.

— Mais oui. »

Sur ces mots, l'homme fit mine de vouloir arracher la broderie pour leur montrer qu'elle était pratiquement soudée au tissu et ne se détacherait jamais.

« Solide.

— Le fil noir est solide ?
— Plus solide. »

Le soleil se couchait quand ils émergèrent du souk, épuisés, désorientés, comme sortant d'un chapiteau de cirque pour déboucher sur la place Jemaa el-Fna, dont les bruits s'intensifièrent à mesure qu'ils se rapprochaient des allées, comme la mer derrière les dunes. La foule avait grossi depuis leur passage dans l'après-midi. Un nombre incalculable de musiciens tapaient sur des tam-tams et des cymbales en un seul et même rythme. De la fumée s'élevait de braseros, de barils, chargée d'épices et de particules salées, suspendues dans des nuages gras au-dessus de la foule. Des chiens éclopés rôdaient à la recherche d'un morceau de viande.

« Il faut que je m'assoie, lâcha Aegina.
— Tu as faim ?
— Oui.
— Moi aussi. »

Ils gravirent des marches pour accéder à l'étage du Café des Palmiers qui surplombait la place. Les tables de la terrasse, baignées des rayons du crépuscule, étaient toutes occupées.

C'est alors qu'une voix caverneuse, à l'accent marqué, une voix familière depuis peu, transperça le vacarme ambiant pour annoncer :

« Tiens, les gens de la petite 4L. »

Un homme assis à l'une des tables avec une femme se leva et tira deux chaises libres.

« Venez manger avec nous. »

C'était un type de trente-cinq ans environ, rehaussé par des santiags pour atteindre un petit mètre quatre-vingts, au look étudié de pirate barbaresque : sous une veste berbère brodée luisait sa djellaba en lin crème à la lumière rosée du coucher du soleil, une sacoche en cuir à pompon rétro accrochée en bandoulière à sa poitrine. De longues mèches blondes s'échappaient du tissu noir enroulé autour de sa tête comme un turban. Une moustache rousse de morse lui barrait la bouche.

La femme leur adressa un sourire radieux. Elle devait avoir dix ans de moins que le pirate, et se révéla plus grande, même dans ses espadrilles. Elle aussi portait un turban, mais moins serré que le sien et couleur rouille, comme ses cheveux. Une longue blouse blanche unie flottait sur son sarouel blanc resserré autour de ses fines chevilles.

« Bonjour ! » leur lança-t-elle chaleureusement, tandis qu'ils s'approchaient.

La femme se leva pour faire la bise à Aegina, puis à Luc. Ses cheveux luisants d'huile, au parfum âcre, s'écrasèrent contre son visage et sa bouche.

Luc et Aegina avaient bu une bière avec eux sur le ferry entre Algésiras et Tanger. Rolf, un Allemand, était venu acheter de la marchandise pour sa boutique de Munich. Il leur avait présenté Minka comme sa petite amie yougoslave.

« Monténégrine », l'avait-elle corrigé dans un anglais presque dénué d'accent.

Mais Minka ressemblait davantage à une muse préraphaélite, avec ses cheveux acajou, ses grands yeux verts et son long cou d'albâtre aux veines bleutées. Luc et Aegina avaient discuté avec eux en anglais, langue dans laquelle communiquait également le couple, étant donné que Minka ne semblait pas parler allemand.

De retour dans leur voiture respective, au terme de la traversée, Luc et Aegina dans leur Renault pourrie, Rolf et Minka dans une Jaguar berline noire mouchetée de boue, Rolf leur avait fait part de son admiration – quel courage de s'aventurer au fin fond du Maghreb dans cette épave aussi solide qu'une meringue !

« Vous êtes plus téméraires que moi avec votre petite Renault », leur avait-il lancé, un rictus malicieux sous son impénétrable moustache.

Chaque phrase qu'énonçait Rolf semblait tout droit sortie d'une cassette des cours Berlitz.

« Alors, vous y êtes arrivés avec votre petite Renault ? demandait-il à présent.

— Oui, c'était super, répondit Luc.

— Vous avez trouvé vos tuniques ? demanda Minka.

— Non, dit Aegina. On vient de passer des heures au souk. On y retournera demain. Mais ce n'était pas très encourageant.

— Évidemment. Ils vous montrent la marchandise pour touristes avec les prix qui vont avec, répondit Rolf. Il faut vous adresser directement au fabricant.

— C'est ce que nous essaierons de faire demain », dit Luc, irrité que l'Allemand sous-entende qu'on les prenait pour des gogos qui allaient se faire plumer jusqu'au dernier dirham.

Ça, Luc le savait déjà.

« Marrakech est une ville incroyable, vous ne trouvez pas ? demanda Minka en rejetant ses cheveux en arrière, les regardant tous les deux avec un sourire béat. Vous êtes arrivés hier soir ?

— Non, ce matin, dit Aegina.

— Regardez ! poursuivit-elle en balayant le paysage de la main. La place Jemaa el-Fna ! C'est un spectacle époustouflant, n'est-ce pas ? Un vrai conte.

— Vous avez conduit toute la nuit ? intervint Rolf.

— Oui. L'un conduit pendant que l'autre dort.

— Nous, nous avons passé la nuit à Tétouan. Quatre heures de route pour arriver ici aujourd'hui. Nous sommes descendus à La Mamounia, dans une chambre magnifique. La suite de Winston Churchill. Il venait tout le temps ici.

— Je suis tellement contente de vous retrouver là, dit alors Minka en effleurant le bras d'Aegina, le regard rivé sur Luc. Vous nous avez manqué après Tanger. »

Ils partagèrent un couscous et un tagine, avec un pain arabe dense et deux bouteilles fraîches de vin blanc marocain. Le soleil s'était couché derrière le minaret. Rolf sortit alors de son étui une petite pipe en bois et cuivre, et l'alluma. Une douce volute de fumée s'éleva autour de la table avant de s'évaporer, dispersée par la brise légère.

« Vous êtes sûr qu'on peut fumer ça ici ? demanda Luc.

— Je crois que c'est bon, mon gars », répondit Rolf.

Il passa la pipe à Luc, qui tira une fois avant de la donner à sa voisine. Aegina prit plusieurs petites bouffées et la passa à Minka.

« C'est du marocain ? demanda Luc.

— Bien sûr. Du kif du Rif. Je l'achète toujours à un type de Tétouan quand nous passons là-bas. Tout frais, juste le bout des feuilles. Aucune tige. »

Fatigués par la conduite, tous glissèrent bientôt dans une somnolence hébétée, ponctuée de quelques gloussements.

« On va y aller, finit par annoncer Luc alors que la tête d'Aegina tombait sur son épaule.

— Venez donc dîner avec nous à La Mamounia demain », leur proposa Minka.

L'installation pour la nuit se passa aussi bien qu'entre un frère et une sœur, même si tous deux n'avaient jamais partagé que la Renault.

Chacun prit la salle de bains tour à tour, située dans le couloir. Aegina revint, fleurant bon le dentifrice, puis se coucha d'un côté du lit en T-shirt et culotte. Luc éteignit la faible lumière de la chambre. Il se mit également en sous-vêtement avant de grimper de l'autre côté du lit. La clarté de la nuit perçait par les volets ajourés.

« Luc ?

— Oui ?

— Merci de m'avoir accompagnée, vraiment.

— Oh, je… »

Luc chercha une réponse appropriée, ni trop désabusée ni trop enthousiaste, refusant de lui avouer qu'il n'avait jamais rien vécu d'aussi excitant de toute sa vie.

« On s'amuse bien, oui. »

Avec la plus grande hésitation, il posa une main sur son épaule. La balle était dans son camp, à présent. Puis il entendit sa respiration : elle s'était endormie.

Il sombra, lui aussi.

5

« Des tuniques ? répéta le concierge de l'hôtel le lendemain matin, après leur avoir demandé ce qu'ils recherchaient au souk.

— Oui. »

Aegina ouvrit son sac et sortit la tunique noire pour la lui montrer.

« Comme celle-là. Je voudrais en acheter. Vous savez où je pourrais en trouver ? »

La tête rejetée en arrière, le gardien poussa une sorte de cri haut perché, comme amusé par la situation.

« Vous voulez acheter combien de tuniques ?

— Une centaine, peut-être. Ça dépendra du prix, répondit Aegina.

— Une centaine de tuniques ?

— Oui. »

L'hôtelier leur fit signe de venir s'asseoir à une table près de la fontaine du patio.

« Je vais demander à quelqu'un de vous emmener voir des tuniques dans vingt minutes. Je vous apporte du thé en attendant.

— Nous avons déjà tout vu au souk, répondit Aegina, mais l'homme leva un doigt et fit claquer sa langue.

— Vous n'irez pas au souk. Vous verrez. »

Un quart d'heure plus tard, il réapparut en compagnie d'un garçon d'environ douze ans, non pas un gamin des rues scrofuleux, mais un jeune propre et vigoureux, soigneusement vêtu d'un short bleu et d'une chemise à manches courtes rappelant un uniforme d'école.

« Voici Youssef. C'est mon fils. Il va vous emmener voir les tuniques.

— Merci beaucoup », dit Aegina.

Timidement, mais d'un air grave et concentré, Youssef hocha la tête en les regardant. Luc et Aegina le suivirent dehors.

Le garçon les emmena à travers des rues qui toutes se ressemblaient, loin de la place Jemaa el-Fna. Il marchait en tête, d'un pas régulier, regardant de temps à autre derrière son épaule pour voir si les deux autres le suivaient. Lorsque Luc et Aegina tentaient de le rattraper pour marcher à sa hauteur, le garçon accélérait. Ils atteignirent un quartier différent du souk, bien moins pittoresque, où des monceaux d'ordures côtoyaient des charrettes, des barils, des baraques de fortune faites de vieux panneaux de bois, des morceaux de tôle ondulée ; les échoppes des charpentiers se noyaient sous la sciure ; le vent éparpillait de toute part les chutes de coton des tapissiers ; de la ferblanterie s'amassait dans des cabanes près de piles de plaques d'immatriculation rouillées.

« Luc, dit Aegina en tirant sur sa manche. Il nous emmène dans le *polígono*. »

Ce mot désignait les zones industrielles implantées à la périphérie des grandes villes espagnoles. Enfant, Aegina s'était souvent rendue avec son père au *polígono* de Manacor, à l'époque où Gerald récupérait de vieilles pièces de machinerie à souder et achetait des sacs entiers de clous ou de tournevis en acier galvanisé.

« On dirait, oui », approuva Luc.

Luc n'était pas un grand adepte du *polígono.*

Youssef, se fiant à son flair tel un chien retrouvant le chemin de sa gamelle, les emmena à travers un lacis de ruelles. Le petit groupe dépassa de longs étalages remplis de rouleaux de tissu, de cônes de laine encore dégoulinants de teinture. Luc et Aegina trottaient derrière le garçon, trébuchant presque tant ce spectacle les fascinait.

Puis ce dernier ralentit et s'engouffra par la porte d'une échoppe sans enseigne. Luc et Aegina le suivirent jusqu'à une pièce qui sans doute avait naguère abrité une petite agence de voyages. Punaisées sur les murs, des affiches délavées de Trans World Airlines, l'une montrant la cloche de la Liberté, *Philadelphie* inscrit au-dessus, et *Volez avec Trans World Airlines* en dessous ; une autre figurant une grosse botte de cow-boy dont dépassaient un cactus et des clubs de golf, comme dans une bande dessinée, la légende *Arizona – Volez avec Trans World Airlines* inscrite en dessous. Des miniatures de DC-3 Air France et Royal Air Maroc complétaient le tableau, posées sur le seul bureau de la salle.

Youssef s'adressa à une femme voilée vêtue d'une longue robe chaste, grise et boutonnée, assise à la table. Après un rapide coup d'œil vers Luc et Aegina, la femme se leva et disparut par une porte dérobée.

Un homme entra dans la pièce, suivi par la femme. Le petit frère d'Hemingway, pensa aussitôt Luc, avec sa carrure imposante, sa barbe poivre et sel, ses cheveux presque blancs, plus épais sur le dessus, son visage intelligent, à l'air serein. Lui et Youssef échangèrent une poignée de main, puis le garçon se mit à lui parler. À son tour, Luc serra la main de l'étranger, qui toucha sa poitrine en signe de respect. Aegina fut saluée par un signe de tête courtois.

« *Je m'appelle Rachid* », dit-il.

Luc et Aegina se présentèrent à leur tour.

Pendant plusieurs minutes, Youssef et Rachid devisèrent en arabe, ce dernier lançant de temps en temps quelques coups d'œil poli à ses hôtes. Il questionna Youssef avec un intérêt marqué, lequel répondit d'un ton assuré, lui fournissant visiblement de nombreuses et précieuses informations, auxquelles Rachid acquiesçait.

« Je me demande bien ce qu'ils peuvent se dire », glissa Aegina à Luc.

C'est alors que Rachid se tourna vers eux et dit :

« Qu'est-ce que vous cherchez, exactement ? »

Aegina sortit la tunique. Rachid la prit dans ses mains et l'examina, étoffe, ourlets, broderie autour du col. Puis il la lui rendit, sans trahir la moindre émotion.

« Seulement du noir vous voulez ?

— J'aimerais bien voir des blanches aussi.

— Venez. »

Ils le suivirent par la porte dérobée, passant à l'intérieur d'une réserve chaude et obscure remplie d'objets empaquetés et de cartons, puis par une seconde porte.

Ils débouchèrent dans une longue remise au toit bas, en tôle ondulée, vivement éclairée par des fenêtres et des néons blancs suspendus au plafond par des câbles électriques désordonnés. Vingt personnes environ, parmi lesquelles des enfants comme des vieillards décrépits – quatre générations, sans doute, d'une même famille –, étaient assises à plusieurs tables, sur le sol recouvert de tapis. La plupart cousaient. Quatre hommes coupaient du tissu à l'aide de grands ciseaux, le long de tables brillantes. Il faisait chaud, en dépit des ventilateurs placés au fond de la salle et à différents endroits stratégiques.

« Mon atelier », annonça Rachid avant de les emmener vers une pile posée sur une table dont il sortit une tunique blanche.

Le vêtement semblait similaire à ceux qu'Aegina avait vus au souk, une bande de broderie cousue sur le col, mais l'étoffe était plus raffinée, le travail plus propre.

« C'est très joli, dit Aegina. Mais je recherche des tuniques brodées, expliqua-t-elle en montrant la sienne. Comme ça.

— Bien sûr », répondit Rachid.

Il les conduisit alors de l'autre côté de l'atelier où quatre femmes d'une cinquantaine d'années, toutes chaussées de lunettes à double foyer grandes comme un masque de plongée, étaient assises par terre. Leurs robes volumineuses se confondaient avec les coussins sur lesquels elles s'étaient installées, leur donnant des airs de sacs de marchandise informes, une tête à lunettes trônant au sommet de ce corps enveloppé dans des mètres de tissu. Un gros ventilateur soufflait sur le groupe, soulevant un vent frais chargé de transpiration et de parfum bon marché. Les femmes adressèrent un timide sourire à Luc et à Aegina. Tous deux sourirent en retour. Rachid ramassa un vêtement mauve et le montra à la jeune fille. C'était une tunique longue dont les manches et le bas étaient brodés de fil violet foncé. Un travail délicat, au motif entrelacé complexe, comme de la dentelle.

« C'est magnifique », dit Aegina.

Les sourcils levés, Rachid répondit par un simple « oui ».

« Vous seriez capable de reproduire la même chose autour du col d'une tunique – elle tendit à nouveau son exemplaire –, comme ça ?

— Oui », répondit Rachid.

Puis il ajouta poliment :

« Mais ce sera plus joli. S'il vous plaît, laissez-moi votre modèle et revenez demain. »

6

La Renault 4 tournait lentement sur le parking rempli de berlines rutilantes Peugeot, Citroën et Mercedes, garées sous les palmiers aux reflets argentés du clair de lune, devant La Mamounia.

« Je ne vois pas leur Jaguar, remarqua Luc. Ils ont peut-être oublié.

— En trois heures ? »

Une fois encore, Luc et Aegina étaient tombés sur Rolf et Minka au souk. Minka avait réitéré son invitation.

« Vraiment de drôles de zozos ces deux-là, remarqua Luc. Sapés comme pour un film de Claude Lelouch. »

La voiture garée, ils marchèrent en direction du hall de l'hôtel, baigné d'une lumière tamisée. La haute façade d'ocre se dressait tel un fort aux parapets garnis de fenêtres, entouré de palmiers, précédée d'une entrée de style mauresque digne d'un château. L'élégance du bâtiment, à l'écart du tumulte du souk et de la vieille ville, belle mais ravagée, lui donnait l'air d'un décor Disney.

À quelques pas de l'entrée, Aegina s'arrêta et se tourna vers Luc.

« Ça va, je présente bien ? » lui demanda-t-elle.

Sa chevelure sombre, fraîchement lavée et luisante d'huile d'olive, était séparée par une raie au milieu, cascadant dans son dos. Ses grands yeux et ses dents brillaient. Sous la lumière diffuse, ses petits seins se devinaient sous le haut qu'elle portait sans soutien-gorge.

« Tu es renversante, Aegina.

— Merci. » Elle le contempla dans son Levi's et sa chemise fine en étamine. « Toi aussi.

— Quel dommage que Dennis et Sophie ne soient pas là pour nous voir. »

Aegina le pinça gentiment à travers sa chemise.

Nous allons faire l'amour ce soir, pensa Luc.

Puis ils entrèrent à l'intérieur.

Rolf et Minka étaient assis à une table du bar. Tripotant leur verre, une cigarette aux lèvres, les yeux rivés à une extrémité différente de la salle, sans échanger un mot. Minka les vit en premier ; elle leur sourit en agitant la main. Rolf tourna la tête et, sans lâcher des yeux Luc et Aegina, glissa un mot à Minka tandis qu'ils approchaient. Celle-ci fit mine de l'ignorer. Elle se leva et se pencha pour étreindre et embrasser ses invités.

« Je suis tellement contente que vous soyez venus ! s'exclama-t-elle.

— Alors, ces tuniques, vous les avez trouvées ? demanda Rolf pendant qu'ils s'asseyaient.

— Ça se pourrait bien, répondit Aegina. On a rencontré un type, le propriétaire d'un atelier, qui va nous montrer un modèle demain.

— Et le prix ?

— On attend de voir pour en parler.

— *Ja*, *ja*, et là, c'est le coup de bambou. Il attend de voir si le modèle vous plaît pour vous avoir, répondit Rolf en refermant le poing d'un geste vif, comme pour attraper un poulet par le cou.

— Quelle est la prochaine étape ? demanda Minka.

— Eh bien, si nous arrivons à tomber d'accord sur un prix, négocier les quantités et le délai de livraison. »

Rolf et Minka leur racontèrent alors ce qu'ils avaient déniché pour la boutique de Munich. Des sacoches berbères, des babouches, des tapis, narguilés, chemises et vestes ; ils leur détaillèrent les prix, les moyens trouvés pour tout expédier en Allemagne. À vingt et une heures, un serveur en livrée fit son apparition pour leur annoncer que leur table était prête. Tout le monde se leva et le suivit.

Dans la salle à manger remplie de beaux Européens bronzés, parés d'accessoires marocains, des regards languides suivirent les nouveaux arrivants.

Une armada de serveurs tira leur chaise pour les installer.

« Nous n'avons pas vu votre voiture dehors », dit Luc.

Comme heureux de cette remarque, Rolf répondit :

« *Ja*, nous avons loué une autre voiture. Une Peugeot, un vrai tas de boue. Je fais toujours réviser la Jaguar quand j'arrive à Marrakech. Ça fait une sacrée trotte depuis l'Allemagne. Il y a un bon garagiste ici. Je lui laisse la voiture quelques jours et il me rend une formule 1.

— Vous avez dû consommer beaucoup d'essence pour arriver jusqu'à Marrakech.

— *Ja*, des tonnes. Plusieurs milliers de francs, pesetas et dirhams. Mais si ça en vaut la peine… »

Rolf évoqua leurs nombreux voyages au Maroc, dans le Rif et les montagnes de l'Atlas, jusqu'à Al

Hoceïma sur la côte méditerranéenne, un pays empoisonné, d'après lui, par le tourisme hippie.

« Vous venez jouer après le dîner ? » demanda-t-il à Luc.

Minka poussa un cri guttural indigné.

« Rolf adore jouer. Il va vous plumer !

— Ça m'étonnerait, répondit Luc.

— J'ai toujours beaucoup de chance, fit Rolf. Je suis originaire de l'île de Sylt.

— Oh, non. Pas ça, s'il te plaît, soupira Minka.

— *Ja, ich bin ein Syltsmann.*

— Ne commence pas, insista Minka.

— Vous n'aimez pas ma jolie chanson ?

— Quelle chanson ? demanda Aegina.

— Non ! Il va devoir la chanter maintenant ! s'exclama Minka avec humour – ou pas.

— "Ich bin ein Syltsmann", répéta Rolf. C'est une chanson très connue, la plus populaire de l'île de Sylt. Vous ne la connaissez pas ? »

Minka essaya de couvrir de sa main la bouche d'Aegina.

« Je ne pense pas, dit Aegina en l'évitant d'un air amusé.

— Le tube de l'Eurovision 1964 ! Numéro un à Sylt pendant un an. »

Minka regarda Luc et Aegina en levant les yeux au ciel.

S'adossant contre la banquette rouge sang, le regard de Rolf se perdit soudain dans le vague, puis il entonna, d'une voix grave, mélodieuse et assurée :

« *Ich bin ein Syltsmann, / Ich bin ein Syltsmann, / Mein Zuhause ist neben dem Meer…* »

La tête de Minka s'effondra contre l'épaule d'Aegina, comme frappée d'un coup de trique, bouche bée. Aegina éclata de rire, observant Rolf chanter.

« *Mein Vater und sein Vater, / Und ihre Väter vor ihnen* – ses paupières se fermèrent – *Waren Seeleute.* »

La tête de Luc tournait. Il avait abusé du vin et trop fumé dans les jardins de La Mamounia. Étendu sur le lit dans le noir, il attendait qu'Aegina revienne de la salle de bains.

Elle s'était endormie près de lui la veille. Combien de temps allait encore durer cette distance de frère et sœur ? Prenait-elle au pied de la lettre leurs allusions à « Dennis et Sophie » pour se montrer si à l'aise avec lui ? Ou était-elle réellement amoureuse de ce type, ce joueur de banjo ? Avait-elle vraiment l'impression d'être avec lui comme avec un frère ? N'y avait-il aucune attirance ? Une fois, Aegina avait failli se lancer – même si son comportement avait sans doute été davantage provoqué par ce qu'elle avait enduré cet été-là. Luc n'avait aucun mal à faire le premier pas avec toutes les autres, mais son instinct l'empêchait de se précipiter avec Aegina. C'était elle, enfin elle ; pas une fille pour une histoire sans lendemain. Qui vivra verra, décida Luc, et tant pis s'il fallait du temps.

D'abord, combien ça gagne, un joueur de banjo ?

Luc avait dû s'assoupir. Aegina grimpait dans le lit. Il sentit son T-shirt le frôler. Il sentit la chaleur de sa peau sous le drap qui les recouvrait. Aegina ne portait pas de parfum, mais elle possédait une odeur – impossible d'y mettre un nom ou de la comparer à quoi que ce soit, cette odeur était unique et Luc ne vivait désormais plus que pour la respirer. Il ferma les yeux, tourna la tête et inspira comme si c'était la dernière fois. Quelque chose d'humide imprégnait la chaleur musquée qui émanait de son corps…

Le jour filtrait par les volets quand elle se réveilla, certaine à présent qu'ils feraient l'amour. Aegina le désirait et savait que Luc aussi. Elle s'était endormie la première l'avant-veille, et lui le premier cette nuit-là. Le respect dont il faisait preuve était touchant. Mais Luc allait finir par se réveiller, et Aegina ferait le premier pas.

Son entrejambe semblait mouillé. Se glissant hors du lit, elle se faufila en silence jusqu'à la porte.

Dans la salle de bains, elle procéda aux vérifications nécessaires – ses règles approchaient, mais il restait encore quelques jours. Aucun tracas, simplement cette humidité. Aegina était prête pour lui. Elle se rendit aux toilettes. Après avoir tiré la chasse, elle se passa de l'eau entre les jambes au petit lavabo pour se laver, puis se sécha avec du papier toilette. Elle se lava ensuite la figure, se rinça la bouche.

À son retour dans la chambre, Luc était habillé, debout à la fenêtre. Les volets ouverts, son regard tourné vers la rue.

« Salut, dit-il lorsqu'elle arriva. Comment ça va ?

— Bien, répondit Aegina.

— Je descends boire un café pour te laisser te préparer tranquillement. Qu'est-ce que tu dis de ça ?

— C'est très gentil. Merci. »

7

Rachid les mena dans une petite salle à l'arrière du long atelier. La pièce, décorée sobrement, avec des coussins sur le sol couvert de tapis, ne semblait pas utilisée. Une seule photo aux couleurs passées était encadrée au mur, montrant un essaim d'hommes barbus en robe blanche convergeant vers une immense place.

Rachid les invita à prendre place en indiquant les coussins. Tandis que Luc et Aegina s'asseyaient, une jeune fille entra, un plateau en cuivre à la main, avec une théière en argent et trois petits verres. Elle déposa le plateau par terre et s'en alla. Rachid s'assit à son tour.

« Vous prendrez du thé ?

— Merci », répondit Luc.

Il se tourna vers Aegina et sourit. Rachid servit le thé, levant la théière très haut d'un geste théâtral, sans mettre une goutte de liquide vert à côté. Puis il plaça un verre devant Luc, un autre devant Aegina, et s'empara du sien.

« Je vous en prie », dit-il.

Il attendit que ses hôtes aient pris leur première gorgée de thé brûlant et sucré pour boire le sien.

« Un instant, s'il vous plaît », dit alors Rachid.

Sur quoi il se leva et sortit.

« Je te conseille de finir, dit Luc à Aegina. Ça ne se fait pas de laisser », ajouta-t-il.

Le thé servi un peu partout plaisait à Luc, mais pas à Aegina, bien trop sucré à son goût, imbuvable.

« Ah oui, pour qu'il me resserve », répondit-elle.

Rachid revint avec deux tuniques, une noire et une blanche, suspendues sur des cintres qu'il étendit côte à côte sur les coussins avant de reprendre sa place.

« Je vous en prie. Regardez. »

Aegina ramassa la tunique noire. Le col, le bas et les poignets, tout était minutieusement ourlé plutôt que surjeté ou cousu avec un ruban appliqué. Elle examina la broderie autour de l'encolure, les petits boutons le long de l'ouverture de poitrine. Elle brandit la tunique devant elle. La maille était fine, légère, soyeuse sans être transparente et présentait des reflets moirés. Sur le coton assorti, la broderie noire ressortait comme de la dentelle sur une modeste étoffe.

« C'est magnifique », souffla Aegina. Puis elle tourna ses grands yeux marron vers Luc. « Vraiment magnifique. C'est ça que je veux.

— Et la blanche ? » demanda Rachid.

Aegina passa la tunique noire à Luc et ramassa la blanche sur le coussin. La pièce était aussi délicate et légère que la première. La broderie ne ressortait pas autant, mais se révélait plus complexe, conférant au coton de faux airs de brocart.

« C'est splendide, dit Aegina, avant de s'adresser à Rachid. C'est un très beau travail. Très beau, vraiment. »

L'homme acquiesça.

« C'était ce que vous cherchiez ?

— Oh oui. En mieux, même.

— Bien. » Rachid sourit, hocha de nouveau la tête. « Qu'est-ce que vous comptez faire de ces tuniques ? Vous n'allez pas toutes les porter ?

— Non, je voudrais les vendre, répondit Aegina.

— C'est bien ce que je pensais. »

Rachid leva son verre et aspira son thé bruyamment pour le refroidir. Puis il le reposa avant de se lécher les lèvres.

« Vous les vendez où ?

— En Espagne. Et peut-être à Londres, répondit Aegina. Je connais plusieurs petits marchands de vêtements pour homme et femme. Je vais leur proposer de me les racheter et de les vendre pour moi. En espérant qu'ils acceptent.

— Et vous voudriez en acheter cent maintenant ? demanda Rachid.

— Tout dépend du prix. Mais ces tuniques – vos tuniques – sont très belles. Les plus belles que j'ai vues. Oui, j'aimerais vous en acheter cent si nous pouvons tomber d'accord sur le prix.

— Et si vous vendez toutes les tuniques, les cent tuniques, poursuivit Rachid, que ferez-vous ?

— Si j'arrive à les vendre à bon prix – un prix suffisant pour que cela vaille le coup de faire le voyage jusqu'ici –, alors j'aimerais revenir vous en acheter davantage. Peut-être beaucoup plus. »

Rachid acquiesça sérieusement. Il leva son verre et prit une nouvelle gorgée bruyante, se léchant les lèvres. Son regard se posa sur la photo de l'autre côté de la pièce. Puis sur Aegina.

« Pour cent tuniques, je vous fais un prix de (il leva une main et déploya ses doigts un à un) quatre dirhams par tunique. Pour cent tuniques, quatre cents dirhams. »

Il attendit leur réaction.

Aegina lança un rapide coup d'œil à Luc, le visage vide d'expression, même si Luc avait l'impression de voir ses yeux lui envoyer des signaux. Puis elle baissa la tête vers les tuniques, regarda Rachid.

« Quatre dirhams par tunique ? répéta-t-elle.

— Oui, répondit Rachid. Un très bon prix, je pense que vous le savez. Un très bon prix pour cette fois, pour vous aider à démarrer et à vendre mes tuniques à Londres. Vous pourrez en tirer beaucoup plus, je pense.

— Je pense aussi, oui, répondit Aegina avec respect.

— Si vous revenez à Marrakech pour m'en acheter d'autres – il hocha légèrement la tête de gauche à droite –, je vous demanderai un peu plus. Peut-être cinq ou six dirhams par tunique. Cela dépendra. Mais, pour cette fois, pour la première fois, vous pouvez repartir avec vos cent tuniques à ce prix-là et voir si vous arrivez à monter quelque chose. »

À nouveau, Rachid leva son verre et aspira son thé bruyamment.

Ils repartirent dans les rues laides du *polígono* marocain, marchant d'un pas rapide, comme des voleurs.

« J'y crois pas ! s'exclama Aegina, qui ne cessait de presser Luc en le tirant par le bras. Ça doit faire dix shillings la pièce ! Et elles sont bien plus belles que celles de Londres. Je vais les vendre à cette boutique, c'est sûr. Me faire de l'argent, revenir ici et en racheter un tas d'autres ! C'est génial ! Je me demande pourquoi Rachid a été aussi gentil. On n'a même pas marchandé.

— Peut-être qu'on aurait dû.

— Moi, je pense qu'il nous a fait directement un bon prix. Tu te souviens de celles du souk ? Là, c'est vraiment de la vente en gros. Il ne peut pas se faire une marge si énorme que ça à ce prix-là.

— En tout cas, je peux te dire qu'il ne te les a pas vendues à perte, même s'il a l'air sincèrement intéressé par ce que tu fais. C'est un placement pour lui.

— Oui, il semble intéressé. Mais pourquoi ?

— Parce que ça peut lui ouvrir un nouveau marché. Qui sait jusqu'où ça pourrait aller ? Ce type, quand il te regarde, il comprend tout d'un coup. C'est un bon. Et il croit en toi. »

Aegina se mit à bondir en criant de joie. Elle virevolta et, tournée vers Luc, passa ses bras autour de son cou en se rapprochant de lui. Elle leva son visage vers le sien et l'embrassa. Puis elle s'écarta d'un coup et continua à le tirer par le bras.

« Allez, viens, on va se taper la cloche. »

« Tiens, les gens de la petite 4L. »

La voix monotone de Rolf s'échappa de la fenêtre d'une grosse Peugeot métallisée rutilante dont la vitre se baissait. La voiture s'arrêta en plein milieu du croisement qu'ils s'apprêtaient à traverser.

« Salut ! » leur lança Minka depuis le siège du passager avant de sauter de la voiture, ignorant royalement les minivans, bicyclettes et piétons au carrefour.

« Venez donc déjeuner avec nous ! leur cria-t-elle. On va manger au bord de la mer ! Dans un très bel endroit ! Il faut que vous veniez ! »

Luc et Aegina se regardèrent à travers leurs lunettes de soleil. Un grand sourire se dessina sur les lèvres d'Aegina.

« Dans un très bel endroit ? Bien sûr ! »

Bras dessus, bras dessous, Minka repartit avec eux vers la Peugeot.

8

Rolf roulait pied au plancher à travers la plaine blonde et trouble. Assis sur le siège du passager, Luc s'efforçait d'ignorer les longues jambes de Minka pliées à l'arrière, contre son siège, quand celle-ci se balançait en riant avec Aegina.

« Je croyais que Marrakech était loin de la mer, dit-il.

— *Ja*, avec une petite Renault ! répondit Rolf. Nous, on y sera dans une heure. »

L'aiguille du cadran oscilla, montant à cent quatre-vingts kilomètres-heure.

« Mais nous serons quand même de retour pour dîner, c'est bien ça ? » s'assura Luc.

Plus les kilomètres défilaient, plus Luc se sentait pris au piège.

« Oui, mais il faut au moins que vous voyiez la plage d'Essaouira, intervint Minka. Elle est dingue. Vous n'allez pas le croire. Du sable à perte de vue.

— Rien à voir avec les petites plages de Majorque, ajouta Rolf. Je n'arrive pas à comprendre comment vous pouvez aimer cet endroit, les amis. C'est complètement pourri, non ?

— Ça dépend où tu vas.

— J'ai rencontré un type un jour sur un yacht, un vrai navigateur qui avait traversé l'Atlantique. Il m'a dit que les Açores étaient sympas, poursuivit Rolf. Personne ne va là-bas à part les Portugais. Ce n'est pas aussi facile d'accès que Majorque. Il faut prendre l'avion, traverser la moitié de l'Atlantique. Bien trop loin pour les tour-opérateurs. La Méditerranée, c'est fini, je vous le dis, moi.

— La côte yougoslave est encore sauvage, remarqua Minka.

— Oh, la Yougoslavie, la Yougoslavie. C'est la nouvelle destination à la mode maintenant. Ou alors la Turquie, la "nouvelle Grèce". Sauf qu'au moment où le tuyau vous parvient, il est déjà crevé. Tous ces pays, c'est fini, les gars. »

Aegina était installée la tête contre le rebord de la fenêtre grande ouverte, en plein vent. Elle se tourna et cria à la tête du Teuton blond qui dépassait devant elle :

« La moitié des touristes à Majorque sont allemands.

— *Ja*, je sais. Mais qu'ils aillent se faire foutre, les touristes. Et les Allemands aussi, répondit Rolf. Ils sont partout, ceux-là, maintenant. J'espère seulement qu'ils n'arriveront pas jusqu'aux Açores. Je parie qu'ils vont déjà en Yougoslavie. Mais je vous le dis, vous aussi, ça finira par vous barber, Majorque. Il y a de bien meilleurs endroits.

— Ma mère était *mallorquina*, rétorqua Aegina. Et ma famille était installée sur cette île avant que les Romains ne mettent les pieds là-bas. Sans parler des Allemands.

— *Ja*, mais tu es anglaise, toi. Ça s'entend. J'ai l'oreille pour les accents. Tu n'as rien d'une *Spanisch* ni d'une *Mallorkische*. D'ailleurs, tant mieux pour toi, au moins tu n'es pas une paysanne. »

Sans crier gare, Aegina déversa un torrent d'injures en majorquin, dont Luc en comprit certaines. Aegina s'était soudain transformée en une authentique femme méditerranéenne, le menton dressé, projetant la tête en avant tandis qu'elle incendiait Rolf.

« Oui, il y a aussi des cons sur l'île de Sylt », dit Minka, sans plaisanter cette fois.

Il était treize heures trente, presque le milieu de l'après-midi, quand ils arrivèrent sur la côte. Rolf prit un virage à gauche et dépassa les extraordinaires remparts de l'ancienne médina d'Essaouira. Sur leur droite, la plage et l'océan s'étiraient sur des kilomètres vers le sud, vaste étendue de chaleur tremblante, indéfinie, comme une piste d'atterrissage disparaissant dans un horizon vague. De petits immeubles cubiques, hôtels et appartements, se dressaient de l'autre côté de la route. Rolf roula encore cinq minutes le long de la rive, puis ralentit à la hauteur de broussailles poussiéreuses avant de tourner pour s'engouffrer sur l'allée sablonneuse d'un bâtiment trapu en béton entouré de sable. Sous une tonnelle en chaume, une terrasse s'ouvrait sur la plage et la mer. Grossièrement peinte en bleu sur le grand mur enduit à la chaux se lisait l'inscription BONGO BAR.

« Le Bongo Bar, annonça Rolf avec grande satisfaction. Les meilleurs fruits de mer du Maroc, ma parole. Tout droit sortis de l'Atlantique. »

Il se gara sur le parking mal délimité qui abritait déjà une poignée d'autres voitures plus petites. Tous sortirent, les yeux plissés face à la mer et au sable aveuglants.

Rolf s'arrêta devant l'entrée du bar, bloquant le passage. Puis il se tourna vers les flots.

« Seul un homme de Sylt ou un Phénicien peut savoir pourquoi Essaouira se trouve nichée ici depuis la nuit des temps, déclama-t-il. Cette ville se trouvait déjà là avant l'Empire romain. Pourquoi, d'après vous ?

— Je donne ma langue au chat, répondit Luc, qui avait soif.

— Parce qu'elle se protégeait. »

Il balaya d'un geste le grand isthme au nord de la ville, au bout duquel se déployait une longue digue en pierre, loin dans l'Atlantique.

« Ici, les vents viennent en général du nord, poursuivit-il, ce qui provoque de grosses vagues là-bas. – Il se tourna vers eux et leva un doigt. – Sauf quand ils viennent du sud. »

Tel un enchanteur, Rolf déplaça son doigt d'un air dramatique pour quc son auditoire le suive attentivement, désignant une petite île marron à deux kilomètres des côtes environ.

« Il existe une île que l'on nomme l'île de Mogador, qui arrête les vents du sud. Bienvenue dans le plus beau port et la plus vieille ville de la côte atlantique africaine.

— Formidable, répondit Luc. Allons boire quelque chose. »

Tirant Aegina par le bras, il planta Rolf pour entrer à l'intérieur du Bongo Bar.

Mais, une fois à table, Rolf poursuivit son laïus.

« Les Phéniciens, entendez-vous, les Phéniciens sont passés ici. Les plus grands commerçants du monde. Il y a trois mille ans, ces hommes sont arrivés dans leurs bateaux, par la Méditerranée, et ont profité des vents du nord pour naviguer vers le sud jusqu'à

Essaouira. Pour s'arrêter à cet endroit précis. Puis ils ont continué vers le sud, incapables de rebrousser chemin sous ces vents. Ces hommes ont navigué, navigué, jusqu'à se retourner un jour pour ne plus voir le soleil se lever à l'est et monter vers l'ouest, comme ils l'avaient toujours vu, mais se lever à l'ouest, inversement, pour monter dans l'autre sens. Comment vouliez-vous qu'ils se repèrent ? Alors ils ont continué, gardant toujours la terre en vue pour s'assurer que le monde ne disparaissait pas. Et le soleil s'est remis à monter d'est en ouest. En accostant à Carthage, les Phéniciens pensaient avoir accompli le tour du monde. En fait, ils n'avaient fait que le tour de l'Afrique.

— Le canal de Suez avait déjà été découvert à l'époque ? demanda Luc.

— Merde alors, tu crois quoi ? Comme si les Phéniciens avaient besoin d'un canal à la con. »

Un Marocain apparut à leur table. Rolf se leva et lui donna l'accolade.

« Moustapha ! *Mon vieux !* » s'exclama-t-il, comme soudainement ému par de vieux souvenirs.

L'homme, d'âge moyen, courtaud, habillé en serveur, pantalon noir et chemise blanche, se laissa étreindre et, par complaisance, feignit tièdement d'être une connaissance proche.

« *Merlu, thon, calmars frits, Moustapha a les meilleurs poissons !* » lança Rolf.

Moustapha leva le menton en faisant claquer sa langue contre son palais.

« *Poisson fini,* répondit-il. *Brochettes d'agneau, bifteck ou couscous.*

— Il n'y a plus de poisson ? » demanda Rolf.

Moustapha réitéra son claquement de langue, puis son regard glissa en direction du bar, à l'arrière duquel un autre Marocain passait visiblement un savon à une femme.

« *Brochettes d'agneau, bifteck ou couscous,* répéta-t-il en se retournant vers Rolf.

— Pas grave, dit ce dernier en s'adressant à ses compagnons. C'est le meilleur resto d'Essaouira. »

Puis il accrocha le regard d'un groupe de touristes hollandais salement brûlés par le soleil, jacassant à leur table dans leur drôle de langage, un peu comme de l'anglais, trouvait Luc, mais en accéléré, rendant les mots incompréhensibles hormis quelques-uns qu'il reconnaissait facilement pour les avoir côtoyés depuis toujours, comme des membres de sa famille.

« *Good, ja ?* leur demanda Rolf.

— *Ja, ja,* répondit la tablée. *Goed, goed.* »

Dix-sept heures. Se levant de leur table transformée en champ de bataille graisseux, Rolf lâcha :

« Bon, on passe la nuit ici, d'accord ? Il est trop tard pour prendre la route maintenant.

— Sûrement pas, répondit Aegina. Il faut qu'on rentre à Marrakech.

— Attends, c'est beaucoup trop loin ! Je n'ai pas envie de conduire. J'ai besoin d'une sieste, là.

— Non, Rolf ! intervint Minka. Pas question que je passe la nuit à Essaouira ! J'ai tout laissé dans notre chambre à La Mamounia. Il faut qu'on rentre.

— Rolf, renchérit Luc. Tu avais annoncé un déjeuner, c'était super, très bel endroit. Mais nous sommes ici pour bosser. Il faut qu'on rentre. Je veux bien prendre le volant.

— C'est moi qui conduis, mon gars. »

Le petit groupe sortit du restaurant pour se diriger vers l'imposante Peugeot. Rolf roula vers le nord, vers la ville. Mais il ralentit tout à coup pour tourner dans la cour de l'hôtel Mogador, un bâtiment sans âme enlaidi par des motifs en ellipse répétés au-dessus de chaque porte du rez-de-chaussée.

« Il faut que je chie un coup », déclara Rolf.

La voiture s'arrêta brusquement, mal garée devant l'hôtel. Rolf descendit. Trois jeunes grooms d'âge indéterminé, sourire aux lèvres et yeux plissés, émergèrent de l'ombre fraîche du hall d'entrée.

« *Caca* », annonça Rolf en les congédiant d'un geste de la main, avant de s'engouffrer dans l'hôtel.

Vingt minutes plus tard, Minka revint à la voiture.

« Je suis désolée. Il est enfermé dans une chambre. Il refuse de sortir. Il dit qu'il ne se sent pas bien. Vraiment, je suis navrée ! Moi non plus, je n'ai pas envie d'être ici. »

À l'intérieur, où régnait une ambiance Ali Baba pour Blancs, des dagues et autres fausses armes berbères exposées sur les murs, Luc demanda au concierge quand partait le prochain bus pour Marrakech.

« *Six heures du matin.*

— *C'est tout ? Il n'y en a plus ce soir ?*

— *Ah, non*, répondit l'autre avec une gestuelle, un sourire, un ton bien rodés, mélange de solidarité et de résignation. Il n'y a que deux bus par jour pour Marrakech. L'un à six heures, l'autre à quinze heures. »

Aegina se leva, puis se dirigea d'un pas lourd vers la salle de bains. Luc ne se réveilla complètement que lorsqu'il s'aperçut qu'elle vomissait. Des hurlements brefs, comme un hoquet puissant, furent bientôt suivis de longs cris convulsifs qui s'échappaient d'elle comme sous la torture. Tous deux se sentaient barbouillés depuis qu'ils s'étaient mis au lit et n'avaient pas pu aller plus loin que quelques câlins réconfortants.

La rejoignant dans la salle de bains, Luc s'agenouilla près d'elle et posa doucement ses mains sur son épaule et sa hanche. Il dégagea ses longs cheveux lâchés qui pendaient autour de la cuvette, tandis que des spasmes continuaient de la secouer, lui faisant courber l'échine comme un chat.

C'est alors qu'il se leva brusquement et, penché sur le lavabo, se mit à son tour à vomir les restes visqueux du couscous-agneau du Bongo Bar. Aegina, se rappelait-il à présent, n'avait pris qu'une salade.

Son affaire terminée, Luc ouvrit le robinet. Recroquevillée par terre, Aegina luisait de sueur, son T-shirt trempé, le visage pâle, les yeux fermés.

« Laisse-moi te remettre au lit, lui dit Luc en tâchant de la relever.

— Non », souffla-t-elle, quand elle se leva tout à coup pour baisser son pantalon et s'asseoir sur les toilettes, penchée en avant, lâchant un torrent de liquide.

« Mon cœur… », dit Luc.

Il s'agenouilla près d'elle. Aegina ne bougeait pas, la tête entre les bras, repliée sur elle-même. Luc passa un bras autour de son dos.

« Toi aussi ? demanda-t-elle d'une voix rauque.

— Oui. Mais j'avais pris de l'agneau.

— Et de la salade. C'est la salade.

— Tu vas pouvoir te lever ?

— Non. »

Luc souffrait de coliques. Plié en deux, il se rua vers la baignoire, lâchant une explosion de diarrhée. Une fois capable de bouger, il tendit le bras jusqu'au robinet et fit couler l'eau froide. Il s'aspergea les fesses d'eau fraîche avant de laver la baignoire.

« Tu veux retourner au lit ? demanda-t-il à Aegina, toujours la tête dans les bras.

— Non », dit-elle.

Elle ramassa le rouleau de papier, tira la chasse et retourna s'allonger par terre.

Luc étendit une serviette auprès d'elle.

« Tiens, couche-toi là-dessus. »

Il tenta de la faire glisser sur la serviette, mais impossible. Alors il alla passer un gant sous l'eau froide, l'essora et, assis près d'Aegina, épongea son corps moite de sueur avant de la draper dans une plus grande serviette.

« Aegina, souffla Luc.

— Mmm…

— Je t'aime tellement.

— Oui, c'est sûr, répondit-elle d'une petite voix, en dessous de lui. Surtout comme ça.

— Comme ça plus que n'importe comment. »

La main d'Aegina se déplaça sur le carrelage froid pour se refermer sur le pied de Luc. Ses doigts étaient glacés. Luc posa sa main sur la sienne.

9

Luc ouvrit les yeux. Le soleil était levé derrière les volets. À un moment dans la nuit, tous deux étaient parvenus à regagner leur lit et à y rester. Il se tourna vers Aegina. Ses cheveux bruns en pagaille sur le visage, son teint mat devenu cireux. Comme plongée dans le coma. Il se rallongea, puis écouta sa respiration, lente et profonde.

Impossible de se rendormir. Il se leva, se rendit dans la salle de bains et ferma la porte. Il se rinça sous la douche. Aegina dormait toujours quand il sortit. Il passa son jeans, son T-shirt, ses baskets, puis se dirigea vers le couloir, lui lançant un dernier regard avant de sortir de la chambre.

Elle se promenait au bord de l'eau sur le sable mouillé, sa djellaba soulevée par le vent. Elle lui lança un signe de la main. Tous deux marchèrent l'un vers l'autre.

Minka le serra dans ses bras comme un vieil ami.

« Où est Aegina ? Elle a été malade aussi ?

— Oui. Moi avec. Et toi ?

— Pas moi, Dieu merci, mais Rolf, *aïeccch*, c'est sorti des deux côtés toute la nuit. Immonde. Je ne pouvais plus respirer. Il a fallu que je sorte. Et toi, ça va maintenant ?

— Un peu mieux, disons.

— Et Aegina ?

— Elle dort.

— Vraiment, je suis désolée ! Rolf est un bel enfoiré de nous avoir forcés à rester là. Mais il a vraiment été sévèrement touché. » Minka se tourna vers la mer immaculée. « C'est beau, non ? La porte de l'Afrique. »

La mer était claire sous le soleil, d'un bleu profond du nord au sud.

« La mer, oui, répondit Luc. Mais la plage est trop grande.

— Oh, moi, j'adore. Étrange en revanche qu'il n'y ait personne à cette heure-ci. Peut-être que tout le monde est malade. » Elle éclata de rire, penchée en avant. « Et si on allait nager ?

— Vas-y. Moi je n'ai pas de serviette, ni rien.

— C'est pas grave !

— Je viens juste de me doucher.

— Oh, allez, ce serait trop bête. Tu vas sécher en un rien de temps. Regarde la mer. Allez ! »

Elle se mit à le tirer vers les flots.

« Non, vas-y, toi. Je t'attends ici.

— Oh ! C'est qu'il n'est pas aventurier ! »

Elle souleva sa djellaba et la retira par l'encolure. Rien en dessous, évidemment. Minka partit à toutes jambes vers la mer. Luc la regarda jouer dans les vagues comme un phoque. Puis elle sortit de l'eau en courant pour foncer sur lui et l'attraper dans ses bras.

« Au secours, j'ai froid ! s'écria-t-elle jusqu'à ce qu'il soit complètement trempé. Tu es obligé de venir te baigner maintenant ! »

Elle tira sur son T-shirt, le lui enleva et fit de même avec son pantalon.

« D'accord, d'accord ! Je viens. »

Mais, loin de se calmer, Minka continua à tirer sur son jeans, lui déclenchant malgré lui un semblant d'érection. Puis elle le força à venir avec elle, courant vers la mer.

Une fois dans l'eau, Minka s'éloigna sous le soleil dans un crawl parfait. Luc la suivit lentement. En étoile à la surface de l'eau, Minka se laissait flotter, bercée par les flots calmes, ondulant comme une longue fronde souple, ses tétons couleur fraise révélés par intermittence, comme les boucles aux reflets cuivrés de son bas-ventre.

Luc sortit le premier. Remontant la plage sur le sable chaud, il alla s'asseoir, les bras autour des genoux.

Minka émergea lentement des vagues, la tête rejetée en arrière pour secouer ses cheveux, éclaboussant les alentours de gouttes claires. Elle lui sourit en approchant.

« Tu es si svelte, lui dit-elle. Rolf est un vrai ours. Je préfère ton corps à toi. » Elle s'allongea de tout son long sur le sable près de lui, puis s'étira, les bras au-dessus de la tête, en prenant de profondes respirations. « Dieu que c'est bon, après cette chambre d'hôtel. »

L'eau perlait sur son corps. Sous le sable jaune collé sur ses doigts de pied et ses mollets, sa peau semblait légèrement rosée. Ses tétons ressortaient, dressés. Au bas de son ventre plat, qui se soulevait au rythme de sa respiration, se hérissait une toison de bouclettes sombres et mouillées, large quoique peu fournie.

Minka ouvrit un œil plissé et le regarda.

« Allez, allonge-toi et prends le soleil. C'est tellement bon. »

Luc s'exécuta, gardant un genou – son genou le plus proche de Minka – replié. Il ferma les yeux.

« Alors, ça fait du bien, non ?

— Oui », répondit Luc, qui sentait à présent l'eau salée lui tirailler la peau.

Déjà chaude malgré ses cheveux humides, Minka releva la tête, se mit dos à lui et, les jambes étendues, la posa lourdement sur son ventre. Elle tourna sa joue contre la peau tiède de Luc, le regardant droit dans les yeux.

Puis elle roula sur le côté pour poser son autre joue contre lui. Une main fraîche saisit le sexe de Luc, qui tirait déjà sur son aine comme un teckel sur sa laisse.

« Non, ne fais pas ça », commença-t-il.

Mais il ne bougea pas.

Minka leva la tête, puis la baissa vers lui, provoquant des vagues de chaleur et de douceur.

« S'il te plaît, arrête », demanda Luc, les yeux rivés sur les petits nuages qui passaient lentement au-dessus d'eux.

Un troupeau s'était formé au-dessus de l'océan et dérivait lentement vers l'Afrique. Quelles créatures insignifiantes faisaient-ils là-dessous, minuscules, fébriles et insouciantes. Luc leva une main pour la repousser, mais ne trouva que sa taille, sa hanche, ses fesses.

« Arrête, répéta-t-il tout bas. Arrête… »

Minka s'interrompit.

« Tu veux que j'arrête ?

— J'aime Aegina, dit-il aux nuages.

— Évidemment, répondit Minka. C'est un ange. Moi aussi, je l'aime bien. »

Alors elle se redressa et, jetant un regard autour d'elle, enfourcha Luc pour s'abattre sur lui.

10

La vache se promenait tranquillement sur la voie de droite quand la Renault débarqua au virage.

« Putain ! » s'écria Luc en s'écartant brusquement.

La vache aperçut la voiture, s'arrêta, manifesta sa détresse d'un mouvement de tête et partit au galop, toujours dans la même direction, mais sur la voie de gauche.

« Merde ! »

Les bras croisés sur le volant, Luc fit une nouvelle embardée pour rejoindre la voie de droite maintenant libre. Mais la vache, voyant la voiture se déporter pour la seconde fois, freina tout à coup en dérapant, puis repartit dans l'autre sens, là où elle avait été à l'abri. Le phare gauche de la Renault et le pare-chocs avant percutèrent de plein fouet la longue corne droite de l'animal. La voiture s'arrêta en tremblant.

« Putain ! » s'écria de nouveau Luc, car ce mot était le seul à pouvoir exprimer ce qu'il ressentit sur le moment, mais aussi parce que le volant s'était bloqué entre ses mains, ce qui ne lui disait rien de bon.

Il se tourna vers Aegina, déjà sortie de la voiture.

« Mon Dieu, mon Dieu ! Pauvre bête ! s'exclamait-elle.

— Ne la touche pas ! lui cria Luc en descendant à son tour pour l'empêcher d'approcher l'animal. Elle pourrait charger.

— Mais non, elle ne va pas charger. La pauvre !

— C'est un mâle – il a des cornes.

— Et ça alors, c'est quoi ? »

Une mamelle se balançait lourdement sous son ventre. Debout au milieu de la route, la bête tressaillait, tête baissée. Sa corne droite s'était cassée net, juste au-dessus du front. Pas une seule goutte de sang. Plus de peur que de mal, apparemment.

Luc regarda l'état de la Renault. Le pare-chocs avant était enfoncé et écrasé sur la roue gauche. Des bris de verre jaune du phare jonchaient le macadam.

Un cri résonna soudain de l'autre côté de la route – une syllabe plus qu'un mot, n'exprimant ni outrage ni réprimande, rien de plus qu'une exclamation de tristesse. Un homme en chapeau de paille, aux airs d'épouvantail, s'approcha d'eux, les yeux rivés sur la bête. D'autres vaches étaient attroupées sur le bas-côté non loin de lui.

« Je vous demande pardon, monsieur…, lui dit Luc. Je n'ai rien pu faire. La vache était en plein milieu de la route. J'ai essayé de l'éviter, mais… »

Le fermier se mit à marmonner d'incompréhensibles paroles, comme des cris de douleur, « Eeeh… Ooooh… », de plus en plus tristes. Mais pas une once de colère envers la voiture ou ses occupants. Seulement de la tristesse. « Ooh-ooh… Eeeh-eh-eh… »

La vache repartit calmement de l'autre côté de la route pour rejoindre son troupeau, qui contemplait d'un œil torve la scène de l'accident.

Le fermier observa la Renault. Il fit un pas en avant, tira sur quelque chose – la corne de la vache, dont une extrémité dépassait du phare explosé. Il la sortit, curieux objet organique, à mi-chemin entre une défense et une ramure miniature, la contemplant d'un air dépité.

« Je suis désolé », retenta Luc.

Mais l'homme, pas plus épais qu'un garçon, sans doute âgé d'une cinquantaine d'années au vu de sa peau tannée, leva les yeux vers lui, les baissa vers la corne, puis tourna les talons d'un pas lent, partant à la poursuite de sa vache.

« Tout va bien ? demanda Luc à Aegina.

— Oui. Mais la pauvre…

— Tu parles, elle a déjà recommencé à brouter. »

La bête, sa corne solitaire et asymétrique plantée sur la tête, avait atteint un petit buisson poussiéreux au bord de la route. Sa mâchoire s'agitait autour de ce qui ressemblait à de petites feuilles. Luc retourna à la voiture.

« Elle va très bien, ta vache. C'est nous qui sommes dans un sacré merdier. »

Il s'approcha de la Renault et tenta d'un geste mal assuré de redresser le pare-chocs, en vain. Puis il pénétra dans la voiture et essaya de tourner le volant.

« Il ne bouge pas, conclut-il.

— Tu penses qu'on devrait mettre la voiture sur le côté ? » demanda Aegina.

Luc essaya la clé de contact. Le moteur démarra immédiatement. Avec les roues avant bloquées, la voiture ne pouvait que tourner sur elle-même, mais Luc parvint malgré tout à l'écarter de la route. Un grincement s'éleva du côté de l'essieu avant. Luc continua de tourner jusqu'à positionner la voiture sur la bretelle en terre battue, avant de couper le moteur.

« Voilà.

— Tu penses qu'on va pouvoir la réparer ?

— Eh bien, même si on pouvait, ça nous coûterait sûrement plus que le prix de la voiture. Et ça prendrait bien trop de temps. Il faut l'abandonner.

— D'accord. »

Aegina ouvrit l'une des portières arrière et récupéra sa grande valise remplie de tuniques ainsi que leurs deux petits sacs de voyage.

« À ton avis, on fait du stop ?

— Peu importe comment, mais je pense qu'on aurait intérêt à déguerpir d'ici au plus vite. Quelqu'un pourrait mal réagir à cause de la vache.

— Ce n'était pas notre faute.

— Il faudrait qu'on arrête le premier bus. S'il roule vers le nord, il ira soit à Tanger, Rabat, Casablanca ou nous arrêtera quelque part pour prendre une correspondance pour Tanger. Et s'il roule vers le sud, ce sera direction Marrakech. On trouvera un train ou un bus pour Tanger là-bas. Ça te va ?

— Ça va nous coûter cher.

— J'ai ce qu'il faut. »

Une fois rentrés d'Essaouira, Luc et Aegina avaient quitté Marrakech dans la foulée avec leur marchandise. Ils avaient dormi chastement, épuisés, dans la voiture, sur le parking d'une station-essence.

Aegina regarda la plaine poussiéreuse à l'horizon, où les vaches et le fermier s'éloignaient déjà.

« Pauvre vache, se désola-t-elle.

— Au diable ta vache, rétorqua Luc. Et au diable ce putain de cow-boy marocain qui l'a laissée errer sur la route. Elle n'a rien eu, je parie qu'une nouvelle corne va lui pousser. C'est nous qui sommes dans la merde, paumés dans le trou du cul du monde avec nos cent tuniques et très probablement une tribu de Bédouins en rogne qui va débarquer de nulle part pour nous faire payer.

— Luc, je suis désolée pour ta voiture, mais au moins on n'est pas blessés, et tu n'y pouvais pas grand-chose. C'était un gros coup de pas de bol, voilà tout. Tu es de mauvais poil depuis qu'on a quitté Essaouira, et là, ça ne risque pas de nous aider.

— On peut arrêter de parler d'eux s'il te plaît ?

— Personne n'a parlé "d'eux", répondit-elle. Pas moi en tout cas. »

Le petit groupe s'était quitté à Marrakech en assez mauvais termes. Aegina avait conclu que Rolf et Minka étaient un faux couple, qui trafiquait on ne savait quoi.

Elle s'assit sur sa grosse valise, sortit ses lunettes de soleil et les nettoya sur son T-shirt en coton avant de les enfiler. Studieusement, elle commença à scruter la route.

Au nord comme au sud, le paysage se fondait en un liquide lointain. Des voitures apparaissaient, tels des essaims d'atomes qui petit à petit s'aggloméraient pour ne former plus qu'une seule et même forme indistincte, qui grossissait et grossissait – comme lors de la première et inoubliable apparition d'Omar Sharif dans *Lawrence d'Arabie*, songea Luc. Mais ces voitures passaient comme des avions en rase-mottes, ne laissant dans leur sillage qu'un écho retentissant et une bourrasque de vent, avant que le silence ne retombe. Elles roulaient, remplies de Marocains aux yeux hagards, regardant comme des Martiens ces deux jeunes assis sur leur grosse valise, oubliés sur le bas-côté de la route.

Oui, Luc était mal luné. Luc avait envie de quitter le Maroc, de rentrer en Espagne où il retrouverait ses repères et où, peut-être, tout serait à nouveau comme avant. Luc avait roulé vers l'Espagne pied au plancher, plus léger à chaque kilomètre qui passait, jusqu'à l'accident.

Un autre agrégat minuscule jaillit du mirage qui s'étirait au loin. De plus en plus clair, de plus en plus gros, il se transforma bientôt en une berline rutilante et noire.

« C'est pas vrai, lâcha Luc, presque tout bas. J'y crois pas. »

Aegina se leva. Elle regarda la voiture, puis regarda Luc.

« Je ne veux pas aller avec eux.

— Moi non plus, crois-moi, mais ils roulent dans la bonne direction. Et je pense vraiment qu'on aurait intérêt à déguerpir d'ici. »

La voiture se rapprocha, ralentit, se rabattit et s'arrêta.

« Merde alors, qu'est-il arrivé à la petite Renault ? » demanda Rolf par la vitre baissée de Minka.

Tous les deux descendirent, regardant tour à tour la voiture, Luc et Aegina.

« Tout va bien ? leur demanda Minka.

— On a heurté une vache, répondit Aegina en pointant le petit troupeau désordonné, maintenant bien loin. L'une de celles-là. »

Rolf et Minka regardèrent tour à tour le troupeau et la voiture accidentée.

« *Ja*, vous êtes foutus, les gars. Terminus pour la petite Renault. » Il se tourna vers eux. « Eh bien, on va vous prendre avec nous. Vous allez toujours à Algésiras, *ja* ?

— Merci, mais vous n'aurez pas la place », répondit Aegina.

Rolf et Minka avaient rendu la Peugeot de location. Leur Jaguar Mark X fraîchement remise à neuf transportait déjà deux valises sur son toit, et l'intérieur semblait encombré de paquets. Elle roulait au ras du sol.

« Mais non, les gars. On va mettre votre grosse valise là-haut avec les nôtres. Et vous, vous montez avec nous. »

Rolf conduisait moins vite qu'avec la Peugeot sur la route d'Essaouira, se faufilant avec la plus grande prudence à travers les petites villes. La Jaguar semblait pâtir du poids de ses nouveaux passagers.

Luc fit semblant de dormir à l'arrière pendant que, à côté de lui, Aegina bavardait avec Minka. Puis il finit par sombrer réellement.

À Tanger, Rolf rentra la Jaguar à l'intérieur du ferry, dirigé par les membres de l'équipage. La petite troupe descendit de voiture et monta les escaliers menant aux différentes parties du ferry ouvertes aux passagers.

« On se retrouve au bar ? » demanda Minka.

Aegina se garda de répondre. Elle poussa la porte qui menait sur le pont.

Luc se pressa derrière elle. Aegina marchait en tête, d'un pas rapide, concentrée sur sa destination, comme incapable de rester à l'intérieur une minute de plus, comme s'il n'était pas là. Au bord du pont, elle s'arrêta, les mains posées sur la rambarde, semblant humer l'air marin, et contempla la ville derrière le port.

« Tout va bien ? » lui demanda Luc en se penchant à côté d'elle.

Aegina respirait profondément. Elle ne répondit pas.

Quelques instants plus tard, Luc lui demanda :

« Quel est le problème ? »

Elle se tourna, pointant sur lui ses insondables lunettes noires.

« Et donc, tu l'as baisée quand exactement ? Pendant que j'étais assommée dans notre chambre ?

— Quoi ?

— Quand est-ce que tu l'as baisée ?

— De quoi tu parles ?

— Ça crève les yeux.

— Qu'est-ce qui crève les yeux ? »

Même Luc le voyait à présent.

« Elle ne t'a pas regardé une seule fois de tout le trajet. Vous vous ignoriez mutuellement. Ça crève les yeux ! Je sais ce que je dis ! »

Luc ouvrit la bouche plusieurs fois comme un poisson hors de l'eau. Aegina se retourna et s'éloigna de lui. Luc la suivit en l'appelant.

« Laisse-moi tranquille ! » hurla-t-elle en lui faisant face.

Sur le pont, tout le monde les regardait. Aegina s'enfuit en courant. L'espace d'un instant, Luc reprit ses esprits, puis partit après elle d'un pas lent. Mais impossible de la retrouver.

Rolf et Minka arrivèrent les premiers à la voiture. Luc, qui avait cherché en vain Aegina partout sur le bateau, sortit par l'escalier au milieu du flot de passagers retournant à leur véhicule, lorsqu'il aperçut un étrange petit groupe posté près de la Jaguar. Aegina, d'une humeur noire, attendait à quelques mètres de la voiture, encerclée par trois membres de l'équipage qui enjambaient leur grosse valise pleine de tuniques, descendue du toit de la voiture. Luc entendit les trois hommes alors qu'il s'approchait.

« C'est à vous ? demandait l'un.

— C'est bon, intervint Rolf, soudain bizarrement éveillé, concentré sur les trois employés. Elle est avec nous. La voiture est à moi.

— Il y a un problème ? leur demanda Luc dans un parfait espagnol.

— *El problema es que los pasajeros…* »

Mais Aegina lui coupa la parole pour dire à Luc, en anglais :

« J'étais descendue chercher ma valise. Je préfère débarquer toute seule à pied », une phrase qu'elle répéta en espagnol aux trois hommes.

L'un d'eux, le regard implacable, lança à Luc :

« Tous les passagers qui ont embarqué en voiture doivent débarquer en voiture avec tous leurs bagages à l'intérieur du véhicule. Elle n'a pas le droit de sortir du ferry à pied.

— *Bueno,* lui répondit Rolf avant de se tourner vers Aegina. Allez, tout le monde à l'intérieur, maintenant. Ça va bien de faire les cons avec ces gars. » Il déverrouilla les portières, attrapa la valise et la jeta sur le toit. « On monte », ordonna-t-il sans perdre son sang-froid.

Puis il tendit les sandows sur la valise pour la fixer au sommet des deux autres.

« Aegina… », commença Luc.

Sans desserrer les dents, Aegina se glissa à l'arrière.

« *¿Todo bien?* demanda l'un des hommes.

— *Todo* parfaitement *bien*, répondit Rolf. Ça va, ça va. »

Les trois employés s'éloignèrent.

Une fois tout le monde installé, Rolf démarra.

« Je descends dès que nous sommes dehors », dit Aegina.

Rolf, tel un homme neuf, électrisé, se retourna pour la regarder.

« Tu ne descends pas de la voiture tant que nous ne serons pas à Algésiras, lui dit-il. Et ne t'inquiète pas, tu pourras compter sur moi pour te foutre dehors à ce moment-là, toi et ta putain de valise…

— Hé, intervint Luc.

— Va te faire foutre, toi », lui lança-t-il avec un doigt d'honneur. Puis un autre, dirigé contre Aegina. « Vous vous tenez tranquilles maintenant. Vous fermez vos gueules, et vous vous tenez tranquilles. »

Pour la première fois depuis des heures, Luc lança un coup d'œil à Minka. Celle-ci regardait droit devant elle ; son visage était gris.

Rolf se retourna et, les yeux rivés devant lui, passa la première. La Jaguar suivit la file de voitures débarquant du bateau, roulant sagement vers la frontière et les douanes.

Vingt minutes plus tard, tous les quatre se retrouvaient plantés devant la voiture tandis que les agents de l'*aduana* démontaient les panneaux des portières pour en extraire les premiers paquets de kif sous plastique.

« Oh, *scheisse*, les gars, disait Rolf aux agents. J'ai emmené ma voiture chez le garagiste à Marrakech. Merde alors, j'y crois pas. Regardez le coup que m'a fait le *mecánico*. Je n'étais pas du tout au courant. »

Soudain, Minka se plia en deux et se mit à vomir sur le tarmac poussiéreux. Elle s'effondra par terre, à quatre pattes, secouée de spasmes. De longs filets visqueux pendaient de sa bouche ; tentant de les essuyer, elle ne fit que s'étaler du vomi sur les joues. Elle éclata en sanglots.

Luc lança un coup d'œil à Aegina, mais celle-ci refusait de croiser son regard. Alors il se tourna vers

Rolf, lui-même tourné vers Minka d'un air rageur et dégoûté.

Comme par peur d'être éclaboussés, les agents reculèrent d'un pas et l'observèrent à leur tour.

Luc s'approcha de Minka et s'agenouilla près d'elle. Déchirant un morceau de sa chemise fine à damier bleu et blanc, il l'aida à s'essuyer la bouche, incapable de s'empêcher de poser une main sur son épaule.

11

Pas un instant Gerald n'aurait pensé devoir s'absenter. Il posa le télégramme et réfléchit à ce qu'il devait emmener.

Il sortit son vieux sac de matelot bleu, rangeant au fond des vêtements et sous-vêtements de rechange. Puis son blazer, une belle chemise et une cravate.

Quoi d'autre ? Il glissa l'acte et la description de sa propriété, jusqu'ici connue sous le nom de Ca'n Cabrer, dans son sac à dos en toile usée. Puis son passeport marqué du tampon de résident espagnol. Le certificat de naissance d'Aegina. Quelques photos.

Son instinct le poussa à aller chercher deux bouteilles d'huile d'olive dans le cellier.

Gerald attrapa son sac de matelot et enfila son sac à dos pour se diriger vers sa voiture, une minuscule Simca Aronde commerciale de 1955.

S'engouffrant dans la ville, il s'arrêta devant la Banco Santander. À l'intérieur, au grand étonnement de Barbara, la guichetière, il retira vingt mille pesetas en espèces, soit presque tout ce qu'il détenait sur son compte. Barbara leva vers lui un regard alarmé. Des cheveux gris cendré en broussaille, ses yeux bleus inquiets dansant sur son visage bronzé, regardant nerveusement l'heure. Gerald avait l'air d'un fugitif.

« *¿Qué pasa, Señor Rutledge?*

— *Todo está bien*, dit-il avec un sourire crispé, fourrant les liasses de billets dans son sac à dos. *Bien, bien.*

— *¿Seguro?*

— *Seguro. Gracias, Barbara.* »

Puis il traversa l'île pour se rendre à Palma. À dix-huit heures quarante-cinq, un *marinero* fit signe à la Simca d'embarquer sur le ferry pour Alicante. Le bateau quitta le quai à vingt heures. L'arrivée au port d'Alicante était prévue à six heures le lendemain matin. Quelques kilomètres encore, et Gerald atteindrait Algésiras.

Il regarda la cathédrale de Palma rapetisser à l'horizon, tel un gros gâteau éclairé de l'intérieur, plantée au sommet de la vieille ville, semblant de plus en plus jaune, de plus en plus ancienne à mesure que le ferry contournait la digue dans un nuage de vapeur, tanguant à un rythme régulier pour s'éloigner dans l'aube de la mer rosée.

En mer, à nouveau. Lui qui n'y avait pas mis les pieds ou presque depuis vingt-deux ans. En mer. Gerald s'autorisa à regarder l'écume bouillonnante dans le sillage de la coque d'acier et se laissa partir avec, l'espace de quelques instants, empruntant la route qu'il aurait naguère dû suivre : vers le sud-est, autour de la botte de l'Italie, pour traverser la mer ionienne, passer les caps venteux de Cythère et Malée avant de pénétrer en mer Égée…

Secoué par un sursaut, Gerald leva les yeux de l'eau et scruta autour de lui les gens penchés au bastingage. Il ne faisait aucun doute que Lulu serait prévenue. Peut-être même se trouvait-elle sur ce ferry.

Gerald dormit d'un sommeil agité, conscient d'être en mer à chaque seconde qui passait, assailli par des rêves en cascade qui tour à tour déferlaient comme les vagues dans le sillage du bateau. Il quitta momentanément sa cabine pour sortir sur le pont et observer, l'oreille dressée, l'eau se fracassant contre la coque. Plusieurs loupiotes de bateaux de pêche brillaient à l'horizon.

Il quitta de nouveau sa cabine alors que des lambeaux d'azur et de bleus plus profonds estompaient les étoiles à bâbord dans le ciel, devant les pointillés de lumière que dessinait la côte espagnole dans l'horizon noir. Gerald était curieux de revoir ce rivage depuis la mer, une nouvelle fois. À deux reprises, Gerald avait navigué sur ces eaux : après un arrêt à Gibraltar pour faire le plein, à bord du HMS *Furious*, en route pour Malte au printemps 1942, sous un levêche qui faisait atrocement tanguer le bateau ; puis en 1947, une fois la guerre terminée, naviguant bien moins vite sur la *Néréide*, son petit voilier. À cette époque, les repères les plus fiables, tous identifiés et notés sur sa carte à mesure que le navigateur les dépassait, n'étaient autres que les *torres vigía,* ces tours de vigie en pierre semées le long de la côte, pas plus hautes que six mètres, bâties pour bon nombre par les Maures durant l'occupation de l'Espagne, puis après la Reconquista, aux XVIe et XVIIe siècles, pour repousser ces mêmes envahisseurs. Alors que le ciel pâlissait, Gerald reconnut la sombre silhouette du Monte Benacantil dominant Alicante et, plus près, le Castillo Santa Bárbara, rose sur la montagne. Mais, en contrebas, Alicante ressemblait à une ville désormais. Des rangées d'immeubles s'entassaient sur le rivage étroit au pied de la montagne tel un site de reforestation. Sur le quai près du port, la *torre*, qu'il repéra avec peine, était maintenant perdue au milieu d'une masse de conteneurs.

Presque onze heures lui furent nécessaires pour couvrir les quelque sept cents kilomètres qui le séparaient d'Algésiras par la nationale A-7, le long de la côte. Gerald s'arrêta à Motril pour acheter de l'eau, du fromage et du pain qu'il but et mangea au volant. La mer était calme, le vent comme dans ses vieux souvenirs – trop faible, frustrant, car incapable de gonfler les voiles –, mais à terre, tout avait changé. La côte à l'ouest de Málaga, jusqu'au-delà de Marbella, vaste étendue poussiéreuse autrefois jalonnée de collines aux flancs fauves, n'était plus qu'une succession de villas trapues, agglutinées les unes contre les autres au pied de terrains de golf.

Derrière son pare-brise maculé de mouchetures, Gerald ne cessait d'imaginer Aegina, enfermée dans une cellule de la Guardia Civil.

Depuis le départ, cette idée d'excursion au Maroc pour acheter des tuniques lui avait semblé curieuse, sinon douteuse (il s'était aussitôt figuré des brigands et des violeurs à dos de chameau), mais Gerald en voyait l'attrait, l'appel de l'aventure, en plus de quoi ses craintes avaient été atténuées par le fait de savoir que Luc se trouverait avec elle. L'argent qu'Aegina espérait rapporter ne couvrirait en aucun cas ses frais scolaires pour les prochaines années, et Gerald avait en outre pris ses dispositions pour y remédier (il venait de vendre une petite parcelle de terre proche de la route à un couple d'Espagnols du continent), mais il admirait cette entreprise, cette initiative ; Aegina voulait gagner elle-même son argent, et était parvenue à le persuader.

La nuit était tombée lorsqu'il atteignit Algésiras, une ville aussi grande que Palma, semblait-il, mais laide, profondément industrialisée. Gerald n'avait pas la moindre idée du lieu de détention d'Aegina. Il continua à rouler, se perdant aussitôt dans la ville, incapable de trouver le moindre endroit où s'arrêter. Depuis de nombreuses rues s'apercevait la merveille de la nature qu'était l'imposant rocher de Gibraltar, situé juste au sud de la baie d'Algésiras, comme le savait Gerald. Suivant sa direction, tel un jeune cygne trouvant son chemin sur l'eau, Gerald débarqua bientôt sur le port de commerce, dans une rue remplie de pensions décrépites qui correspondaient bien à l'image que celui-ci se faisait de l'endroit où il comptait loger. Des prix raisonnables, et personne ne risquerait de s'en prendre à sa Simca garée dans la rue.

Fatigué du voyage, Gerald dormit mieux cette nuit-là, mais se réveilla tôt, agité à l'idée de partir à la recherche d'Aegina et de l'aider par tous les moyens qu'il trouverait.

12

Assise sur sa couchette dans un coin de sa cellule, Aegina lisait, privée de toute intimité face au grillage qui la séparait du couloir, mais appréciant de sentir l'angle du mur dans son dos. Son deuxième James Bond, *Bons baisers de Russie*.

Personne ne lui avait rien dit. Elle avait tenté de se renseigner auprès des gardes, cherchant à savoir de quoi elle se trouvait accusée, et ce qu'elle encourait (et pour quand), mais ne se voyait retourner que des haussements d'épaules.

Deux fois par jour, les gardes la sortaient pendant une demi-heure dans une cour fermée par des murs en béton. D'autres femmes se trouvaient là, plus âgées, l'air hagard, fumant cigarette sur cigarette.

« T'es ici pour quoi ? » lui demandèrent-elles.

Aegina leur répondit qu'elle ne savait pas. Qu'elle était descendue du ferry et…

« *Aie*, répondirent-elles en secouant la tête. *Las drogas*.

— Non, protesta Aegina. Je ne transportais que des vêtements.

— Des vêtements ! » pouffèrent les femmes avant de partir d'un grand éclat de rire.

Le regard que Rolf et Minka avaient lancé aux agents de la douane au début de la fouille ne lui avait pas échappé. Les *guardias* les avaient alors tous emmenés dans un bureau avant de les séparer.

L'une des femmes lui offrit une cigarette. Aegina la remercia, mais elle ne fumait pas, lui dit-elle. À son tour, elle demanda aux femmes la raison de leur présence ici.

« *Aie*, cette fille-là ! » s'exclamèrent-elles avant de rire à nouveau.

Aegina était seule dans sa cellule, même si celle-ci était équipée de deux couchettes et pourvue de toilettes sans lunette cachées derrière un paravent. Depuis les cellules voisines, les voix des femmes lui parvenaient, bavardant et riant ; parfois, de longues discussions s'engageaient tout bas, mais Aegina ne parvenait pas à distinguer les mots.

Le deuxième matin, elle demanda de la lecture, en anglais ou en espagnol, à un jeune *guardia* dégingandé qui passait la serpillière. Le garçon revint avec deux *novelas* espagnoles dont les couvertures montraient, pour l'une, une femme au T-shirt déchiré fuyant à toutes jambes un homme à cheval et pour l'autre une locomotive à vapeur. Il y avait également trois livres en anglais : *You Are All Sanpaku*, un livre supposé vanter les mérites d'un régime macrobiotique au riz complet, et deux James Bond en poche. Aegina avait déjà entendu ses camarades d'école parler de James Bond. Mais les aventures de l'espion se révélèrent bien différentes de ce à quoi elle s'attendait. Pas de sexe ou presque. La plupart de l'histoire montrait des scènes de voyages, de tuerie ou des descriptions de montres, de voitures, de trains, des Bahamas, d'Istanbul, grâce auxquelles Aegina s'évada un moment de sa cellule.

Mais sa lecture ne l'empêchait pas de penser à Luc. Elle qui l'avait cru, alors qu'elle était malade comme un chien, sous des vomissements et une diarrhée sans pareil, gisant sur le carrelage, au comble de l'agonie, quand il lui avait soufflé : « Je t'aime tellement… Comme ça plus que n'importe comment. » À ce moment-là, elle aussi l'avait aimé.

Puis elle le revit, agenouillé auprès de Minka qui vomissait à quelques pas de la voiture devant le bureau des douanes, lui essuyant la figure avec sa chemise déchirée. La manière dont il s'était occupé d'elle – l'attention qu'il témoignait à une personne malade – n'avait en réalité rien de particulier. Un chien attiré par une odeur en aurait fait autant.

13

Il fut impossible à Lulu d'en connaître davantage de la Guardia Civil d'Algésiras que ce que Luc lui avait appris au téléphone. Personne ne savait rien, hormis, bien sûr, qu'il s'agissait d'une situation *muy grave, Señora*, comme si l'on parlait d'un meurtre.

Lulu avait cru Luc quand celui-ci avait dit que lui et Aegina n'auraient jamais été inconscients au point de vouloir faire passer de la drogue, mais qu'ils avaient en revanche été assez bêtes pour monter dans une voiture dont les portières étaient bourrées de haschisch. Ce genre d'arrestation tombait au plus mal. Pour redorer le blason de la Guardia Civil et des agents de l'*aduana*, les journaux espagnols ne cessaient de publier des histoires à sensations, comme des coups de filet sur des hippies, apparemment incapables de se déplacer nulle part sans des kilos de marijuana. L'occasion n'était-elle pas trop belle, pour un trafiquant, de se balader avec deux malheureux gamins pour donner l'illusion d'une famille en vacances ? Naïfs crétins.

Lulu savait d'instinct qu'il serait vain de tenter une quelconque négociation avec les autorités d'Algésiras ou de faire appel à des avocats, à Majorque comme sur le continent. La seule solution consistait à s'adresser directement au-dessus, à quelqu'un d'influent, glissant seulement quelques mots ou quelques billets, au bon moment, au bon endroit, pour en finir au plus vite.

Il se trouva que Lulu connaissait l'homme de la situation.

« Allô, Barty. Comment vas-tu ? dit-elle au téléphone.

— Très bien, répondit une voix grave, teintée de cigare et de whisky, une voix qui sembla extrêmement contente de l'entendre. Quel plaisir d'avoir de tes nouvelles ! Et toi, Lulu, comment vas-tu ? »

Barty parlait l'anglais couramment, son accent madrilène à peine perceptible.

« Je t'appelle malheureusement dans de bien tristes circonstances, commença Lulu. J'ai un problème, Barty.

— Navré de l'apprendre, *querida* Lulu. » La voix de Bartolomé Llobet semblait chargée d'une sincère compassion. « Que puis-je faire pour toi ? »

Lulu lui exposa la situation. Luc et une fille, arrêtés à la descente du ferry à Algésiras, accusés de rouler dans une voiture bourrée de drogue…

« Quel genre de drogue, *querida* ?

— Oh, de l'herbe, tu sais. Du haschisch, du kif, ou je ne sais quoi.

— Rien d'autre ? Pas d'héroïne ?

— Juste ciel, non, pas que je sache, du moins. La marchandise ne leur appartenait pas, ils se sont fait avoir par des trafiquants.

— Bien sûr. C'est arrivé quand, Lulu ?

— Hier après-midi. Mais Luc vient seulement de m'appeler.

— Algésiras… », souffla alors Llobet. Béni soit cet homme – Lulu se figurait clairement ce qu'il était en train de griffonner. « Le ferry venait de Tanger ou de Ceuta ?

— De Tanger, Barty.

— *Bueno*. Je vais voir ce que je peux faire, *querida*. Ça ne devrait pas être trop méchant s'il n'y avait pas plus de drogue. Tout cela dépend évidemment d'autres facteurs, de qui étaient ces gens, etc.

— Barty, à t'entendre, on croirait que tu en sais quelque chose.

— *Claro*. J'ai des enfants, moi aussi.

— Mais ils n'ont jamais rencontré ce genre d'ennuis, si ? Je n'en ai pas entendu parler. »

Un soupir amusé résonna dans le combiné, poussé à travers une forêt de poils de nez.

« Justement. *Bueno*, je te rappelle dans l'après-midi.

— Tu es un chic type, Barty.

— *Sí,* répondit l'autre. Ou j'ai dû l'être à une époque, pas vrai ?

— Mais oui, et tu l'es encore. »

Sur quoi Barty raccrocha.

Voilà qui devrait faire l'affaire, pensa Lulu.

« Évidemment que tu dois te rendre sur place, Lulu, lui dit Milly. Ne t'inquiète pas, Tom et moi nous occuperons de tout. »

Tous trois prenaient le petit-déjeuner sur la terrasse du boudoir. Milly, une femme imposante – un mètre quatre-vingts, carrée comme une boîte aux lettres –, était habillée telle une touriste anglaise déguisée en mufti : chemise beige Aertex, jupon en coton, grosses tennis en toile. Il ne faisait aucun doute que Les Rochers seraient gérés d'une main de maître pendant ces quelques jours. L'Inde avait bien été gouvernée par des dirigeants semblables des siècles durant, lesquels continuaient à se porter comme un charme malgré la chute de l'Empire. Grâce à un héritage qu'avait reçu Milly, Tom avait récemment fait l'acquisition d'une machine capable de cracher des milliers de barquettes en plastique destinées à contenir et à protéger des fruits et légumes, lesquelles avaient révolutionné le transport et la vente partout en Angleterre. L'argent commençait à tomber. Et, malgré cela, Tom et Milly trouvaient toujours le temps de descendre à Majorque. Jamais Lulu n'aurait laissé quiconque sinon eux aux commandes des Rochers.

« Nous veillerons à ce qu'il y ait du bois pour le feu et à manger pour les animaux, déclara Tom.

— Béni sois-tu, lui dit Lulu. Je ne vais pas partir tout de suite, cependant. Autant attendre que Barty ait accompli sa mission avant d'aller chercher Luc pour le ramener à la maison. »

14

« Une enquête a été ouverte, déclara le Teniente Coronel Ruiz à l'Anglais, comme si l'affaire dépendait d'Interpol. Je ne suis pas en mesure de vous dire ce qu'il adviendra de votre fille, *Señor*… – il jeta un nouveau coup d'œil à la feuille posée devant lui, ces fichus noms anglais… –, *Señor* Ruteleje. Nous devons prolonger la garde à vue jusqu'à la conclusion de l'enquête, qui conduira soit à un procès, soit à sa libération, avec ou sans amende, cela dépendra des chefs d'accusation.

— Je comprends, Teniente Coronel, répondit le Rutledge. Rien n'a donc été retenu contre elle pour l'instant ? »

Étonnamment, l'*Inglés* avait correctement deviné le rang de Ruiz au vu des galons de ses épaulettes.

« Non. Encore une fois, les conclusions de l'enquête nous le diront. Je peux en revanche vous confier, ajouta l'officier en regardant le Rutledge d'un œil torve, qu'elle et son ami, Franklin l'Américain, sont entrés à Tanger par le même ferry que le propriétaire de la voiture, Zenf l'Allemand, il y a une semaine de cela.

— Non », lâcha le Rutledge, soudain alarmé.

Ruiz haussa les épaules.

« Il ne s'agit peut-être que d'une coïncidence, à moins que cela ne fasse partie d'une combine, d'un plan. »

Ruiz n'avait pas besoin d'en dire plus – et aurait sans doute dû se réjouir d'en finir là ; pourtant, pour Dieu sait quelle raison, il ressentit le besoin de développer.

« Il n'apparaît cependant aucun lien préexistant entre votre fille et Franklin, et Zenf et sa compagne, la femme du Monténégro… – nouveau regard vers sa feuille –, Mlle Kovačević, avec qui l'Allemand voyageait depuis un certain temps. Au vu de cet élément, leur version des faits, selon laquelle ils les transportaient simplement après un accident – nous procédons aux vérifications nécessaires en collaboration avec les autorités marocaines sur ledit accident – ne semble pas déraisonnable. Reste à déterminer la nature de leur association. Je doute que les suspects aient à prouver leur innocence. Nous recevrons probablement des preuves les disculpant, ou les incriminant.

— Je comprends. Je peux voir ma fille ? »

Le Rutledge portait même une cravate. Un homme modeste, réalisa Ruiz en examinant le tissu et la coupe de son blazer, sans doute acheté au marché du samedi pour quelques centaines de *pesetas*.

« Bien sûr. Cabo Primero. »

Ruiz demanda à son caporal d'emmener l'*Inglés* jusqu'à la cellule de sa fille.

« Merci », répondit le Rutledge.

Très poli, déférent, contrairement au Llobet qui s'était montré pressant, pour ne pas dire menaçant, lors de son coup de fil à propos de Franklin l'Américain. Llobet s'était senti obligé d'évoquer le nom et l'influence d'un *senador* de la Junta de Andalucía dans l'hypothèse où Ruiz se trouverait incapable de lui fournir les derniers détails de l'enquête. Le Llobet semblait ignorer que la fille du Rutledge, ainsi que le Zenf et l'autre femme étaient également impliqués dans l'affaire. Le Llobet ne semblait au courant de rien, souhaitant uniquement que les choses s'accélèrent pour le Franklin. Ruiz, comme tout bon officier de son grade, maître dans l'art d'endormir les gens, lui avait assuré tout mettre en œuvre pour faire avancer l'enquête sur ledit Franklin.

Le troisième après-midi, le Rutledge arriva et, après avoir salué Ruiz d'un signe de tête, lança un « *Bona tarda* », s'exprimant soudain en catalan au lieu de lui souhaiter, comme les fois précédentes, « *Buenas tardes* ».

« *Bona tarda, Señor* Ruteleje, répondit Ruiz. Nous avons eu des nouvelles de la police marocaine. Apparemment, un véhicule aurait été retrouvé, une Renault immatriculée en France, sévèrement accidentée. Ces éléments confirment les déclarations de votre fille et de Franklin l'Américain, ainsi que celles de l'Allemand et de la femme monténégrine. Cela pourrait être perçu comme une preuve de l'innocence de votre fille et de son ami.

— Formidable, répondit le Rutledge. Je pourrais la voir ?

— Bien sûr. Cabo Primero. »

Mais le caporal, installé d'ordinaire à son bureau dans la pièce voisine, ne répondit pas. Ruiz pencha la tête pour regarder par la porte et se leva.

« Je vais vous y conduire moi-même, *Señor* Ruteleje. »

Ils montèrent à l'étage par l'escalier, traversant un couloir recouvert de lino où se trouvaient les cellules. Ruiz donna l'ordre au *cabo* assis à l'entrée de faire venir la prisonnière Rutledge dans la salle des visites. Il attendit un moment aux côtés de l'Anglais.

« C'est une fille difficile ? lui demanda-t-il.

— Aegina ? Non, pas du tout. C'est la première fois qu'elle rencontre ce genre d'ennuis. C'est une artiste. Il n'y a que la peinture qui l'intéresse. »

Le *cabo* s'en retourna avec la prisonnière. À part Zenf, que Ruiz avait soumis à une sorte d'interrogatoire, ce dernier n'avait encore rencontré aucun des suspects impliqués dans l'affaire. Il fut étonné de découvrir que la fille de cet Anglais aux cheveux cendrés possédait un physique typiquement espagnol. Aussi mat qu'une fille du cru.

« Bonjour, papa, dit-elle.

— C'est votre fille ? lui demanda Ruiz.

— Oui, répondit le Rutledge. Aegina, poursuivit-il, toujours en espagnol, voici le Teniente Coronel Ruiz, qui a eu la gentillesse de me conduire jusqu'à toi. »

À entendre les quelques mots de politesse qu'elle prononça pour le remercier, Ruiz détermina l'origine de son accent – et celui de l'Anglais, qui à plusieurs reprises l'avait interpellé sans qu'il parvienne à mettre le doigt dessus. Ces voyelles nasales, aplaties : tous deux parlaient le catalan des Baléares.

« *Pues, bona tarda,* leur dit alors Ruiz.

— *Bona tarda* », répondit cordialement la fille à qui ce changement de langue n'avait pas échappé.

Une heure plus tard, voyant redescendre Gerald, Ruiz lui dit :

« On pourrait croire que votre fille est une vraie Espagnole. » Il désigna le passeport britannique d'Aegina, examinant sa photo et les informations écrites en dessous.

« Née à Majorque. Vous êtes le père, réellement ?

— Oh que oui », répondit Gerald.

Il posa son sac à dos par terre pour en sortir l'une des enveloppes qu'il avait apportées de Majorque, connaissant d'expérience la curiosité pathologique et la passion pour la paperasserie de l'officier méditerranéen moyen – laquelle, sortie au moment opportun, pouvait conférer une note d'humanité aux affaires traitées par ce genre d'autorités. Gerald tendit le certificat de naissance d'Aegina à Ruiz, qui l'examina avec la plus grande attention. *Aegina María Rutledge y Puig ; Madre : Paloma Teresa Puig y Froix ; Padre : Gerald Desmond Anthony Rutledge ; Facha : 13 mayo 1952 ; Lugar : Cala Marsopa, Mallorca, España.*

Gerald étala ensuite plusieurs photos sur le bureau, que Ruiz observa avec un intérêt non dissimulé. Des clichés en noir et blanc aux bords dentelés d'une enfant et de sa mère, principalement, une belle femme, dans laquelle Ruiz reconnut les traits de la fille qu'il avait vue à l'étage. Et d'autres, de l'Anglais, plus jeune, mince comme un fil de fer, au restaurant avec la femme et la fillette, âgée alors de cinq ou six ans, leur visage et le dessus de la table surexposés par le flash, une bodega sombre en toile de fond. Une autre photo les montrait perchés sur un rocher au-dessus de la mer, une bouteille et du pain posés à côté d'eux. Ils avaient l'air heureux.

« Ma famille, dit Gerald.

— Très belle, répondit Ruiz. La mère est *mallorquina* ?

— Oui. Elle était. Elle est décédée. »

Le visage de Ruiz s'assombrit. Il leva les yeux vers Gerald.

« Je suis désolé.

— Merci.

— Et vous vivez toujours à Majorque ?

— Oui », répondit Gerald.

Il sortit alors de son sac une bouteille d'huile d'olive sans étiquette qu'il posa sur le bureau de l'officier.

« Je possède une petite ferme. Je suis producteur d'huile d'olive. Permettez-moi de vous offrir cette bouteille.

— Ce ne sera pas nécessaire, *Señor* Ruteleje.

— Je comprends bien, mais cela me ferait plaisir de vous la donner. Pour vous remercier de vous être montré si compréhensif. Et puis, c'est qu'elle est bonne. Vous allez l'adorer. »

15

« Tu fais vraiment négligé, Gerald, lui dit Lulu en s'asseyant à une table voisine. La veste et la cravate n'aident pas, tu sais. On dirait un indigent qui s'habille pour quémander. Sinon, tu es ici depuis longtemps ?

— Une semaine. Je suis arrivé le deuxième jour de leur arrestation. »

C'était le seul café proche du poste de la Guardia Civil ; à neuf heures du matin, le store avait déjà dû être déployé au-dessus des tables. Gerald s'y installait chaque jour pour lire le torchon, captivant néanmoins, qu'était le *Diario Pueblo* en buvant son café, avant l'ouverture des visites.

Il ouvrit la bouche, prêt à rembarrer Lulu, qui s'était tournée vers le serveur planté près d'elle d'un air zélé.

« *Un café, por favor.*

— *Muy bien, ¿y algo...?* Autre chose ?

— *Nada más.* C'est tout. »

Le serveur hocha la tête et déguerpit.

Gerald avait reçu un choc en la trouvant ce matin-là au poste de la Guardia. Il n'y aurait pas de visite ce jour-là, la libération d'Aegina et Luc étant prévue pour onze heures. Embarrassé, Gerald avait fait demi-tour. Lulu prenait à partie le Teniente Coronel Ruiz, lui reprochant le temps mis pour libérer son fils.

Elle était à présent assise à un mètre de lui, zieutant d'un air serein les Espagnoles bien en chair, génétiquement façonnées par des siècles de travaux domestiques, se mouvant stoïquement, telles des mules chargées de paniers, sur la place devant la grande halle du *mercado*. Impossible de la quitter des yeux. Hormis une rencontre fortuite devant le Comestibles Calix, il y avait des années de cela, Gerald n'avait pas vu Lulu de près depuis vingt ans. Ses cheveux qu'il avait tant aimés, déjà grisonnants à l'époque où il l'avait rencontrée, étaient maintenant complètement blancs à l'exception de quelques mèches folles encore brunes sur sa nuque fine, sous cette masse maintenue par une sorte de pic. Lulu avait le même âge que lui, quarante-cinq ans, mais la peau de son visage et de son cou était restée tendue et sa silhouette, qu'il devinait sous son pantalon large en lin et son chemisier, semblait plus sèche que lorsqu'il l'avait connue, son galbe remplacé par des muscles et des tendons. Gerald la revit sans chemisier ni pantalon.

Puis il remarqua la cicatrice sur son menton : toute petite à présent, fine courbe blanche, presque invisible à moins de savoir où regarder.

« Est-ce que tu as reçu la pellicule – une bobine – que j'avais demandé à Milly de te remettre ? lui demanda Gerald. Tu devais la faire développer. »

Lulu fit mine de ne pas l'entendre – ou ne l'entendit réellement pas –, tandis que le serveur lui apportait son café. Elle l'entama à petites gorgées.

« Je les ai entraînés au loin, tu sais… »

Elle l'interrompit.

« Et qu'as-tu bien pu faire à Algésiras pendant que je me démenais pour les faire libérer ?

— Pardon… que tu quoi ?

— Tu es au courant qu'ils sont libérés ce matin ?

— Je suis au courant, oui.

— T'es-tu demandé une seule seconde pourquoi ?

— Je crois que je connais la réponse.

— Dans ce cas, tu pourrais avoir l'air surpris. Ou reconnaissant.

— Je suis très reconnaissant au Coronel Ruiz qui s'est montré particulièrement bienveillant, pour tout te dire. Plus que tu ne pourrais le penser. Il a pris sur son temps personnel pour s'occuper de l'enquête et…

— Gerald, comme tu peux être ignorant. Tu es capable de croire que ce gratte-papier les a libérés par bonté d'âme ? Parce qu'il a fait un bon petit travail de policier ? J'ai appelé des amis, Gerald, des gens que tu ne pourras jamais connaître ni même imaginer, des amis qui m'ont fait une faveur et sont intervenus pour moi auprès des plus hautes autorités afin de faire libérer mon fils et, par extension, ta fille. Et toi, que faisais-tu ? Tu es resté planté là pendant une semaine comme une mouche qui attend qu'on ouvre la fenêtre. C'était ça, ton plan d'action ? »

Gerald réfléchit à ce que Lulu venait de dire. Peut-être avait-elle raison, après tout. Peut-être avait-elle tout fait.

« Je n'avais pas spécialement de plan d'action, à vrai dire. Pas d'autres plans que de venir sur place pour aider Aegina comme je le pourrais. Mais merci, merci d'être intervenue, quoi que tu aies fait pour les sortir de là. Bravo. Merci. »

Gerald but une petite gorgée de son café. Puis il baissa les yeux vers son journal, mais vit à la place se dresser les falaises de Sicile, soudain piqué par un vif sentiment de honte.

« Je les ai attirés au loin, tu sais. Ces… »

Un homme approcha. Il s'arrêta devant leurs tables et les considéra tous les deux.

Lulu se leva d'un bond. Elle planta son regard sur l'homme, puis sur Gerald.

« Ceci est absurde », lâcha-t-elle avant de partir brusquement.

Gerald se tourna vers l'homme, vêtu d'un complet gris foncé. Il avait vieilli, les cheveux poivre et sel à présent – un homme de son âge –, mais Gerald le reconnut malgré tout. L'homme au bébé, au bord de la route… il y avait de cela dix-huit, dix-neuf ans.

Ce dernier lui tendit la main.

« Bernie Franklin, annonça-t-il. Le père de Luc. Vous devez être Gerald. Je crois que nous ne nous sommes jamais rencontrés.

— Non.

— Merci d'être venu. Je n'ai appris la nouvelle qu'hier. Mais ils les relâchent aujourd'hui, n'est-ce pas ?

— Oui.

— Je peux m'asseoir avec vous ?

— Bien sûr, répondit Gerald. »

Bernie s'exécuta. Le serveur arriva et tous deux commandèrent un café. Puis ils parlèrent de leurs enfants.

Dix heures. Lulu, Gerald et Bernie attendaient sur les sièges métalliques d'un bureau du poste de police. Gerald avait espéré qu'une nouvelle occasion se présente de parler à Lulu, mais la présence de Bernie l'avait freiné. Personne ne disait mot. L'un des *cabos* entra avec Luc et Aegina à l'intérieur du bureau.

Lulu se leva et donna une caresse à son fils.

« Tout va bien ? lui demanda-t-elle sèchement.

— Oui, maman, répondit-il. Désolé d'avoir causé des ennuis. »

Bernie se leva à son tour et attrapa le bras de Luc. Aegina traversa la pièce à grands pas pour tomber sur ceux de Gerald. Ses yeux ne quittaient pas son père.

Puis le Teniente Coronel Ruiz parla :

« Toutes mes excuses pour cette longue procédure, dit-il, le regard dirigé vers Gerald et Lulu. Finalement, le verdict n'a pas été compliqué pour ces deux-là. Nous n'étions pas convaincus par la thèse du trafic organisé, mais un membre du Sénat et certains de ses amis ont décidé de fourrer leur nez dans cette affaire, d'où le délai supplémentaire pour les libérer. – Ruiz indiqua les bagages posés devant son bureau. – C'est tout ce que vous avez ?

— Oui, répondirent Luc et Aegina.

— Alors reprenez vos affaires, s'il vous plaît. »

Luc et Aegina s'avancèrent pour récupérer leurs deux petits sacs. Aegina fit de même avec la grosse valise de tuniques.

À genoux sur le sol, Luc fouilla dans son sac à dos.

« C'est moi qui ai le modèle original, la tunique noire.

— Tu peux la garder », rétorqua Aegina.

Gerald remarqua son ton. Elle évitait le regard de Luc.

« Mais Aegina, elle est à toi…

— Tu la gardes, lui ordonna Lulu. Tu l'as déjà emmenée en voiture. Tu en as assez fait pour elle. Allez, on a un train à prendre.

— Quand partez-vous ? » lui demanda Bernie, mais Lulu sortit de la pièce sans lui répondre.

Luc ne cessait de fixer Aegina, qui refusait obstinément de le regarder, sa valise à la main. Gerald s'approcha d'elle pour la lui porter.

« Allez, Luc, fissa ! appela Lulu depuis l'extérieur. Le taxi est là ! »

16

Une semaine plus tard, Luc grimpait l'allée rocailleuse de Ca'n Cabrer sur sa mobylette. Le vrombissement du moteur, de plus en plus fort à mesure qu'il se rapprochait, se chargerait de l'annoncer.

Au sommet de l'allée, il tourna à gauche et s'arrêta près de la Simca. Il coupa le contact. Les cigales, stoppées par lc vacarme du moteur, remplirent à nouveau ce silence inhabituel de leur chant ambiant, musique ancestrale de Majorque.

Au-dessus de lui, Gerald apparut sur la terrasse.

« Bonjour, Gerald. Aegina est là ? » demanda Luc.

Allait-elle réellement refuser de sortir lui parler ?

« Salut, Luc. Non, je suis désolé, elle est repartie pour Londres.

— Oh. »

Gerald vit les yeux du jeune homme se baisser.

« Je ne sais pas exactement quand elle reviendra, ajouta-t-il. Ça dépendra de ce qu'elle arrive à faire de ses tuniques, je présume. »

Luc releva la tête.

« D'accord. Dans ce cas, quand vous l'aurez au téléphone – vous avez bien le téléphone ?

— Non, répondit Gerald.

— Eh bien, la prochaine fois qu'elle vous donnera de ses nouvelles, dites-lui… pourrez-vous lui dire, s'il vous plaît, que je suis passé ? »

Vingt-deux années s'effacèrent tout d'un coup, et Gerald se revit, au bas de la terrasse, dévasté et suppliant, banni, désireux d'en dire tant et noué par l'impossibilité de pouvoir exprimer ne serait-ce qu'un dixième de ce qu'il voulait déclarer devant cette sentinelle mal informée, et peut-être mal intentionnée, aussi. Gerald savait ce que ressentait ce garçon, mais ne trouva pas les mots pour le rassurer.

« Je le ferai, lui dit-il. Sois-en sûr.

— Merci », répondit Luc.

Puis il sauta sur le kick de sa mobylette et s'éloigna, noyant le chant des cigales. Il tourna dans l'allée, accélérant par petits coups sur le chemin par lequel il venait d'arriver.

Brusquement, telle une danse de Saint-Guy, Gerald fut pris malgré lui d'un élan et cria :

« N'abandonne pas ! »

Mais Luc était maintenant trop loin et ne l'avait pas entendu. Il continua son chemin, sans ralentir ni se retourner.

Gerald s'était lui-même surpris. Ses mains tremblaient. Le bruit de la mobylette disparut au loin. Il entendit bientôt le vent se lever dans les pins derrière la maison et le vrombissement régulier des cigales.

1966

Perfidia

1

Gerald et Aegina attendaient, appuyés l'un contre l'autre, regardant défiler les passagers à la sortie des portes vitrées opaques du hall des douanes.

Hagard, le teint gris, Gerald semblait ne pas avoir dormi ou mis le nez dehors depuis des semaines. Sa paupière droite tressautait constamment. Fumer (et tout le processus inconscient qui allait de pair : tâter la poche de sa chemise, secouer le paquet pour extraire une cigarette, l'allumer, porter de façon répétée la main à sa bouche, la baisser un temps, aspirer et souffler des volutes de fumée gris bleuté, faire tomber la cendre à quelques centimètres de ses pieds), fumer était devenu un acte délibéré, une démarche palliative visant à lui offrir de longs, d'artificiels moments de soulagement. Fumer lui donnait quelque chose à faire, physiquement parlant, lui permettait d'évacuer son énergie qui, autrement, faisait trembler tout son corps. Un geste banal, merveilleusement banal.

Aegina portait de grosses lunettes noires, un T-shirt blanc large et un jeans court et moulant. Ses pieds, chaussés de tongs, étaient noirs de saleté. Cramponnée au bras de son père, elle semblait redouter que la gravité terrestre ne se dérobe tout à coup, comme si seul Gerald pouvait l'empêcher de chuter dans l'espace.

« La voilà », annonça-t-il alors.

Sa sœur Billie, la tante d'Aegina, un chapeau de paille sur la tête, robe à fleurs et sandales Clarks, apparut, un petit sac de voyage en toile bleu marine à la main. Elle les aperçut aussitôt, et la ligne de ses lèvres fines s'ouvrit tout à coup en un grand sourire alors qu'elle se pressait vers eux.

Son sac par terre, elle les serra fort dans ses bras, tous les deux.

« Merci d'être venue, Billie », souffla Gerald dans son oreille.

Billie secoua légèrement la tête.

« C'est normal. »

Elle les relâcha, considéra Aegina et la reprit dans ses bras, étroitement. Par-dessus l'épaule de la jeune fille, son regard se posa sur Gerald.

« Je vais chercher la voiture. On se retrouve là-bas, annonça-t-il en indiquant la sortie.

— Entendu », répondit Billie.

Tandis que Gerald s'éloignait discrètement, lâchant derrière lui de petits nuages de fumée, Billie passa son bras autour de l'épaule d'Aegina pour la prendre contre elle à nouveau. Toutes deux traversèrent le petit terminal de l'aéroport. Le regard de Billie ne cessait de balayer la foule de passagers, comme pour la protéger d'une attaque.

Dehors, sur le trottoir, un homme dégingandé d'une trentaine d'années aux longs cheveux noirs, filasse haranguait les taxis.

« *¡Oiga... Oiga!* »

Impossible de le manquer dans sa veste turquoise, avec son pantalon cigarette et ses mocassins blancs, mais il était posté en dehors de la file d'attente dédiée aux taxis, et ces derniers l'ignoraient.

Gerald le contourna avec précaution et se rangea sur le côté avec la Simca. Le grand homme jeta un coup d'œil vers lui, Billie et Aegina, une fois, puis deux, avant de demander avec un accent traînant :

« *A-gi-nah*, c'est ça ? »

Aegina tourna ses grosses lunettes noires dans sa direction.

« C'est ça. »

Le type s'avança, leur souriant à tous les trois, avant de contempler la jeune fille.

« Mon Dieu, ce que tu as grandi ! Quel âge as-tu maintenant ? seize ans ?

— Quatorze, répondit-elle d'un ton maussade.

— Ça alors, ça pousse, hein ! Vous devez être ses parents. Je crois que nous ne nous sommes jamais vus. Je me présente, Dominick Cleland. Je séjourne aux Rochers chaque été. Aegina et moi sommes de vieux copains, pas vrai, Aegina ? Je t'en ai acheté des bijoux, hein ! »

Son sourire ne le quittait pas. Plus que son discours, son attitude chargée de sous-entendus salaces pollua soudain l'atmosphère.

L'homme s'aperçut aussitôt de sa bévue. Un dégoût profond, quoique poli – un dégoût tout anglais, visible aux lèvres pincées et aux regards qui se détournèrent soudain –, se dessina sur les visages en face de lui. À les voir agrippés ainsi les uns aux autres, cette petite troupe avait l'air d'une vraie famille, même si cette proximité n'avait rien d'anglais. Mais, à bien y regarder, Aegina, un peu plus âgée, ressemblait maintenant à une vraie fille du coin.

« Je suis le père d'Aegina, dit Gerald. Et voici ma sœur…

— Billie Rutledge. »

Dominick serra la main que Billie leva mollement, à contrecœur, sentant tout à coup un léger rafraîchissement, pour ne pas dire un froid. Puis il donna une poignée de main au père, sèche, brève, avant de tourner son regard vers la Simca.

« Dites donc, vous n'allez pas du côté de Cala Marsopa, par hasard ? Y aurait-il éventuellement une place pour moi ? Lulu m'avait dit que quelqu'un viendrait me chercher à l'aéroport, mais je ne vois personne et il faut attendre des lustres pour avoir un taxi. »

Billie et Aegina ne dirent mot. Toutes les têtes se tournèrent vers Gerald.

« C'est que nous…, commença-t-il.

— Je n'ai qu'un seul sac. Et une machine à écrire… » Dominick sentit le malaise s'accentuer. « Mais je suis sûr que je vais trouver un taxi…

— Nous allons passer par Manacor. Nous pouvons vous déposer là-bas pour prendre un taxi.

— C'est sur le chemin, n'est-ce pas ? Formidable. Vous êtes certain que ça ne vous dérange pas ?

— Non, bien sûr », répondit Gerald qui ouvrit alors le coffre et fourgua à l'intérieur la grosse valise de Dominick, occupant toute la place.

Ce dernier lui tendit sa machine à écrire, une petite Olivetti Lettera.

« On peut aller partout avec ça, remarqua-t-il joyeusement. Indestructible. »

Au moment d'ouvrir les portières, Dominick protesta :

« Non, j'insiste. Je serai très bien derrière.

— Vous vous mettez à l'avant, lui intima Billie.

— Vous êtes sûre ? »

Billie monta à l'arrière avec Aegina.

« Je ne sais comment vous remercier, continua-t-il, visiblement touché, alors qu'ils s'éloignaient de l'aéroport. On dirait que les taxis n'ont pas envie de prendre les touristes, ici. J'espérais arriver assez tôt aux Rochers pour prendre un bain avant l'apéritif. Grâce à vous, je vais peut-être y parvenir. »

Il se tourna sur son siège et adressa un grand sourire à Billie, qui avait elle aussi chaussé ses lunettes noires.

« Nous avons dû prendre le même avion. Vous êtes descendue pour les vacances ?

— Oui », répondit Billie.

Elle lui jeta un rapide coup d'œil et baissa la vitre de la voiture pour mettre un terme à la conversation. Dehors tournaient des moulins à vent, faits de pierre calcaire et de toile à voile.

Dominick pencha la tête plus avant pour distinguer Aegina. Son visage était vide d'expression, ses yeux indiscernables derrière ses lunettes. Impossible de dire si la jeune fille le regardait.

« Tu es venue pour les grandes vacances ou est-ce qu'il y a encore école ?

— Les grandes vacances, lâcha Aegina.

— Formidable ! Tu as tout l'été devant toi ! Ça doit sembler interminable quand on est jeune, non ?

— Oui », répondit Aegina.

Restait une heure avant d'atteindre Manacor. Dominick remarquait des changements, de plus en plus évidents, chaque année. Les paysages cézaniens du début – Dominick avait connu Majorque en 1952 – étaient toujours là, mais l'île semblait chaque fois de plus en plus bétonnée. L'Urbanización Los Eucaliptos, l'Urbanización Las Almendras : partout, jusque dans la campagne, d'affreux blocs d'*apartamientos* sortaient de terre pour desservir les stations balnéaires.

Des voitures, de plus en plus nombreuses. Des Boches de toute part, comme si tout le monde avait oublié qu'ils avaient fait brûler des gens dans des fours. Plus une mule à l'horizon ou presque. Mais la chaleur, les paysans basanés, ce soleil, à l'opposé de son anglicité, ces paysages ancestraux, lorsque tout cela ne se trouvait pas profané par des voitures ou des projets immobiliers, émouvaient encore Dominick. Un sentiment pareil à celui qu'il avait éprouvé la première fois qu'il avait mis les pieds à Majorque l'étreignit : comme s'il entrait dans le jardin d'Éden.

« Toutes ces nouvelles constructions sont inquiétantes, remarqua-t-il en se tournant vers Gerald, puis vers les filles à l'arrière, avant de se rasseoir correctement. Mais l'île reste d'une beauté à couper le souffle, vous ne trouvez pas ? »

Tout le monde fixait le pare-brise couvert de mouches écrasées.

« Si », répondit Gerald.

Ils le déposèrent près de la station de taxis à la gare routière de Manacor.

« Je ne saurais comment vous remercier », répéta Dominick tandis que Gerald descendait de voiture pour ouvrir le coffre de la Simca.

Un chauffeur de taxi à l'affût était déjà sorti pour prendre son bagage au moment où Gerald le posa.

« Venez donc boire un verre tous les trois aux Rochers, proposa Dominick. Je vous invite. » Puis il se pencha pour dire au revoir à Aegina. « Passe me voir là-bas ! »

Ils poursuivirent leur route jusqu'à l'hôpital et se garèrent sur le parking. Billie ne put s'empêcher de remarquer la manière dont le personnel souriait à

Gerald et à Aegina tandis qu'ils traversaient le bâtiment.

Couchée sur son lit, Paloma était à peine reconnaissable. Sa tête était bandée. Un tube en plastique était collé à sa bouche par du sparadrap, les bruits réguliers de sa respiration couverts par le soufflet de la machine. Ses paupières closes étaient noires, comme maquillées de khôl.

S'approchant du lit, Gerald s'adressa à Paloma le plus naturellement du monde.

« *Hola, querida. Billie está aquí. Ella va a quedarse con nosotros un poco. Aegina está aquí también.* Bonjour ma chérie. Billie est ici. Elle va rester avec nous un petit moment. Aegina est également ici.

— Bonjour, Paloma », dit Billie d'une voix presque enjouée.

Elle ramassa sa main gauche posée sur le drap fin près de sa cuisse et, se penchant sur elle, l'embrassa.

« Bonjour », répéta-t-elle avec moins de conviction cette fois.

Aegina s'était assise de l'autre côté du lit, tenant l'autre main de sa mère. Gerald sortit le contenu de son panier en osier – du pain, un petit sachet d'amandes et d'olives, un morceau de manchego, une demi-bouteille de vin, un vieux livre de poche, *Le Monde d'Ulysse*, de Moses Finley. Il disposa le tout sur la table, entre la chaise rembourrée des visiteurs et le lit de Paloma.

« Je peux rester pour l'instant, si tu veux, dit Billie à Gerald.

— Non, ça va aller. Va te reposer à la maison. Tu reviendras dans quelques heures, ou quand tu voudras. C'est déjà formidable que tu sois là. Allez-y, les filles, vous pouvez me laisser là.

— Très bien. On peut te rapporter autre chose ?

— Non. Je crois que j'ai de quoi faire pour l'instant, merci.

— Ageina, dit alors Billie, est-ce que tu veux rester un peu ? Ça ne me dérange pas. Je ne suis pas pressée, tu peux rester aussi longtemps que tu veux.

— Non, ça va, répondit Aegina. Nous sommes déjà venus avant d'aller te chercher à l'aéroport. »

Sur ces mots, elle se leva. Billie regarda Gerald sur son siège.

« Je reviens, disons, vers sept ou huit heures ?

— Oui, c'est parfait. Ne m'attends pas pour dîner. Viens quand tu veux après manger. »

Dans la voiture, Aegina ne desserra pas les dents.

« Ma belle, lui dit Billie. Tu dois me dire ce que je peux faire pour toi et ton papa. Ce que vous voulez que j'achète. Ce que vous voulez que je fasse. C'est pour ça que je suis là. D'accord ?

— D'accord. »

Tourné vers le paysage, son corps ballottait dans tous les sens comme une popupée de chiffon chaque fois que la voiture changeait de direction ou freinait.

« Merci. »

Billie lança un regard à Aegina. Cet affreux personnage avait raison : elle avait bien grandi en un an. Les mêmes formes que sa mère, petites mais déjà bien dessinées. Derrière ses grosses lunettes noires, elle ne quittait pas la route des yeux. Aucun mot de réconfort ne venait à l'esprit de Billie – *Maman est peut-être dans un état végétatif, ma belle, mais au moins, elle ne souffre pas*. Aucun mot capable de l'aider.

À l'est de Manacor, la terre semblait moins habitée. La route rasait toujours les murs de pierre beiges des olivettes et les champs de citronniers plantés en terrasse dans les petites *fincas*. Au-dessus se dressaient des collines couvertes de jeunes pins et de chênes nains.

« C'est magnifique par ici, n'est-ce pas ? lui demanda Billie, regrettant aussitôt cette remarque trop plate, trop positive. Je veux dire, ma belle, ta mère vient d'un très beau pays, et ça fait partie de toi. »

Les lunettes noires d'Aegina se tournèrent vers Billie.

« Merci. »

2

En équilibre sur un rocher au bord de l'eau, Arabella Squibb s'accroupit sur un pied, soulevant de l'autre le monoski auquel elle était accrochée.

Luc tira sur le lanceur et le hors-bord bondit. Tandis que la corde se tendait dans l'eau, fouettant l'éventail d'écume comme une créature vivante, Arabella se raidit.

La veille, celle-ci avait passé tout l'après-midi à apprendre comment décoller sans plonger tête la première dans l'eau. Elle n'avait aucun mal à lever une jambe sur ses skis nautiques, mais, après avoir vu Lucy Valence, juchée sur un rocher, s'envoler en un éclair comme une mouche, Arabella avait aussitôt désiré l'imiter. Tout était question de s'élancer par un petit saut au bon moment. La veille, Arabella y était parvenue à deux reprises et en avait rêvé toute la nuit.

Elle poussa sur sa jambe – pour la première fois de la journée –, atterrit sur le ski, presque pliée en deux, avant de se redresser et de filer sur l'eau en vacillant, dans un équilibre précaire, des méandres d'écume se dessinant derrière elle.

« Bravo, chérie ! » lui cria Richard Squibb.

Ce dernier avait traversé l'île pour venir voir sa femme exécuter sa dernière trouvaille au ski nautique qu'il ne devait, d'après elle, rater pour rien au monde. Un vieux panama sur la tête, Richard était vêtu d'un petit slip de bain rouge sur lequel débordait son gros ventre. Tirant sur un gros cigare Belicoso Romeo y Julieta, il contempla le spectacle encore un moment, soufflant sa fumée dans l'air immobile, avant de regagner à pied la route des Rochers.

Tandis que le ski rebondissait en claquant sur l'eau comme un cheval fou, Arabella se redressa lentement jusqu'à parvenir à une position convenable, qu'elle avait déjà expérimentée lors de précédentes virées en monoski. Mais la montée d'adrénaline provoquée par cet envol depuis les rochers, sans produire une éclaboussure ou presque à l'atterrissage, avait totalement chamboulé son expérience.

Penchée en arrière, Arabella enfonça son talon droit dans l'eau et vira de bord, excitée par cette brusque accélération, quittant le sillage du bateau pour glisser sur la mer calme. Un cri retentit devant elle. Levant la tête, elle découvrit Luc tourné vers elle sur son siège de pilotage, un bras tendu, le pouce levé, ses cheveux éclaircis au soleil soulevés par le vent.

Lukey chéri. Soudain transformé en un très appétissant jeune homme de seize ans. Son père, un Américain que personne n'avait jamais vu, installé à Paris, lui avait acheté le hors-bord pour lui permettre de gagner un peu d'argent pendant l'été. Lukey prenait cinq cents pesetas aux clients de la villa pour un tour, empochant ainsi plusieurs milliers quotidiennement. La plupart attendaient la fin du séjour pour tout lui régler, mais Arabella, elle, payait au coup par coup, en espèces. Elle avait glissé ce jour-là un doigt dans son short de bain pour fourrer les billets sous son élastique.

Arabella slalomait, toujours penchée, dessinant de grandes courbes, tractée par le bateau qui filait à une vitesse inouïe, semblait-il. Chaque fois qu'elle tournait la tête pour prendre un nouveau virage, Luc levait le Kodak Instamatic qu'elle lui avait confié pour la photographier. Pouce en l'air, il lui souriait alors à pleines dents. Sous son regard, Arabella avait l'impression de se débrouiller comme une pro. Peut-être était-ce le cas. Par moments, elle se sentait gracieuse, consciente de son corps harmonieux. Arabella skiait pour l'objectif de l'appareil – et pour les yeux de Luc. *Juste pour toi, mon chaton.* Ses lunettes de soleil sur le nez, Luc ne cessait de se retourner pour la regarder. À mesure que le sel séchait sur ses jambes chaudes et sur son ventre, et que les vibrations du ski réveillaient chaque muscle de son corps, Arabella se sentait de plus en plus sexy. Le regard fixe, malgré les rebonds, elle ne le quittait pas des yeux.

Exception faite du vent qui lui fouettait le visage à cause de la vitesse, une mer d'huile s'étirait ce jour-là, seulement perturbée par l'onde du hors-bord. Une mer bleu ciel sous un ciel d'azur. Arabella serait allée jusqu'en Afrique sur son ski. Elle se voyait comme dans un film italien : fonçant dans la baie de Naples ou au large de Portofino, sous le regard du pilote – blond, cette fois –, mystérieux et musclé, conduisant le hors-bord d'une seule main. Dans le film, Arabella était censée flirter sauvagement avec lui dans la cabane du pêcheur après la séance de ski, un point d'orgue classique. Plus tard, son riche mari donnerait au garçon son pourboire en le remerciant d'avoir tant fait plaisir à sa femme. Les pourboires de Richard, cependant, n'étaient jamais généreux. Il restait si radin, malgré tout son argent. Pauvre Lukey chéri.

Soudain, elle chuta. Une fois remontée à la surface, Arabella découvrit que le bateau avait fait demi-tour et s'approchait d'elle tout doucement, s'enfonçant dans l'eau en vrombissant. Penché par-dessus bord, Luc repêcha le ski. Puis il tourna de nouveau le volant pour faire flotter le bateau à la hauteur d'Arabella.

« Tu as perdu ton haut de maillot », remarqua Luc en guettant à la surface les liens du vêtement.

Arabella balaya les environs du regard pendant quelques instants, tournant sur elle-même dans l'eau.

« Tant pis », se résigna-t-elle.

Luc continua de scruter la mer autour du bateau. Les petits triangles, comme en portait Arabella, n'étaient pas rembourrés et ne flottaient pas toujours à la surface. Ils pouvaient couler lentement et se prendre dans l'hélice du moteur.

« Tu es gentil de t'inquiéter, Luckey chéri, mais j'ai une valise remplie de maillots. Je peux remonter à bord ?

— Tu ne veux pas rentrer à ski ?

— Non, je crois que je préfère sortir, mon chat, et sécher au soleil. »

Luc mit l'échelle à l'eau et Arabella grimpa sans tenter de couvrir sa poitrine. La tête baissée, elle s'essora les cheveux, puis se releva d'un geste brusque, le dos cambré, tous seins dehors, projetant sa chevelure d'un noir intéressant, quoique peu naturel, sur ses épaules, éclaboussant au passage de gouttelettes glacées la peau chaude de Luc. Celui-ci lui tendit une serviette bleue des Rochers, détournant poliment le regard, mais ne put s'empêcher d'apercevoir furtivement deux tétons très sombres au centre des triangles de peau blanche laissés par son bronzage. Luc avait imaginé ce genre d'incident, voué à se produire avec un tel maillot de bain, qui semblait taillé pour se décrocher. Les seins d'Arabella étaient encore mieux que dans ses pensées. Deux gros seins qui, malgré la quarantaine qui approchait, se dressaient fièrement sur son corps sculptural.

Assise à côté de lui sur le siège recouvert de vinyle turquoise, tous les deux filèrent sur les flots, à deux cents kilomètres à l'heure, aurait-on dit, vers le port.

« Génial ! criait Arabella. Vas-y, bébé, *go* ! »

Feignant de le confondre avec le rebord du siège, elle s'avachit sur le bras de Luc, ouvrant sa serviette pour exposer au soleil ses seins hérissés de chair de poule. Elle se tourna à nouveau pour trouver une position confortable contre lui. Le sommet de sa tête arrivait au niveau des épaules de Luc, lui offrant une vue plongeante sur ses seins, son petit ventre et les vergetures qui s'étiraient au-dessus du peu qu'il restait de son bikini.

Quelques secondes plus tard, Arabella dit quelque chose que Luc ne comprit pas.

« Comment ?

— J'ai dit : “Tu es tellement bien élevé”, mon chat.

— Oh. » Luc essaya de se rappeler ce qui aurait pu motiver cette réflexion. « Merci. »

Ils continuèrent de voguer à toute allure vers le port. Luc sentait chaque partie du corps d'Arabella, presque comme une charge morte qui pesait sur lui, secouée par les sursauts du bateau. Leurs cuisses se frôlaient, sa peau toujours fraîche. Luc parvenait à peine à camoufler son érection, espérant qu'Arabella la verrait et le toucherait, mais, autant qu'il en savait, ses yeux étaient clos. Le bateau déchirait les flots, se fracassant de temps en temps sur une vague solitaire. L'espace d'un moment, le temps sembla suspendu.

Puis Luc reconnut la grande silhouette qui leur faisait signe depuis les rochers.

« Dominick est arrivé », dit-il.

Arabella se redressa, regardant au loin.

« Ah, ce cher vieux con. Je me demande bien qui peut avoir envie d'acheter ses bouquins.

— Tu les as lus ? » demanda Luc.

Lui-même en avait toujours eu l'intention, mais se ravisait chaque fois en voyant leurs couvertures semblables à des photos de vitrines des Galeries Lafayette.

« J'en ai lu un, en partie, répondit Arabella comme si le souvenir venait de lui revenir. Chiant à mourir. Mais je l'aime bien quand même. »

Elle retourna son coucou à Dominick.

« Salut, la belle ! cria-t-il alors. Luc, il faut que tu me dises où tu as attrapé une si jolie sirène ! »

Luc coupa le moteur et laissa dériver le hors-bord jusqu'au quai.

« Dominick, très cher, comment vas-tu, mon salaud ? » demanda Arabella tout en posant une main sur la cuisse de Luc, avant de sauter du bateau.

Elle nagea jusqu'à l'échelle en métal que Lulu avait fait cimenter sur les rochers et sortit gracieusement de l'eau pour rejoindre Dominick qui la regardait, un grand sourire aux lèvres.

« Grand Dieu, dit-il en apercevant ses seins nus. Tu arrives chargée de cadeaux. »

Ils se saluèrent par une bise.

« Passe-moi une serviette, vieux cabot », lui répondit Arabella.

Elle s'enveloppa dans le drap de bain avant de lancer à Luc : « Merci, Lukey chéri », puis s'engagea sur la route qui montait vers Les Rochers.

Dominick resta un moment à la contempler.

« La pêche du jour, hein ? demanda-t-il à Luc.

— Ha, ha.

— Et moi, tu aurais le temps de m'emmener ou tu as terminé pour aujourd'hui ?

— Non, bien sûr. Tu peux monter.

— For-mi-dable ! » s'écria Dominick.

Et il plongea dans l'eau.

3

Arabella continua sur le même registre pendant le dîner. Mais Luc avait compris à présent.

Après le sensationnel retour de leur excursion en bateau, elle alanguie, presque nue, contre lui, Luc s'était persuadé qu'il connaîtrait bientôt le sexe, le vrai. Arabella allait forcément lui envoyer un signal, orchestrer quelque chose. Depuis toujours, elle semblait particulièrement l'apprécier, comme si lui seul la comprenait. Cela faisait des années que ses yeux se posaient sur lui – et lui seul –, d'un air énamouré, dans le but de lui faire comprendre ses intentions, pendant qu'à côté d'elle un autre client des Rochers, au bord de la piscine ou à table, au dîner, se moquait des dents écartées du Premier ministre Harold Wilson – « Mais merde alors, il refuse d'aller chez le dentiste ou quoi ? Pourquoi se sent-il obligé de jouer les prolos ? » – ou déblatérait sur la flambée du marché immobilier londonien. L'été dernier, Luc s'était vu qualifié par Arabella de « bombe sexuelle ». Depuis ce jour et jusqu'à cet après-midi, véritable apothéose, Luc n'avait cessé de fantasmer sur Arabella Squibb.

Celle-ci continuait de plaisanter avec Richard assis en face d'elle, sans cesser de jeter des regards aguicheurs à Luc. À dix heures, soi-disant fatiguée, elle annonça qu'elle passait pour cette fois sur le pudding et le porto, et se leva de table.

« Je vais me coucher, les chéris, lança-t-elle en repoussant sa chaise.

— Ah bon, vraiment ? s'étonna Richard, les yeux plissés, soufflant un dense nuage de fumée cubaine vers le ciel et le treillis touffu de la pergola.

— Vraiment, répondit Arabella. Merci encore mille fois, Lukey chéri, pour cette si agréable sortie. »

Le bras tendu vers lui, elle promena ses doigts en l'air, mimant une caresse, alors que Luc se trouvait à plusieurs mètres de là.

« À ton service », répondit Luc.

Et Arabella se retira.

C'était le moment ! Une ruse – forcément. Partir au lit tôt pendant que Richard allait encore veiller des heures, à jouer au backgammon avec Cassian ou Dominick. À son tour, Luc s'excusa maladroitement et marcha d'un pas raide jusqu'à sa petite cabane à outils au fond du jardin.

Il alluma une bougie, mit de l'ordre dans son lit et s'assit dessus. À l'affût des bruits extérieurs, il entendit les bribes de discussion des autres, toujours attablés, mais aucun pas, aucun bruissement de feuilles en provenance de l'allée qui le séparait de la piscine. Quelques minutes plus tard, il alluma sa petite torche accrochée près du lit et tenta de bouquiner – il avait attaqué Françoise Sagan, et en était au milieu des *Merveilleux Nuages* –, mais impossible de comprendre ne serait-ce qu'une phrase. Vingt minutes plus tard, il éteignit la lumière, souffla la bougie, et s'en alla errer près du bar. Les autres étaient installés là-bas, en train de boire. Sa mère les avait rejoints, assise à une table avec Cassian, Tom et Milly.

Arabella était partie se coucher.

Luc se rendit en ville sur sa Rieju. Il se gara dans la rue, devant le Miravista, d'où s'élevaient les notes feutrées de la guitare électrique de Jackson Rale, telle de la vapeur dans l'air. Il passa sous l'arche de l'entrée, puis suivit le petit chemin avant de s'arrêter au sommet des quelques marches qui surplombaient la piste de danse en plein air sous les grands pins. Il parcourut du regard les danseurs et les gens assis aux tables. Il en connaissait la moitié. Aegina ne se trouvait pas parmi eux, à moins de s'être absentée aux toilettes.

Jackson Rale, un guitariste noir américain sans âge, jouait « Bésame mucho ». Luc profita d'une pause pour venir le trouver.

« Hé, Jackson, dit-il en le saluant comme le faisaient toujours les Américains.

— Hé, mec, répondit Jackson Rale. Quoi de neuf ?

— Oh, pas grand-chose », répondit Luc à cette fausse question, dont la réponse n'intéressait sans doute pas plus Jackson que de savoir ce qu'il se passait de neuf dans la rue.

Bien que très courtois, Jackson faisait preuve d'une incroyable indifférence envers tout ce qui se trouvait autour de lui à l'exception de sa guitare et de son Cuba Libre. Mateo Pujols, le propriétaire du Miravista, l'avait fait signer pour les mois de juillet et d'août par le biais d'un imprésario de Palma. Jackson était un type carré, mais pas gros, un peu comme un joueur de football américain qui se serait arrêté. Assis dans le patio du Miravista sous les pins, près de la piste de danse en plein air, Jackson ne jouait jamais longtemps. Sa technique n'avait rien d'époustouflant. Il ne jouait ni du rock and roll, ni de célèbres riffs de jazz, mais préférait miser sur des vieux standards de soirées pour contrebalancer les plages musicales plus longues et bruyantes pendant lesquelles le Miravista passait les tubes pop à la mode pour faire danser les gens. Jackson avait les doigts courts comme des saucisses cocktail et semblait bien trop large de carrure pour le manche étroit de sa guitare, qu'il maniait pourtant avec assurance et fluidité, comme s'il jouait en dormant. Luc aimait particulièrement l'un de ses morceaux, un air qu'il avait déjà entendu avant, peut-être dans un film. Quelques semaines plus tôt, Luc lui avait demandé comment s'appelait cette chanson.

« "Perfidia", lui répondit Jackson.

— J'aime beaucoup, dit Luc.

— Ouais, ça fonctionne bien, approuva Jackson d'une voix traînante. Chaque fois.

— Per…

— "Perfidia", répéta le musicien. Une vieille chanson mexicaine.

— C'est le nom d'une femme ?

— Quoi, *perfidia* ? » demanda Jackson en riant tout bas, rythmiquement, content de lui, tandis qu'il s'asseyait sur son tabouret de bar près de l'ampli sous les arbres, en accordant sa guitare, une Gretsch Chet Atkins Country Gentleman rouge couverte de marques d'usure sous les cordes.

« Ça pourrait, poursuivit-il. Hé hé. » Il regarda Luc avec une expression à la fois insondable et omnisciente. « Non, c'est un mot pour dire ce que font certaines femmes aux hommes. »

Jackson détourna le regard et porta son Cuba Libre à ses lèvres. Luc mit une seconde à comprendre.

« Ah oui, je vois », dit-il, incroyablement reconnaissant que Jackson lui ait fait cette petite confidence d'homme à d'homme.

Perfidia : tel était donc le mot pour dire « turlute » en mexicain. Et dans un titre de chanson ! Gonflés, ces Mexicains.

Luc ne rêvait que de cela avec Arabella, se l'imaginait jusqu'à en souffrir : une *perfidia* sur son bateau.

« Dis, Jackson, est-ce que tu aurais vu mon amie Aegina ? Elle est un peu plus jeune que moi…

— Oui, je sais de qui tu parles. Ta petite copine typée espagnol…

— Ce n'est pas vraiment ma petite copine, on est seulement amis.

— À mon avis, tu devrais y réfléchir à deux fois, répondit Jackson. Mais non, je ne l'ai pas vue, mec. Elle n'est pas venue ce soir. Pas pour l'instant, en tout cas.

— D'accord, merci. » À nouveau, Luc parcourut le public des yeux, l'air indécis. Puis il se tourna pour partir. « Alors à plus, Jackson.

— Ouaip », répondit l'autre avec l'enthousiasme d'un facteur confirmant qu'il reviendrait le lendemain.

Jackson posa son verre, plaça ses mains sur sa guitare. Ses doigts épais se promenèrent doucement sur les cordes de la Gretsch et les premières notes d'« Embraceable You » s'élevèrent en tremblotant.

De retour dans la rue, Luc enfourcha sa mobylette.

4

Chaque soir sur les coups de sept heures, une nonne dénommée Sor Preciosa venait voir Paloma dans sa chambre. Elle souriait à Gerald sans dire un mot, sauf une fois, quand elle lui demanda en entrant :

« *¿Permiso?* »

Passé quelques secondes d'inquiétude, Gerald comprit alors rapidement. Il hocha la tête et lui répondit oui. Sor Preciosa s'asseyait toujours sur le bord du lit et prenait la main de Paloma dans la sienne, priant tout bas, avec ferveur : « *Dios, le ruego en el nombre de su hijo, Jesuscristo...* Mon Dieu, je vous en prie, au nom de votre fils Jésus-Christ... » Sa prière terminée, elle déposait la main moite de Paloma sur son cœur, puis, se tournant vers Gerald avec un hochement de tête, se retirait.

Une fois qu'elle était partie, Gerald éteignait en général le ventilateur bruyant pour ouvrir les fenêtres en face du lit. Les vents catabatiques soufflant des pins de la Serra de Tramuntana après le coucher du soleil se répandaient dans les plaines de l'île, charriant des spores de citronniers, des particules de fumée et de purin provenant des petites fermes de Majorque, brise fraîche, embaumant la terre, qui emplissait la chambre et noyait son odeur persistante d'hôpital. Les bruits de la vie extérieure – les voitures qui se faufilaient dans les rues prévues pour des ânes, les verres posés sur les tables à la terrasse des cafés et les couverts que l'on débarrassait, les femmes appelant leurs enfants de loin sous le vrombissement fluctuant des vélomoteurs –, tous ces bruits pénétraient dans la chambre pour étouffer le lourd bip de métronome du respirateur artificiel qui parfois, quand la fenêtre était fermée, semblait résonner de plus en plus fort, au point que Gerald pensait que les infirmières l'avaient réglé différemment ou que Paloma éprouvait des difficultés à respirer. Mais il finissait par se rendre compte que son esprit lui jouait des tours, rien de plus, et sortait fumer une cigarette.

À huit heures, tandis que le repas administré par intraveineuse continuait de goutter depuis les différentes poches jusqu'à son bras, Gerald posait le livre qu'il s'était efforcé de lire et rompait sa miche de pain ovale et farineuse, sortait son fromage, ses olives, ses figues, débouchait son vin et prenait son dîner. Assis à son chevet depuis deux jours, Gerald avait tenté de lire, sans parvenir à se concentrer. Par moments, il parlait à Paloma, au cas où celle-ci l'entendît, mais Gerald n'était pas doué pour imaginer de nouvelles conversations ou s'enthousiasmer tout seul, devant ce corps allongé, inerte, se soulevant au rythme de sa respiration. Gerald était trop conscient de l'ampleur de son absence, et finissait par sombrer dans un silence agité. Il s'abandonnait complètement à la nourriture qu'il apportait. Comme avec la cigarette, la nourriture lui offrait une distraction physique, quotidienne. Tous ces petits gestes, cette préparation, même le simple fait de mastiquer et d'avaler, le réconfortaient. Il avait entendu à la BBC une émission expliquant que les fourmis confrontées au mouvement d'une pierre ou d'une branche cessaient aussitôt de se nettoyer la figure, geste quotidien que ces insectes accomplissaient pour contrer leur stress et leur peur du changement. Gerald ignorait si cela était vrai, mais il le comprenait. Fumer, manger, et d'autres tâches mécaniques journalières l'aidaient à se sentir mieux.

Billie arriva à neuf heures. Elle était dans tous ses états.

« Je l'ai laissée sortir et elle n'est pas revenue. Gerald, tu penses vraiment que c'est une bonne idée qu'elle ait un vélomoteur ? »

Gerald baissa les yeux vers Paloma.

« Paloma le pensait. C'est elle qui le lui a acheté. Pour qu'elle soit plus indépendante, elle disait. Pour qu'elle puisse aller voir ses amis quand elle le voulait.

— Mais elle a seulement quatorze ans. Je veux dire, c'est légal au moins ? Elle ne porte même pas de casque. Ça ne t'inquiète pas ?

— Si, bien sûr que si. Je suis inquiet pour elle quand elle dort dans la pièce à côté. Je me lève au beau milieu de la nuit pour vérifier si elle respire…

— Je voulais parler du vélomoteur.

— Je sais, oui. Mais c'est légal, et personne ne porte de casque ici. D'ailleurs, elle ne le ferait pas si j'insistais. Les Espagnols sont comme ça, beaucoup plus casse-cou que nous. Paloma laissait déjà Aegina se balader partout en ville quand elle était petite, à sept ou huit ans. Elle pensait que c'était bien pour elle. Moi, je m'imagine toujours le pire – toujours des catastrophes. Mais sa mère (à nouveau, il regarda le corps inerte de Paloma) répète toujours qu'il n'y a aucun souci. »

Billie alla s'asseoir et regarda Paloma.

« Tu penses qu'elle nous entend ?

— Je dirais que non. Enfin, je ne sais pas.

— Redis-moi ce qu'il s'est passé. »

Lorsqu'il s'était rendu au bureau de poste deux jours plus tôt pour téléphoner à sa sœur, Gerald ne s'était pas étendu. « Paloma est à l'hôpital, une hémorragie cérébrale, elle ne va peut-être pas se réveiller », lui avait-il dit.

« Elle était dans la cuisine, en train de repasser. Moi, je préparais du thé. Tout à coup, elle a été prise d'un violent mal de tête. Elle a dit qu'elle avait besoin de s'asseoir un moment. Mais elle s'est mise à vaciller, debout devant sa planche à repasser. Alors je l'ai emmenée jusqu'à la chambre et je l'ai aidée à s'allonger. Elle a fermé les yeux. Moi, je suis retourné dans la cuisine pour terminer de préparer le thé. Quand je suis arrivé dans la chambre avec mon plateau, elle s'était endormie. Je me suis dit, tant mieux. Et puis j'ai vu qu'elle ne respirait pas normalement. J'ai essayé de la réveiller, impossible. Je l'ai portée jusqu'à la voiture et je l'ai emmenée ici. Aegina était sortie je ne sais où. Heureusement, cela dit.

— Mais que lui ont-ils fait, Gerald ? »

Billie jeta un regard inquiet vers les bandages qui entouraient la tête de Paloma. Gerald les regarda à son tour.

« Ils l'ont ouverte pour regarder s'il y avait une hémorragie au niveau du cerveau. Ils ont trouvé, ils ont fait le nécessaire. L'hémorragie était importante, apparemment. Ils ont dit qu'il n'y avait plus qu'à attendre, mais un docteur m'a confié qu'il y avait peu de chances qu'elle se réveille. » Il leva les yeux vers Billie. « Il pensait qu'elle était plus ou moins partie.

— Gerald… Gerald, je suis tellement… Oh, ça semble absurde de le dire, mais je suis sincèrement désolée. Aegina est au courant de tout ça ?

— Eh bien, je lui en ai parlé, plus ou moins, mais elle ne veut pas vraiment l'entendre.

— Non, bien sûr que non. Et maintenant, que va-t-il se passer ?

— Je pense qu'ils attendent que je leur dise de débrancher les machines. »

Billie se leva et se rendit à la fenêtre, scrutant la rue, les immeubles, les lumières, la nuit. Ses pensées s'emboîtaient comme des poupées russes, chacune en révélant une autre, chaque fois plus importante.

« Mon Dieu, Gerald. »

5

Sur sa Rieju pétaradante, Luc gravissait la colline à toute allure pour s'éloigner de la mer, passant devant de petites villas, des collines de pins, des olivettes en terrasses. Dans les rues étroites du *polígono*, l'écho fracassant de la mobylette contre les hauts murs de pierre résonnait plus fort que le moteur lui-même. À la sortie de la ville, la route longeait les coteaux de chênes nains sombres, de pins et de figuiers de Barbarie du Monte Turó, avant de virer vers le sud-est pour retrouver la côte.

Perdue au milieu des pins, la maison des Duhamel n'était indiquée nulle part, précédée par un chemin de terre accidenté qui serpentait jusqu'au sommet d'une colline. Plongé dans le noir, Luc se rappelait où se situaient la plupart des nids-de-poule et des rochers, déformés et presque impossibles à distinguer à la lueur vacillante de son petit phare. La maison n'avait pas l'électricité. Luc ne la connaissait que de nuit ou presque, luisant dans le noir tel un bloc de lumière, visible d'abord de loin comme de vieux charbons ardents perdus au milieu des arbres.

Avec l'aide de quelques paysans, Émile Duhamel, le père de François, avait lui-même dessiné et fait bâtir cette maison aux murs de pierre calcaire irréguliers, en 1959. Sa réinterprétation, disait-il, de la villa Arpel dans *Mon oncle*, de Jacques Tati. Volontairement conçue comme un labyrinthe, des pièces aux formes étranges se succédaient, reliées par des couloirs sinueux éclairés à la lampe à paraffine et aux bougies. Fenêtres irrégulières en trapèze et soupiraux ovales complétaient le tableau, ainsi que des volets pour barrer la lumière, aérer la maison ou se protéger du mauvais temps. Une cuisinière à gaz, un réfrigérateur alimenté à la paraffine dans la cuisine. Des douches sans paroi dans la salle de bains, des lavabos alimentés par un réservoir rempli manuellement à la citerne, grâce à une grosse pompe de cale. L'eau chaude se déversait de ce réservoir peint en noir, accroché au plafond. Les toilettes étaient situées à l'extérieur, dans un abri en pierre traversé par un égout creusé à même le sol calcaire, divisé en plusieurs cabines protégées par quelques planches pour ne pas être vu de son voisin, mais autrement ouvertes sur l'extérieur et jonchées de vieux livres de poche moisis.

Bien entendu, Émile était architecte. Il avait vécu avec la mère de François, Sza Sza, pendant des années, mais restait marié à sa femme, Béatrice. Les deux autres enfants qu'il avait eus avec elle descendaient régulièrement à Majorque pour une semaine ou deux pendant l'été. Émile recevait presque en continu, chaque soir, laissant les invités libres de passer et de manger, bavarder, lire, jouer sur ses guitares, ses flûtes, ses bouzoukis ou d'écouter ses disques sur ses vieilles platines à piles ; dormait qui voulait, logé dans l'une des chambres au confort spartiate, équipées de simples paillasses, de couvertures rêches, de bougies, d'allumettes et de livres : Montaigne, saint Augustin, et différents tomes du *Quartuor d'Alexandrie* ou de Harold Robbins.

Les hôtes des Duhamel étaient comme les Duhamel eux-mêmes : une petite communauté d'Européens non espagnols, aux vies intéressantes, même si parfois éprouvantes, propriétaires de petites *fincas* rénovées qu'ils habitaient à l'année ou durant l'été seulement. Ils débarquaient à la fin du printemps quand fleurissaient les amandiers, avec les enfants et leurs amis autorisés à venir passer quelques semaines avec eux là-bas. Tous travaillaient à leur compte, artistes, écrivains, gentils scélérats non violents, et subvenaient à leurs besoins par d'obscurs moyens, restant modestes mais distingués, vivant de petites rentes ou de revenus obtenus à grand-peine grâce à la vente de tableaux ou meubles de famille, quand ce n'était pas un appartement ou une maison, couchant les uns avec les autres sans que cette habitude ne semble déranger qui que ce soit. Tous se flairaient, se comprenaient sans avoir besoin de dire un mot, tous agissaient de manière tout à fait normale à leurs yeux, bien que souvent considérés comme des parias par le monde extérieur – une impression effacée sitôt retrouvée la présence réconfortante de leurs amis et amants de Majorque, fidèles et dénués de jugements.

Il était plus de vingt-trois heures, mais pas trop tard pour arriver là-bas. Lovés contre des coussins dans la pièce à vivre, Luc trouva les Duhamel tirant sur une petite pipe indienne en compagnie de Schooner Trelawny, un sexagénaire toujours en chemise cubaine, une boîte d'Old Holborn et des allumettes dans la poche, et Nathalie Veilleux qui, à dix-sept ans, semblait tout à fait à l'aise au milieu de personnes plus âgées, allongée à plat ventre sur un tapis indien, le menton dans les mains, agitant ses pieds en l'air, les jambes à moitié nues. Elle accueillit Luc avec un regard vague, planant.

« Lucas ! s'exclama Schooner, qui savait parfaitement qu'il se trompait de prénom. Justement, Teddy vient à l'instant de partir à mobylette pour te chercher. Vous avez dû vous croiser sur la route du *polígono*. »

Teddy, seize ans, le fils de Schooner, passait ses étés sur l'île avec son père.

« Oh. Et Aegina est là ?

— Avec François dans sa chambre, répondit Émile.

— Merci. »

Luc se faufila à travers le labyrinthe de couloirs jusqu'à la chambre de François. Même si lui aussi vivait à Paris la majorité de l'année, ils ne s'y voyaient presque jamais. Alors qu'à Majorque, François était probablement son meilleur ami.

Il les trouva étendus par terre, côte à côte, la tête sur le lit de François – un simple matelas à même le sol. Aegina avait les yeux fermés. Sur le petit lecteur à piles bleu et blanc, Nina Simone chantait « Mississippi Goddam ». Malgré la fenêtre ouverte, l'air était chargé de fumée douceâtre de haschisch. Luc se demanda s'ils avaient couché ensemble, mais les vit tous les deux habillés, et les draps étaient tendus sur les oreillers. Cependant, rien ne les empêchait d'avoir fait l'amour par terre. Luc se demandait ce qu'Aegina et François pouvaient bien fabriquer seul à seul. Ils formaient à eux trois une petite bande, riant sans cesse, comme lorsqu'ils étaient enfants. Mais, depuis cet été, lorsqu'il se retrouvait seul avec Aegina (au Miravista, quand tous les autres dansaient ou s'absentaient aux toilettes, à la plage ou encore sur son bateau), Luc perdait toute conversation ou se mettait à la charrier bêtement, excessivement préoccupé par son regard sur lui et sa peau bourgeonnante. Aegina n'avait que quatorze ans, même si elle semblait plus âgée dans son maillot de bain. Il y avait en elle quelque chose de très différent cet été-là. Quelque chose de sauvage, d'imperméable, qu'il décelait pour la première fois, lui qui pensait la connaître si bien, comme une jungle soudain découverte derrière une plage connue depuis toujours. Luc n'avait jamais embrassé Aegina, sauf pour lui faire la bise, mais il pensait désormais à elle constamment. Il redoutait de demander à François si c'était pareil pour lui.

« *Salut, mec*, lui lança ce dernier.

— *Salut* », répondit Luc.

Il les rejoignit par terre, entre le lit et la fenêtre. François leva un gros joint.

« *T'en veux ?* »

Luc accepta, sentant le bout mouillé du joint sur ses lèvres avant de prendre une bouffée.

« Ça fait longtemps qu'elle est là ? demanda-t-il en désignant Aegina.

— Des heures, mon gars. Elle est complètement défoncée. »

Appuyée contre le lit, la tête d'Aegina était bizarrement penchée. Luc tira une dernière fois sur le joint et le proposa à son ami, qui refusa – il était en train d'en rouler un autre.

« Je vais me faire percer l'oreille, je crois, déclara François. Juste une. Un petit anneau en or. Comme un pirate.

— T'auras l'air d'un *pédé*.

— Non, il y a des hétéros qui font ça. Ça fait cool.

— *Putain*, dit Luc. Très peu pour moi. Ça va te faire un mal de chien. »

Puis il prit une nouvelle bouffée profonde. Lui aussi serait défoncé.

6

Il plut toute la journée du dimanche, chose inhabituelle en été. Le ciel ne se découvrit qu'en fin d'après-midi, séchant les dalles assombries du patio, les plates-bandes et les bougainvilliers des Rochers. Un à un, les hôtes réfugiés dans leur chambre émergèrent, las de lire, de relire de vieux journaux ou d'éviter leur conjoint – quand ils n'avaient pas fini par céder au devoir conjugal avec leur époux ou la personne avec qui ils étaient censés s'accoupler habituellement.

Cassian et Dominick avaient passé l'après-midi à jouer au backgammon, au son des gouttes qui, depuis les tuiles du toit, s'écrasaient de temps en temps sur la table d'angle près du bar. Ils poursuivirent leur partie dans le crépuscule tandis que les habitants des Rochers, qui n'avaient pas quitté leur tenue de plage malgré le mauvais temps, affluaient lentement vers le bar.

Une petite grosse, blonde, dénommée Susie Breedham se hissa sur un tabouret près d'eux.

« Ça alors, vous n'avez quand même pas passé toute la journée ici ?

— Toute la journée, si, répondit Cassian.

— Et toi, Susie belle, qu'as-tu fait de ta journée ? s'enquit Dominick.

— Je me suis tripotée quand je n'ai plus réussi à supporter l'ennui. Sinon, j'ai dormi, j'ai lu et j'ai bu. Pas forcément dans cet ordre.

— J'aurais été ravi de te donner un coup de main si tu me l'avais demandé.

— C'est gentil à toi. Mais je ne voulais pas te déranger.

— Pas du tout.

— La prochaine fois, je te préviendrai si je n'y arrive pas toute seule.

— Je t'en prie. »

Richard Squibb apparut à la table, dans son petit slip de bain caché par son gros ventre rose, les poings sur les hanches, son cigare aux lèvres.

« Alors, qui gagne, qui perd ?

— Comme si tu avais besoin de le demander, répondit Dominick. Il m'a déjà raflé quarante livres.

— Eh bien, pourquoi jouer avec lui dans ce cas ? »

Cassian scruta Richard derrière ses lunettes fumées, un léger rictus sur ses lèvres pincées.

« Ça lui plaît de faire le perdant. » Puis, regardant Dominick : « C'est sa tactique.

— Certes, sauf qu'il perd chaque fois, répondit Richard. Vraiment, je ne comprends pas.

— Richard, pourrais-tu avoir la gentillesse d'éloigner cette chose puante de mon oreille, s'il te plaît ? intervint Susie.

— Oh, pardon. »

Richard s'en alla de l'autre côté du bar. Il aperçut Lulu qui arrivait du garage.

« Lulu, tu n'es quand même pas allée te promener dans le *campo* ?

— Mais si, Richard, bien sûr. »

Elle s'arrêta le temps de lui faire la bise.

« Avec un temps pareil ? Ce n'était pas un peu triste ?

— Absolument pas, j'ai adoré, répondit Lulu. Mais je suis contente que la pluie se soit arrêtée pour que nous puissions profiter du concert.

— Oui, moi aussi, répondit Richard. Il est doué, ce Jackson.

— Très doué, oui. » Souriant à pleines dents, Lulu reprit son chemin. « Mes chéris », lança-t-elle à la cantonade, répondant aux mains qui s'agitaient pour la saluer, avant de disparaître à l'intérieur de la maison.

Lulu avait découvert Jackson Rale et ses ballades, idéales avec un whisky-Coca, au Miravista, quelques semaines plus tôt. Ne voyant aucune objection à ce que Jackson se produise ailleurs en dépit de son contrat d'exclusivité, Mateo l'avait autorisé à venir jouer aux Rochers tous les dimanches jusqu'à la fin du mois, assis dans l'ombre tel un bouddha près de la piscine, le câble de son ampli serpentant dans les escaliers. Jackson faisait un carton auprès des Anglais et autres Européens de l'île, comme auprès des clients des Rochers. Le concert du dimanche soir s'était révélé une activité lucrative pour Lulu. Sous la pluie, cela n'aurait pas fonctionné.

Lulu se rendit dans sa chambre pour se faire couler un bain. Elle venait de traverser toute l'île en voiture afin de se rendre à Artà et de s'entretenir avec Bartolomé Llobet au « cloître », *El Claustro*, comme ils aimaient l'appeler : une petite *finca* que Bartolomé avait transformée en sanctuaire pour travailler et méditer durant ses étés en famille à Cala Marsopa. Cette modeste maison abritait une petite cuisine, des livres et tout le nécessaire pour écrire, ainsi qu'une cheminée, un grand lit et un téléphone dans lequel Llobet prodiguait d'une voix douce ses conseils chaque fois que Lulu l'avait au bout du fil. Lulu connaissait bien ses habitudes, les heures auxquelles Llobet était susceptible d'appeler. Elle-même avait informé ses employés des moments où elle se trouvait ou non aux Rochers afin de ne jamais manquer les coups de fil du gentilhomme espagnol – son avocat, comme elle disait –, qu'elle sollicitait pour l'éclairer sur la gestion de ses affaires avec un empressement croissant à mesure que l'été avançait.

« *Querida* », soufflait-il dans le combiné, de son accent *madrileño* suave et marqué, comme le roulis des cailloux quand une vague se retirait sur la plage. « Je suis là. »

Lulu appréciait la compagnie de Llobet, un homme intelligent et drôle, mais mauvais amant, qui n'aimait pas prendre les devants. Lorsqu'elle lui faisait part de ses désirs, il se concentrait au point d'en devenir barbant. Lulu finissait par lui dire : « C'est bien, Barty. Tu peux passer à autre chose maintenant. » Et il s'exécutait.

Personne n'était au courant de son amitié avec le plus jeune fils du vieux pirate *nacionalista* Juan Llobet, citoyen le plus célèbre de Cala Marsopa. Bartolomé Llobet, lui, n'était qu'un simple avocat en droit maritime *madrileño* fortuné, qui chaque été ralliait le berceau de sa grande famille blanche comme neige ; le seigneur local, en somme, qui présidait l'ouverture de la Festa de Sant Llorenç au mois d'août et détenait des parts à la Banco Llobet. Lui et Lulu avaient fait connaissance au printemps précédent, à l'aéroport de Palma, lorsque ce grand homme en blazer et cravate, ses cheveux argentés plaqués en arrière, l'avait accosté en s'excusant, lui demandant si tous deux s'étaient déjà vus quelque part. « Mais bien sûr ! » s'était-il exclamé, tout réjoui de se rappeler soudain : c'était la *dama de la villa Los Roques* de Cala Marsopa. En voiture sur la route du port et en ville, Llobet l'avait déjà croisée. Il était ravi de faire enfin sa connaissance.

Llobet déployait de louables efforts pour la satisfaire sexuellement, manœuvrant Lulu avec une fierté enfantine pour l'amener jusqu'à l'orgasme, qu'elle consentait à atteindre plutôt qu'autre chose. Il ne s'agissait que de petits spasmes, dont elle se remettait rapidement. Llobet était simple, constant dans ses envies, aussi fiable qu'une bonne plomberie d'hôtel.

En dehors du cloître, ils ne se voyaient que rarement, jamais en public. Personne ne l'aurait trouvée là-bas. Cette impression de séparation totale, voilà ce qu'aimait Lulu, car cette amitié n'empiétait sur aucun autre aspect de sa vie.

Mais, ce jour-là, Lulu avait décidé de mettre un terme à la dimension physique de leur relation.

« Barty, très cher, c'est bien mieux ainsi. À présent, nous pouvons réellement être amis et nous montrer au grand jour. Je pourrai te voir plus souvent. Le sexe finit par lasser les gens et je ne veux pas de ça entre toi et moi. Tout a toujours été absolument charmant, faisons en sorte que les choses restent ainsi. »

Tous deux discutaient en anglais. L'espagnol de Lulu, qu'elle pratiquait maintenant depuis plusieurs dizaines d'années, s'était cristallisé une fois acquises les notions de base, servant à exprimer ses souhaits et donner ses instructions – *Es absolutamente necesario que el baño esté reparado para las seis de la tarde*, il faudra absolument me réparer les toilettes avant six heures cet après-midi. En outre, à force de traiter avec la communauté internationale du droit maritime,

Llobet parlait un anglais parfait, capable d'exprimer les nuances les plus subtiles.

Il leva les yeux vers elle, abasourdi.

« Mais, *querida*, je ne comprends pas. La situation est pourtant parfaite, on ne peut plus idéale. Nous comblons nos désirs en toute discrétion, dans la plus belle intimité – sauf méprise de ma part. Tu ne veux pas m'épouser, n'est-ce pas ? Tu sais que c'est impossible…

— Juste ciel, non, Barty. Même pas en rêve, ni toi ni personne. Non, non, vois-tu, je crois que j'ai fini par trop t'apprécier. Je préférerais que nous devenions de véritables amis.

— Mais nous sommes de véritables amis ! protesta-t-il. Notre amitié est délicieuse, parfaite…

— Oui, mais cachée. Il est impossible d'être réellement amis dans ces conditions. Or c'est ce que je veux : que nous soyons de véritables amis. J'aimerais pouvoir vous inviter, toi et Maria, à venir dîner à la villa.

— Maria ? Et moi ? Tous les deux à dîner ?

— Oui. Pourquoi pas, Barty ? C'est ta femme, je suis sûre qu'elle est merveilleuse. Nous pourrions être d'excellents amis, tu ne crois pas ?

Llobet la regarda fixement. Il se leva et se dirigea vers la porte qui s'ouvrait sur le petit jardin à la fontaine entourée de jeunes orangers. Puis il se retourna et, d'une voix de tragédien, lui lança :

« Lulu. Ma chère et tendre. Dis-tu que plus jamais nous ne ferons l'amour ?

— Oui, Barty. Tout cela a été très plaisant. Mais passons à autre chose, veux-tu ? »

Et elle lui sourit, un véritable sourire d'amitié.

« Il faut que j'arrive à conclure, déclara Dominick en suivant du regard Lulu qui traversait le patio après leur avoir lancé son “Mes chéris”. Quelles sont mes chances, à ton avis ?

— Zéro », répondit Cassian.

Il secoua le cornet à dés et récolta un 11.

« Vraiment ? Pourquoi pas ? »

Cassian bougea ses pions.

« À quoi elle joue, dans ce cas ? » demanda tout à coup Dominick.

Lulu devait avoir au moins dix ans de plus qu'eux, mais prendre de l'âge, dans son cas, n'était synonyme que d'amélioration.

« Elle doit forcément avoir quelqu'un. Mais qui ?

— C'est à ton tour.

— Quoi, ça ne t'intéresse pas ? demanda Dominick. Toi qui la connais depuis toujours. Qu'est-ce que vous fabriquez tous les deux, alors ? »

Dominick était presque sûr que Cassian n'était pas de la jaquette. Il avait à peu près son âge, la trentaine bien entamée, mais n'était pas aussi séduisant avec ses cheveux roux courts coiffés en arrière, habillé comme un maître d'école en vacances, ignorant complètement l'existence de lieux tels que Carnaby Street ou King's Road. À l'en croire, Cassian avait une petite amie à Londres, mais il ne l'emmenait jamais à Majorque avec lui.

« Non, elle ne m'intéresse pas. Il n'y a aucun jeu de séduction.

— Tu n'aimerais pas la sauter ? insista Dominick.

— Ne sois pas désobligeant. C'est une très bonne amie de mes parents. Elle est comme une tante pour moi. »

Dominick parcourut la maison du regard comme un cambrioleur en reconnaissance.

« Eh bien, moi j'ai décidé…, glissa-t-il tout bas, j'ai décidé cet hiver à vrai dire, que j'allais me la taper cet été, la Lulu. Je vais le faire, je peux te dire. Je vais lui faire passer un quart d'heure de…

— Oh, tais-toi donc et joue, imbécile. C'est à toi. »

7

Le petit groupe était attablé devant des assiettes de *pulpo*, *calamari a la plancha*, *hamburguesas* et *papas fritas* au Marítimo, sur le port. Florence et Aymar, Sylvie, François, Teddy, Serge et Alain, Nathalie, Aegina et Luc. La bande. Les mecs de l'été. Installés à une table au bord de la terrasse, à l'écart des lumières. Francesca, la femme de Rafael Soller, refusait de leur servir autre chose que du Coca-Cola ou du Tri-Naranjus, mais Aegina avait remis quelques billets à Nathalie pour acheter un litre de *vino* Planisi qu'ils transvasèrent dans la *bota* en peau de chèvre de Teddy Trelawney. La gourde tournait sous la table, remplissant les verres discrètement. Billie avait donné mille pesetas à Aegina, « pour faire ce que tu veux avec, ma chérie. Pour te faire plaisir ». Aegina s'était servie de l'argent pour boire à nouveau, à l'écart de la maison. Ses visites à l'hôpital s'étaient espacées maintenant que Billie était arrivée.

« *Mais c'est dé-gueul-asse*, ton *pulpo* à la con », disait François en détournant la tête devant le plat de petits poulpes parsemés de safran que Luc avait commandé et que tout le monde se passait.

À la place, il fourra une grosse poignée de *papas* au ketchup dans sa bouche.

« Qu'est-ce que tu en sais ? lui demanda Aegina. Tu n'as même pas goûté.

— Pas la peine. Ça schlingue.

— Moi, j'adore, répondit Aegina.

— Tu vas puer du bec, rétorqua François.

— J'espère bien ! »

Une fois sortis de table, ils descendirent sur le quai obscur et grimpèrent les escaliers en béton jusqu'au sommet de la digue qui dominait les petits bateaux de pêche et quelques petits voiliers étrangers, en bois, qui atteignaient Cala Marsopa. En file indienne, la bande se dirigea jusqu'au bout de la digue pour s'asseoir sous la lumière blanche clignotante du phare, protégés de la vue des gens par ses grosses pierres. À l'abri du faisceau, la petite troupe ne voyait que ses flashs briller au-dessus de leur tête.

Aegina s'assit entre Luc et François, dos au mur, égayée par le vin, les jambes grandes écartées, remuant les genoux. Elle désirait que Luc ou François l'embrasse. Qu'ils posent leurs mains sur ses seins. Qu'ils la malmènent. Jusqu'à présent, ni l'un ni l'autre ne l'avait touchée. Aegina savait que tous les deux avaient des vues sur elle, qu'il se passerait quelque chose, mais rien n'était encore arrivé. Des deux, François semblait être le moins mal à l'aise avec elle. Avec sa coupe à la Jean-Pierre Léaud, il était le plus séduisant. Luc semblait broyer du noir cet été-là. Son attitude changeait tout le temps, et ses grands yeux paraissaient absents, comme appartenant à un autre, lorsqu'il lui parlait de nourriture, de bateaux, des gens ou de ses projets.

Nathalie était assise de l'autre côté de Luc, suivie par Teddy. La gourde circulait, chacun buvant une gorgée. Tous se taisaient, rendus muets par le bruit fracassant des vagues sur les rochers en contrebas et absorbés dans leurs propres pensées.

Nathalie n'avait qu'un an de plus que Teddy, Luc et François, mais jouait déjà dans la cour des grands. Elle avait emmené de Paris son petit ami Marc pendant deux semaines lors de l'été précédent. Tous deux avaient logé chez ses parents comme un couple d'amis mariés. Après le départ de Marc, Nathalie avait eu une aventure avec un homme d'affaires allemand qui roulait en Porsche, rencontré au Miravista. Jusqu'ici, cet été-là, elle était seule. Marc ne descendrait pas ; ils n'étaient plus ensemble.

La tête penchée vers elle sous prétexte de chercher la gourde, Teddy prit une profonde inspiration pour humer son odeur, mélange de savon et de transpiration, et plonger son regard dans son décolleté. Nathalie traînait encore avec eux, car ils se connaissaient depuis toujours, comme des frères et sœurs, selon lui, mais attendait qu'apparaisse son nouvel amant de la saison, hirsute, fumant cigarette sur cigarette, capable de la promener en voiture, financièrement indépendant.

Les genoux d'Aegina heurtaient toujours ceux de Luc et François. Agacé, Luc se leva soudainement.

« J'y vais. Vous venez voir Jackson tout à l'heure ?

— Ouais, moi je viens, répondit Teddy. À quelle heure ça commence ?

— Vingt-deux heures.

— Pourquoi tu t'en vas ? cria derrière lui Aegina quand Luc se mit en route, l'air tout à coup énervé.

— J'ai des trucs à faire. »

Il n'avait rien à faire en réalité, mais n'aimait pas ce petit jeu, cette manière d'attendre de voir si quelque chose allait se passer.

Par ailleurs, il n'avait cessé d'imaginer Arabella Squibb franchissant la porte de sa cabane, portrait vivant – peut-être à cause de la pluie de l'autre jour – de Dorothy Lamour dans *The Hurricane*.

Peu avant vingt-deux heures, Jackson Rale s'installa en haut de la piscine. Presque imperceptiblement, d'un geste plein de retenue pour un homme si costaud, il gravit les marches, un tabouret à la main, puis tira une rallonge depuis le bar pour brancher son ampli. La serveuse – Sally – lui préparait son Cuba Libre. Il posa son verre sur l'ampli, s'installa et brancha sa Gretsch. Des notes feutrées s'élevèrent jusqu'au patio, au bar et à la terrasse où les gens dînaient, comme des bulles de savon éclatant discrètement au-dessus des buissons et derrière les oreilles des gens. Jackson connaissait si bien ses morceaux que sa musique semblait aussi naturelle que les vagues qui doucement se brisaient sur les rochers. « Mona Lisa », « Smoke Gets in Your Eyes », « I Cover the Waterfront », « Cuando Calienta el Sol », « Perfidia ».

Le dîner terminé, tout le monde convergea vers le bar. Les verres furent emportés jusqu'aux tables déplacées au bord du patio. Jackson passa à des airs plus rythmés : « Come Fly with Me », « I've Got You Under My Skin », « I Get a Kick out of You », « My Funny Valentine ». Quelques couples, ceux assez vieux pour savoir comment se trémousser sur ce genre de morceau, se mirent à danser. Puis, effleurant le bouton du volume de sa guitare, Jackson gratta quelques airs de rhythm and blues bien connus : « I Got a Woman », « Blue Suede Shoes », « Maybellene ». La piste de danse se remplit de nouveaux arrivants dansant le rock and roll, les mains en l'air. Ce genre de Blancs rappelaient toujours à Jackson une nuit, plusieurs années plus tôt, à New Haven, lorsqu'en première partie d'un groupe, il avait surpris Pat Boone, le crooner du moment, sautant comme une pile électrique sur « Tutti Frutti ». Une image qui resterait gravée à vie dans sa mémoire.

Dominick s'approcha de la table où Lulu était assise en compagnie de Tom et Milly.

« Lulu, lança-t-il, tout enthousiaste, dans sa chemise à fleurs Mr Fish, son pantalon pattes d'eph', taille haute, ses horribles mocassins Gucci blancs, claquant des doigts en rythme tout en se dandinant. Acceptez-vous de m'accorder cette danse ?

— Mais certainement, Dominick. »

Lulu se leva, lui adressant un sourire franc – signe d'une femme sous le charme.

Il lui prit la main d'un geste galant et la mena sur le patio comme pour se préparer à rejoindre un quadrille. Aussitôt libérée, Lulu se mit à onduler gracieusement. Dominick, lui, pliait les jambes, jetait les bras en l'air, tournait autour d'elle comme un oiseau de paradis devant une femelle. Il se rapprocha, se penchant sur elle, puis s'écartant à nouveau.

Lulu éclata de rire.

« Tu es tellement drôle, Dominick. »

À la fin du morceau, Lulu lui lança :

« Merci, Dominick. Qu'est-ce qu'on s'amuse avec toi. Je retourne m'asseoir. Viens avec nous. »

Elle rejoignit sa table dans le patio. Visiblement content, Tom leva des yeux complices vers Dominick.

« Prends un verre avec nous, Dominick ! » s'exclama-t-il, ne cessant d'afficher son grand sourire blanc et confiant.

Tom faisait toujours en sorte de ne jamais pouvoir être surpris avec un morceau d'épinard logé entre les dents, toutes remplacées par des couronnes *nec plus ultra* depuis un accident de mobylette à l'âge de dix-neuf ans.

« Merci, répondit Dominick. Avec plaisir. Mais attendez, non, laissez-moi vous offrir quelque chose. Que désires-tu boire, Lulu ? »

Lulu, bien sûr, pouvait boire gratuitement, mais ne refusait pas de se voir témoigner une petite attention en se faisant payer un verre.

« Comme c'est gentil à toi, mon chéri. Je prendrai volontiers un sherry. Un *fino*, s'il te plaît. »

Luc arriva par l'escalier de la piscine et s'arrêta près de Jackson pour le regarder jouer, gratifié d'un petit signe de tête par le musicien.

« Tu peux jouer "Perfidia" ? lui demanda Luc une fois le morceau terminé, alors que Jackson sirotait son Cuba Libre.

— Je l'ai déjà jouée. Je te la referai plus tard.

— Merci, c'est sympa.

— Pas de souci, mec. »

Jackson entamait les premières notes de « Tuxedo Junction » quand Luc aperçut Aegina qui accourait vers eux. Mais, au lieu de s'arrêter comme il s'y attendait, elle fonça droit sur lui et le poussa dans la piscine. Jackson ne s'interrompit pas. Puis elle battit en retraite, dévalant les marches quatre à quatre avant de se faufiler à travers les danseurs qui peuplaient le patio. Luc sortit de la piscine et se précipita à sa poursuite, trempé, couinant dans ses baskets.

Dehors devant le portail, il balaya du regard la route du port qui disparaissait sur sa gauche au milieu des lumières de la ville et des auberges sur la plage de Son Moll à sa droite. Il la repéra enfin, au bord des rochers juste devant lui, debout devant la mer noire agitée, ses cheveux soyeux, son dos et ses jambes éclairés par les maisons plantées sur le rivage. Il traversa la route à pas mouillés.

« Aegina. »

Les vagues se retiraient bruyamment sous leurs pieds, de plus en plus fort à mesure que Luc se rapprochait.

« Aegina… »

Mais elle semblait poussée dans le vide par sa voix. Luc se précipita.

« Merde, c'est pas vrai, Aegina ! cria-t-il lorsqu'il vit sa tête refaire surface dans l'écume bouillonnante. Qu'est-ce que tu fous ? »

Elle ne leva pas les yeux. Sa tête continuait à flotter au milieu des vagues.

« Aegina ! Reviens ! »

Elle semblait en avoir décidé autrement. Brusquement, sa petite tête noire disparut dans le tumulte luisant des flots.

Luc se débarrassa de ses chaussures et sauta.

L'eau se révéla étrangement chaude. Il refit surface, incapable de la trouver l'espace de quelques instants, avant d'apercevoir le contour de sa tête qui se découpait contre le halo fluorescent de la ville. Il la rattrapa rapidement.

« Aegina. »

Elle continuait de s'éloigner vers le large, sans se presser, Luc nageant à ses côtés, maladroitement.

« Pourquoi tu as fait ça ? »

Pas de réponse.

« Pourquoi est-ce que tu m'as poussé dans la piscine ?

— Parce que j'en avais envie.

— Mais pourquoi ? »

Elle continuait à nager.

« Je mourais d'envie de me baigner ce soir, tiens ! » poursuivit Luc.

Quelques minutes plus tard, il ajouta :

« Tu sais, je ne suis pas sûr que je serai capable de te sauver si on continue comme ça.

— Alors rentre.

— Pas question… »

Luc ne trouvait plus ses mots, non pas à cause de la nage qui l'avait mis hors d'haleine, mais du geste d'Aegina qui avait fait battre son cœur comme un fou, cette attention inattendue qu'elle lui avait témoignée, gratifiante même si Luc n'était pas sûr de savoir ce qu'elle signifiait.

« Aegina… je ne peux pas t'empêcher de continuer… Enfin, je pourrais… mais si c'est pour me battre avec toi en pleine mer… En plus, je ne serai pas assez costaud pour te ramener à quai si tu résistes… Je ne suis même pas sûr de pouvoir te ramener maintenant si tu ne résistes pas…

— Va chier !

— D'accord, mais… si je rentre… et que tu te noies… Et que plus tard je dis : “Oui, j'étais là, mais… c'est elle qui m'a dit de la laisser tranquille”…

— *Aie-Aie-Aie !* » cria-t-elle, la tête levée vers les dieux.

Luc se trouvait à plusieurs mètres, mais sentait malgré tout son haleine douceâtre et avinée.

Aegina se tourna, mais sans regarder Luc, pour se repérer. Elle le contourna à la nage, prenant lentement la direction du quai.

Ils restèrent accrochés à l'échelle cimentée pendant plusieurs minutes, le temps de reprendre leur respiration. Puis Luc finit par lui dire :

« Après toi. »

Aegina grimpa et disparut en haut des rochers, suivie par Luc. Une fois en haut, il la trouva couchée sur le flanc, à même le sol. Il s'étendit près d'elle. Son souffle retrouvé, il commença à sentir la brise marine sur ses vêtements mouillés et frissonna.

« Aegina », dit-il en se redressant.

Mais elle s'était endormie, respirant rapidement par la bouche, ses cheveux noirs collés sur son visage.

« Aegina », répéta Luc. Il la tira par le bras. « Viens, on rentre. Allez, réveille-toi. »

Elle répondit par un grognement.

Luc s'agenouilla et se pencha en avant comme pour prier jusqu'à ce que sa tête touche la roche, afin de la hisser sur son épaule.

D'un pas maladroit, il gravit la contre-allée jusqu'au portail près du garage avant d'emprunter le chemin qui menait à sa cabane. À nouveau, il s'agenouilla pour déposer Aegina sur son lit. La lumière de la piscine et du patio filtrait en haut des murs par les petites ouvertures carrées de la taille d'un hublot. Luc mourait de soif. Caché dans l'ombre, il se faufila à l'intérieur de la maison et rapporta une bouteille d'eau minérale trouvée dans le frigo de la cuisine, qu'il but à grosses goulées.

Toujours allongée sur son lit, Aegina était enroulée dans un drap, deux vêtements en boule, trempés, à ses pieds.

« Aegina ? Tu es réveillée ? Tu veux de l'eau ?

— Oui. » Elle se redressa, en appui sur un coude, et Luc lui tendit la bouteille. Il s'assit sur le bord du lit pendant qu'elle buvait. « Est-ce que tu veux voir mes seins ? lui demanda-t-elle en la lui rendant.

— Non, ça va aller, merci.

— Regarde. » Aegina laissa tomber le drap. Ils étaient petits comme des prunes, blancs à l'endroit où ils n'avaient pas bronzé, deux petites excroissances sombres au centre. « Ils viennent juste de pousser, dit-elle.

— Je vois ça.

— Ils te plaisent ?

— Oui, ils sont beaux.

— Est-ce que tu veux les toucher ?

— Non, merci. »

Elle empoigna sa main libre, l'attira jusqu'à sa poitrine et la plaqua contre elle. Luc sentit comme des petits boutons froids.

« Alors, ils sont beaux, hein ? Ils vont encore grossir.

— Très beaux, oui. Et ils sont bien comme ça.

— Non, ils vont grossir. Je le sais, parce que je suis comme ma mère. »

Luc avait entendu parler de ce qui était arrivé à Paloma par Francesca, qui venait faire le ménage tous les jours aux Rochers. Francesca savait seulement que Paloma était à l'hôpital à Manacor, et que cela ne s'annonçait pas bien du tout. « J'ai appris pour ta mère, je suis désolé », avait-il dit à Aegina quelques jours plus tôt, mais elle n'avait pas voulu en parler. Il l'avait trouvée saoule, ou en train de se saouler, chaque fois depuis.

« Je vais te ramener chez toi. »

Sans relâcher sa main, Aegina s'adossa en l'attirant vers lui.

« Je veux le faire avec toi, lui dit-elle.

— Faire quoi ?

— *Jódeme*. Baise-moi. »

Elle fit glisser ses doigts plus bas vers son ventre, mais Luc la chassa.

« Non.

— Pourquoi ? Tu es encore puceau ? » lui demanda-t-elle d'un air provocateur.

Les réponses de Luc, qui s'était déjà vu poser cette question par des garçons et des filles à Paris, différaient souvent. Mais dire la vérité à Aegina ne le dérangeait pas.

« Oui. Et toi ?

— Bien sûr que je suis vierge ! Qu'est-ce que tu crois ? J'ai quatorze ans !

— Oui… tu es quand même jeune…

— Non, pas du tout. Je suis prête. C'est le moment. Je veux perdre ma virginité. Et toi, tu es plus âgé, tu devrais dire oui. C'est quoi, le problème ? Tu n'as pas envie de moi ?

— Aegina, ce n'est pas ça… Tu es très jolie. Et je t'aime beaucoup. Mais je pense que nous devrions attendre.

— Attendre quoi ? C'est le moment parfait. Allez, viens. » Elle jeta le drap et se dressa sur un genou, les yeux rivés sur lui. « Tu n'as pas envie de moi ? »

Luc lui rendit son regard, conscient de ce corps lisse, encore humide, de ce délicat triangle sombre à la jointure de son ventre et de ses hanches, sous ses yeux.

« Je pense que nous devrions retenter dans d'autres circonstances, à un moment où tu ne seras pas bourrée.

— Je ne suis pas bourrée. Et, de toute façon, qu'est-ce que ça peut faire ?

— Je vais te ramener chez toi. »

D'un geste brusque, Aegina rabattit la couverture jusqu'à son menton et s'assit sur le lit.

« Ça va, j'ai ma *moto*.

— Tu ne peux pas conduire dans cet état.

— Et tu comptes m'arrêter comment ?

— Ça, je trouverai, fais-moi confiance.

— *¡Coño!* Merde ! » hurla-t-elle comme une authentique femme de pêcheur. Puis elle baissa les yeux vers les vêtements trempés roulés par terre. « Hors de question que je remette ça.

— Tiens, dans ce cas. »

Luc posa sur le lit un short et un T-shirt à lui, puis sortit de la cabane à outils.

« Aegina, arrête ça ! » siffla-t-il entre ses dents.

Assise à l'arrière de sa mobylette, à la lisière de la ville, un bras autour de son torse, Aegina ne cessait de toucher son entrejambe avec sa main libre. À un moment donné, ses doigts se refermèrent vigoureusement sur son sexe en érection. Luc se retourna aussitôt.

« Arrête ! On va avoir un accident !

— Conduis et tais-toi. »

Il cessa de gigoter, et ils roulèrent silencieusement tandis que sa main l'entourait à nouveau et l'explorait doucement, sans qu'aucun des deux ne dise mot.

Gerald et Billie attendaient tous les deux sur la terrasse, alertés par le vrombissement de la Rieju qui gravissait péniblement la colline.

« Va-t'en », lui dit Aegina en sautant de selle.

Luc fit demi-tour et descendit l'allée au point mort, son esprit et son corps encore emplis du contact de ses doigts.

« Aegina, où étais-tu passée ? lui demanda Gerald. Est-ce que tout va bien ? Où est ton vélomoteur ? Tu n'as pas eu d'accident ?

— Non, je vais très bien, papa. Je n'avais pas envie de rentrer avec, c'est tout. »

Puis elle lui souhaita bonne nuit en montant quatre

à quatre les marches de la maison pour se réfugier dans sa chambre près de la citerne, au rez-de-chaussée.

« Est-ce que tu sais au moins où elle était passée ? demanda Billie à Gerald, dehors.

— Probablement au Miravista, c'est là qu'ils vont danser. Ce garçon, c'était Luc – le fils de Lulu. Un bon gars, crois-moi.

— Mais elle ne portait pas ses vêtements, Gerald.

— Ah ?

— Gerald… Ça ne peut plus continuer comme ça. »

8

Malgré tout, la vie continuait. Gerald avait besoin de vendre son huile. Au petit matin, il partit en direction d'Artà afin de récupérer cinquante bouteilles d'huile d'olive d'un litre qu'il produisait pour les livrer au Comestibles Calix, à l'hôtel Castillo, à La Fonda et à plusieurs autres restaurants de Cala Marsopa.

Il avait rejoint la *cooperativa* d'Artá au mois de novembre, en vue de bénéficier de l'appellation « Illes Balears Qualitat ». À cause d'un automne pluvieux, ses arbres avaient donné davantage d'olives qu'il ne l'espérait, plus qu'il n'en pouvait récolter seul. La *cooperativa* lui avait envoyé deux hommes pour l'aider, qui repartirent pour la presse chargés de grosses cuves d'olives vertes et violettes. Les frais d'adhésion à la *cooperativa* et la rémunération des deux hommes furent amortis par cette récolte abondante et les quelques pesetas que Gerald pouvait désormais faire payer en supplément pour chaque *litro* comportant l'appellation « Qualitat ». Le vieil *abuelo* qui travaillait à la presse, « le grand-père aux olives », comme tout le monde l'appelait, qui léchait son index crochu pour contrôler la qualité de l'huile, avait conseillé à Gerald de récolter deux semaines plus tôt.

Résultat : l'huile était meilleure que jamais, une huile aux parfums de *frutas del bosque*. Au départ, Gerald n'avait su que penser, redoutant une erreur, que ses olives aient été mélangées avec d'autres, supérieures, mais l'*abuelo* lui confirma que le goût était dû à la cueillette anticipée, qu'aucune erreur n'avait été commise et que son huile était effectivement très bonne. Il obtint plus de bouteilles qu'il ne pouvait en stocker à Ca'n Cabrer. La moitié, plusieurs centaines de litres verts, légèrement troubles, restèrent à la cooperativa. Gerald se rendait à Artá chaque fois qu'il en avait besoin.

Il entama le trajet de cinquante minutes qui le séparait de l'hôpital de Manacor. Paloma n'avait pas bougé, même si sa mine semblait meilleure et ses paupières moins noires grâce au respirateur. En espagnol, Gerald lui annonça qu'il s'apprêtait à aller chercher de nouvelles bouteilles à la *cooperativa* et serait de retour plus tard dans l'après-midi.

L'hôpital se situait à une demi-heure de route d'Artá. Après avoir souhaité « *bon dia* » au vieil *abuelo*, qui lui rendit un sourire édenté, il chargea les bouteilles soigneusement conditionnées dans le coffre de sa Simca et s'en retourna en direction de Cala Marsopa.

Mateo Pujols avait loué un petit appartement pour Jackson sur la colline qui dominait le port, celui d'un ami qui en avait fait l'acquisition pour sa belle-mère. Mais ladite belle-mère était morte en juin. Depuis, l'ami de Mateo était content de le louer comme meublé pour la saison.

Jackson aussi était content, car son logement se situait dans des ruelles, près de l'arrière-boutique d'un réparateur de télévision, d'un cordonnier, d'une épicerie et de l'arrière-cour d'un plombier. Le bruit des commerçants ne durait jamais longtemps dans la journée, contrairement au vacarme des touristes ivres qui pouvaient chanter pendant des heures dans les rues, les bars et autres endroits de la ville où se situaient les hôtels et les auberges.

Jackson se réveillait tard le matin. Il gardait dans sa petite cuisine une réserve de produits de base achetés à l'épicerie voisine : pain, café, lait, sucre pour le petit-déjeuner ; quelques morceaux de fromage, de la crème glacée, des bouteilles d'eau, de la bière et une bouteille de J&B. Il déjeunait chaque jour au même café sur la place, à l'abri des touristes. Il s'était acheté un carnet et des crayons, et dessinait les gens et les immeubles autour de lui. L'esprit de Jackson se vidait alors plaisamment. Il ne pensait plus à rien – en général, Jackson n'aimait pas trop penser. Comme une parenthèse, dont il prenait seulement conscience une fois qu'il en sortait, au moment où ses pensées se mettaient à nouveau en marche, Jackson avait alors l'impression de revenir de vacances.

Il retourna dans sa chambre à trois heures. Cette nouvelle femme venait presque chaque après-midi à présent. Il laissa la porte ouverte.

Elle ne tarda pas à arriver. Les rideaux tirés juste comme elle l'aimait, Jackson était déjà alangui sur le lit, nu, présentant son ventre comme un chien en train de se rouler.

« Exactement comme j'aime », dit-elle.

En quelques secondes, elle ôta ses vêtements et s'avança contre ses jambes comme un chat.

Celui-là aimait lui secouer la tête et frotter ses longs cheveux blancs sur ses jambes noires, son aine, son torse. Derrière sa chevelure, son regard se fixait sur sa peau noire. Elle promenait partout ses mains blanches, comme pour façonner une œuvre d'art, et glissait entre ses jambes, répandant sur lui ses cheveux avant de s'accroupir pour s'abaisser sur sa queue. Elle était plus âgée, se rapprochant sans doute de son âge, mais elle était petite et ferme comme un chat. Assise ainsi, elle semblait perdre la tête. Lorsqu'elle en ressentait l'envie, elle roulait alors sur le côté pour le laisser grimper sur elle – elle lui disait ce qu'elle voulait et lui n'y voyait aucune objection –, puis il commençait à la pilonner tel un soldat de l'US Army, la poussant de plus en plus haut sur le lit jusqu'à ce que ses mains s'écrasent à plat sur le mur au-dessus de sa tête en le repoussant. Il savait qu'il l'amenait à l'orgasme à sa voix de plus en plus étranglée, puis l'entendait crier, gémir comme une personne en détresse, obligé de lui couvrir la bouche pour étouffer ses cris tandis que d'un œil écarquillé, elle le fixait, hurlant derrière sa main, soufflant par le nez comme un cheval de course jusqu'à faire couler de la morve sur lui. Jackson continuait aussi longtemps qu'elle le voulait à la tringler, alors qu'elle était plongée dans un état second. « Et ne ramollis pas en moi », lui avait-elle ordonné, ce qui convenait parfaitement à Jackson, car lorsqu'elle en avait assez, elle le repoussait, remontait sur lui, l'attrapait entre ses deux mains comme une paysanne roulant un pain de polenta, à califourchon sur lui, ruisselante de sueur, jusqu'à le regarder jouir comme un enfant qui regarde un poussin sortir de son œuf.

Elle le fixait alors, tout essoufflée, et lui disait : « Tu n'as pas idée de ce que tu me fais, Jackson », et lui répondait : « Oh, je crois que si. »

« Et pour toi, c'était comment ? lui demandait-elle.

— Tu pourrais peut-être y mettre un peu plus de cœur la prochaine fois », lui disait-il, puis elle éclatait de son rire gracieux.

C'était une sacrée belle femme. Tous deux formaient ensemble comme une photo en noir et blanc.

Elle ne s'attardait jamais, debout et habillée aussi vite qu'elle était venue.

Le Comestibles Calix ne se situait pas dans un endroit à touristes. L'on vendait là-bas des produits pour les papilles affûtées – destinés aux résidents étrangers venus pour la saison ou aux locaux des classes supérieures –, des gens qui cuisinaient chez eux et exigeaient mieux que la bouillasse en conserve habituellement consommée par les Espagnols et les Portugais. Au Comestibles Calix, il était possible de trouver des bocaux de foie gras du Périgord, des biscuits Lefèvre-Utile de Nantes, du cheddar du Somerset, de l'*hapansilkka* fétide de Finlande, de l'huile d'olive italienne et grecque et des bouteilles vertes d'huile locale. Il y avait des corbeilles de citrons, des jarres d'olives et d'amandes. Calix achetait son huile à Gerald depuis le début.

Il gara la Simca à quelques pas de là. Avec douze bouteilles soigneusement placées dans son cabas en paille, Gerald entra au Calix par le bruyant rideau de perles.

« *Hola*, lança-t-il à José et à Caterina Calix, debout derrière le comptoir.

— *Hola Jerol* », lui répondit Caterina, son visage s'éclairant soudain d'un mélange de compassion, de tristesse, de gêne et d'optimisme forcé.

José, un Catalan roux, grisonnant à présent, qui tranchait du *jamon serrano* sur sa machine électrique, le salua d'un signe de tête avec la gravité d'un soldat partageant sa dernière cigarette dans la tranchée.

« *¿Cómo está Paloma?* » demanda Caterina.

Gerald haussa les épaules et détourna le regard.

« *Vamos a ver* » était la seule réponse qu'il pouvait donner à présent.

Il posa ses bouteilles sur le comptoir. Caterina ouvrit son tiroir-caisse pour sortir des billets qu'elle compta soigneusement, avant d'ajouter quelques pesetas en pièces et de tendre le tout à Gerald, sans le quitter des yeux. Malgré sa tentative pour garder son calme se lisait à présent sur son visage une expression révoltée.

« *Dios mío, Jerol.* »

Faisant le tour du comptoir, Caterina le prit dans ses bras. Mais elle se ressaisit rapidement et retourna à sa place.

« *Sí. Gracias, Caterina. José.* »

Gerald sortit dans la rue par le rideau de perles qui depuis la boutique obstruait la vue, regagnant sa Simca quand il se cogna tout à coup contre Lulu.

Celle-ci vacilla. La main de Gerald lui saisit le haut du bras.

« Lulu », lâcha-t-il sans pouvoir s'empêcher de la contempler.

Lulu était couverte d'un film de transpiration, des mèches folles s'échappant de ses cheveux attachés. Elle semblait s'être enfuie précipitamment des Rochers. Elle lui rendit son regard, comme coupée dans son élan, surprise, désorientée par cette rencontre inattendue.

Aussitôt, Gerald chercha des yeux la cicatrice sur son menton ; elle était blanche, comme palpitante.

Mais Lulu retrouva ses esprits et se dégagea brutalement.

« Qu'est-ce que tu fabriques ici ? demanda-t-elle sèchement.

— J'étais au Calix, dit-il en baissant la main. Je… »

Elle tourna les talons brusquement, vers la colline en direction du port, du centre-ville. Gerald la regarda s'éloigner jusqu'au coin, où elle disparut.

Quelques centimètres seulement l'avaient naguère séparé d'elle et de son corps brûlant comme un feu ardent. Gerald avait senti cette chaleur sur son bras humide. Tout à coup, une vision l'envahit, effaçant de sa vue la rue qui s'étirait devant lui pour la substituer à Lulu, nue comme un ver, chaude, mouillée, au-dessus de lui dans l'étroit poste d'amarrage de la *Néréide*, des mèches de cheveux pendant sur son visage, son cou, ses seins. Dans la cabine torride, au comble du désir, encore émerveillés de s'être trouvés tous les deux.

Graduellement, l'esprit de Gerald s'éclaircit. Il voyait à nouveau la rue, les gens, les vélomoteurs. Alors il démarra sa Simca.

9

Dans la cuisine, Billie préparait de la *soupe catalane*. À l'occasion d'une de ses premières visites chez son frère à Ca'n Cabrer, elle avait apporté un nouvel exemplaire de *A Book of Mediterranean Food*, d'Elizabeth David. Billie avait déjà testé nombre de ses recettes, piochées dans son propre exemplaire de Sevenoaks, corné et taché, recettes qu'elle avait adaptées aux produits qu'elle parvenait à trouver dans le Kent. Mais le plaisir de cuisiner ces plats à Majorque, alors qu'elle était entourée par la Méditerranée bleu pâle, se révélait toujours incomparable. Pour sa *soupe catalane*, Billie n'utilisait que des ingrédients du coin, à l'exception du céleri qu'elle n'avait pas réussi à trouver à Cala Marsopa. Elle l'avait remplacé par des poivrons verts émincés. Paloma, elle, était une cuisinière efficace, inébranlable, une adepte de la viande (elle appréciait le sanglier), du poisson et des légumes, mais moins encline à préparer des plats plus légers comme des salades, des soupes, du poulpe ou du calmar. Ce genre de mets, simples mais intéressants comme hors-d'œuvre, Billie aimait les expérimenter et les préparer avec Aegina. Cependant celle-ci ne touchait presque plus son assiette désormais, et n'avait pas passé de temps avec elle dans la cuisine depuis son arrivée.

« Elle ne s'est toujours pas levée ? demanda Gerald en rentrant, chargé de nouvelles bouteilles d'huile.

— Non, toujours pas. »

Elle continua de hacher ses oignons d'un air songeur. Puis elle s'arrêta brusquement pour essuyer ses yeux larmoyants avec de la mie de pain, avant de se tourner vers son frère qui sortait du cellier.

« Gerald, viens t'asseoir. Il faut que je te parle sérieusement.

— Oui, très bien », approuva-t-il avec soulagement.

Billie était sa sœur aînée, et ses paroles avaient souvent valeur d'oracle. Il s'installa, se versa un verre de vin rouge d'une bouteille déjà ouverte sur la table et mordit dans un morceau de pain.

Billie le regarda dans les yeux.

Aegina semblait dormir depuis des années, comme dans un conte de fées, prisonnière d'une toile d'araignée, sous le charme d'une poudre magique, dans un épais cocon protecteur.

Sur son bureau s'entassaient les bobines de sisal doré dont elle se servait pour tisser ses bijoux de pied que l'on attachait autour de sa cheville, une lanière courant sur le dessus du pied, une boucle attachée au deuxième orteil, portées sans autre ornement. Ses créations avaient connu un certain succès à la villa ces deux dernières années, auprès des femmes qui aimaient se glisser à pas de loup dans le patio pour y danser nu-pieds. Vendues au bar, elles permettaient à Aegina de récolter un argent de poche raisonnable. Ces bijoux, avait-elle dit à Gerald, avaient même inspiré à Lulu une soirée romaine aux Rochers. Elle n'en avait fabriqué aucun depuis le malaise de sa mère.

Gerald était assis près d'elle sur le lit. Il promena sa main dans ses cheveux noirs pour lui dégager le visage. *Ma belle, belle petite fille*. Toutes ces personnes qu'avait été Aegina au fil de sa vie lui manquaient – le bébé de dix-huit mois, la fillette de trois ans, puis de cinq, son corps alors tout petit, appuyé contre lui de tout son poids lorsqu'elle s'endormait –, un changement que Gerald pouvait supporter uniquement parce qu'elle devenait en grandissant un être encore plus précieux et plus extraordinaire, une partie de lui-même encore plus nécessaire. La bouche entrouverte, son visage était calme à présent, toujours très enfantin, comme si la veille Aegina s'était endormie au son du *Conte de Pierre Lapin*. Il s'apprêtait maintenant à la sortir de son sommeil, à la pousser dans ce monde dur, à l'arracher à jamais des jours les plus heureux de son enfance.

Elle ouvrit les yeux et trouva le regard de Gerald rivé sur elle.

« C'est au sujet de maman ? Que s'est-il passé ?

— Rien, répondit Gerald. Il ne s'est rien passé. Mais il faut que je te parle. »

Aegina n'avait pas bougé, elle fixait son père du regard, soudain éveillée.

« Je sais ce que tu vas me dire, papa. »

Gerald commença à bredouiller :

« Aegina, ma douce, ma douce…

— Elle est déjà morte et nous devons la débrancher. Je sais tout ça. »

Il la regarda, étendue sur son lit, cherchant une faille dans sa profonde sérénité.

« Eh bien… Je crois que c'est ce que les docteurs cherchaient à nous dire.

— Ils nous l'ont dit, papa. Le docteur Jiménez a dit qu'elle n'avait plus de *función cerebral*, qu'elle ne la retrouverait jamais, que la machine respirait à sa place et qu'il fallait nous préparer à la laisser partir. Il l'a dit. Il faut nous préparer à la laisser partir.

— Oui », répondit Gerald, abasourdi. C'était lui qui n'était pas préparé. Aegina, comprenait-il à présent, s'était préparée, chaque soir. « Je crois m'en souvenir, oui.

— Alors, tu ne penses pas que nous devrions le faire, papa ? Arrêter la machine et la laisser partir ? Je ne supporte plus de la voir comme ça. Elle n'est plus là. »

Aegina prit la main calleuse de son père entre les siennes.

« Tu as beaucoup de ta mère en toi », dit-il.

Tous les trois roulèrent jusqu'à Manacor dans l'après-midi.

Gerald voyait le paysage défiler comme s'il le découvrait pour la première fois. Les olivettes, les vieux murs de pierre calcaire. Il pensait à Aegina. Il désirait dire à Paloma combien leur fille était formidable, combien Majorque était belle. Il désirait lui dire tout ce qu'il lui devait. Gerald n'était même pas sûr que Paloma le savait elle-même. Car rares sont les personnes à exprimer leur reconnaissance ouvertement.

Paloma avait tant fait pour lui.

Il continuait à regarder Aegina dans le rétroviseur – obligé de pencher légèrement la tête, mais tâchant de rester discret. Les yeux rivés sur le paysage, insondable derrière ses lunettes de soleil aussi grosses qu'un masque d'homme-grenouille, Aegina ne bougeait pas. Elle semblait plus paisible que lui.

« Ça va aller ? » souffla doucement Billie.

Gerald se rendit compte qu'elle le regardait.

« Oui. »

Le docteur Jiménez n'était pas à l'hôpital. Un homme plus jeune, le docteur Muñoz, le remplaçait.

« Mon Dieu, se désola Gerald, pensant tout haut. Nous aurions dû prévenir le docteur Jiménez avant de prendre notre décision. »

Mais le docteur Muñoz pouvait se charger d'eux. Ils pouvaient patienter dans la chambre de Paloma, leur dit-il, jusqu'à ce que l'infirmière revienne avec le prêtre.

Aegina s'assit sur le bord du lit de sa mère et souleva sa main droite. Gerald était assis de l'autre côté du lit. Il regardait sa fille, qui semblait toujours aussi calme et déterminée. Il souleva la main gauche de Paloma. Elle était très chaude. Billie s'assit à son tour sur le lit, à côté d'Aegina.

« *Hola, querida*, dit-il d'un ton naturel à Paloma, comme il le faisait toujours, comme si elle pouvait l'entendre. Nous t'aimons tous les trois. »

Le prêtre apparut, suivi par le docteur Muñoz puis une infirmière.

« *Buenos días* », dit le prêtre.

C'était un homme à la peau très pâle, sa barbe mal rasée détonnant sur son visage, comme du charbon. De petites pellicules saupoudraient les épaules de sa soutane noire. Gerald décela une odeur d'ail et de *sobrasa* dans son souffle. Sans doute avait-il interrompu son déjeuner.

« Souhaitez-vous dire quelque chose ? demanda le prêtre.

— Nous ? » demanda Gerald.

Il se tourna vers Aegina, qui secoua la tête.

« Non », dit-il.

Le prêtre fit le signe de croix et commença à prononcer tout bas : *Da, quaesumus Dominus, ut in hora mortis nostrae Sacramentis refecti et culpis omnibus expiati, in sinum misericordiae tuae laeti suscipi mereamur.*

Une fois sa prière terminée, il embrassa l'étole écarlate qu'il portait autour du cou, l'enleva, puis s'approcha du lit pour la placer pendant quelques instants contre la joue de Paloma, près de sa bouche intubée.

« Puis-je faire autre chose pour vous ?

— Non, merci, mon père », répondit Gerald.

Le prêtre acquiesça doucement, marmonnant encore quelques mots de latin, puis quitta la chambre. Pour retourner à son déjeuner.

« Vous êtes prêts ? demanda le docteur Muñoz.

— *Sí* », répondit Gerald.

Le docteur Muñoz adressa un signe de tête à l'infirmière, esquissa un signe de croix, puis éteignit le respirateur. Un silence soudain emplit la chambre, comme le silence d'un réfrigérateur que l'on ne remarque qu'une fois débranché. D'un geste assuré, le docteur Muñoz retira la perfusion de la main de Paloma. Puis l'infirmière et lui s'en allèrent.

Ils avaient tous les trois les yeux rivés sur Paloma. Gerald regardait sa poitrine, guettant un mouvement. Elle ne se souleva pas. Aegina se pencha et embrassa la joue de sa mère. Seule résonnait dans la chambre leur propre respiration saccadée.

« Elle est belle, dit Billie. Elle a l'air en paix. »

Tandis qu'elle parlait, les lèvres de Paloma s'entrouvrirent comme pour prononcer une dernière parole. Sa bouche se relâcha…

« Maman ! » hurla Aegina.

La bouche de Paloma continua de s'ouvrir jusqu'à reprendre la position qu'elle avait connue pendant plus d'une semaine autour du tube respiratoire. Ses lèvres commencèrent à virer au bleu. Le rose de ses joues disparut petit à petit, sa peau devint cireuse. Puis d'un gris, d'un blanc de nacre.

Aegina se leva en poussant un cri. Puis un autre. Elle s'enfuit de la chambre en courant.

Billie se leva à son tour.

« Je vais la chercher. » Mais elle ne pouvait détacher son regard des changements si brusques qui s'emparaient du corps de Paloma. « Dieu, c'est rapide. » Elle toucha l'épaule de Gerald. « Est-ce que je peux te laisser seul ?

— Oui, je vous rejoins dans un moment », dit Gerald en tentant d'esquisser un sourire, le regard tourné vers Billie.

Il ne resta pas longtemps. Car il contemplait un cadavre. Des cadavres, Gerald en avait vu des tas.

Alors il se leva et sortit.

10

« Je ne suis pas le meilleur des pères, tu sais, dit Gerald d'un air morose.

— Ne dis pas n'importe quoi », répondit Billie.

Ils étaient assis à la table de la cuisine. Il était trois heures de l'après-midi. Aegina n'était pas réapparue depuis la veille au soir où elle était rentrée tard, bien que sur sa propre mobylette, cette fois.

« Tu es le meilleur père que j'aie jamais connu. Bien meilleur que celui que nous avons eu, c'est sûr.

— Moi, je l'aimais bien.

— Nous n'existions pas pour lui, Gerald. Tu étais trop petit pour t'en apercevoir. Il était peut-être gentil, mais nous ne l'intéressions pas. Je suis désolée de te le dire, mais cela faisait mal au cœur de voir la manière dont il t'ignorait. Tu n'étais qu'un petit garçon, tu avais besoin d'un père. Il ne te faisait jamais la lecture, il n'était jamais là pour toi. La seule chose qui l'enthousiasmait était de te voir préparer tes affaires pour retourner au pensionnat.

— Eh bien, je le trouvais généreux, à sa manière. C'était un type bien, un…

— Oui, comme n'importe qui. Je suis désolée pour toi.

— Il n'avait pas appris à montrer ses sentiments.

— Toi non plus. Mais regarde la relation que tu as tissée avec Aegina. Vous êtes pleins d'affection l'un pour l'autre. Toujours à vous embrasser, à vous prendre dans les bras. À rire tous les deux. Qui t'a appris ça, alors ? Certainement pas Dorothy ! »

Dorothy, la seconde épouse de leur père.

« C'est comme ça. C'est naturel.

— Exactement. Être père, c'est tout naturel pour toi. Être un père merveilleux. »

Billie se leva pour aller faire bouillir de l'eau pour le thé, puis elle se tourna vers lui. Les bras croisés, campée sur ses jambes près de la gazinière d'un air déterminé, elle lui lança :

« Cela étant, est-ce que tu as songé à revenir en Angleterre ? »

Gerald sembla surpris par cette question.

« Non, dit-il après un silence. Qu'est-ce que je ferais là-bas ?

— Je ne sais pas. Tu pourrais continuer à écrire. Ton livre a été bien reçu. Tu pourrais enseigner.

— Je suis sûr que ce n'est pas aussi facile que ça. Tu as beau dire, je ne pense pas qu'on y arrive en claquant des doigts. Je ne saurais même pas par où commencer. De toute façon, je n'ai pas l'argent.

— Tu pourrais vendre la ferme. »

Gerald la regarda, perplexe.

« Je n'en tirerais pas grand-chose. Ce n'est pas vraiment une villa. Et puis j'arrive à vivre de ce que ma terre me donne. Je ne vois vraiment pas ce que je fabriquerais en Angleterre.

— Mais Aegina est anglaise, Gerald.

— Oui. Et espagnole, aussi.

— Très bien. Et elle va devenir quoi ?

— Elle va…

— Pour le dire brutalement : tu as envie qu'elle devienne femme de ménage dans un petit hôtel du coin quand elle sera grande ?

— Elle va au collège.

— Un bon collège ?

— Convenable. Elle l'aime bien. »

Billie se retourna, concentrée sur le thé.

« Je comprends ce que tu dis, concéda Gerald. Que proposes-tu, dans ce cas ? »

Billie ne répondit pas. Elle versa l'eau dans la théière, apporta à table deux tasses avec du lait, du sucre, et s'assit. Elle versa le lait, puis le thé.

« Il ne faut pas qu'elle gâche sa vie pour toi, Gerald », dit-elle en poussant une tasse vers son frère.

Gerald la souleva, les yeux rivés dessus. Billie poursuivit calmement :

« Si tu n'as pas l'intention de déménager, je pense qu'elle devrait rentrer en Angleterre avec moi. Il y a de très bonnes écoles là-bas et pas loin de Sevenoaks. Elles ne sont pas toutes hors de prix. Elle est trop intelligente pour rester ici, Gerald. Non pas que…

— Non, je sais. Moi aussi, j'ai réfléchi à tout ça.

— Ce n'est pas une question de niveau. Je suis sûre que les écoles sont très bonnes ici – enfin, je n'en sais rien. Mais ce qu'il faut, c'est qu'Aegina voie le monde, sache ce qu'elle veut faire de sa vie. Et ça, elle ne le verra pas de la même manière à Majorque ou en Angleterre.

— Tu as raison. » Gerald versa du sucre dans son thé et le remua. « Ça risque quand même d'être difficile.

— Je ne sais pas, répondit Billie. Difficile pour vous deux, sûrement.

— Et financièrement aussi.

— Oui, c'est vrai, ce sera sûrement difficile. Mais est-ce qu'on a le choix ? »

Gerald but son thé à petites gorgées, réfléchissant à cette question.

« On y arrivera, Gerald. Toi, moi, et Aegina.

— Tu vas supporter tout ça, à ton avis ?

— Oui », répondit Billie. Elle leva les yeux de sa tasse. « Je serai même heureuse de le faire. »

La nuit n'était pas encore tout à fait tombée quand Luc débarqua avec sa Rieju sur la longue allée de Ca'n Cabrer. Comme d'habitude, ils l'entendirent approcher. Gerald était sur la terrasse quand il arriva au pied de la maison. Il coupa le contact.

« Bonjour, Gerald.

— Bonsoir, Luc. Je suis désolé, mais Aegina n'est pas là. Elle est allée manger un *hamburguesa* en ville. Avec Josefina. Est-ce que tu la connais ?

— Oh, oui. »

Mais pas bien. Josefina faisait partie des amis locaux d'Aegina. Une camarade d'école. Une *Mallorquina*. Luc l'avait déjà rencontrée, mais les amis de l'âge d'Aegina qui habitaient l'île ne se mêlaient généralement pas au groupe des habitués de l'été, comme se considéraient François, Teddy Trelawney et les autres, certainement pas classés parmi les touristes. Josefina, elle, ne parlait ni anglais ni français. On ne la voyait jamais aux Rochers ; elle habitait une autre Majorque. Luc avait beau avoir passé de longues périodes de sa vie là-bas et connaître bon nombre de gens qui avaient vécu toute leur vie sur l'île, il n'était pas l'un d'entre eux. Aegina, elle, l'était, grâce à sa mère. Cette partie d'elle, il ne la connaissait pas.

« Tu sauras où les trouver, dans ce cas, dit gentiment Gerald.

— Oui, j'imagine. Merci. Et je suis sincèrement désolé pour Paloma.

— Merci, Luc. »

Il fit demi-tour, s'apprêtant à sauter sur le kick de sa mobylette, quand Gerald ajouta :

« Et toi, Luc, comment ça va ?

— Oh, ça va, merci.

— Tu passes la majorité de l'année à Paris, c'est ça ? Tu vas au lycée là-bas ?

— Oui.

— Et ça te plaît d'aller étudier là-bas ?

— Oui. Je crois.

— Tu préférerais être à l'école ici ou là-bas ?

— Euh… », hésita-t-il. Il ne s'était jamais posé la question. « Là-bas. Complètement.

— D'accord, passe une bonne soirée, lui dit Gerald.

— Merci. Vous aussi. »

Luc démarra et le moteur se mit à vrombir. Il jeta un dernier regard poli à Gerald, qui l'observait comme s'il portait des vêtements dépareillés, puis tourna sur la droite pour descendre la colline.

Il s'engagea sur la route accidentée qui menait vers la ville – en travers de laquelle, bien des années plus tôt, lui et François s'étaient amusés à coller un ruban de chewing-gum long de plusieurs mètres, comme une longue ligne rose baveuse, pour piéger le premier véhicule qui arriverait, une Vespa de la Guardia Civil, en l'occurrence. Furieux, l'agent les avait poursuivis dans les champs jusqu'au crépuscule, sans jamais les trouver malgré leurs rires hystériques et parfaitement audibles.

Il traversa lentement la place, le long des trottoirs remplis de café et d'échoppes criardes, *hamburgue-serías*, *loncherías* et vendeurs de churros, prisés des touristes plutôt que des locaux. Il tourna dans une petite rue qui s'éloignait de la mer où se trouvaient les bouis-bouis dans lesquels se mangeait la *sopa mallorquina*, sur une petite table et des chaises sorties dehors, avant de s'enfoncer dans une ville qui, semblait-il, n'était plus la sienne. La « *Majorque profonde* », comme l'avait un jour dit son père, un aspect de l'île que Luc ne connaissait pas, même après toutes ces années. Il se sentait peut-être chez lui là-bas, mais jamais ce sentiment d'être perçu comme un étranger ne disparaîtrait, ce même sentiment que Paris lui procurait, une ville où il avait pourtant vécu par intermittence depuis ses cinq, six ou sept ans – Luc n'était jamais tout à fait sûr de l'époque à laquelle il avait commencé à passer plus de temps à Paris qu'à Majorque.

Aegina, elle, aurait pu disparaître en plein jour que personne ne l'aurait jamais retrouvée.

Il rôda dans le port, guettant les clients à la terrasse du Marítimo, puis fila sur le quai, esquivant les vieux pêcheurs trapus et leurs femmes, jusqu'au bout de la digue sous le phare clignotant. Personne non plus là-bas, pas sa bande du moins. Alors il retourna vers la ville illuminée et de plus en plus méconnaissable à mesure que s'écoulaient les années et que les gens affluaient en masse, ces inconnus qui chaque soir remplissaient les rues.

« Hé, Jackson. »

Le musicien lui lança un signe de tête.

« Salut. »

Luc parcourut du regard la piste de danse, les tables du Miravista.

« Jackson, est-ce que tu aurais vu… ?

— Ta petite amie qui t'a jeté dans la piscine ?

— Oui.

— Négatif. Elle n'est pas venue ce soir.

— D'accord, merci. »

Quelqu'un lui faisait signe à une table. La bande des Rochers, parmi laquelle se trouvait sa mère.

« Lukey chéri ! » s'écria Arabella lorsqu'il arriva à leur hauteur.

Arabella et Richard, Milly et Tom, Susie Breedham, Dominick et Lulu. Il n'était pas rare pour lui de croiser sa mère en ville avec ses amis, mais pas si fréquent non plus. Tom et Milly l'avaient sans doute poussée à sortir.

« Par ici, Luc », lui lança Susie.

Elle décala sa chaise pour lui faire une place entre elle et Dominick. Luc attrapa de quoi s'asseoir et s'installa.

Jackson entama une version instrumentale revisitée mais joyeuse de « It Happened in Monterey ». Quelques minutes plus tard, Tom se leva pour accompagner la musique en chantant.

« Comme tu es romantique, Tom, lui dit Arabella.

— Cette chanson raconte l'histoire d'un bourreau des cœurs », remarqua Milly.

À son tour, Dominick se leva pour inviter Lulu.

« Viens donc, ma fleur. Veux-tu être ma reine d'un soir ? »

Lulu se mit à rire à gorge déployée. Luc connaissait ce rire. Sa mère avait un peu bu – elle n'était jamais complètement ivre, d'après ce que Luc en savait –, et elle s'amusait.

« Grand fou », dit-elle à Dominick.

Mais elle se leva. Dominick la mena sur la piste de danse et commença à plonger en avant et à se tortiller comme un cobra, les bras en l'air, un petit sourire aux lèvres, les yeux rivés sur Lulu, tel un mystificateur dopé.

Sa mère ne semblait réellement lâcher prise qu'en présence de Tom et Milly. Milly était pour elle une grande sœur, présente depuis toujours à ses côtés. En Angleterre la plupart du temps, attendue et regrettée, correspondant chaque semaine avec sa mère, Milly revenait toujours lui rendre visite à Majorque, plusieurs semaines par an. Parfois, Tom et Milly passaient Noël avec eux. Le reste du temps, Tom expédiait à la villa des caisses de nourriture et de boisson achetées chez Fortnum. Luc savait que sa mère ne les faisait jamais payer. Tom et Milly l'avaient aidée à acheter Les Rochers, d'après ce qu'il savait. Sa mère se comportait comme si cette maison était la leur. Pendant longtemps, Luc avait d'ailleurs pensé qu'ils faisaient partie de la famille.

Ce soir-là, sa mère se trouvait dans de si bonnes dispositions qu'elle sembla s'amuser des avances mielleuses de Dominick. Luc n'avait jamais remarqué sa mère lui prêter d'attentions particulières jusqu'ici, même si cet homme venait aux Rochers depuis des années. Mais il la distrayait à présent, encouragé par ses boutades. *Non, impossible qu'il y ait quelque chose là-dessous*, pensa-t-il. Pas Dominick. Pas un tel bouffon. Il n'était pas le genre de sa mère, même si ses préférences n'étaient pas évidentes à cerner. Certes, Lulu aimait les écrivains, mais les intellectuels, les penseurs, les cyniques – comme le père de Luc –, pas les mauvais auteurs de romans noirs qui portaient des chemises pastel, des pantalons et des mocassins blancs et cherchaient si ouvertement à conclure. Elle ne pouvait pas être en manque à ce point.

Luc se leva.

« Bien, à plus tard…

— Lukey, pourrais-tu être un ange et me ramener aux Rochers ? l'implora tout à coup Susie. Je ne me sens pas très bien.

— Je suis à mobylette, Susie…

— C'est très bien, mon chéri. » Susie vacilla légèrement lorsqu'elle se leva. « Ça ne te gêne pas, dis ? Ce n'est pas si loin.

— Non, pas du tout, si tu peux monter sur la mobylette.

— Mais oui, ne t'inquiète pas, tu es vraiment un chou. » Sur ces mots, elle souffla des baisers à ses amis à table. Puis elle prit Luc par le bras. « Alors, on est garés où ? »

« Ça va, tu te sens bien ? demanda-t-il à Susie une fois dehors.

— Oui, mon chéri, je suis juste un peu pompette. Tu es un ange.

— Accroche-toi bien à moi », lui demanda-t-il alors qu'ils grimpaient sur la Rieju.

La distance n'était pas longue, quelques minutes sur la route du quai en terre battue qui longeait les rochers. Susie s'agrippait fermement à lui, ses mains sur son ventre et son torse. Luc sentait derrière lui un poids mort contre son dos, comme si Susie s'était endormie. Il se remémora son trajet avec Aegina environ une semaine plus tôt, la manière dont elle l'avait touché.

Il s'avéra que Susie s'était réellement endormie lorsqu'il s'arrêta près du garage des Rochers.

« On est arrivés, Susie.

— Déjà, mon chéri ? répondit-elle sans pour autant bouger d'un pouce, toujours agrippée à lui.

— Oui. Et, pour tout te dire, il faut que j'y aille. »

Elle s'écarta lentement, mais chuta soudain de la mobylette, par terre. Luc campa l'engin sur sa béquille pour l'aider à se relever.

« Ça va ?

— Très bien, mon chéri. » Elle s'appuya sur lui, en titubant. « Sois un ange et emmène-moi jusqu'à ma chambre, Lukey chéri, tu veux bien ? »

Susie dormait dans l'une des quatre chambres à l'étage, accessible par les escaliers à l'arrière de la villa. Luc l'aida à les gravir avec la plus grande précaution.

« Ça va très bien, mon chéri, mais c'est quand même gentil à toi d'insister. »

Susie continua de se cramponner à lui jusqu'à leur arrivée. Luc l'assit sur le lit, puis alluma la lampe de chevet. Susie avait roulé sur le côté.

« Oh, éteins ça, mon chéri. » Il s'exécuta, mais son bras fut attrapé par Susie qui l'attira sur le lit. « Viens t'allonger un peu avec moi. »

Poliment, Luc obéit.

« Oh, mais reste un peu, Lukey. Viens par ici me faire un petit câlin.

— Au revoir. »

Luc était parti, dévalant les escaliers.

Assise contre un oreiller, les jambes tendues sur le lit de Luc dans sa petite cabane obscure, Aegina tétait la *bota* de Teddy. Elle avait attendu Luc en buvant. Elle ne voulait pas rentrer chez elle. Elle n'avait pas non plus envie de continuer à boire, mais ne pouvait s'empêcher d'avaler de nouvelles gorgées au goulot, ne le voyant pas arriver. Affalée sur le lit, elle n'avait cessé de glisser contre le mur. Elle avait décidé de rester ici, d'attendre que Luc revienne.

Elle entendit des gens arriver, bavardant avant de se souhaiter bonne nuit en riant, jusqu'à ce que le silence retombe. Puis, quelques minutes plus tard, des bruits de pas s'élevèrent sur le chemin dehors. La porte s'ouvrit lentement. C'était la silhouette d'une femme.

« Lukey chéri, tu ne dors pas ? »

Aegina se redressa, soudain tendue.

« Il n'est pas là, répondit-elle.

— Oh, fit la femme sur le seuil de la porte. Je voulais juste m'arranger avec lui pour le ski nautique demain. Je te laisse, merci. »

Aegina se leva, renversant la *bota*, et se dirigea vers la porte comme un chat délogé de son coin. La femme fit un pas en arrière lorsqu'elle se faufila près d'elle.

À la lumière de la piscine qui inondait les branches et les frondes toujours vertes des palmiers, elles se reconnurent enfin.

« Aegina, c'est ça ? Ne t'inquiète pas, ce n'est que moi, Arabella. Tu ne te souviens pas ? Je t'ai acheté un tas de tes jolis petits bijoux l'année dernière pour en rapporter à mes amis à Londres. J'espérais en acheter d'autres cette année. Tu as arrêté d'en fabriquer, ma chérie ?

— Je n'ai pas eu le temps », répondit Aegina en s'écartant.

Oui, elle se souvenait d'Arabella, cette terrifiante amazone qu'elle admirait, à qui elle désirait ressembler plus tard.

« Pas la peine de partir, ma belle. Je voulais simplement programmer mon ski nautique pour demain. Je suis sûre que Lukey va arriver dans un instant. Il était avec nous au Miravista. »

Mais Aegina poursuivit son chemin, suivant les ombres autour de la maison, laissant Arabella sur place.

C'est alors qu'une longue silhouette sortant du bar se dressa devant elle, lui bloquant le passage.

« A-gi-nah… »

Aegina s'arrêta net.

Dominick tenait une bouteille à la main. Sa chemise était à moitié ouverte, son torse luisant de sueur, ses longs cheveux collés sur son front, le reste en bataille.

« Comme c'est drôle de te voir. Et inattendu. Comment vas-tu ?

— Bien, dit-elle, puis elle essaya de passer.

— Tout va bien ? Qu'est-ce qu'il y a ?

— Rien. »

Menue, prisonnière, Aegina chercha une issue du regard.

Quelle fantastique petite coquine faisait-elle dans ce short microscopique et ce T-shirt, pareille à ces actrices françaises taillées comme des gamines. Elle vacilla légèrement – elle était ivre.

« Attends. Pas la peine de te presser comme ça. Regarde, dit-il en brandissant sa bouteille à moitié vide. Du champ'. Du bon. Tu ne peux pas refuser. Allez, viens prendre un verre. »

Il glissa sa main libre autour de son bras. Aegina ne réagit pas immédiatement – un signe, assurément.

« Alors, on vient boire un verre ? »

Il la tira doucement. Après un moment d'hésitation, Aegina se laissa faire. Il la conduisit vers les escaliers. Il n'avait même pas de verre dans sa chambre. Ils burent à la bouteille, de longues rasades chaque fois. En un rien de temps, Dominick se retrouva à l'embrasser. Pas la moindre protestation d'Aegina, qui s'allongea avec obéissance tandis qu'il lui retirait son petit short et son T-shirt.

« Mon Dieu, regarde-toi », souffla-t-il, sincèrement ébahi.

Il s'occupa d'elle avec toute la dextérité dont il était capable, comme un taxidermiste, la retournant, la soulevant, puis la tournant à nouveau – son corps était aussi léger qu'une plume. Aegina perdit rapidement connaissance, ne laissant plus entendre que les bruits de sa respiration et quelques petits gémissements étouffés. Sa besogne terminée, haletant, Dominick resta allongé sur le dos, songeant qu'il lui faudrait la réveiller dans une minute pour lui dire de déguerpir.

Lorsqu'il se réveilla au matin, elle était partie. Il se rejoua la scène dans sa tête. Un corps de rêve, le même que ces petites danseuses que l'on voyait à l'opéra. L'une des baises les plus mémorables de sa vie. Aucun faux pas – cette créature bénie des dieux s'était même sauvée comme une biche.

Son regard se posa sur le drap, sur des taches sèches marron. Dominick se redressa et remarqua l'état de ses mains. Tirant le drap, il regarda entre ses jambes. Sacré nom de nom. Il sortit du lit et, pieds nus sur le carrelage, se rendit jusqu'au petit lavabo dans l'angle de sa chambre. Le robinet ouvert, il se contempla dans le petit miroir en majolique accroché au mur.

Quelque chose dans son visage, encadré par ses cheveux emmêlés, lui rappela le regard fou de l'homme pris sur le vif de *Saturne dévorant un de ses fils* de Goya – une toile qu'il avait un jour vue au Prado et n'avait jamais pu oublier –, d'autant que, de toute évidence, Saturne avait dû dévorer le garçon, arrosé copieusement de sauce Worcestershire, et s'essuyer la bouche du revers de la main, étalant sur son visage des traînées sanguinolentes de condiment.

Dominick s'aspergea le visage. Tant pis pour les dégâts. Quel moment mémorable ! Allait-elle venir en redemander ? Histoire qu'il lui apprenne un truc ou deux.

11

Ambiance pesante dans la voiture. Pour rompre cet insupportable silence, Gerald osa un commentaire sur l'art épistolaire qui, espérait-il, détendrait l'atmosphère. Il suggéra à Billie de se procurer du papier Basildon Bond pour écrire. Cela faisait toute la différence – les pensées et l'écriture n'étaient pas les mêmes sur du bon papier.

« On ira en acheter, oui », répondit Billie.

Aegina, elle, ne répondit rien.

Il les déposa devant le hall des départs avant d'aller garer la Simca.

À l'intérieur de l'aéroport, Gerald se commanda un *café*, puis un *café con leche* pour Billie et un Tri-Naranjus pour Aegina, qu'ils burent d'un air morose. Gerald fumait férocement, plongé dans un dense nuage bleu. Aucun mot de réconfort ne lui venait à l'esprit. Il n'était question que de quelques mois – pour des gens de sa génération, habitués à la guerre et à l'issue incertaine de séparations beaucoup plus longues, de tels au revoir semblaient triviaux.

En vérité, Aegina elle-même montrait une prodigieuse sérénité : pas de larmes, ni de lamentations. Dieu merci. De cette manière, il suffisait d'attendre l'appel du vol en buvant leurs boissons à petites gorgées, le regard perdu dans l'invariable paysage à la *Don Quichotte* qui s'étirait autour de l'aéroport de Palma, murs de pierre écroulés, champs jaunis et moulins à vent.

Billie s'absenta aux toilettes.

À travers la fumée, Gerald observait sa fille. Trop calme, réalisa-t-il. Lui-même avait tout mis en œuvre pour empêcher que s'ouvrent les vannes de ses émotions, mais il finit par passer un bras autour d'Aegina.

« Aegina. Est-ce que tout va bien ?

— Oui.

— Ça n'est que pour quelques mois, puis tu reviendras pour Noël. Et nous… »

Un Noël sans sa mère, bien sûr. Quel idiot.

« Oui. Ça va aller. Ne t'inquiète pas, papa. Je vais bien. »

Gerald n'en revenait pas. La même force que sa mère.

« À quoi tu penses ? lui demanda-t-il.

— Je suis en train de penser que mon enfance est finie. Elle vient de se terminer.

— Non, non, pas du tout, protesta-t-il. Tu n'as que quatorze ans. Je veux dire, tu n'es qu'une jeune fille, Aegina. Ne t'inquiète pas, nous ne t'envoyons pas en Angleterre pour que tu grandisses là-bas, tu sais. Seulement pour aller à l'école. Tu vas te faire de nouveaux amis. Je t'assure, tu es encore très jeune, tu as beaucoup de temps devant…

— Je suis sûre que ça va être super, papa. Mais mon enfance est terminée. »

Ce bamboula était quand même sacré bon guitariste, songea Dominick en mordant dans son *ensaimada* avec une délicatesse amusée, au café de l'aéroport.

« Tu repars toi aussi alors, Jackson ? »

Le musicien leva les yeux vers lui.

« Oui.

— Tu rentres en Amérique ?

— Non, je vais à Gibraltar. J'ai trouvé une place dans un groupe pour jouer sur un ferry pendant l'hiver. On va jusqu'aux Caraïbes.

— Formidable. Petit veinard, va. J'aimerais bien être à ta place. »

Assurément, ce bon Jackson allait faire des ravages parmi les veuves parties chercher quelques frissons.

« On te revoit l'été prochain ?

— Je ne sais pas. Ça dépendra de ce qui se présente.

— Bien, dans ce cas, amuse-toi bien sur ton bateau. »

Dominick s'en alla rejoindre les autres passagers du vol pour Londres près de la porte d'embarquement. Il reconnut là-bas trois visages familiers : le père, la femme qui n'était pas son épouse – et la fille.

« *Hallo*, leur lança-t-il gaiement. Vous rentrez, vous aussi ? On doit être sur le même vol. »

Aegina. Comme une enfant dans son petit chemisier, sa jupe, ses sandales en plastique bon marché. Mignonne à croquer.

« Aegina, j'ai été sincèrement ravi de te voir cet été, poursuivit-il, un grand sourire aux lèvres. J'espère que nous nous retrouverons l'année prochaine. »

Mais elle fonça sur lui à grands pas et lui envoya un coup de pied dans les parties.

Totalement pris de court, Dominick fut incapable de dire quoi que ce soit tant elle avait bien visé. Plié en deux, seul un grognement lui échappa avant qu'il ne lâche le journal acheté au kiosque.

Aegina frappa de nouveau, cette fois dans les tibias. Tout bras dehors, elle se jeta sur lui et le poussa si fort qu'il chuta violemment sur le sol en marbre de l'aéroport.

« Aegina ? » intervint Billie.

Gerald l'attrapa. Aegina tremblait, vibrait comme un ressort. Il l'éloigna, la serrant étroitement contre son torse, et regarda l'homme à terre battre des jambes tel un cheval tombé, rampant pour s'échapper.

1956

Les vagues

La mère et la fille arrivèrent les premières à la plage.

« *¡Mira las olas, mamá!* Regarde les vagues, maman ! » cria la petite de quatre ans.

— *Sí, son grandes. ¿Qué dijo tu padre?* Oui, elles sont grandes. Qu'a dit ton père ?

— *Que tenemos que ser cuidadosas.* Que nous devons faire attention.

— *Bueno. Claro* », répondit Paloma.

Elles traversèrent le sable jusqu'à leur emplacement habituel.

« *¿Dónde están?* Où ils sont ? demanda la petite de sa voix haut perchée.

— *Ya vienen.* Ils arrivent. »

Un orage avait éclaté au nord, avait dit son père, qui connaissait la mer comme sa poche. Aujourd'hui, les vagues seraient grandes et puissantes. En effet, les rouleaux s'élevaient, telles de hautes cheminées, se fracassant les uns sur les autres près de la plage comme dans un carambolage. Sitôt leurs serviettes étalées, la petite tira sa mère au bord de l'eau blanche d'écume qui explosait, jaillissait autour d'elles. La petite commença à patauger, lâchant la main de sa mère, mais fut poussée par une vague. Elle tomba en criant. Sa mère ne cilla pas. Une autre vague surgit et la petite fille resta assise sur le sable mouillé, en riant.

« *¡Mira, mamá! ¡Ahí están!* Regarde, maman ! Ils sont là ! » cria-t-elle en se levant, agitant la main en direction de la femme qui approchait, accompagnée d'un petit garçon. « *¡Por aquí!* Ici ! »

L'autre femme et le petit garçon, qui avait presque six ans, se joignirent à elles dans l'eau peu profonde.

« *Bueno*, dit Preciosa. *Voy a sentarme. Luc, te quedas cerca de la playa, y cuidas a Aegina. ¿Entiendes?* Je vais m'asseoir. Luc, tu restes près de la plage et tu veilles sur Aegina. D'accord ? »

De retour à leurs serviettes, surveillant les enfants qui jouaient dans l'eau, elles entamèrent leur conversation.

« *Aie*, cette maison, soupira Preciosa, un vrai asile de fous.

— Toujours ?

— *¡Oy!* Tout le temps ! Elle me dit : “Emmène Luc à la plage, débarrasse le petit-déjeuner, nettoie les chambres, va faire la lessive”, tout en même temps.

— Elle n'emmène jamais Luc elle-même à la plage ?

— Celle-là ? Jamais. D'ailleurs, elle n'y va pas, à la plage. Elle ne passe jamais de temps avec lui, pauvre petit.

— Et son père ? Quand est-ce qu'il arrive ?

— Je crois qu'il ne va pas venir cet été. Il reste à Paris. Il ne la supporte plus, et je le comprends – *¡Cuidado!* » cria Preciosa aux petits.

Les vagues déferlaient inéluctablement, serrées, ne laissant aucun répit aux enfants. Les deux femmes les observaient quand une vague, en se retirant, se brisa sur un rocher plus gros que les autres. Soudain éclaboussés, les deux garnements perdirent l'équilibre, poussés dans le rouleau suivant qui se fracassa et les avala au milieu d'un tourbillon d'écume bouillonnante.

Les deux femmes se levèrent et se précipitèrent au bord de l'eau, rattrapant de petits pieds marron luisants, des mains, des bras, des jambes enchevêtrés, avant de remettre sur pattes les petits qui toussaient.

« *¡Cuidado con las olas!* les avertit Preciosa. Attention aux vagues, ou vous allez vous retrouver à Minorque avant qu'on puisse vous rattraper !

— N'allez pas plus loin », renchérit Paloma.

Les deux femmes retournèrent à leur serviette. Une fois rassises, Preciosa annonça :

« J'ai encore aperçu Gerald là-bas l'autre jour. »

Paloma la fixa du regard.

« Est-ce qu'il est entré ?

— Non. Il rôdait simplement autour de Los Roques. »

Paloma secoua la tête.

« Il est toujours hanté par cette sorcière.

— Mais c'est toi qu'il aime, n'est-ce pas ? Pas elle, pas cette femme.

— C'est une vraie maladie », dit Paloma.

Elle leva les yeux vers l'horizon, vers les enfants.

Les deux petits tentaient de braver les plus grosses vagues à présent.

« *¡Ésta!* Celle-là ! hurla Luc.

— *¡No, la próxima!* Non, la prochaine ! » lui cria en retour Aegina, d'une voix perçante comme le cri d'un oiseau.

Une nouvelle vague les engouffra, les projetant sous l'eau avec une force inimaginable, les ballottant, emmêlés au point que ni l'un ni l'autre ne parvint plus à déterminer à qui appartenaient ce bras, cette jambe, cette main, ce pied qui se débattaient de toute part, frappant leur visage et leur corps. Les deux enfants ne formaient plus qu'un, avalés par les flots.

Puis soudain, l'eau se retira. Tous deux se retrouvèrent étendus de tout leur long sur le sable, l'un sur l'autre, dans un silence surnaturel, poussant de hauts cris et riant comme des fous. Avant que la vague suivante ne déferle.

1951

Le chemin vers Ithaque

1

Après trois ans sur l'île, Gerald avait cessé d'arpenter le quai en contrebas de la villa Los Roques. La première année, il s'était arrêté devant la maison et avait frappé à sa porte à plusieurs reprises, sans que jamais personne ne lui ouvrît. Il avait ensuite été victime d'un accident, un tir de carabine perdu qui lui avait éraflé la cuisse, laissant un joli bleu, en passant devant la maison sur la route du port. Gerald avait ramassé la douille pour la ranger dans sa poche telle une relique entérinant le rejet de Lulu. Il empruntait désormais la Carrer Rotges, le long du mur d'enceinte à l'arrière de la propriété, percevant par intermittence des voix de l'autre côté, des hommes et des femmes, ainsi que la voix de Milly, facilement reconnaissable, et celle d'un petit garçon, Cassian sans doute, le fils de Milly, mais jamais celle de Lulu. Un peu plus avant, un sentier de terre menait jusqu'au petit chemin de bord de mer, caché de la maison. Il descendait ainsi jusqu'à la plage de Son Moll, puis remontait la route principale pour arriver jusqu'à sa longue allée accidentée.

Ce jour-là, il aperçut une nouvelle fois l'homme et le petit garçon. Gerald n'était pas tout à fait sûr, mais croyait reconnaître en eux l'époux de Lulu et leur fils.

Ils dînaient parfois au Marítimo, lui avait dit Rafael (car Gerald, lui, ne descendait jamais en ville le soir), Lulu, son époux américain, le petit garçon et leurs amis de la maison.

Gerald les vit arriver en face de lui, de retour de la plage, l'Américain marchant avec le petit dans ses bras. L'homme lui adressa un signe de tête en passant, avec la déférence de ceux qui finissent par se reconnaître à force de s'apercevoir de temps en temps.

Rien d'alarmant, rien de suspect dans son regard. *Il ne sait pas qui je suis*, pensa Gerald. Avec son chapeau de paille, sa chemise et son pantalon élimé, Gerald ne pouvait pas passer pour un touriste. Un marin, à la limite, ou bien un paysan.

L'enfant dormait à poings fermés sur l'épaule de son père. Gerald chercha sur son visage une ressemblance avec Lulu, mais ne trouva rien d'autre que le simple et minuscule visage d'un petit garçon endormi. Difficile de déterminer son âge, sans doute moins de deux ans, ce qui pouvait coller. Un visage pur ensommeillé, innocent, ignorant le monde qui l'entourait.

Gerald lui rendit son signe de tête en passant.

2

« Bernard ! Salut, mon vieux », lança Tom lorsque Bernie franchit le portail, son cabas en paille sur l'épaule.

Tom avait l'air de sortir du lit. Affalé sur une chaise longue, il portait une vieille robe de chambre jaune au motif floral délavé qui appartenait à Milly. Clignant des yeux sous le soleil, il contemplait les alentours – le patio dallé, les éclats de mer bleue derrière le mur blanc –, comme si une cagoule venait de lui être retirée.

Selon son habitude, Bernie avait été le premier réveillé et en avait profité pour se rendre en ville à pied par la route du quai en terre battue, jusqu'à la *panederia*.

« Bonjour, Tom. »

Il rentra dans la maison. Lulu et Milly, toutes les deux habillées, étaient assises à la table de la cuisine devant un thé. De vingt ans l'aînée de Lulu, Milly avait revêtu son attirail d'été habituel : chemise en toile à manches courtes, jupon jusqu'aux genoux, tennis – un uniforme d'écolière taillé pour un charpentier. Lulu, une fillette à côté, portait quant à elle un short à fleurs avec un chemisier sans manches en coton qui révélait ses bras souples et ses jambes que

Bernie admirait tant. Des bribes de conversation, le mot « clients » lui parvint lorsqu'il entra, mais elles cessèrent aussitôt de parler. Lulu se leva.

« Je viens de faire du café, dit-elle en se dirigeant vers la cuisinière.

— Merci. »

Depuis plusieurs jours, Bernie les soupçonnait de tramer quelque chose. Il posa son cabas sur la table et vida son contenu : plusieurs miches de pain rondes ainsi qu'un petit paquet emballé comme un bonbon dans du papier.

« Oh, c'est trop gentil, s'exclama Milly en l'attrapant pour en sortir une belle pâtisserie ronde et feuilletée, en forme d'escargot. Je suis obligée de la manger maintenant, pendant qu'elle est encore chaude. Merci, tu es un amour.

— Oui, un amour, répéta Lulu, comme pour le confirmer après quelques secondes de réflexion.

— Je t'en prie », répondit Bernie.

À Majorque, personne ne l'appelait Bernie, un surnom qu'il aimait pourtant. Après deux ans de mariage, Lulu refusait toujours de prononcer ce diminutif.

« Je ne peux pas, chéri, lui avait-elle dit au début de leur relation. C'est trop pour moi, un sobriquet pareil. Autant t'appeler Siegfried, dans ce cas. Vraiment, je ne supporte pas ça. »

Bernie avait trouvé ses réticences charmantes au départ. De toute évidence, Lulu ne supportait pas non plus son vrai prénom, Bernard. Alors elle l'appelait « chéri », ne recourant à son prénom que lorsqu'elle parlait de lui à un tiers, insistant sur la première syllabe ou prononçant « Buh-nud », sans faire le moindre effort. Cette habitude s'était étendue à Tom et Milly, ainsi qu'aux amis de Lulu. Bernie, lui, était habitué à la prononciation des Américains, qui accentuaient la deuxième syllabe en insistant sur le *r* – Ber*nard*. Toute sa vie, les gens l'avaient appelé ainsi, à l'école, à la fac, à l'armée, jusqu'à ce qu'apparaisse ce surnom. Même à Paris, où il vivait à présent, la prononciation des Français lui semblait plus familière et certainement plus charmante que ce « Buhnud ». « Bonjour, Buhnud. Tiens, tu es là, Buhnud. » Ils semblaient s'adresser à quelqu'un d'autre.

« Luc dort ? demanda-t-il.

— Oui, chéri », répondit Lulu.

Elle versa une tasse de moka et la tendit à Bernie.

« Tu as vu Schooner sur la terrasse ? demanda Milly.

— Non.

— Bien. Il a besoin de récupérer. Va donc rejoindre Tom, nous apportons le petit-déjeuner. »

Bernie s'exécuta et sortit sur la terrasse. Il s'installa à l'ombre, regrettant de ne pas avoir un journal avec lui.

« Pauvre Schooner, hein ? lança Tom en tournant vers lui ses yeux plissés.

— Il m'a l'air très content d'être ici.

— Il y a de quoi, après ce qui s'est passé. Pauvre vieux. »

Schooner Trelawney avait quitté l'Angleterre sous un gros nuage quatre jours auparavant, dans l'intention de rejoindre Tom et Milly pour panser ses plaies au milieu de ses fidèles amis. Il savait, bien sûr, que tous investissaient chaque été la même villa appelée Les Rochers en bord de mer – où Schooner se rendait pour la première fois après y avoir été souvent invité. Il avait donc embarqué pour Monaco, mais à son arrivée, ne trouva rien de semblable aux photos que lui avaient envoyées Tom et Milly. Un homme lui avait suggéré de tenter sa chance à l'hôtel des Roches ; aussi Schooner s'était-il rendu là-bas, même si cet hôtel se trouvait déjà à quelques kilomètres de Monaco. Là-bas, les maisons du bord de mer ressemblaient davantage à l'idée qu'il se faisait des Rochers, mais pas de Tom ni de Milly à l'horizon, ni aucune maison portant ce nom. Il échoua finalement pendant plusieurs jours dans une auberge miteuse de Nice, avant d'apprendre au terme d'un échange de télégrammes qu'il devait en réalité rallier Barcelone en premier lieu, puis prendre le ferry pour Majorque (un endroit dont il n'avait jamais entendu parler), et non pas Monaco. Schooner fut obligé d'endurer un éprouvant trajet en bus, de plus en plus découragé à mesure qu'il pensait se rapprocher davantage de l'Afrique que de ses amis, pour arriver à un petit village en bord de mer qu'il ne pouvait imaginer être l'endroit dont toute la bande parlait depuis des années. Finalement, un soir, bien après la tombée de la nuit, lui fut indiquée une maison au bout d'un chemin de terre, surplombant la mer, où il débarqua pour tomber comme par miracle sur Tom, Milly et compagnie. Schooner s'était alors effondré en pleurant, avant de parvenir à raconter une partie de ses déboires devant un bol de soupe et un whisky. Puis Milly et Lulu l'avaient couché.

« Eh bien, on ne chie pas près de la gamelle où on mange, remarqua Milly à voix basse tandis qu'ils prenaient le petit-déjeuner dans le patio.

— Je sais, répondit Tom, mais quand même, il n'a vraiment pas eu de pot. Et ce pauvre Teddy dans tout ça ? Qu'est-ce qu'il va devenir maintenant ? Ce n'est qu'un gamin. Ce sera horrible pour lui si Vivian décide d'aller plus loin. Tu crois qu'elle en est capable ?

— Pas de pot ? Ce qu'a fait Schooner est atroce et complètement gratuit, si tu veux mon avis, répondit Milly. Mais oui, il reste la question de Teddy. Je ne pense pas qu'elle dénoncera Schooner à la police.

— Espérons que non. Mais elle pourrait toujours brandir cette menace pour lui dicter sa loi, non ? Pour l'empêcher de voir son fils.

— Qu'est-il arrivé ? » demanda Bernie. Il avait passé la majorité de la soirée à taper un article dans sa chambre et n'avait pas suivi toute l'histoire – une affaire d'adultère, apparemment. « Il avait une maîtresse, c'est ça ?

— Pas tout à fait, répondit Milly. Vivian, la femme de Schooner, l'a surpris chez eux dans son bureau avec l'un des élèves à qui il donnait des cours particuliers, en flagrant délit. Un garçon, évidemment. Vivian l'a aussitôt viré de chez eux et menace d'aller le dénoncer à la police. Maintenant, elle essaie de l'éloigner de leur fils, Teddy. En Angleterre, Schooner peut être poursuivi pour : (a) sodomie ; (b) s'en être pris à un enfant. Bref, il est cuit. »

Puis elle s'occupa de servir le thé.

« Pauvre vieux, répéta Tom qui regarda Bernie d'un air ému.

— Sacré coup dur, en effet. »

Même à travers le prisme de l'amour et de la compassion que les autres témoignaient à Schooner, Bernie n'était pas dupe : ce Schooner n'était rien d'autre qu'un pédophile en cavale planqué chez des amis de sa femme, dans une maison où dormait son jeune fils.

Il leva les yeux vers Lulu. Elle ne disait rien, comme perdue dans ses pensées.

« Je vais rechercher du café, chéri », lui dit-elle en souriant, puis elle se leva et disparut dans la maison.

Cassian les rejoignit sur la terrasse, le portrait craché de Milly avec ses cheveux roux en bataille, sa chemise en toile, son short et ses tatanes – l'attirail de l'écolier en vacances. Il ne faisait pas ses quinze ans. Il s'assit avec eux et se prépara une généreuse tartine de marmelade pendant que sa mère lui servait du thé.

« Tu as manqué le clou du spectacle hier soir, lui dit Tom. Schooner est arrivé.

— Je sais, maman me l'a dit. »

Son gros visage laiteux rempli de taches de rousseur ne trahissait aucune émotion.

« Vraiment ? s'étonna Tom en se tournant vers sa femme.

— Oui.

— Que lui as-tu dit, exactement ?

— Qu'il avait sodomisé un petit garçon et s'était fait virer de chez lui, répondit Cassian.

— Comment ? Tu lui as dit que…

— Bien sûr que non, mon chéri.

— Je suis au courant, papa, répondit Cassian d'un air désabusé. Tout le monde est au courant.

— Quand même, quel malheur, marmonna Tom.

— Je suis sûr qu'il survivra, rétorqua son fils en soulevant sa tasse de thé.

— C'est cruel de ta part de dire une chose pareille, le gronda Tom. Je crois que tu n'as pas bien saisi ce qui s'est passé. Teddy, le fils de Schooner, se retrouve au milieu de tout ça.

— Et l'autre petit garçon, alors ? »

Milly s'interposa.

« Allons, mon chéri. Qu'est-ce que tu as prévu pour aujourd'hui ?

— La plage, comme d'hab' », répondit Cassian sans le moindre enthousiasme.

Il mordit dans son toast avec un bruit retentissant, même en mâchant la bouche fermée.

« Je vais voir si Luc va bien », annonça Bernie en se levant de table.

Luc dormait sur le lit de ses parents, dans leur chambre donnant sur la mer. Des avions en papier que Bernie avait coloriés avec des pastels trouvés dans la maison décoraient les murs blancs. À quinze mois seulement, Luc dormait dans un lit pour adultes sans la moindre protection, apparemment doué pour ne pas tomber. Allongé sur le dos, les yeux écarquillés, tout accaparé par son père dès que celui-ci franchit la porte, un beau sourire se dessina sur son visage.

« Papa ! s'écria-t-il.

— Bonjour, mon garçon », lui dit Bernie. Il attrapa Luc dans ses bras, le serra contre lui et l'embrassa avant de le tenir devant lui pour le contempler.

« Comment ça va ?

— Papa, plage ? demanda Luc.

— Papa doit aller en ville pour poster une lettre, répondit Bernie, mais quand je reviendrai cet après-midi nous pourrons aller à la plage.

— Aller plage ! » s'écria Luc.

Cassian arriva sur le seuil de la porte.

« Bernard, demanda-t-il, tu comptes aller en voiture à Palma ce matin ?

— Oui.

— Est-ce que je peux venir avec toi ?

— Oui, mais je ne vais pas rester longtemps.

— Assez pour prendre un café ?

— Bien sûr. Je m'arrête souvent boire un café là-bas, de toute façon.

— Tu pars bientôt ?

— Dès que je serai habillé.

— Je te retrouve à la voiture, alors. »

Bernie monta les marches du grand bâtiment frais et caverneux revêtu de marbre du Correos, sur la Carrer de la Constitució. Il posta ses articles soigneusement tapés, adressés au bureau parisien du *Herald Tribune*. Quelques jours plus tôt, Bernie avait pris un vol direct de Bruxelles à Palma après avoir assisté au couronnement du roi Baudouin, au lieu de rentrer à Paris pour écrire. Tandis que d'autres relataient l'abdication du roi Léopold III et la succession de son fils, Bernie, lui, avait opté pour une analyse plus approfondie des valeurs de la monarchie d'après-guerre au-delà de la seule tradition. Il n'y avait aucune urgence, mais Bernie désirait retourner en vacances auprès de Luc et Lulu aussi vite que possible, si bien qu'il s'était résolu à rédiger son article à la villa Los Roques, même s'il ne régnait pas là-bas une ambiance de vacances à proprement parler.

Cassian l'avait suivi afin de passer un coup de fil et l'attendait dehors à présent. Il portait des lunettes de soleil à la mode, en totale opposition avec son T-shirt, son short et ses chaussettes dans ses sandales.

Au volant de sa petite Seat, Bernie prit le chemin du bar Formentor pour s'arrêter boire un café, comme il l'avait annoncé plus tôt. Bernie appréciait cet endroit pour sa vue, bien situé sur une place arborée où rien n'avait bougé, où les gens pouvaient s'installer pour regarder les passants. Errol Flynn lui-même, qui fréquentait quotidiennement le bar Formentor pour y prendre son café ou des coups lorsque son yacht, le *Zaca*, mouillait dans la marina (ce qui n'était pas le cas présentement), avait fait la notoriété du lieu, même si avant lui, dans les années 1940, Porfirio

Rubirosa[1] avait déjà eu pour habitude de fréquenter ce bar avec sa troisième épouse, Doris Duke, comme en témoignaient les clichés sur lesquels on le voyait écluser des bières lors de grandes fêtes organisées par Juan Llobet. D'autres voyageurs britanniques, français, américains – des plaisanciers, des écrivains ou des réalisateurs –, affluaient depuis lors au bar Formentor, guidés par leur instinct, tels des oiseaux migrateurs traversant l'Amérique pour nicher à Central Park : ils savaient, tout simplement.

Bernie avait mis les pieds à Majorque et au bar Formentor pour la première fois en 1949, avec le réalisateur français Julien Duvivier et les acteurs George Sanders et Herbert Marshall, pour le tournage de *Black Jack*, qui racontait l'histoire d'un trafiquant américain expatrié allant de port en port en Méditerranée à bord d'un grand yacht à moteur en acajou, victime d'une cascade de mésaventures. Le magazine *Life*, croyant flairer un nouveau *Casablanca*, avait débauché Bernie pour l'envoyer couvrir la préparation du film à Palma avant sa sortie, l'été suivant. Accompagné par le photographe de *Life*, Bernie avait passé du temps auprès du réalisateur et de ses vedettes dans différents endroits de l'île, parmi lesquels la côte de Cala Marsopa. Là-bas, ils avaient fait la connaissance d'une petite bande d'Anglais fort amusants lors d'une fête dans une villa qui surplombait les rochers. Sa mission terminée, Bernie était retourné à Cala Marsopa. Lulu était l'une des plus belles femmes qu'il avait jamais vues. Elle et ses amis, Tom et Milly Ollorenshaw, étaient drôles, dotés du piquant des Anglais, comme Bernie l'aimait. Bernie aussi les faisait rire

1. Porfirio Rubirosa Ariza (1909-1965) : diplomate américain célèbre pour avoir été un grand séducteur. *(N.d.T.)*

avec son caractère tout américain, qu'eux aussi semblaient apprécier. Il invita Lulu à Paris. Elle n'y était allée qu'une fois. Leur séjour n'aurait pu être plus romantique : elle adora ce que l'on y mangeait, adora son appartement rue Jacob ; ils passèrent leur temps à se promener, boire, manger un peu partout. Lulu aimait l'idée que Bernie voyageait constamment, à la rencontre d'hommes politiques, de gens du cinéma, mais surtout qu'il habitait à Paris. « Un écrivain qui vit à Paris : le plus romantique des clichés », lui disait-elle, comme sous le charme d'un élixir. Ils se marièrent à l'ambassade américaine. Au départ, Lulu l'accompagna dans ses missions, se réjouissant de prendre le train pour Rome, Prague, Bucarest, puis elle finit par se lasser. Bernie devait couvrir des événements chaque semaine dans toute l'Europe. Lulu n'appréciait guère de le voir partir ainsi. En son absence, elle disait ne pas se sentir en sécurité. Bernie lui répondait qu'elle ne pouvait pas l'être davantage que dans une ville comme Paris. Mais elle n'était pas bien lorsqu'elle se retrouvait seule, lui répondait-elle. Bernie ne savait que penser : partir en voyage pour écrire ses articles, pour faire des recherches pour ses livres, telle était sa vie – cette vie dont Lulu était pourtant tombée amoureuse.

Il n'avait jamais vu *Black Jack* et n'avait jamais entendu parler de sa sortie. *Life* n'avait finalement pas publié son article.

« Tu es prêt à y aller ? » demanda-t-il à Cassian.

Il avait fini son *café con leche* et lisait un *Daily Express* vieux de trois jours, le seul journal anglais qu'il avait pu trouver au kiosque près du bar. Cassian, d'un caractère plutôt laconique, avait mis une demi-heure à terminer sa bouteille de Coca-Cola, buvant chaque fois des gorgées de plus en plus petites tout en scrutant la place avec une anxiété croissante, palpable en dépit de ses lunettes de soleil et de son habituelle placidité.

« Ça t'embête de rester encore quelques minutes ? demanda-t-il d'une voix égale. J'attendais un ami. Il est en retard. Il ne devrait plus tarder.

— Pas de problème », répondit Bernie, masquant sa profonde curiosité en rouvrant son journal bruyamment.

Voilà qui lui donnait l'occasion de relire en profondeur les articles qu'il avait survolés : l'histoire d'un homme qui avait découvert des caisses de bouteilles de lait vides en provenance de la coopérative de Putney, dans le sud-ouest de Londres, et qui aidait la police dans son enquête ; une autre sur un black-out de trente minutes dont le BBC Television Service avait été victime le samedi soir lors de la retransmission des résultats du championnat de football depuis l'Alexandra Palace…

Cassian se leva comme un ressort en faisant racler sa chaise pour saluer un homme de grande taille qui s'approchait d'eux. D'un geste vif, l'homme indiqua à Cassian de rester assis avant de prendre place à côté de lui à leur table. Il devait avoir trente ans, un type à la peau mate – probablement turc ou arabe, pensa Bernie, plutôt qu'espagnol – habillé comme un serveur : chemise ouverte, pantalon et chaussures noirs. Il sembla aussitôt mal à l'aise en découvrant Bernie, le regardant d'un air interrogateur avant de lancer des coups d'œil à Cassian.

« C'est bon, c'est un ami de mes parents.

— Toi aurais pu prévenir, répondit l'homme avec un accent d'Europe de l'Est ou du Proche-Orient.

Quand j'ai vu lui, j'ai failli pas venir. Pour le reste, c'est OK ? Tu vois ton ami ?

— Oh, oui, tout est réglé », répondit poliment Cassian.

L'inconnu trimbalait avec lui un cabas en paille, comme pour faire son marché. Il en sortit un petit paquet bien emballé dans du papier marron, attaché par une ficelle, qu'il passa à Cassian sous la table. Il lança un nouveau coup d'œil à Bernie, puis à Cassian, l'air hésitant.

« OK », dit-il.

Il se leva et repartit sur la place.

« Très sympa, ton ami, remarqua Bernie.

— À vrai dire, c'est juste une connaissance. Je ne l'ai vu que deux ou trois fois. C'est un ami d'ami.

— On peut y aller maintenant ? demanda Bernie en glissant quelques billets sous sa tasse.

— Oui. »

À son tour, il se leva, serrant son paquet contre sa poitrine.

« On pourrait simplement faire un crochet par le Club Náutico en chemin ? lui demanda-t-il une fois dans la voiture.

— Mais bien sûr, répondit Bernie. Tu as encore un ami à voir ?

— Oui, mais un ami de Londres cette fois.

— Et ton paquet, c'est quoi ? de la drogue ?

— Ça va pas, non. Juste de l'argent. »

Bernie tourna à l'entrée du Real Club Náutico et se gara au début du quai principal.

« J'en ai pour une minute », déclara Cassian en ouvrant la portière.

Il descendit le quai où plusieurs yachts à moteur étrangers étaient amarrés : un britannique, un français, un hollandais, un suédois, un norvégien, leurs petits drapeaux flottant respectivement sur la poupe des bateaux.

Bernie ne put se retenir de sourire. Pour le rôle de Mike Alexander, l'infâme trafiquant, personnage principal de *Black Jack*, George Sanders avait été affublé d'une casquette de capitaine de navire blanche à visière noire, une ancre brodée dessus, accessoire dont les acteurs étaient traditionnellement coiffés dès qu'ils montaient à bord d'un vaisseau, quel qu'il soit, ainsi que d'un maillot à rayures, foulard rouge autour du cou, large pantalon blanc bouffant retenu par une grosse ceinture munie d'un couteau dans son fourreau, avec une paire de baskets. Un costume qui, associé à l'air louche que dégageait naturellement Sanders, n'aurait pas pu révéler davantage la nature de son personnage que si la costumière lui avait accroché une pancarte avec le mot « trafiquant » écrit dessus. À l'inverse, Cassian restait fidèle à lui-même : un écolier en short, marchant d'un pas chaloupé sur ses longues cannes de serin en pleine croissance, tandis qu'il descendait le quai. Arrivé au bout, il tourna sur la droite et disparut.

Il revint les mains vides, huit minutes plus tard.

« Des couronnes tchécoslovaques – des vieilles, elles datent d'avant 1939, annonça Cassian.

— Qui peut bien être intéressé par ça ?

— Aucune idée. Sans doute des gens qui veulent récupérer de l'argent confisqué pendant la guerre pour l'échanger contre la nouvelle monnaie. J'imagine que le taux doit être avantageux, sinon ça ne servirait à rien.

— Donc si je comprends bien, tu profites de tes vacances pour faire du trafic de monnaie ?

— Pas tout le temps. Je donne juste un coup de main à des amis. C'est vrai, tout le monde le fait, quoi. Même papa et maman, chaque fois qu'ils quittent l'Angleterre. Tu ne peux pas passer de vraies vacances avec cinquante livres en poche, pas vrai ? On n'a pas le droit de sortir d'Angleterre avec plus, tu sais.

— Oui, je sais. Et donc, ça consiste en quoi votre manège, exactement ? À vous bourrer les poches quand vous montez sur le ferry pour traverser la Manche ?

— Attends, non. On part en yacht, la plupart du temps. Et tous les gens que je connais voyagent comme ça. Regarde papa et maman. Tu crois qu'ils l'ont eu comment l'argent pour payer la maison à Lulu ?

— Quoi ?

— L'argent qui a servi à payer la villa. Ce n'est pas avec un chèque qu'on pourrait régler ça. »

Quelques minutes plus tard, Bernie répondit :

« Non, bien sûr que non. »

Cassian regardait le paysage. Il se tourna vers Bernie.

« Tu disais ? »

3

Plus tôt dans l'année, un éditeur de la maison John Murray, célèbre pour avoir publié Byron, Darwin, Livingstone, Conan Doyle, Jane Austen et Herman Melville, qui éditait encore une solide littérature de voyage, avait adressé une lettre à Gerald, que lui avait fait suivre Griffiths, l'un de ses contacts à *Yachting Monthly*.

Le 22 février 1951

Cher Monsieur Rutledge,

Je suis fidèle depuis des années à vos articles parus dans Yachting Monthly, *le* Cornhill *et le* Listener *sur le chemin emprunté par Ulysse pour rentrer chez lui après la guerre de Troie, que j'ai suivi avec le plus grand plaisir. Suite à une discussion avec plusieurs de mes collègues, nous sommes arrivés à la conclusion que ces articles auraient tout à gagner à être réunis dans un livre, petit mais non moins exceptionnel.*

Moi-même navigateur passionné, je bénéficie d'une connaissance relativement large de la littérature de voyage contemporaine. Des textes épouvantables, pour la plupart : récits ronflants et pompeux vous déroulant des kilomètres de chaînes d'ancrage, surchargés de détails sur des fonds vaseux. À l'inverse, vos histoires font figure d'exception. Ce mélange d'érudition, d'expérience et de connaissance marine, que vous déployez pour décrire la géographie de L'Odyssée, *serait susceptible de donner lieu, nous le croyons, à un récit unique. Un tel livre attirerait à coup sûr l'intérêt du grand public, recherchant plus que des histoires classiques ou techniques ; des lectures sérieuses et fouillées. Nous voyons en effet dans votre réflexion de navigateur sur l'hypothétique chemin d'Ulysse les prémices d'un futur classique de la littérature de voyage.*

Peut-être aviez-vous déjà envisagé un tel projet – auriez-vous reçu des propositions de la part d'un autre éditeur ? Si tel n'est pas le cas, nous serions heureux de vous offrir une avance sur royalties de 750 livres, qui très certainement se verra amortie sous peu et nous permettra à tous de dégager de modestes profits. Si cette proposition vous intéresse, je vous remercie par avance de me le faire savoir par retour de lettre en joignant, si possible, une liste détaillée de vos articles sur L'Odyssée *– certains n'ont-ils pas été publiés ? –, en précisant en quelques mots dans quelle mesure ces récits couvrent dans son intégralité la route empruntée par Ulysse pour relier Troie à Ithaque.*

Je guetterai votre réponse. Par ailleurs, où habitez-vous ? Si vous vous trouvez à Londres ou dans les environs, je serai ravi de discuter avec vous de tout cela autour d'un verre au Royal Thames Yacht Club.

Dans cette attente,
Eric Pocock

Pendant ses moments de répit – étendu sur sa couchette dans la cale du HMS *Furious*, son premier porte-avions, puis du HMS *Avon Vale*, un contre-torpilleur –, Gerald avait lu la traduction du récit d'Heinrich Schliemann sur sa découverte de Troie, parue aux Presses universitaires de Cambridge. Le 14 août 1868, après un voyage à dos de cheval à travers les plaines caillouteuses du nord-ouest de la Turquie, Schliemann avait trouvé les vestiges d'un mur circulaire sur une colline appelée Hisarlik. « Le site correspond trait pour trait à la description donnée par Homère… Il suffit de mettre un pied dans la plaine de Troie pour que la vision de la magnifique colline d'Hisarlik vous saisisse d'émerveillement. » Plus tard ce même jour, Schliemann, du haut d'un toit, avait décrit la face nord de la plaine :

> *L'Iliade* en main, je m'assis sur le toit et regardai autour de moi. J'imaginai à mes pieds la flotte, le camp, les assemblées des Grecs ; Troie et sa forteresse sur le plateau d'Hisarlik ; les troupes faisant les cent pas et s'entraînant à la bataille… Deux heures durant, les grands récits de *L'Iliade* défilèrent sous mes yeux jusqu'à ce que la nuit et une faim tenace me forcent à quitter le toit. Je repartis, pleinement convaincu d'avoir vu l'antique Troie.

Schliemann avait creusé et déterré cette cité saccagée par la guerre.

Sitôt démobilisé à Alexandrie, à la fin de la guerre, Gerald avait mis le cap sur Istanbul pour rallier Hisarlik et les vestiges de Troie en bateau, en char à bancs, puis à pied. Son *Odyssée* en main, il avait sillonné les côtes environnantes à bord de différentes embarcations, grandes comme petites. Ce qu'il avait vu, avait-il conclu, était ce qu'Ulysse (qu'il ait existé ou non) avait vu également. À partir de Troie, il fallait voguer vers le sud-est pour atteindre Ithaque, deux points entre lesquels flottait le mystère d'un voyage de dix ans, que Gerald avait retracé dans le but de le parcourir sur son propre petit bateau et retrouver la route d'Homère grâce à ses élégantes descriptions, de Troie jusqu'à Ithaque. Gerald avait suivi son projet à la lettre, faisant l'acquisition dans le Sussex d'un petit navire rapide appelé la *Néréide*, qu'il avait fait naviguer sur la mer Égée de 1946 à 1947, puis vers l'ouest autour de la botte de l'Italie dans la mer Tyrrhénienne en 1948 afin d'explorer la Corse et la Sardaigne, sites ayant sans doute abrité les Lestrygons et Polyphème. Le détroit de Messine, comme il le pensait depuis toujours, était probablement le berceau de Charybde et Scylla. Gerald était persuadé que leur grotte se situait sur la côte ouest sicilienne. Mais son errance, à l'image de celle d'Ulysse, l'avait mené trop loin à l'ouest, le faisant échouer sur une île où une nymphe l'avait envoûté.

Grâce à ses articles déjà publiés, l'itinéraire de *L'Odyssée* que Gerald avait échafaudé était presque entièrement couché sur le papier, illustré par des photographies, dont plusieurs montrant la *Néréide* amarrée aux endroits mêmes où, d'après lui, Homère avait placé son héros. Seuls les points de chute les plus à l'est, dont Troie et Ismaros, restaient encore à explorer – il avait abandonné son expédition après sa lune de miel avortée avec Lulu –, mais ces lieux restaient connus, identifiés. En outre, Gerald était déjà passé à proximité, autrefois, sur différents bateaux.

Sa correspondance avec Pocock se poursuivit. Il lui envoya tous ses articles, dont plusieurs qui n'avaient pas encore été publiés ; il lui envoya ses clichés et les cartes qu'il avait lui-même dessinées. En retour, Pocock lui avait fait parvenir un contrat, et seulement quelques semaines plus tard, devant le bureau poussiéreux du Correos de Cala Marsopa, Gerald avait ouvert une enveloppe marron qui renfermait un chèque de 750 livres. Une somme capable de vous changer la vie. Plus d'argent qu'il n'en avait jamais eu, peut-être plus qu'il n'en aurait jamais. Que pouvait-il faire avec ?

Il pouvait acheter un nouveau bateau et, finalement, retourner en mer Égée. Tel était le but qu'il s'était donné, déjà fasciné par la Grèce antique petit garçon. Ainsi avait-il vogué, sur différentes embarcations, jusqu'à ces lieux qu'il croyait avoir reconnus dans *L'Odyssée*, persuadé qu'il passerait sa vie à explorer les eaux de Grèce et de Turquie, ou d'Asie Mineure, comme le voulait l'expression consacrée, lieu de naissance supposé d'Homère. Puis il avait accosté à Majorque, le temps d'une interruption qui avait bouleversé son grand projet. Une catastrophe, comme un terrible accident de la circulation.

Le lendemain du jour où il reçut la lettre de Pocock, Gerald sortit faire sa promenade du matin à travers les olivettes et sur la crête au-dessus de Ca'n Cabrer, embrassant du regard la colline, la ville en contrebas, la mer.

Il pouvait s'acheter un bateau maintenant, pensait-il.

Il s'en retourna et contempla les oliviers.

4

Assis à l'ombre du patio devant un déjeuner tardif, Bernie et Cassian venaient de rentrer de Palma.

Reposé et rassuré au milieu de ses amis de toujours, Schooner Trelawney avait retrouvé son entrain. Il leur fit le récit de ses mésaventures et de l'imbroglio qui l'avait mené à Monaco.

« N'empêche, vous m'aviez bien dit que c'était un trou perdu. Quand j'ai débarqué dans une ville aussi chic qu'un œuf Fabergé, croyez-moi, ça m'a surpris. » Schooner se tourna vers Tom. « Je dois dire qu'à ce moment-là, tu as tout de suite grimpé dans mon estime, mon vieux. Je me suis dit : "Mince alors, mais c'est qu'il a bien mené sa barque, le Tom." Et comme vous m'aviez dit que vous connaissiez tout le monde, j'ai trouvé logique de demander au premier venu où se trouvait votre palace. »

Tom et Milly riaient aux éclats, pliés sur leur chaise. Cassian, lui, gloussait plus discrètement – davantage à cause de la réaction de ses parents que du récit de Schooner.

« Non mais, vous imaginez ma déception ! Tout ça pour ça, personne qui n'avait jamais entendu parler de vous là-bas ! J'avais pourtant demandé aux gardes. Ils s'en moquaient comme de leur première chemise.

Complètement sourds à mes demandes. Ils ont carrément refusé de me laisser entrer pour me renseigner auprès du prince ou d'une autre personne qui aurait pu vous connaître. Alors je me suis mis à crier : "Ohé, les Ollorenshaw !" en direction des fenêtres – autant que j'en savais, vous étiez à l'intérieur. »

Schooner balaya des yeux l'assistance, un sourcil levé, content de lui, apparemment.

Lulu lança un regard de biais à Bernie. Imperméable au bruit et à l'hystérie des adultes, Luc était installé entre eux. Bernie semblait complètement absorbé par son fils qui tentait de piocher des cuillères de riz et sardine écrasée.

Lulu trouva Bernie dans une chaise sous les pins, à l'arrière de la maison, après avoir couché Luc pour sa sieste. Elle s'installa à quelques pas de lui.

« Tu étais aussi joyeux qu'un croque-mort pendant le déjeuner. Je suis sûre que Schooner te dégoûte, mais tu pourrais quand même faire un effort pour ne pas montrer aussi explicitement que tu n'apprécies pas mes amis.

— Ce n'est pas que je n'aime pas tes amis. Je ne le trouvais pas drôle, c'est tout.

— Non, évidemment. Puisque ton sens de l'humour se limite à Laurel et Hardy. Qu'est-ce que tu as, dans ce cas ?

— Quand comptais-tu me dire que tu avais acheté cette maison avec l'argent de Tom ?

— Celui de Milly, en fait.

— Oh, pardon, celui de Milly. J'ai été mal informé. C'est Cassian qui m'a révélé le peu que j'ai appris sur les détails de la transaction. Drôlement malin, ce garçon. Et donc, tu comptais me le dire quand ?

— Quand ce serait nécessaire », répondit-elle sèchement.

Elle sortit de la poche de son short un paquet de cigarettes et le briquet Ronson que Bernie lui avait offert, puis s'affaira à s'en allumer une avant de souffler un jet de fumée vers les rameaux des pins.

« J'aurais pu t'aider, moi, poursuivit Bernie. Si tu me l'avais demandé. De toute façon, puisque tu passes déjà tous tes étés ici, à quoi bon avoir acheté la maison ? »

Depuis trois ans ou presque qu'ils s'étaient rencontrés, même après leur mariage, Lulu avait toujours passé ses grandes vacances à Cala Marsopa avec Tom et Milly, qui louaient la villa Los Roques chaque été depuis la guerre. Tom et Milly l'avaient emmenée avec eux d'Angleterre, comme cuisinière au départ, puis comme amie, inséparable de leur petite clique dont les membres dormaient indifféremment dans n'importe quelle chambre. Suite à leur mariage et à son installation à Paris, Lulu avait pris l'habitude de quitter la ville en juin pour ne revenir qu'au moment de la rentrée, en septembre. Bernie descendait les rejoindre à Majorque dès qu'il le pouvait.

« Parce que je compte monter mon affaire, répondit Lulu. Je compte accueillir des gens dans cette maison pour qu'ils se reposent, mangent, profitent de leurs vacances et me paient pour tout ça. C'était l'idée de Milly. Elle et Tom ont envie de faire autre chose, de voyager un peu, mais sans laisser tomber la maison.

— Oh », lâcha Bernie. Tout finissait par s'imbriquer, lentement, comme un puzzle. « Ça va représenter beaucoup de boulot.

— Oui, et entraîner de grands changements, aussi. Je vais rester ici. Je ne retourne pas à Paris.

— Mais tu sais bien que je ne peux pas vivre ici, répondit Bernie. Je suis obligé d'être à Paris – c'est là-bas que je travaille.

— Évidemment. Tu aimes la France et les Français. Eh bien, désolée pour toi, mais pas moi.

— Je croyais que tu avais finis par t'adapter. Tu semblais plus heureuse ces derniers mois.

— Parce que j'avais mon projet, répondit Lulu.

— Passe-moi une cigarette, dit Bernie. Et tu veux que Luc grandisse ici ? qu'il aille à l'école à Cala Marsopa ?

— Bien sûr que non. Je n'ai pas plus envie que toi qu'il devienne un péquenaud.

— Que proposes-tu, dans ce cas ?

— Eh bien, de toute évidence, il pourra rester ici jusqu'à ce que l'école devienne importante – lui apprenne davantage que lire et compter, autrement dit vers huit, neuf ou dix ans. Nous l'enverrons à Paris à ce moment-là pendant l'année. Il reviendra ici pour les vacances. »

Bernie resta sans voix ou plutôt se retint pour ravaler sa colère et ne pas lui cracher à la figure des objections, des récriminations brutales, des menaces de recourir à un avocat et autres leçons de morale qui bouillaient en lui.

Bernie avait compris qu'il ne connaissait pas Lulu. Plus il la fréquentait, plus elle devenait un mystère à ses yeux. Au cours de l'année passée, il s'était rendu compte avoir presque entièrement inventé la personne dont il était tombé amoureux. Il s'apercevait aussi qu'elle non plus n'avait aucune idée de qui il était. Tous deux étaient pour l'autre de véritables étrangers, qui ne faisaient que s'éloigner, diverger au fil du temps. Depuis la naissance de Luc, cette énigme qu'ils représentaient l'un pour l'autre avait fini par se muer en un gouffre béant. Certes, Bernie était sonné, mais pas surpris.

Il continua à fumer. Au-delà des nombreux et excellents services qu'offrait un pays comme la France en termes de santé et d'éducation pour toutes les mères et les enfants, Paris lui était toujours apparu comme l'endroit rêvé pour planter la graine qui ferait pousser son enfant. Quelques jours après sa naissance, Bernie avait emmené Luc au jardin du Luxembourg. Ils n'avaient cessé depuis de retourner là-bas – le jardin se situait à quelques pas de l'immeuble de Bernie –, les yeux et les oreilles grands ouverts, chaque fois émerveillés de découvrir de nouvelles choses : les petits bateaux qui nageaient dans le bassin devant le palais, poussés par des bâtons, le théâtre des marionnettes, les chevaux qui valsaient lentement sur le carrousel. Ensemble, ils avaient observé les joueurs d'échecs et les joueurs de boules, encore plus sérieux, contemplé les bronzes figés des penseurs, croyant voir des siècles défiler.

Et Paris recelait encore mille autres merveilles, dont Bernie parlait à Luc : les bouquinistes, les marrons grillés, les puces et toute cette mixité qui peuplait la ville et que Bernie se réjouissait d'observer, se demandant qui étaient ces gens et ce qu'ils faisaient, tous ces artistes, ces musiciens, ces réalisateurs de cinéma, ces écrivains, professeurs d'université, Russes blancs immigrés, Roms, ces Walter Benjamin, ces Ben Franklin, ces nomades qui tous traversaient inéluctablement Paris à un moment donné. Pas de foule grouillante ni de grands espaces à couper le souffle, mais un monde qui avançait au rythme du passage des gens, à une échelle humaine, telle une petite mobylette pétaradante ; l'humanité tout entière et son histoire à portée de main, qui vous nourrissait, vous charmait de sa douce puanteur, inépuisable mais pas épuisante – voilà tout ce qu'avait prévu Bernie pour son fils.

Dans son esprit, toute cette vie qu'il avait échafaudée partait à présent en fumée, *pffft*.

« Tu penses qu'il sera heureux ici ?

— Évidemment, répondit Lulu. Il fait tout le temps beau. C'est un coin tranquille. Il est déjà habitué à Preciosa. Elle s'occupera de lui. Et il y a d'autres gamins dans les environs, pas seulement des Espingouins.

— Tu ne penses pas que je risque de lui manquer ?

— Je suis sûre que tu lui manqueras, même si les enfants ont davantage besoin de leur mère que de leur père. De toute manière, tu es à l'étranger la moitié de l'année. Mais sois le bienvenu à la villa quand tu voudras – dans la limite du raisonnable, cela va sans dire.

— Dans la limite du raisonnable ?

— Bien sûr. Pourquoi ? C'est mieux pour Luc, non ? Nous devons faire passer ses besoins en premier. De mon côté, je me montre également raisonnable avec toi. Je n'ai pas l'intention de te demander le moindre sou. Tu devras subvenir aux besoins de ton fils, mais je gagnerai mon propre argent et ferai le nécessaire pour ne pas vivre à tes crochets. Tu n'auras pas à te soucier de moi.

— Je vois. Tu as déjà pensé à tout.

— Oh, crois-moi Bernard (comme il était brutal d'entendre pour une fois ce prénom), crois-moi, j'ai pensé à tout. »

5

« *Señor* Gerald ! s'exclama Lestrado Puig, alors que celui-ci franchissait la porte de son bureau, dans la rue du *mercado* de Cala Marsopa. Quel plaisir ! Je vous en prie, asseyez-vous. »

Gerald s'assit en face de lui. Peu après leur première rencontre, Puig avait renoncé à essayer de prononcer le nom impossible de Gerald et ses insurmontables consonnes, « Rutledge ». De toute manière, les deux hommes étant devenus amis, cet effort ne s'était pas révélé nécessaire – Puig savait pourtant comment épeler ce nom avec précision : il représentait les propriétaires de Ca'n Cabrer, la petite ferme sur la colline en haut de Cala Marsopa, dans laquelle Gerald vivait depuis son arrivée sur l'île, trois ans plus tôt. Une fois par mois, Gerald descendait en ville pour payer son loyer au *Señor* Lestrado Puig, lequel se chargeait de faire suivre l'argent à Palma.

« C'est un joli coup de chance », disait Gerald.

Du mieux qu'il le pouvait, dans son espagnol désormais correct, Gerald lui avait parlé de ses précédents voyages en mer, des articles qu'il avait publiés et de la lettre que lui avait envoyée l'éditeur londonien.

« Voilà d'excellentes nouvelles, répondit Puig. Ce serait le moment d'investir.

— J'y pensais également, dit Gerald.

— Vous avez une idée de l'endroit ?

— Oui. »

6

Pour sa première nuit en tant que nouveau propriétaire de Ca'n Cabrer, Gerald dormit à nouveau sur le matelas fin de la petite chambre où il avait logé ces trois dernières années. Au beau milieu de la nuit, il se réveilla et sortit explorer les autres pièces, toujours vides, de la maison. Gerald se demandait combien de temps il vivrait ici. Peut-être achèterait-il un jour un nouveau bateau pour voguer vers la Grèce. Peut-être son livre allait-il se vendre. Mais pour l'instant, c'était ici qu'il vivrait… comme il le pourrait.

L'air chaud de la nuit s'engouffrait par la fenêtre ouverte de la grande salle, chargé du parfum des citrons, des arbres et des plantes qui entouraient la maison. Debout devant la fenêtre, Gerald les contempla avant de grimper sur la solide plate-forme de la citerne, à l'extérieur de la maison, face à la colline et à la mer. Un croissant de lune avait fini par se lever, suspendu en un reflet tremblant au-dessus de la Méditerranée, au sud-ouest – au-dessus de la mer Égée. Maintenant que Gerald possédait les moyens de naviguer, l'envie lui était soudain passée. Envolé, ce désir de longue date – reviendrait-il un jour ? Pendant trois ans passés sur la terre ferme, Gerald s'était senti prisonnier, avide de remonter sur un bateau, de naviguer vers le sud-est pour traverser la Méditerranée. Et pourtant, quand il réfléchissait sérieusement à acquérir un nouveau bateau et repartir…

Il grimpa plus haut sur la citerne. En faisant installer une rambarde, voilà qui ferait une belle terrasse orientée vers la mer. Une cloison à abattre sous cette fenêtre, et Gerald aurait une chambre avec balcon. Pour s'y asseoir et contempler les flots, la route de terre entre le port et Son Moll, et les villas plantées le long du chemin, face au rivage rocailleux.

*

Au pied de la colline, Gerald trouva deux lettres dans sa boîte poussiéreuse. L'une provenait de sa sœur, Billie, de Sevenoaks. « Mon frère, propriétaire ! Ça alors ! Tu as donc jeté l'ancre pour de bon ? Je tâcherai de venir pour la cueillette ! On va bien s'amuser ! »

L'autre lettre était de Pocock, l'éditeur de chez John Murray. Gerald fut envahi par l'angoisse : avaient-ils changé d'avis, lui écrivaient-ils pour récupérer leur argent ? Eh bien, c'était trop tard !

Cher Gerald,

Tout va pour le mieux avec votre livre ; nous prévoyons sa sortie à l'automne. Je vous ferai parvenir vos épreuves au mois de septembre.

Le seul point à faire encore polémique ici concerne le titre de votre ouvrage. Certains, parmi les connaisseurs que nous avons consultés – parmi lesquels je me compte moi-même –, jugent La Route d'Ulysse *trop prosaïque. Ce titre n'a bien sûr rien d'incorrect, mais manque peut-être de force, d'élévation. Nous sommes presque ici dans un récit d'aventures ; aussi avons-nous pensé qu'un titre plus adéquat pourrait orienter favorablement la critique, sans parler des lecteurs. Nous en avons nous-mêmes débattu. Sans doute serez-vous d'avis qu'« Ulysse » exprime une notion trop possessive, comme par exemple dans* Le Voyage d'Ulysse, L'Itinéraire d'Ulysse, *etc. – ainsi que certains l'avaient ici suggéré. Il me semble délicat, pour ainsi dire, de faire figurer le nom d'Ulysse. Peut-être « Odyssée » serait-il plus judicieux. Par ailleurs, le résultat sur la couverture n'en serait que plus agréable à l'œil, même si, encore une fois, nous recherchons un titre capable d'accrocher le plus grand nombre. D'autres suggestions :* Le Voyage d'Homère, Homère porté par les vents, *etc. Rien de très satisfaisant, ni de parfaitement juste, comme vous le constaterez.*

Pourriez-vous avoir l'amabilité de réfléchir à cette question afin de nous soumettre quelques propositions moins littérales, peut-être davantage, oserais-je dire, poétiques, homériques ? Nous continuons également à chercher de notre côté.

Quoi qu'il en soit, nous comptons toujours sur une publication à l'automne, qui offrira une place de choix au livre pour Noël.

Bien à vous,
Eric Pocock

Tout reposait pourtant sur le mot « route », pensa Gerald, légèrement irrité. *Là où Ulysse navigua* – non, pire. Impossible de trouver la moindre idée. Au diable les connaisseurs ; ils n'avaient qu'à le trouver eux-mêmes, leur titre.

Gerald était dans son champ de citronniers quand il entendit braire Lupe, l'ânesse, de cette complainte monocorde de klaxon qu'il était vain d'interpréter. Comme Lupe brayait souvent, Gerald se réjouissait toujours de voir arriver Gonzalo, le fermier embauché par les anciens propriétaires, qui habitait au pied de la colline, pour emmener l'ânesse plus loin. D'ordinaire, Gonzalo se servait de Lupe pour porter des paniers d'osier remplis d'olives, d'amandes et de citrons le long de la colline. Mais Gerald fut surpris lorsqu'il l'entendit braire à nouveau, car il avait congédié Gonzalo dans l'intention de se charger lui-même de tous les travaux de la ferme. Gerald avait pour projet de vivre de sa production, qu'il vendrait au marché – endossant lui-même le rôle de bête de somme. Gonzalo avait appris la vente de la maison, sans doute par Puig ou les propriétaires, clairement bouleversé lorsque Gerald lui avait annoncé qu'il souhaitait se charger lui-même de tout et n'aurait pas besoin de ses services.

C'est alors qu'il entendit une voix féminine. S'approchant à travers les arbres, il découvrit la fille de Gonzalo, qui complétait l'équipe des trois travailleurs saisonniers qui assistaient ce dernier. Campée près de la maison, elle tenait au bout d'une corde l'ânesse, à présent calme, fixant le mur du regard.

Elle sourit à la vue de Gerald. Difficile de déterminer son âge ; Gonzalo ne semblait pas avoir plus de trente-cinq ans. Mais sa fille possédait déjà l'allure et les courbes d'une femme, et lui avait évoqué au départ la vedette de cinéma Anna Magnani, que Gerald avait vue dans un film projeté par un piètre appareil dans un bar d'Argostoli, en Grèce, peu après la fin de la guerre. Chaque apparition de l'actrice mettait l'assistance en émoi, tous les Grecs au bar lançant des

« Anna Magnani ! Anna Magnani ! » dès qu'un coup de théâtre survenait. Ce nom était resté gravé dans la mémoire de Gerald. Néanmoins, la fille de Gonzalo ne possédait ni son regard perçant d'Italienne, ni son tempérament volcanique, ni son physique plein d'intelligence – non, la fille de Gonzalo se rapprochait plutôt d'une Anna Magnani lobotomisée –, même si ses yeux aux paupières lourdes et sa bouche constamment entrouverte qui accueillaient chaque fois Gerald lui avaient fait prendre conscience de l'intérêt que la jeune fille lui portait. Gonzalo s'exprimait toujours sur un ton rude ou péremptoire. À deux reprises, Gerald l'avait surpris, empoignant sa fille par le bras ou la nuque. Caché parmi les arbres, Gerald s'était abstenu de dire quoi que ce soit au départ, doutant encore de ce qu'il avait vu. Mais la seconde fois, alors qu'il se trouvait plus près d'eux, il avait crié : « Arrêtez de la toucher comme ça, s'il vous plaît. Ce n'est pas bien », dans un espagnol maladroit.

« *¿Qué?* » avait répondu Gonzalo, sur quoi Gerald avait répété.

Haussant les épaules, Gonzalo s'était éloigné en grommelant. Les congédier, lui et sa fille, avait été un soulagement. Voilà pourquoi cette apparition le surprit et le mit dans l'embarras. Gerald parcourut les alentours du regard, mais pas de Gonzalo.

« *Hola*, lui lança la fille dans sa petite robe en coton, vacillant légèrement près de la queue agitée de l'ânesse.

— *Hola*, répondit Gerald.

— Eh bien, tenez, votre bête.

— Pardon ?

— Lupe. Elle est à vous.

— Non, elle appartient à ton père. Elle appartient à Gonzalo.

— Non, elle appartient à Ca'n Cabrer. Elle est à vous maintenant.

— Non, je suis sûr que non. Je n'en veux pas. Ramène-la chez toi, s'il te plaît.

— Mon père m'a dit de vous l'apporter. Elle est à vous, je vous assure. Et elle a faim. Il faut lui donner à manger.

— Je ne sais même pas ce qu'elle mange, je ne peux pas la garder.

— Elle mange n'importe quoi. Ça n'a pas d'importance.

— Écoute, s'il te plaît, ramène-la à ton père. J'irai lui parler plus tard.

— Non, persista la fille.

— Si, rétorqua Gerald.

— Non. »

Puis elle éclata de rire, semblant soudain réveillée.

« S'il te plaît, ramène-la chez toi.

— Non. Et n'oubliez pas de lui donner à manger, pour la faire travailler. Moi aussi, je peux travailler pour vous si vous voulez. Je pourrai venir tous les jours pour vous aider.

— Ça va aller, merci. Je compte tout faire moi-même.

— Ah. »

Elle sourit en se balançant légèrement sur ses pieds.

« Bonne journée à toi », dit Gerald.

Puis il tourna les talons et disparut sur la colline.

L'ânesse recommença à braire. Lorsque Gerald revint à la maison, la fille était partie. Lupe grignotait un buisson.

Cet après-midi-là, Lestrado Puig lui confirma que l'acquisition de la maison comprenait toutes ses composantes annexes, dont l'ânesse. Gerald lui demanda s'il pouvait la vendre. Puig lui répondit qu'il se renseignerait.

Il se réveilla de nouveau en pleine nuit et, allongé sous son drap, contempla le ciel par la fenêtre. Pas un souffle d'air dans les arbres – ses arbres. Pas une bonne nuit pour naviguer.

Des noms et des mots de *L'Odyssée* flottaient dans son esprit. « Fais de sorte que ton voyage soit long… / Les Lestrygons, les Cyclopes, / et la colère de Poséidon ne crains… »

Ces mots ne provenaient pas de *L'Odyssée*, mais du poème de Cavafis, « Ithaque ».

Gerald se redressa sur son matelas, éprouvant une urgence à compulser ses livres, mais il ne bougea pas, appuyé sur un coude… Ce poème, Gerald l'avait perdu. Il se recoucha. L'idée lui vint d'écrire à Pocock pour lui conseiller de le lire. Il ne s'en souvenait pas en entier :

> Lorsque tu mettras le cap sur Ithaque,
> Fais de sorte que ton voyage soit long,
> Plein d'aventures et d'expériences.
> Les Lestrygons et les Cyclopes…

« *Fais de sorte que ton voyage soit long.* » Quelle était la suite ?

> … La pensée d'Ithaque ne doit pas te quitter.
> Elle sera toujours ta destination.
> Mais n'écourte pas la durée du voyage.
> Il vaut mieux que cela prenne des longues années
> Et que déjà vieux tu atteignes l'île,
> Riche de tout ce que tu as acquis sur ton parcours
> Et sans te dire

Qu'Ithaque t'amènera des richesses nouvelles.

Ithaque t'a offert le beau voyage.
Sans elle, tu n'aurais pas pris la route…

Quelque chose à creuser de ce côté-là ? *La Pensée d'Ithaque* ? De Gerald Rutledge. Était-ce ce que cherchait Pocock et les connaisseurs de chez John Murray ? *C'est assez poétique, assez homérique pour vous ?*

Il resta allongé, les yeux rivés sur le trapèze de nuit opaque que découpait la fenêtre sur le mur nu. Tout autour, les parois de la pièce et du plafond, plongées dans l'obscurité, semblaient bouger et se refermer sur lui, se soulever, comme animées d'un pouls battant frénétiquement sous des effets de clair-obscur et de perspective.

Ithaque, voyage merveilleux. De Gerald Rutledge. Mais ce n'était vraiment pas approprié. Non, ce voyage-là était peuplé de mésaventures, de monstres, de dangers. Et de fourbes charmeresses également.

7

Un bruit de moteur s'éleva au loin, le genre de bruit auquel il ne prêtait jamais attention, couvert par le chant des cigales. Mais le vacarme se faisait de plus en plus insistant, au point que Gerald s'alarma, réalisant finalement qu'il provenait de la colline. Un visiteur arrivait.

En contournant la maison, Gerald aperçut une jeune femme en train de poster une Vespa sur sa béquille.

« *Buenos días*, lui dit Gerald.

— Bonjour. Je suis la fille de Lestrado Puig, répondit l'inconnue.

— Oh. Ravi de faire votre connaissance. Je suis Gerald Rutledge.

— Je sais. Nous avons vendu l'ânesse. Quelqu'un va passer la chercher. Je venais vous apporter votre chèque. »

Elle lui tendit une enveloppe.

« Merci.

— *De nada*. Il faudrait que je vous emmène aussi pour vous présenter Calix, qui va vous acheter vos produits.

— Je vous demande pardon ?

— Le Comestibles Calix. À Cala Marsopa. Ils vous achèteront tout ce que vous produisez ici : les olives, les amandes, les citrons, les caroubes. À un bon prix. C'était à eux que Gonzalo les vendait avant. »

Elle se retourna et, d'un geste expert et résolu, appuya sur le kick de sa Vespa avec sa petite chaussure noire. Le moteur démarra au quart de tour. Elle poussa la mobylette pour retirer la béquille, puis s'installa sur la selle, un pied à terre, sa longue jambe tendue sous sa jupe serrée. Elle leva les yeux vers Gerald.

« Venez.

— Que je vienne avec vous ?

— Oui.

— Mais où ?

— Voir Calix. »

Gerald hésita. La jeune femme était petite, il ne s'imaginait pas tenir derrière elle.

« Ça va aller, lui dit-elle. Je conduis mon père partout. Il est plus costaud que vous. »

Gerald s'approcha. Il enfourcha la mobylette et s'assit avec précaution. La jeune femme lui indiqua une poignée sur le côté de la Vespa, tout près de sa croupe.

« Accrochez-vous là. Et enlevez votre chapeau. »

Gerald s'exécuta, aidé par l'inconnue qui lui glissa son couvre-chef sous le bras.

Puis la Vespa se mit en marche, dans les virages et la pente raide de la colline, secouée à chaque obstacle. À l'arrière, Gerald se tenait parfaitement droit, s'empêchant même de bouger la tête de peur de la déséquilibrer. La jeune femme s'arrêta brièvement au croisement de la route, jetant un coup d'œil à gauche et à droite. Gerald sentit sur son visage la chaleur de sa nuque, huma son parfum, avant que la mobylette ne bondisse de nouveau en avant. Ils roulaient à toute allure, mais pas dangereusement, semblait-il. Il observa ses mains appuyer habilement sur l'accélérateur et l'embrayage, collé contre elle. La jeune femme paraissait assise sur ses genoux, en cuillère. Gerald tentait de ne pas presser ses jambes contre ses cuisses. L'arrière de sa jupe battait contre ses bras, des mèches de cheveux lui fouettaient le visage.

Elle traversa la ville à toute allure, Gerald à l'arrière tentant de garder l'équilibre à chaque virage, mais incapable d'empêcher ses jambes de frotter contre elle.

Tout d'un coup, elle ralentit, puis s'arrêta.

« Vous pouvez descendre », déclara-t-elle.

Gerald lâcha la poignée, leva une jambe et descendit, tout tremblant, tandis qu'elle coupait le contact et campait l'engin sur sa béquille.

« Par ici, s'il vous plaît. »

Ils traversèrent un rideau de perles pour entrer dans la pénombre fraîche d'une épicerie remplie d'étagères pleines de nourriture, de corbeilles de légumes frais.

« *¡Hola, Paloma!* » s'exclama une large femme portant un tablier, qui leur sourit à tous les deux.

Une fois leur visite terminée, elle lui proposa de le raccompagner jusqu'à Ca'n Cabrer. Gerald refusa poliment. Il avait des choses à faire en ville et rentrerait à pied, lui dit-il. Alors elle lui serra la main – une poignée très ferme –, démarra la Vespa et disparut aussi vite qu'un oiseau-mouche.

Sacrée pépée, pensa-t-il, que cette demoiselle Puig.

8

La sieste terminée, Bernie et Luc marchèrent lentement le long du chemin de terre derrière les rochers, jusqu'à arriver à la petite plage de Son Moll. Lulu n'aimait pas la plage ; elle ne les accompagnait jamais ni n'emmenait Luc, même lorsque Bernie travaillait. Il étala une serviette, puis père et fils s'élancèrent vers les petites vagues, impatients de construire des châteaux de sable au bord de l'eau.

« Papa ! On va voir pirates ?

— Luc, *mon brave* ! Mais oui ! Allons voir si les pirates sont là aujourd'hui. »

Tête baissée pour ne pas se cogner, de l'eau jusqu'aux genoux, Bernie s'engouffra avec Luc sur son dos dans une immense grotte creusée dans un massif rocheux qui s'élevait à l'ouest de la plage comme une baleine échouée. Son fils serré tout contre lui, il se faufila par une faille entre deux énormes rochers en forme de coquillage qui donnaient au massif sa forme de baleine. S'enfonçant dans la grotte, là où les pirates avaient coutume de se cacher, capables de surgir à tout moment, comme disait Bernie, ils atteignirent son centre, zébré de rais de lumière, sous les clapotements de l'eau qui résonnaient contre ses parois.

« Hardi, moussaillon ! s'écria Bernie. Arrière, Blind Pew !

— Blindpoue ! répéta Luc en criant.

— Billy Bones ! Chien Noir ! Long John Silver ! Montrez-vous, flibustiers !

— "Quinze marins" ! cria Luc.

— Ah-ha-harrgh ! »

Puis ils entonnèrent en chœur :

« Quinze marins sur le bahut du mort, hop là ho ! Une bouteille de rhum… »

Un moment plus tard, Bernie annonça :

« Bien, moussaillon. Aucun pirate en vue aujourd'hui. Levons l'ancre, à présent.

— Moussaillon ! » répéta Luc.

Bernie repartit cahin-caha, Luc agrippé à son visage et sa poitrine, dans l'eau peu profonde aux reflets bleu pâle. Il ressentait contre lui la peau douce de son fils sous ses mains, et la confiance que plaçait en lui ce petit paquet de vie, quel que fût le danger qui guettait dans cet antre et les monstres qui pouvaient surgir ici. Bernie était là pour le protéger.

Luc s'endormit dans ses bras sur le chemin du retour.

Un homme arrivait vers eux sur la route, un homme que Bernie avait déjà croisé, qui souvent parcourait le chemin de la ville à la plage. Pas un Espagnol, visiblement, des cheveux blond cendré, un physique d'Europe du Nord, sans pour autant avoir l'air d'un touriste. Maigre comme un clou, tanné, ses vêtements élimés, un chapeau de paille usé jusqu'à la corde sur la tête ; on aurait dit un paysan.

Bernie le salua d'un signe de tête, et l'homme répondit de même en passant.

Août 1948

Une saison de voile

La *Néréide* s'approchait lentement. Rafael Soller attendait sur le quai, les manches de sa chemise relevées, ses gros bras poilus tendus en avant, prêt à pousser, à attraper, à aider si besoin.

« *Bon dia*, Gerald.

— *Bon dia*, Rafael. »

Le bateau dériva pour accoster, ses pommes de touline pendues à sa coque butant gentiment contre le quai. Gerald descendit du bateau, les amarres à la main.

« Passe-m'en une », lui dit Rafael.

Gerald lui tendit le cordage rattaché à la poupe, que Rafael enroula plusieurs fois autour d'une bitte d'amarrage avant de sécuriser le tout par deux nœuds. Gerald, lui, attacha le cordage de la proue à un anneau de métal fixé dans le ciment. Ils se serrèrent la main.

« Gerald... », commença Rafael, semblant tout à coup incertain de quoi dire ensuite. Il considéra l'Anglais d'un air embarrassé. « Comment vas-tu ?

— Je vais bien », répondit Gerald. Il leva la tête vers Rafael. « As-tu vu ma femme ?

— Oui. »

Le regard de Rafael ne cessait d'aller du bateau à Gerald.

« Elle est rentrée il y a une semaine. Je l'ai aperçue, mais je ne lui ai pas parlé.

— Elle est toujours là ? »

D'un geste du menton, Rafael désigna la maison au-dessus des rochers, derrière le port.

« Sans doute à la maison. Je ne sais pas. »

À son tour, Gerald regarda la bâtisse qui se dressait derrière le port, les yeux plissés comme pour mieux la voir. Puis il se retourna vers Rafael.

« Rafael, j'ai eu un accident. Il faut que j'emmène le bateau à Palma pour le faire réparer. Tu permettrais que je te laisse quelques affaires au bar ? Quelques sacs, quelques livres. Juste le temps que le bateau soit réparé. Je reviendrai les chercher ensuite.

— Mais oui, bien sûr. Quand pars-tu ?

— Aujourd'hui. Tout à l'heure. »

Rafael sembla surpris.

« Tu repars aujourd'hui ?

— Oui.

— Dans ce cas, donne-les-moi tout de suite.

— Non, merci. J'ai des choses à faire avant. Je passerai te les déposer au bar tantôt. Merci. »

Gerald prit le chemin du port, longeant la route sablonneuse près de la rive au-dessus des rochers. Il passa devant les villas blanches aux toits en tuiles et aux volets fermés pour la saison ou pour se protéger du soleil de midi.

Il poussa le portail de la grande maison aux volets vert sauge. Un jardin s'ouvrit devant lui, une fontaine visible au-delà d'un second portillon. Il appuya sur la sonnette de la porte principale.

Une minute plus tard, un adolescent apparut à la porte.

« Oh, c'est vous », dit-il.

Malgré ses cheveux carotte en bataille et sa peau lisse, couverte de taches de rousseur, digne d'un gamin de douze ans, le garçon toisa Gerald comme le pire des ratés. Une grande femme large de carrure, la petite quarantaine, arriva derrière lui. Elle fusilla Gerald du regard.

« Cassian, laisse-nous », ordonna-t-elle.

Le dévisageant une dernière fois, le garçon disparut.

« Oh, Gerald ! » lança Milly Ollorenshaw. Elle barrait l'entrée, la porte à moitié fermée derrière elle.

« Bonjour, Milly. Est-ce qu'elle est là ?

— Elle t'a vu arriver en bateau et elle est partie. Elle ne veut pas te voir.

— Comment va-t-elle ?

— Comme je te l'ai dit au téléphone : elle est vivante, Dieu merci !

— J'ai besoin de lui parler, Milly…

— Je ne vois vraiment pas ce que tu pourrais lui dire. Comment as-tu pu l'abandonner comme ça ? Après ce qui s'est passé ? Et que crois-tu que Tom et moi avons pensé quand tu nous as appelés de Sardaigne en nous demandant si nous avions vu Lulu ? Nous étions morts d'inquiétude ! Je ne sais pas quoi te dire, Gerald. Je n'imagine pas comment tu as pu faire ça. »

Il avait effectivement téléphoné, une fois, de Cagliari. Lulu avait pu rentrer à Majorque, lui avaient appris Tom et Milly, mais elle refusait de lui parler.

« Milly, Lulu ne peut pas savoir où j'étais ni ce que j'ai fait, et toi non plus d'ailleurs. Ce que j'ai fait, je l'ai fait pour elle. Il fallait que je les éloigne. Et j'ai réussi. Je sais, ça a été long. Je suis retourné la chercher, mais elle n'était plus là.

— Tu croyais quoi ? Qu'elle allait t'attendre assise là-bas, à tricoter un cardigan ? lui cria Milly, furieuse.

Elle était nue, Gerald ! Elle a dû quémander des vêtements ! Nous avons dû lui envoyer de l'argent ! J'ignore ce que tu as fabriqué, et – plus important – Lulu non plus. Tout ce qu'elle sait, c'est que tu l'as plantée là et que tu n'es pas revenu !

— Je suis revenu dès que j'ai pu. Je peux vous expliquer…

— Gerald ! » Elle prit une grande inspiration et le regarda avec pitié. « Tu pourras dire ce que tu veux, ça ne changera pas ce qui est arrivé à Lulu. Ça ne changera pas le fait que tu es parti. Est-ce que tu comprends ça ? Aucune explication n'y changera rien. »

Gerald resta silencieux, le visage blême.

Plus calmement, Milly ajouta :

« Quand on perd la confiance de quelqu'un, on ne la retrouve plus, Gerald. Quelque chose se rompt. Tu ne répareras rien avec tes explications. La confiance, ça ne se regagne pas. Elle n'oubliera jamais ce que tu lui as fait. Quelles que soient tes raisons. Ça ne changera rien. Je suis désolée pour toi. Tu te souviens de ce que je t'avais dit ? Que Lulu avait besoin de quelqu'un sur qui elle pouvait compter. Rien d'autre – mais de ça, elle en avait besoin. »

Gerald baissa les yeux vers les énormes tennis sales de Milly.

« Quand est-ce qu'elle rentre ?

— Elle est partie en voiture avec Tom. Elle ne veut pas te voir. Je te conseille de partir. »

Gerald sortit alors un objet de sa poche et le lui tendit.

« Donne-lui de ma part, s'il te plaît. »

C'était une pellicule photo.

« Que veux-tu qu'elle fasse de ça ?

— Je t'en prie, demande-lui de la faire développer.

— Pourquoi ?

— Elle verra ce que j'ai fait. Je sais que ça ne changera rien à ce qui s'est passé, mais elle verra pourquoi je suis parti – je les ai entraînés au loin, comprends-tu, sinon… je n'ose imaginer ce qu'il se serait passé. Et… les photos montrent ce que j'ai fait, voilà. »

D'une main hésitante, Milly s'empara de la pellicule.

« Dis-lui de la développer. S'il te plaît.

— Je la lui donnerai, mais je ne peux rien faire de plus, répondit Milly. Je vais te demander de partir à présent, Gerald. Je suis désolée. Toute cette histoire nous a tous énormément bouleversés, comme tu peux l'imaginer. »

À contrecœur (car Milly était de nature généreuse, peu encline à se montrer désagréable), elle tourna les talons et claqua la porte.

Traversant le portail, Gerald retourna d'un pas rapide vers le port.

Il déposa quatre lourds sacs de matelot, ainsi qu'un autre plus petit contenant les affaires de Lulu au bar Marítimo, derrière les filets de pêche noirs qui séchaient, étendus sur le quai devant les réserves des pêcheurs. Tous remplis de livres. Avec l'aide de Rafael, il les entreposa contre le mur de pierre dans l'arrière-salle étroite qui abritait des cubis de vin et des fûts de bière. Puis il retourna à son bateau avant de revenir avec une caisse à outils en bois, sa machine à écrire et le coffret verni de son sextant.

« Tu n'auras pas besoin de tout ça à Palma ? demanda Rafael.

— J'ai demandé que les charpentiers maritimes se chargent des réparations. J'imagine qu'ils auront leurs propres outils.

— Bien sûr, oui. »

Rafael resta à quai tandis que Gerald hissait la grand-voile marron et tachée accrochée au mât par des anneaux en bois, battant paresseusement dans le vent léger.

« Je vais larguer les amarres tout de suite, merci Rafael. »

Rafael détacha le cordage qu'il avait enroulé plus tôt autour de la bitte, en fit rapidement un paquet qu'il jeta à Gerald. Puis le voilier s'éloigna du quai en dérivant. Les deux hommes se trouvaient encore suffisamment près l'un de l'autre pour parler normalement.

« Tu rentres quand alors ? Dans une semaine environ ? demanda Rafael.

— Oui. Ça dépendra des réparations. Mais je te verrai bientôt. Merci pour ton aide, Rafael.

— Ce n'est rien. Que Dieu te garde, Gerald. »

Lentement, le bateau tourna sur lui-même. Rafael ne voyait plus que l'arrière de la coque et sa peinture bleu sale, au milieu de laquelle deux lattes à moitié fendues laissaient entrevoir un trou, juste au-dessus de l'eau.

« Oui, je vois », lui cria Rafael en le suivant sur le quai. Il pointa du doigt les lattes abîmées. « Il faut vraiment réparer ça. Que s'est-il passé ? »

Penché au bastingage, Gerald regarda les dégâts, comme s'il les remarquait pour la première fois. Il haussa les épaules.

« Un accident. Avec un bateau de pêche. »

La *Néréide* gagnait de la vitesse, louvoyant entre les bateaux de pêche amarrés au bout de la digue. Glissant loin des maisons plantées au-dessus des rochers. Debout sur le pont à la poupe, il leva les yeux vers la maison aux volets verts.

Trois jours plus tard, Gerald était de retour au Marítimo.

« Gerald ! » s'écria Rafael. Il regarda en direction du port ; il n'avait pas vu arriver de bateau. « Déjà ? Tu es rentré de Palma ?

— J'ai pris le bus, oui. »

Gerald semblait de sombre humeur. Il s'assit à une petite table.

« Le bus ? répéta Rafael en lui servant un cognac. Et ton voilier ? Ils s'en occupent à Palma ?

— Je l'ai perdu, dit Gerald.

— Quoi ?

— Elle a coulé.

— Coulé ? La *Néréide* ?

— Oui. »

Rafael fixa Gerald d'un air incrédule.

« Comment… Ton bateau – ton bateau a coulé ?

— Oui. »

Il porta son verre à ses lèvres et but l'alcool brûlant.

Rafael resta sans voix. Lui-même avait navigué à bord de la *Néréide* de nombreuses fois ; il avait bu du vin et du cognac avec Gerald dans sa petite cabine, avait vu ses cartes, son sextant, avait écouté Gerald parler de ses projets de navigation, sur les traces de la Grèce antique. Cet Anglais était un marin comme Rafael n'en avait jamais vu, plus savant que les pères de ses plus vieux amis qui ne connaissaient que les eaux de Majorque. Gerald était anglais, race d'hommes célèbre pour ses marins ; il avait navigué d'Angleterre – un exploit en soi – à bord de la *Néréide*, avait parcouru la Méditerranée tout entière, une main à la barre, un bouquin dans l'autre. Jamais

Rafael n'aurait pu imaginer que Gerald perde un jour son bateau, même sous la tempête.

« Quand est-ce que ça s'est passé ?

— Au large de Cabrera. En pleine mer. »

Rafael se versa un cognac. Il savait le désastre que signifiait la perte de son bateau pour son ami, comme la mort d'un être aimé. Il hésitait à le questionner plus avant.

« Qu'est-il arrivé, Gerald ? » demanda-t-il finalement.

Les yeux plissés, Gerald regarda vers le port.

« Les dégâts étaient pires que ce que je pensais. Le bateau s'est fracassé sur une vague et s'est mis à plonger. J'ai juste eu le temps de jeter le canot à la mer avant de le voir couler. J'ai réussi à atteindre la côte, mais j'avais heurté les rochers avec mon canot. Lui aussi a sombré.

— Mon Dieu », souffla Rafael.

Il jetait à Gerald des coups d'œil furtifs, comme à un ami dont la femme se serait noyée. Qu'allait-il devenir sans son bateau et tous ses livres… ?

« Quand même, tu dois t'estimer chanceux d'avoir pu récupérer quelques livres et les autres affaires.

— Oui, répondit Gerald.

— Mais… Que vas-tu faire maintenant ? Où vas-tu aller ? Tu peux rester ici, tu sais, pendant quelques jours, loger dans l'arrière-salle… mais… ensuite ?

— Je te remercie, Rafael. » Gerald descendit son verre et se leva. « Je trouverai quelque chose. »

Lorsqu'il passa le seuil de la porte, Rafael lui lança :

« Où vas-tu maintenant ?

— Marcher un peu. »

Il sourit à Rafael, comme pour le rassurer.

Malgré son aimable proposition, Gerald n'était pas près de s'en retrouver réduit à coucher dans l'arrière-salle d'un bar au milieu des fûts et des cubis. Cela ne se passerait pas comme ça.

Dans un de ses sacs de matelot, il avait emporté un tapis de sol en mousse ayant appartenu à son paquetage de soldat. S'aidant d'une poignée d'autres objets de base, il se construisit un campement sous les jeunes pins, au-dessus de la rive de Cala Espasa, au nord de Cala Marsopa. Il brûla des branches de pin et de l'écorce de chêne pour le feu, qui crépitait bruyamment, mais flambait suffisamment pour lui permettre de réchauffer des boîtes de haricots et de dormir dans un relatif confort, enroulé dans son tapis. Comme à la guerre.

Quand il se réveillait au matin, il lisait sous les pins sa petite édition des Presses universitaires de Cambridge de Marc Aurèle (dont les maximes pouvaient toujours êtres mises en pratique immédiatement), et quelques passages d'Hésiode. Loin d'avoir été un grand aventurier, la seule traversée qu'avait effectuée Hésiode allait de la ville d'Aulis à l'île d'Eubée, en passant par le détroit de l'Euripe, à quelque six kilomètres de là. Pourtant, Gerald admirait les descriptions que rendait le poète quand venait « la saison pour les hommes de voyager », mais aussi quand ils devaient rester chez eux.

Qu'aurait fait Hésiode, se demanda-t-il, en cette saison ?

Août 1948 – Une semaine plus tôt

Le Cyclope

Jamais Gerald n'aurait imaginé un plaisir aussi ardent. Édith, la jeune veuve française rencontrée à Alexandrie pendant la guerre, l'avait flatté, instruit, s'était montrée très gentille avec lui. Felicity, d'Oxford, une géante d'un mètre quatre-vingt-huit, appliquée et moite de sueur, solide comme une jument, ses longues pattes blanches entremêlées aux siennes près du poêle à gaz, lui avait évoqué de longues courses de saut d'obstacles.

En comparaison, Lulu était une enfant sauvage survoltée, qui lui faisait l'amour avec un appétit féroce. Elle lui avait tout révélé : ce dont lui avait envie, puis elle. Leurs ébats avaient viré à l'obsession, anticipés, ritualisés, discutés en amont. Objets de fascination. Le noyant dans des sensations inédites.

À califourchon sur lui sous le clair de lune, Lulu l'hypnotisait, haletant dans la cabine tel un coureur, ses bras minces et musclés poussant, griffant les lattes du plafond, les cheveux trempés, la sueur ruisselant sur son visage et son cou, le long de sa poitrine, sur ses petits seins, pour s'amasser entre ses jambes, sur leurs muqueuses qui s'imbriquaient bruyamment.

Un va-et-vient de hanches aussi résolu que le mouvement d'un piston. Gerald la contemplait – vision presque démoniaque sous les rais filtrant par les hublots –, ébahi qu'une telle créature existe au monde, qui plus est perchée sur lui. Presque tous les soirs, cette même scène se reproduisait : à un moment de la nuit, tous deux se réveillaient pour se livrer à ces corps à corps enfiévrés.

La tête de Gerald se vidait tandis qu'une décharge de plaisir lui étreignait les reins, puis il se raidissait, brisant le rythme de Lulu qui se glissait rapidement hors de lui et se penchait, les doigts et le visage tout contre lui, comme pour prier, le faisant accoucher de ses mains expertes d'intenses contractions. Gerald sentait ses cordes vocales vibrer tandis qu'elle poussait un long cri, puis l'entendait reprendre sa respiration avant de lui murmurer : « Tu as le goût de la mer. »

Souvent, une émotion floue le submergeait alors, et Gerald se mettait à pleurer. Cela ne durait que quelques secondes, le temps d'un simple sanglot, les yeux fermés pour empêcher les larmes de couler. Lulu ne s'en était heureusement jamais rendu compte – Gerald n'aurait pu justifier ce soudain effondrement. Sauf en lui disant combien elle le rendait heureux.

Elle se leva de la banquette, droite comme un I (presque un mètre soixante-deux, debout sous le plafond de la cabine), et s'étala sur le visage et le corps sa semence nacrée comme une lotion.

« Allez, viens. »

Elle disparut par les escaliers d'accès, un bruit d'éclaboussement résonnant derrière elle. Gerald la suivit sur le pont, empli d'admiration, mais toujours légèrement inquiet de la voir sauter dans l'eau noire avec tant d'insouciance. Gerald ne s'était jamais baigné en pleine nuit avant de connaître Lulu.

Depuis le pont, il la vit frétiller dans l'eau tel un petit marsouin. Il parcourut les alentours du regard, mal à l'aise de la voir ainsi nue au grand air, mais la petite baie dans laquelle ils mouillaient, à six kilomètres au sud de Trapani, était déserte. Ils avaient jeté l'ancre au coucher du soleil, avant de dîner d'un repas frugal et de s'endormir, tous deux épuisés d'avoir vogué lentement sous le vent léger et le soleil de plomb depuis leur dernier arrêt sur la petite île de Favignana.

« Viens, chéri ! appela Lulu depuis la mer. Viens ! Elle est chaude comme tout, on dirait un bain ! »

Sans doute, oui, après une journée sous le soleil de Sicile. À nouveau, Gerald examina les alentours : dans le paysage baigné du clair de lune, pas la moindre cahute ; seuls s'étendaient les rochers sur le rivage.

« J'arrive, mon amour. »

Il fixa la petite échelle en cordage à une barre de la poupe avant de la jeter à l'eau – Gerald veillait toujours à bien attacher l'échelle, une précaution qui pouvait se révéler fort utile. Puis, nu comme un ver lui aussi, il plongea.

Il nagea vers Lulu, qui disparut sous l'eau. Impossible de la voir sous ces flots de mercure. Dans l'eau salée, il passa ses mains sur le film qui lui collait encore à la peau, frottant en premier lieu ses parties génitales, légèrement surpris de les trouver dans le même état qu'avant. Lulu émergea en silence à la surface de l'eau, à un mètre de lui, tel un oiseau marin. Puis elle se mit à nager vers la côte.

« Lulu, chérie, reviens par ici, dit Gerald. Il fait nuit noire.

— Non ! Je veux aller à la plage – viens ! »

Bien que mal à l'aise à l'idée de quitter le bateau sans rien sur le dos (et au beau milieu de la nuit), Gerald se résigna – après tout, il n'y avait personne. Avant d'aller au lit, il avait suspendu au gréement de la *Néréide* une lampe de mouillage à paraffine, seul signe de vie humaine au milieu des eaux. Sous le clair de lune, le rivage semblait pareil à celui qu'Homère avait connu, ou du moins à l'image que tout un chacun s'en faisait – paysage bosselé et torturé, hérissé de pierres calcaires, semé de broussailles mangées par les chèvres, comme nombre de paysages méditerranéens –, même si, du temps du poète grec, près de vingt-huit siècles plus tôt, de denses forêts recouvraient le rivage, sur des terres plus jeunes, à peine peuplées, au sujet desquelles tant d'histoire restait encore à écrire. Six ans plus tôt, dans le chaos de la guerre, Gerald avait vogué dans ces eaux à bord du HMS *Furious* – l'histoire et la guerre ne faisaient toujours qu'un –, mais la terre et la mer semblaient à présent paisibles.

Il sauta à l'eau pour rejoindre sa femme.

Partis de Cala Marsopa une semaine plus tôt, ils avaient navigué dans les étendues vides de l'ouest de la Méditerranée, poussés par de faibles vents – douce et agréable initiation à la navigation pour la jeune épouse de Gerald. La saison de voile touchait maintenant à sa fin. Gerald avait un jour espéré dépasser la Sicile pour traverser la mer Ionienne, explorer ses îles, parmi lesquelles Ithaque, mais n'aurait jamais pensé passer deux mois à Majorque. Voilà bien longtemps que les Baléares ou même l'Espagne avaient été écartées de son itinéraire de *L'Odyssée*. Les récits d'Homère ne pouvaient être campés si loin à l'est, pas avec les gros bateaux, lents et noirs, sur lesquels Ulysse et ses hommes naviguaient, sauf à considérer les îles Éoliennes, ces îles « flottantes », dont « les falaises surgissaient de la mer », à six jours et six nuits de navigation à la rame – vers l'est ou vers l'ouest ? – du pays des Lestrygons. Homère lui-même n'était pas un marin, avait conclu Lawrence après les quatre années passées à travailler sur sa traduction ; néanmoins, le poète avait écouté des marins et collecté leurs histoires, situant les terres et les gens en les reliant aux paysages gravés dans son esprit. Ainsi, pour vérifier par lui-même que l'ouest de la Méditerranée ne correspondait pas aux paysages de *L'Odyssée*, Gerald avait entrepris de mettre le cap sur le sud-ouest, vers les îles espagnoles, à deux jours du détroit de Bonifacio.

Tom et Milly Ollorenshaw l'avaient aperçu, avec son petit drapeau rouge dans le port, et l'avaient invité à se joindre à eux dans leur villa pour un dîner en compagnie de leur cuisinière et amie. Curieux, ils lui avaient demandé où il se rendait sur ce petit bateau, et Gerald leur avait expliqué son désir de décrypter et de retracer la géographie de *L'Odyssée*. « Quelle magnifique idée », avaient-ils répondu en chœur.

« Mais, je la reconnais ! » s'était écriée Lulu, l'amie de Tom et Milly, avec un ébahissement sincère lorsque, tête baissée, elle avait descendu les escaliers d'accès et découvert pour la première fois l'intérieur de la minuscule cabine de la *Néréide* : les lattes de teck contreplaqué au plancher, la petite cuisinière en métal avec sa bouilloire en alu, les étagères de livres, la banquette rembourrée, les lampes à paraffine, les barrots, les hublots.

« C'est la maison de Madame Piquedru[1] ! Je veux vivre ici ! » Elle se tourna vers lui, suffisamment proche pour lui faire ressentir son souffle, quand elle lui dit avec le plus grand sérieux : « Il faut que vous m'emmeniez avec vous, maintenant.

— D'accord », avait répondu Gerald, naturellement.

Dès lors, il n'avait cessé d'imaginer sa vie avec elle.

Gerald les emmena faire un tour en bateau. Tom et Milly se révélèrent d'une maladresse prodigieuse, incapables de trouver le moindre coin sur le pont ni à l'intérieur du cockpit où s'asseoir quand le voilier tanguait doucement, comme de passer sans heurter la barre, les voiles ou la bôme qui tournait, s'agrippant toujours au mauvais endroit. Ils manquèrent même de tomber par-dessus bord.

« Ça alors, comme c'était amusant ! conclut Milly lorsqu'elle descendit avec précaution sur le quai en pierre. Mais je suis bien contente que ce soit terminé ! »

Lulu, au contraire, lui avait demandé de l'emmener en mer à nouveau, se mouvant à bord comme un chat, petite, rapide et souple. Elle trouva aussitôt le coup de main pour hisser les voiles pendant que Gerald tirait des bords. Lorsqu'ils voguaient, Lulu aimait s'asseoir sur le beaupré, au-dessus des vagues bouillonnantes. D'autres fois, Gerald la trouvait en bas, assise sur une banquette, contemplant la cabine. Faisant mine d'essayer le couchage, elle levait la tête vers lui et lui disait : « J'adore ce petit bateau. »

---

1. *Madame Piquedru la blanchisseuse* (*The Tale of Mrs. Tiggy-Winkle*) : célèbre conte pour enfants de l'écrivaine britannique Beatrix Potter, publié en 1905. *(N.d.T.)*

Elle lui demanda de lui apprendre à se servir de sa petite cuisinière Primus, qu'elle maîtrisa rapidement. En un rien de temps, le brûleur qu'il fallait préchauffer à l'alcool, le pompage et l'allumage de la paraffine sous pression n'eurent plus de secret pour elle. Elle leur préparait du thé. « Comme c'est excitant », disait-elle.

« Mais pourquoi n'as-tu pas de moteur ? » lui demanda-t-elle un jour.

Gerald lui expliqua que sur un bateau aussi petit que la *Néréide*, des réservoirs d'essence auraient occupé trop de place. Un moteur n'aurait pu être utilisé qu'assez brièvement, quelques heures tout au plus, ce qui n'était pas d'un grand secours pendant une longue traversée. Les moteurs servaient à faire sortir et entrer les bateaux des ports, mais là encore, son voilier avançait presque aussi facilement qu'un canot, maniable même sous le plus petit souffle d'air. Sans moteur, Gerald avait plus de place, aucun bruit, aucune panne, aucune odeur de carburant.

« Tu es donc libre de partir, comme ça, lui dit Lulu, émerveillée. En larguant simplement les amarres, cap vers le large. Libre d'aller partout où il y aura de l'eau, n'est-ce pas ?

— Oui, c'est l'idée.

— Pourrais-tu aller d'ici, de Cala Marsopa, aux Caraïbes, par exemple ?

— Oui.

— Et pour l'eau ? le ravitaillement ?

— Eh bien, je m'arrête ici et là. Comme je l'ai fait ici. Le monde n'est pas un désert, tu sais.

— Et tu comptes aller en Grèce comme ça ?

— Oui. »

Un après-midi, ils naviguèrent jusqu'à Cala Gat, une crique minuscule avec une plage plus petite qu'un court de tennis, sous le phare de la pointe est de Majorque. Gerald jeta l'ancre et Lulu leur prépara un déjeuner : pain, sardines, fromage, vin, olives et pêches au sirop. Puis elle ôta ses vêtements et plongea dans l'eau.

« Viens ! » insista-t-elle.

Gerald enfila son maillot, se pendit à l'échelle en corde et sauta pour la rejoindre. Tous deux nagèrent avant de remonter par l'échelle, elle la première – Gerald contemplant malgré lui sa croupe menue qui se balançait sous son nez, avant de se forcer à détourner les yeux. Son insouciance, la confiance qu'elle lui témoignait le stupéfiaient.

« Viens prendre le soleil », lui dit-elle en s'étendant sur le pont.

Installé près d'elle, il contempla les perles d'eau salée qui séchaient sur son ventre, et bien d'autres choses.

Puis elle se redressa, le regarda droit dans les yeux et dégagea ses longs cheveux.

« Mon Dieu, Gerald, mais quelle vie ! C'est ça le bonheur.

— Pas pour tout le monde.

— Parce que les gens sont aveugles. Sinon, tout le monde vivrait ainsi. »

Elle sourit de toutes ses dents.

« Comment ? » demanda Gerald.

Et elle l'embrassa. Le prenant par la main, elle l'emmena en bas et lui fit l'amour. Même la première fois, leurs ébats furent au-dessus de tout ce que Gerald aurait pu imaginer.

Plus tard, elle lui dit :

« Et si nous passions la nuit ici ? Tu es vraiment obligé de rentrer au port ?

— Tom et Milly vont s'inquiéter pour toi.

— Non, sûrement pas, mon chéri », lui dit-elle avec un rire doux.

Elle leur prépara le dîner : *corned beef*, asperges en bocal, vin, fromage, et le restant des pêches. Gerald la regarda, surpris par son aisance et le plaisir qu'elle semblait prendre.

Devant leur repas, elle lui demanda de lui montrer où il se rendait.

Il débarrassa la petite table de la cabine, posa leurs assiettes sur les banquettes à côté et étala sous le halo de la lampe à paraffine sa carte à petite échelle, froissée, de la Méditerranée.

« Regarde, Troie est là, lui dit-il.

— Comment, la vraie ? demanda-t-elle.

— Oui, juste en dessous d'Istanbul ; découverte par un explorateur allemand il y a soixante-dix ans. Et voilà Ithaque, le berceau d'Ulysse ; environ mille cent kilomètres les séparent. Deux semaines de navigation tranquille, selon les conditions météo. Mais Ulysse, lui, a mis plus de dix ans. Une longue errance, de fameux dangers. Regarde, cette île, là, c'est Djerba, en Tunisie. Je crois qu'il s'agit de l'île des Lotophages…

— Et moi, je peux devenir ta Lotophage ? » lui dit-elle en l'attirant vers lui.

Le lendemain après-midi, tandis qu'ils retournaient en direction de Cala Marsopa, Lulu lui demanda s'ils pouvaient mouiller au pied de la villa Los Roques. Elle avait envie de nager jusqu'aux rochers pour rejoindre la maison en grimpant. La mer était calme, pas une vague ou presque. Bien sûr, lui répondit Gerald.

« Tu viens ? » lui dit-elle une fois l'ancre jetée, puis elle plongea par-dessus bord.

Gerald jeta l'échelle pour la suivre.

Lulu escaladait déjà les rochers lorsqu'il arriva sur la rive.

« Sois prudente », lui lança-t-il.

Elle se tourna pour le regarder, cherchant du pied un appui, en lui souriant.

« Mon chéri, je fais ça tous les jours ! »

Tous les jours peut-être, mais pas en se retournant pour regarder en bas. Quelle qu'en fût la raison, Lulu glissa. Son bras se tendit aussitôt pour se rattraper à une prise qu'elle manqua. Gerald la regarda chuter : elle se pencha en avant et cogna son menton droit sur une pierre calcaire acérée. Sa tête rebondit en arrière tandis qu'elle chutait des rochers pour atterrir à plat dans la mer à quelques pas de lui.

Lorsqu'il la ramassa, Lulu avait la tête dans l'eau. Il la retourna, passa son bras sous son cou et sortit son visage des flots. Ses yeux étaient fermés, mais elle respirait tranquillement. Un filet de sang coulait de son menton, laissant des arabesques telle de l'encre rouge que l'on disperse. Autrement, Lulu semblait paisible : comme endormie, susceptible d'ouvrir les yeux à tout moment. Regagnant tant bien que mal le rivage, Gerald se servit de sa main libre pour dégager le visage de Lulu. Des fils d'argent avaient déjà commencé à apparaître dans ses cheveux. Jamais Gerald n'avait vu quelque chose d'aussi beau.

Mais elle avait perdu connaissance. Il leva les yeux vers la falaise : impossible de grimper avec elle sur le dos. Alors, portant Lulu d'un bras, il regagna le bateau à la nage.

Lorsqu'elle se réveilla, son regard se leva vers lui.

« Que s'est-il passé ? demanda-t-elle en découvrant le visage de Gerald.

— Tu es tombée. Tu t'es blessée au menton – ne touche pas. » Il arrêta sa main et la prit dans la sienne.

« J'ai mis du sparadrap. Mais je pense qu'il te faudrait un point de suture ou deux. Tu t'es pris un sacré coup. Comment ça va ?

— J'ai un peu mal au crâne. Je sens effectivement quelque chose sur le menton, maintenant que tu me le dis. » Son regard se posa derrière lui, balayant la petite cabine, puis sur le visage de Gerald à nouveau. « Comment diable as-tu fait pour me ramener ici ?

— Je t'ai hissée sur mon épaule. L'échelle était déjà descendue. Ça n'a pas été difficile. Je n'aurais jamais pu escalader les rochers. Nous mettrons le canot à l'eau pour rentrer quand tu te sentiras mieux. »

Doucement, ses yeux s'écarquillèrent.

« Mon sauveur, souffla Lulu.

— Je n'allais quand même pas te laisser là… »

Un grand sourire se dessina sur son visage.

Levant un bras, Lulu posa sa main fraîche contre sa joue. Elle promena son pouce sur ses lèvres, regardant sa main, son doigt, le visage de Gerald.

« Gerald, lui dit-elle, emmène-moi avec toi.

— Où ?

— Où tu iras. En Grèce. »

À nouveau, Gerald les imagina.

« Je ne sais pas combien de temps cela prendra. Il se peut que nous ne soyons pas de retour tout de suite, et…

— Alors épouse-moi. Comme ça nous aurons tout le temps qu'il faudra. »

Il la dévisagea, l'esprit soudain vide à l'exception d'une pensée : *Pourquoi pas ?*

« Je te rendrai heureux, Gerald. Je te rendrai aussi heureux que je le suis à cet instant. »

Gerald savait qu'une pareille décision devait être mûrie – mais y avait-il vraiment à réfléchir ? Était-il possible que les années à venir ressemblent à ces deux jours passés ?

« Gerald, dit tout doucement Lulu, comme pour montrer du doigt un oiseau-mouche qu'elle craignait d'effrayer. Je t'aime.

— Je t'aime aussi.

— Alors c'est simple. Emmène-moi.

— D'accord. » Elle attira son visage vers le sien. « Attention à ton… »

Puis elle l'embrassa.

Tom et Milly furent emballés par leur projet. Pourquoi pas, en effet ? Milly les prit chacun dans ses bras en poussant des cris perçants. Tom, tel un père mariant sa fille, s'entretint avec Gerald. Il rapporta à Milly et Lulu que Gerald n'était pas bien riche, mais instruit, intelligent, et que son idée concernant *L'Odyssée* n'était pas des plus stupides – mais qu'importe, car Lulu n'aurait de toute manière jamais épousé un tocard de banquier. « Je suis sûr que tout va bien se passer », conclut Tom.

Tandis que Lulu se faisait recoudre le menton dans le cabinet du docteur, Milly confia à Gerald que même si Lulu ne s'ouvrirait sans doute pas de cela à lui, ou du moins pas tout de suite, celui-ci devait savoir qu'elle avait eu une enfance douloureuse : des parents négligents, qui l'avaient même un jour perdue lors d'un voyage en Belgique, décédés depuis ; ballottée pendant des années entre différents membres de sa famille, avant d'atterrir dans une pension en Écosse. Un passé difficile, en somme, jusqu'à ce que Tom et Milly la découvrent par le biais d'amis de Londres et la prennent sous leur aile, en tant que cuisinière d'abord… Bref, Lulu avait absolument besoin de se sentir en confiance et en sécurité. Si Gerald lui offrait ces deux choses, tout se passerait pour le mieux.

« Allez donc, et bon vent à vous deux, leur dirent Tom et Milly, voguez sur votre petite arche et revenez-nous vite, nous vous attendrons l'été prochain. »

Tout se passa très rapidement. Lulu et Milly confectionnèrent une robe de mariage simple et fraîche. Gerald portait son blazer, sa vieille cravate d'écolier, ainsi qu'un pantalon en flanelle correct, à plis, apportés du bateau. Tom se chargea de tout organiser et les conduisit à Palma, où Gerald et Lulu officialisèrent leur union au consulat britannique. Tom offrit ensuite le repas, du cochon de lait qu'ils dégustèrent à La Fonda, à Cala Marsopa.

Comme cadeau de mariage, Gerald offrit à Lulu l'un de ses exemplaires de *L'Odyssée* qu'il gardait à bord.

« La traduction vaut vraiment le coup, lui expliqua-t-il en l'ouvrant. Elle est signée T. E. Shaw – le nom de plume de Thomas Edward Lawrence, ou Lawrence d'Arabie. Un sacré conteur. Et son introduction sur Homère est truffée de détails passionnants. Je n'ai pas mieux à t'offrir, mais je peux te promettre une odyssée.

— Oh, mon chéri ! Je ne demande rien de plus. » Pendue à son cou, Lulu l'embrassa passionnément. « Nous allons vivre notre odyssée ! »

Et ils partirent sur les flots.

C'était une bonne nageuse ; impossible à rattraper. Gerald la suivit jusqu'à la rive. Derrière le sable pâle, sous le clair de lune, il distinguait des rochers en face d'eux. Sortant de l'eau, Lulu s'allongea sur la plage, le visage tourné vers le ciel, bras et jambes écartés.

« Viens t'allonger près de moi, lui dit-elle. Personne ne va te voir ! »

Gerald n'était pas un grand naturiste. Il avait pris l'habitude de nager nu avec Lulu, mais uniquement dans des lieux où il n'était pas susceptible d'être vu. Lulu, quant à elle, s'en moquait tellement que Gerald gardait toujours un œil sur elle de peur de la voir sauter toute nue devant d'autres bateaux.

Il s'assit à côté d'elle quand il entendit tinter, quelque part au-dessus d'eux, des cloches de chèvres ou de brebis.

« C'est ça, la grotte que tu cherchais ? lui demanda-t-elle.

— Le trou noir qu'on aperçoit d'ici ? Je crois, oui. Nous irons vérifier.

— Et c'est donc là que vivait le Cyclope ?

— Si tant est qu'il ait existé.

— Rappelle-moi... Il y avait une histoire de brouillard, c'est ça ? »

Le cœur de Gerald se gonflait chaque fois que Lulu lui posait des questions à propos de son enquête sur *L'Odyssée* ; touché de sentir l'intérêt qu'elle lui portait. Comme personne avant.

« C'est ça », confirma Gerald.

Il lui raconta comment Ulysse et ses hommes avaient navigué jusqu'à une île appelée l'île des Lotophages, découvrant un matin cette terre plongée dans le brouillard où coulait une source qui descendait au port. La Méditerranée se retrouvait rarement sous le brouillard, surtout au sud, à l'exception de la côte ouest de la Sicile. L'île de Favignana – « où nous étions hier, tu te souviens de la source ? » –, avait été identifiée par Gerald comme le lieu où Ulysse se serait retrouvé perdu dans le brouillard, ne parcourant qu'une petite distance sur son bateau, exactement comme l'avait fait la *Néréide*, pour arriver en Sicile où le héros avait trouvé une grotte, comme Gerald et Lulu.

« Comment sais-tu que cela s'est réellement passé ?

— Eh bien, personne ne peut le dire avec certitude. Il faut y croire, comme avec la Bible. Les gens y croient ou n'y croient pas, tout est question de foi, car jamais tu ne trouveras de preuve ni d'explication…

— Regarde, le coupa soudain Lulu en se redressant sur son coude. Un bateau arrive. »

Gerald se tourna vers la mer. La lueur des lamparos était faible, mais il parvint à distinguer, à la lumière de la lune, un vieux rafiot, un bateau de pêche d'une quinzaine de mètres environ, qui contournait la côte vers le nord, voguant paresseusement dans la petite baie abritée.

« La Guardia Costiera, dit Gerald tout bas, comme à lui-même.

— Qu'est-ce donc, chéri ?

— Les gardes-côtes italiens.

— On dirait plutôt de misérables pêcheurs.

— À voir leur bateau, oui. Quand on est pauvre, on se contente de tout. Mais regarde, on voit leur insigne, même dans le noir. Le petit drapeau, là, sur la poupe. »

Le bateau continuait d'avancer lentement vers eux. Tout à coup, le fracas métallique d'une chaîne déroulée d'un guindeau résonna sur l'onde.

« Pas les plus habiles des marins non plus », remarqua Gerald qui, lui, n'aurait jamais jeté l'ancre alors que le bateau bougeait encore, de crainte d'abîmer bêtement la coque. À ses yeux, ce genre d'attitude était révélateur du caractère des gens. « Nous ferions mieux de retourner sur le bateau, dit-il à Lulu.

— Mais enfin, mon chéri. Ils ne risquent pas de nous voir.

— Ils vont voir le bateau et la lanterne. Des fois qu'on tombe sur des officiers zélés… Ça pourrait les énerver de nous voir ici, surtout un bateau étranger. À tous les coups, ils vont venir nous demander nos papiers.

— Quand même pas maintenant ?

— Peut-être, si. Et si nous ne sommes pas à bord, ils risquent de s'y inviter. Allez, viens. »

Gerald se leva et, penché en avant comme pour ne pas être vu, partit à grands pas vers la mer.

« Lulu, chérie, il faut y aller maintenant. Il faut retourner au bateau. »

Ils n'étaient encore qu'à quelques mètres de la plage quand Gerald aperçut le canot gonflable qui s'éloignait du bateau de la Guardia, droit vers la *Néréide*. Sept silhouettes ramaient maladroitement ; des voix résonnaient autour d'eux. Le canot tanguait, peu stable, tournant à moitié sur lui-même à chaque coup de rame que les agents donnaient. Mais il se rapprochait lentement du voilier. La rencontre promettait d'être gênante – impossible de cacher leur nudité.

« Allez, plus vite, ma belle », lui dit Gerald.

Les voix en provenance du canot se turent avant de retentir plus fort qu'avant. Ils étaient découverts, s'aperçut Gerald. Les zigzags du bateau cessèrent tout d'un coup, le bateau stabilisé par de puissants coups de rame, tandis que Gerald se rendait compte qu'ils fonçaient droit sur eux.

« *Buona sera !* » lança Gerald avec l'enthousiasme d'un touriste anglais.

Les hommes lui retournèrent un salut bien plus mesuré. À l'intérieur du canot – ils n'étaient que trois, voyait à présent Gerald –, tous continuèrent à parler à voix basse. Impossible de comprendre quoi que ce soit. Gerald avait quelques rudiments d'italien, savait demander à manger, à boire ou des provisions, mais ces hommes-là parlaient napolitain, un dialecte qu'il avait entendu dans les ports du sud de la mer Tyrrhénienne. Arrivés à quelques mètres d'eux, les trois hommes cessèrent de ramer pour se laisser dériver. Dans la nuit, Gerald ne distinguait pas leur visage, mais sentait leur regard braqué sur eux. Le canot avait l'air d'une vieille embarcation militaire, oblongue, symétrique, ses chambres à air enfoncées dans l'eau sous le poids des trois occupants, indiquant une fuite, soit sur le caoutchouc, soit sur une valve.

« *Inglese ?*

— *Sí* », répondit Gerald, tout en continuant de nager vers la *Néréide* avec Lulu.

Nouvelles messes basses sur le canot. Les hommes discutaient à présent. Gerald les distinguait mieux, il ne s'agissait pas de réels officiers, mais de jeunes gens vêtus d'uniformes trop grands et crasseux. Ni marins ni fils de pêcheur, mais plutôt des citadins, des garçons qui ne connaissaient rien à la mer, ni aux bateaux, en dehors des rudiments de la navigation – peut-être l'un d'entre eux connaissait-il un peu les moteurs. Des types comme ça, Gerald en avait vu dans chaque port pauvre d'Italie qu'il avait visité depuis la guerre, seuls ou en bandes, sans emploi, leur regard vague rivé sur son petit bateau et sur lui à chacun de ses déplacements. Dans ces ports-là, Gerald avait chaque fois glissé un billet au gardien des lieux pour ne pas voir ses affaires laissées sur le pont volées ou sa cale pillée. Ces trois garçons faisaient partie des chanceux : ils avaient un travail, portaient l'uniforme, représentaient l'autorité, parcourant la mer dans leur coquille de noix à la recherche de pauvres gens qu'ils pouvaient…

La rame atterrit en plein dans l'épaule de Lulu.

« Aïe ! » s'exclama-t-elle, sans cacher sa colère.

L'un des jeunes se mit à ricaner, puis la voix des deux autres s'éleva, discutant entre eux avec l'air de commenter un lancer de *bocce*. C'est alors que la petite bande se mit à pousser Lulu du bout de leurs rames pour la ramener vers le canot, comme une tortue. Gerald se mit à crier, donna un coup dans une rame pour l'éloigner. Mais une autre s'abattit sur l'arrière de sa tête avec une telle force qu'il l'entendit craquer. Puis une autre, qui lui envoya un coup aveuglant, étourdissant.

Gerald sombra sous l'eau. L'espace d'un instant, il ne parvint plus à distinguer le bas du haut, mais il avait très bien compris la situation.

Il refit surface sur une mer vide, entendit du bruit, se tourna dans l'eau et vit Lulu, nue sous le clair de lune, en train de se débattre, de broncher comme un cheval, de lutter contre les hommes qui la hissaient à bord du canot comme un gros poisson frétillant. Les jeunes riaient, l'un d'entre eux aboyait d'excitation. Ils se trouvaient à dix mètres de là. Ils s'assirent sur elle après l'avoir jetée à bord, ventre à terre, et commencèrent à ramer en direction de leur bateau de la Guardia Costiera. Gerald entendit Lulu protester, puis des claquements de gifles, puis d'autres cris révoltés de Lulu.

Il nagea aussi vite que possible à la poursuite du canot, qui avançait toujours en tanguant, secoué par les coups de rames des trois hommes qui regagnaient maintenant leur embarcation avec urgence. Tout à coup, un grand bruit d'éclaboussement – Lulu avait réussi à sauter. Gerald la vit, nageant de toutes ses forces, s'éloignant du canot. Une minute plus tard, elle sortait de la mer juste avant que les trois hommes n'arrivent sur la plage. Sa silhouette blanche dans la nuit grimpa sur la côte rocailleuse, suivie par les trois autres qui sautaient de leur canot dans l'eau peu profonde, se lançant après elle sur les rochers.

Gerald arrivait à la nage, le plus vite possible, sachant qu'il serait bien plus rapide sur ses deux pieds. Il arriva non loin du canot, s'accroupit dans l'eau, mais heurta un rocher et perdit l'équilibre. Il se releva, hors d'haleine. Leurs voix résonnaient, quelque part plus haut.

Dans la grotte.

Gerald escalada les rochers, se fraya un chemin à travers les broussailles qui surplombaient la rive, courut jusqu'à arriver à un escarpement. Sur la paroi de la falaise calcaire s'ouvrait un trou noir – la grotte. Le sentier y menait. De là lui provenaient les voix des hommes, les cris de Lulu. Elle gémissait, grognait, poussant des ahans rauques et douloureux.

Gerald se rua vers l'entrée, ne pensant plus qu'à retrouver Lulu, porté par une fureur meurtrière…

Il ne vit pas la brebis arriver et percuta le troupeau de plein fouet. Il se relevait tant bien que mal sur le sol couvert de plantes épineuses quand les brebis se mirent à détaler, sautant au-dessus de lui, vers l'antre noir. Gerald partit en courant derrière elles.

« *Ma che cazzo ?* C'est quoi, ce bordel ? s'écrièrent tout à coup les trois hommes, interrompus, alarmés par ce déferlement d'animaux. *Cazzo ! Merda !* »

Bondissant de toutes parts en bêlant, terrifiées, les brebis bousculèrent les Italiens. *Bêêê ! Bêê ! Bêêêêêêêê !* Gerald fonça droit sur l'un d'eux et lui décocha aussitôt un coup de poing, frappant un membre osseux. Un cri de douleur retentit. Une silhouette, plus grande que lui, se faufila. Il se précipita dessus, toutes mains dehors, pour pousser l'homme qui cria de plus belle en tombant dans les pattes des brebis affolées, dont le troupeau ne formait à présent plus qu'une masse mouvante et excitée.

« Lulu ! hurla Gerald. Lulu, cours ! »

C'est alors qu'il la vit, ou du moins le pensa-t-il, une silhouette dans la nuit, tout au fond de l'antre, frêle au milieu du troupeau, qui se traînait, recroquevillée, vers la lumière, suppliant et pleurant, avant de s'échapper par un sentier – hors de sa vue.

Les Italiens se relevaient lentement, en poussant des cris de rage. Ils avancèrent vers l'entrée de la grotte. Gerald fit alors demi-tour et s'enfuit dehors, libéré du troupeau fou, pour attirer les hommes à sa poursuite par le chemin qui l'avait mené là.

La nuit était plus noire à présent. Des nuages cachaient la lune. Gerald faillit crier après Lulu, espérant retrouver sa trace, mais il se retint. Derrière lui les Italiens émergeaient en criant de la grotte. Si Gerald retrouvait Lulu, tous deux se feraient attraper. Alors, plutôt que de continuer sur le chemin, Gerald grimpa sur les rochers qui descendaient vers la plage, terrifié que les hommes s'aperçoivent qu'il se trouvait seul. Pour les tromper, il cria d'une voix paniquée : « Allez, viens chérie, viens ! »

Comme Ulysse s'échappant de la grotte du Cyclope caché sous une brebis, regagnant le port agrippé à son aine, il partit à toutes jambes dans les vagues noires. Il entendit les Italiens sur le sentier derrière lui, qui s'appelaient les uns les autres, progressant vite. Impossible de les voir, mais les trois voix résonnaient distinctement, pleines de rage. Lulu n'était donc pas avec eux.

Gerald courut à grand bruit dans les vagues en s'efforçant de varier ses foulées pour leur faire croire qu'ils étaient deux.

« Vite, ma chérie ! criait-il. Nage, mon amour ! Il faut retourner au bateau ! »

Puis il plongea et nagea aussi vite qu'il le put, tout en sommant Lulu de l'imiter, parlant pour eux deux.

Il entendit sur la plage des bruits d'éclaboussement. Les hommes mettaient à l'eau leur canot. Ils ne pourraient pas voir que Lulu n'était pas avec lui.

« Allez, ma belle ! On y est presque ! »

Gerald nageait, paniqué, s'agitant de toutes ses forces dans l'eau. Il finit par atteindre le bateau, grimpa à l'échelle.

« Descends dans la cabine, ma chérie ! Je prends la barre ! » cria-t-il.

Pas le temps de décrocher la lanterne – tant mieux, ainsi le verraient-ils s'éloigner. Gerald espérait qu'ils se lancent à sa poursuite. Il hissa la grand-voile à corne – qu'ils verraient également se découper sur le ciel. Pas le temps de remonter l'ancre : sur le pont avant, Gerald laissa le guindeau se dévider bruyamment et la chaîne tomber à l'eau, de sorte que les Italiens comprennent la situation. Puis il défit le nœud qui rattachait encore le dernier maillon au bateau et laissa la chaîne glisser par-dessus bord. Il leva le foc pour bénéficier du vent faible, ce vent du soir soufflant des terres, jusqu'à ce que la proue et son long beaupré virent vers le large. De retour dans le cockpit, il tendit les voiles et le bateau se mit en marche. À peine quatre minutes s'étaient écoulées depuis son arrivée à bord.

Gerald se retourna : derrière lui, rien d'autre que la silhouette du canot sur l'eau noire satinée, filant vers le navire de la Guardia. La *Néréide* avançait à bon rythme, ses cordes et espars grinçant gentiment, l'écume bouillonnant dans le sillage du bateau. Il se serait éloigné de plusieurs centaines de mètres avant que les trois hommes ne le rattrapent – un délai amplement suffisant pour que Lulu s'enfuie et se réfugie sur le rivage…

Mais s'était-elle seulement échappée ? Gerald repensa à la scène, à ce qu'il avait entendu : cette mince silhouette se dérobant de l'antre parmi le troupeau. Les trois hommes (trois, Gerald en était sûr), sortis de la grotte derrière lui en criant. Jamais ils n'auraient pu partir ainsi à sa poursuite en traînant Lulu – qu'il n'avait pas entendue –, même inconsciente. À moins que celle-ci ne soit restée à l'intérieur de la grotte, blessée ? Rassuré par les bruits familiers du bateau, par ces quelques instants de répit, Gerald s'efforça de se ressaisir, de chasser de son esprit toutes ces horribles pensées. Il l'avait vue. Lulu s'était enfuie, il en était sûr à présent, elle était sortie de la grotte en courant au milieu des brebis. Elle s'en était tirée, rien d'autre n'importait.

Gerald se mit à pleurer, secoué par des sanglots qui s'arrêtèrent net lorsqu'il se retourna et vit le bateau de la Guardia qui s'éloignait de la côte.

Avançait-il trop vite ? Gerald ne pouvait pas les semer avant de les avoir emmenés au large – après tout, ces types n'étaient pas des marins, mais des voyous dans une coquille de noix. Il leva les yeux vers les voiles et la lanterne qui se balançaient dans le ciel noir. Visibles aussi des Italiens. Oui, ces trois-là le suivraient…

À un moment donné, bien sûr, Gerald ne pourrait plus les distancer. La confrontation était inévitable, les Italiens allaient l'attraper, le tuer sans doute, à moins qu'il ne parvienne à atteindre un refuge avant eux. Mais le vent soufflait des terres, rafraîchissant la côte au pied de la mer encore chaude, et soufflerait ainsi jusqu'à l'aube. Impossible de voguer jusqu'à Trapani tant que le vent ne tournait pas. Ne restait plus qu'à les attirer au large. Jusqu'où iraient ces trois malfrats, ces garçons de la ville, avant de prendre peur et de faire demi-tour pour regagner la rive ?

Gerald parviendrait-il à les attirer assez loin ?

Une heure plus tard (ou deux ?), les premiers rayons de l'aube percèrent le voile de brume humide. Gerald les avait perdus. Avaient-ils fait demi-tour ? Il arrêta le bateau et jeta une sonde à plomb à l'eau. Onze mètres de fond.

De longues minutes plus tard, la brume se dissipa, et c'est alors qu'il aperçut les contours pâles du navire de la Guardia à bâbord, à moins de deux kilomètres de là. Les Italiens l'avaient aussi repéré : la silhouette de leur bateau changea de forme tandis qu'ils viraient de bord. Gerald laissa ses voiles se gonfler et la *Néréide* repartit sur les flots pendant que lui-même ne cessait de jeter son fil à plomb pour sonder la profondeur de l'eau. Une carte des fonds se dessinait petit à petit dans sa tête, irréguliers, mais de moins en moins profonds à mesure qu'il progressait – onze mètres ici… sept mètres quarante par là… neuf… six… treize… six… Tout à coup, Gerald aperçut le fond : plus clair, révélant des plaques marron sous l'eau. Gerald se tourna vers le nord. Le bateau de la Guardia gagnait du terrain – le vent qui avait soufflé doucement mais régulièrement toute la nuit faiblissait, ralentissant la *Néréide*, tandis que le moteur des Italiens continuait à les propulser.

Six mètres… sept… six… six – une eau limpide soudain devant lui, un rocher plein d'algues luisant sous les rayons du soleil.

L'écart se réduisait entre les deux bateaux. Gerald voyait maintenant un homme à la proue, qui le regardait fixement. À trois cents mètres environ… Deux cents… Un autre homme le rejoignit. Le dernier se trouvait à la barre, les trois étaient donc bien réunis.

Gerald les entendit l'appeler. Des mots incompréhensibles et menaçants, des voix distinctes, déterminées. À cinq nœuds à peine, leur bateau semblait poussé à fond, mais la *Néréide*, ralentie, ne voguait plus qu'à deux nœuds à présent. Gerald pouvait à peine la manœuvrer. Le navire de la Guardia vira soudain de bord pour se recentrer sur lui : elle fonçait droit sur la proue, pour enfoncer l'arrière de sa coque – et le couler. La trajectoire de leur bateau ne laissait aucun doute sur l'issue de la collision. Gerald tendit au maximum les voiles pour tourner dans le sens du vent, offrant une meilleure cible aux trois hommes, mais reprenant de la vitesse en même temps. La *Néréide* était maintenant plus facile à manœuvrer, seul moyen pour Gerald de sauver sa peau.

Le navire de la Guardia n'était plus qu'à dix mètres, chargeant droit sur la coque de la *Néréide* quand Gerald poussa d'un coup sur la barre. Son petit bateau vif et léger vira brutalement, l'éloignant de la trajectoire des trois hommes. La collision était inévitable, mais Gerald espérait ainsi limiter les dégâts. Face au bateau de la Guardia braqué sur lui, Gerald parvint à manœuvrer la *Néréide* juste avant que les deux coques ne se percutent…

Le choc fut brutal, un choc qui résonna dans le corps tout entier de Gerald. Sous ses pieds, un craquement – les fines lattes de la coque.

« *Pezzo di merda succhia cazzi !* Putain de trou du cul ! » entendit-il au-dessus de lui.

Puis d'autres cris.

L'un des hommes – à portée de main à présent – croisa le regard de Gerald avant de lui assener un coup de chaîne. D'un pas agile, celui-ci l'esquiva. Arrachée des mains de l'Italien dont le navire tanguait, la chaîne tomba sur les voiles de la *Néréide*, secouant tout le gréement. Un autre homme sur le pont montrait Gerald du doigt, le fusillant du regard comme un animal enragé. Les insultes fusaient. Puis leur navire vira de bord, décrivant une longue, une lente boucle dans l'eau pour se remettre face à la *Néréide*.

Mais tout à coup, deux des hommes furent jetés à terre sur le pont par une violente secousse. Le navire des *guardieri* se dressa brutalement, puis pencha sur le côté pour atterrir tout d'un coup, immobile sur l'eau. Ballotté par ses propres remous, le navire tangua, il n'avançait plus, baignant au milieu d'une mer dormante et claire.

Sept ans plus tôt, en juillet 1941, à bord du HMS *Furious*, Gerald approchait du détroit de Sicile dans le cadre d'une opération de ravitaillement visant à escorter un convoi de Gibraltar à Malte. Plusieurs rapports avaient informé les soldats que des sous-marins de guerre allemands guettaient dans le golfe de Tunis. Le convoi avait mouillé trente heures durant près du banc des Esquerquis, dont les récifs peu profonds devaient barrer le passage des sous-marins.

Sous un soleil de plomb, sans aucun souffle d'air, tous les bateaux s'étaient attroupés là, doucement bercés par les flots, le moteur au point mort, les générateurs ronflant, leur revêtement métallique tellement bouillant que les soldats s'y brûlaient les mains et les pieds. L'après-midi, les hommes reçurent l'autorisation de nager. Ils descendirent lentement du bateau et s'éloignèrent à plusieurs mètres de là par sécurité, s'écartant des hélices, dans une Méditerranée chaude, claire et bleue, les récifs visibles sous leurs pieds.

« Hé ! » cria soudain l'un des nageurs.

Toutes les têtes se retournèrent : il se tenait debout dans l'eau, le poing sur la hanche, jambes croisées, comme un mannequin sur un podium. Pas de terre en vue, un horizon de ciel et de mer bleu ; et pourtant, le soldat avait pied. Il baissa les yeux vers le fond et lança d'une voix théâtrale : « Vous les voyez, vous, ces foutus sous-marins ? »

Le petit groupe nagea jusqu'à lui et se redressa à la hauteur du récif, chahutant, s'amusant à se pousser et à s'éclabousser tout en criant en direction du bateau.

« Vous croyez vraiment que ces ingénieurs de mes deux ont la moindre idée de la profondeur des fonds ? » lança l'un d'entre eux.

De toute évidence, non, pensa Gerald. Lui-même avait vu les cartes, mais aucune n'indiquait de telles eaux, même si une partie du banc des Esquerquis figurait bel et bien sur les plans, tracée en pointillé pour indiquer une zone incomplète. Ils pouvaient s'estimer chanceux que les bateaux n'aient pas percuté ces récifs.

D'autres soldats trouvèrent des fonds encore moins profonds, tellement qu'ils se dressèrent debout à la surface de l'eau. Sur la mer déserte, en dehors du convoi, l'effet produit semblait irréel, tout droit sorti d'un rêve.

L'ordre de repartir fut donné peu avant minuit. Sous de grandes volutes de vapeur, le convoi reprit la route dans le détroit, en direction de Malte.

Ce jour-là, aussi précisément que possible, Gerald marqua cet endroit sur la carte qu'il transporta dans son barda avec son exemplaire de *L'Odyssée* pendant toute la durée de la guerre. Plus tard, dans un document de l'Amirauté britannique sur la mer Tyrrhénienne, il lut : « … à certains endroits, la présence de fonds de moins de deux mètres a été rapportée au niveau du banc des Esquerquis… a causé le naufrage de l'HMS *Athenian* en 1804, avec à bord soixante-quatre hommes… le banc des Esquerquis est un carrefour du commerce maritime méditerranéen vieux de trois mille ans… à travers les siècles, un nombre incalculable de navires se sont échoués sur ces bancs… »

Sans quitter des yeux les nuances de la mer, Gerald tendit les voiles de la *Néréide* et s'approcha lentement du navire abîmé de la Guardia – pas trop près non plus, les hommes pouvant être armés. Les trois malfrats couraient au bastingage et sur le pont comme une meute de chiens apeurés, jaugeant la mer aux abords du bateau. Deux d'entre eux criaient des ordres au troisième, le timonier. Puis tous les trois disparurent à l'intérieur de la cabine de pilotage ; le moteur se mit soudain à vrombir anormalement. Une épaisse fumée noire s'éleva de la cheminée en surchauffe. Le navire bondit en avant, sursauta – allaient-ils se jeter à l'eau ? –, mais impossible de le faire avancer. Lorsque le moteur s'arrêta, un nouveau bruit s'éleva du bateau – la coque raclait contre les rochers –, qui lentement bascula en arrière, sa poupe enfoncée de plus en plus profond dans l'eau, jusqu'à inonder complètement le pont arrière, la proue étrangement dressée vers le ciel. À bord, les hommes crièrent comme des fous avant de s'enfuir vers le canot à moitié dégonflé qui gisait à l'avant du bateau. À l'aide d'une pompe, l'un d'entre eux tenta de regonfler la chambre à air.

Alors que Gerald contournait lentement le navire de la Guardia, à trente mètres de là environ, les trois hommes jetèrent leur canot à l'eau, par-dessus le bastingage, avant de sauter à l'intérieur. Puis ils se mirent à ramer en direction de la *Néréide*, jetant des regards noirs à Gerald en approchant.

Gerald sortit sur les escaliers d'accès. Quelques instants plus tard, quand il réapparut, le canot gonflable se trouvait à quinze mètres de là. Gerald les laissa approcher. Une fois qu'ils arrivèrent à moins de dix mètres de lui, il leva son gros pistolet de détresse, un Webley Very en cuivre et bois, et appuya sur la détente. D'une portée de cent mètres, la fusée atterrit droit sur le bateau, incandescente, projetant des flammes sur le flanc du canot à mesure que le sulfure se consumait, laissant dans la chambre à air un trou béant carbonisé. Les trois Italiens se jetèrent à l'eau en hurlant. Deux d'entre eux au moins avaient été brûlés. Ils abandonnèrent leur canot affaissé pour nager vers leur navire échoué.

Gerald continua à tourner lentement autour du bateau de la Guardia, tandis que les trois hommes se hissaient par la poupe inondée. Submergée, la structure du bateau craquait, cédait petit à petit, le faisant clairement glisser du récif. Les trois hommes grimpèrent sur le pont, seule partie encore émergée. Ils lancèrent des appels à Gerald, le suppliant de les aider (présuma-t-il). Toujours lentement, la *Néréide* se rapprocha. Les yeux rivés sur l'eau, Gerald rangea son pistolet de détresse à sa ceinture, attentif à ne pas s'échouer à son tour pour se retrouver assailli par les trois hommes.

Lorsqu'il arriva à une dizaine de mètres d'eux, il sortit son Agfa Solinette et prit plusieurs clichés.

Puis il vira de bord. Il descendit ranger son appareil à l'abri dans la cabine avant de mettre le cap sur l'est et de détendre légèrement les voiles pour prendre de la vitesse. Quelques instants plus tard, les cris des trois crapules ne s'entendaient plus. Après une demi-heure, plus rien n'était visible à l'horizon, hormis la mer et ses ondulations.

« Lulu ! Lulu ? »

Midi passé. À la lumière du jour, il découvrit une grotte jonchée de détritus, vieilles boîtes de conserve, restes de feux, mues de brebis. Vide, à part cela.

« Lulu ? Lulu ! »

Il courut sur le sentier, redescendit sur la côte qu'il parcourut du nord au sud en criant désespérément son nom. Il escalada la falaise dans laquelle la grotte était creusée, cherchant des cachettes dans les failles et la végétation.

« Luluuuuu ! »

Il arpenta la plage en petite foulée, explora les rochers d'un bout à l'autre de la crique, ne sachant plus que faire, paniqué.

Lulu était vivante, de toute évidence, puisqu'elle était partie. Mais où, où avait-elle bien pu aller – nue ? Jusqu'à une habitation… à Trapani, peut-être ?

Petit à petit, une autre pensée s'insinua dans son esprit. Même si tout s'était déroulé de nuit, la lune les éclairait. Gerald savait que si des gens avaient aperçu la *Néréide* ancrée dans la crique et le navire de la Guardia, ils s'en souviendraient. De la même manière qu'ils se souviendraient de l'avoir vu mouiller là, à cet instant. Impossible de débarquer, de poser des questions, d'aller voir la police. Si les trois hommes en avaient réchappé, ils pouvaient réapparaître à tout moment. Sans doute les autorités maritimes italiennes allaient-elles donner l'alerte dans toute la Méditerranée – un petit voilier blanc à l'insigne rouge, avec un drapeau britannique. Un petit voilier que l'on pourrait finir par relier à la disparition de trois gardes-côtes italiens.

Gerald devait partir.

Nue, blessée ou non, Lulu s'était sauvée. Et Gerald savait que, d'une manière ou d'une autre, elle retournerait à Majorque auprès de Tom et Milly.

Il mit les voiles avant que ne tombe la nuit. Cap sur le nord-ouest, sur Majorque. Avec l'intention de s'arrêter en Sardaigne pour trouver un téléphone.

2005

De vieilles photos

1

« J'ai bien peur que tu n'arrives trop tard », dit la femme devant le crématorium.

Les gens qui sortaient du Crematorio de Cala Marsopa reconnaissaient les visages de ceux qui y entraient. Pour des raisons pratiques, les Pompas Fúnebres González, seules pompes funèbres de la ville, avaient prévu les services de Mme Davenport et M. Rutledge à la suite l'un de l'autre.

« Vous êtes… ? demanda une femme au cou de dindon fripé, en se penchant vers elle pour mieux l'entendre.

— Aegina Rutledge.

— Oh, mais oui ! C'était donc votre père ? Attendez – je ne suis pas sûre de comprendre. Vous êtes la demi-sœur de Lukey ?

— Non. Aucun lien de parenté.

— Mais vos parents ont pourtant été mariés, si je ne me trompe pas ? Je veux dire… Attendez, non, je me souviens de vous. Vous étiez la petite camarade de Lukey, cette jolie fillette espagnole. Grand Dieu, comme le temps a passé ! Je vous avais acheté je ne sais combien de ces bijoux tressés que vous fabriquiez – c'était bien vous, n'est-ce pas ? J'en avais offert à tout le monde. Vous ne vous souvenez sans doute pas de moi. Arabella Squibb. Vous les fabriquez toujours ?

— Non, répondit Aegina.

— Eh bien, vous avez raté le premier service – mais c'est aimable à vous d'être venu.

— Excusez-la, intervint un homme âgé de la soixantaine, en lançant un coup d'œil en direction d'Aegina. Maman, la voiture est par là », ajouta-t-il avant d'emmener la vieille dame.

Un grand homme émacié, dans les soixante-dix ans sans doute, mais qui en faisait vingt de plus, s'approcha, en blazer et jeans noirs, ses cheveux blancs clairsemés en bataille.

« *A-gi-nah !* » Il descendit les marches, souffrant visiblement des hanches et des genoux, pour la rejoindre d'un pas raide. « J'ai vieilli comme le portrait de Dorian Gray, je sais. Mais c'est de bonne guerre. Tu ne te souviens peut-être pas de…

— Je me souviens de toi, Dominick. »

Il sourit de toutes ses dents.

« Et moi de toi. »

Il s'avança suffisamment près pour lui faire sentir son haleine fétide, sortie de sa bouche au dentier grisâtre que lui avait payé la Sécurité sociale.

« Tu…, souffla-t-il, tu es aussi belle que…

— Dégage avant que je te flanque par terre », lui lança-t-elle.

Dominick la regarda d'un air abasourdi, quand un autre homme apparut derrière lui.

Cela faisait des années, mais Aegina reconnut aussitôt cette peau laiteuse, même sous les croûtes et les taches.

« Merci, Cassian », lui dit-elle.

Sortant du crématorium, Luc aperçut Fergus et Charlie, debout côte à côte, hochant la tête et saluant des connaissances. Charlie devait avoir trente ans à présent, toujours doté des cheveux d'Espagnol de sa mère, maintenant aussi grand que son père. Il se réjouit de voir que Fergus avait gonflé et perdu la plupart de ses cheveux. Les petits traits porcins de son gros visage étaient figés en une expression affectée pleine d'hypocrisie, mais qui ne cachait pas sa fascination flagrante pour les gens qui défilaient devant lui. Fergus demandait à Charlie qui était chaque personne, à quoi ce dernier secouait la tête ou répondait.

Plus loin, un étrange triangle s'était formé, Dominick penché d'un air mielleux sur Aegina, babillant pendant que Cassian tentait de l'éloigner.

Aegina l'aperçut. Luc la rejoignit, et son visage se radoucit.

« Comment vas-tu ? » lui demanda-t-il.

Aegina répondit par un vague haussement d'épaules, esquissant un geste de la tête.

« Ça va. » Puis elle le regarda attentivement. « Et toi ?

— On fait aller… Enfin, je ne sais pas. C'est étrange. Elle me manque, à vrai dire.

— Bien sûr, c'est normal. »

Luc se força à détourner les yeux vers les gens. Il remarqua parmi eux un certain nombre d'Espagnols, des locaux, qui arrivaient pour le service de Gerald.

« J'en reconnais à peine la moitié. Gerald faisait vraiment partie des gens du pays, pas vrai ?

— Oui », répondit Aegina.

Il la regarda de nouveau, cherchant à lire son visage comme une carte capable de lui dire où aller à présent, car Luc ignorait quand il la reverrait.

Les personnes venues pour le service de Gerald étaient de plus en plus nombreuses. Aegina les accueillait. Des membres de la famille de sa mère, cette partie d'elle que Luc avait observée de loin sans jamais la connaître réellement. Penny, François et Bianca, une vraie femme à présent. Le moment était venu de retrouver les autres, réalisa-t-il, ceux qui s'étaient déplacés pour sa mère.

Puis il se souvint tout à coup.

« J'ai quelque chose pour toi, dit-il.

— Ah oui ? demanda Aegina, distraite par le monde.

— Ça vient de ton père. »

Aegina eut à peine le temps de se tourner vers lui qu'une petite femme corpulente s'était jetée dans ses bras.

« Je t'appellerai », lui glissa Luc en s'éloignant.

Par-dessus l'épaule de la femme, Aegina acquiesça.

La même clameur s'élevait du bar. Luc l'entendait par sa fenêtre ouverte – cette musique ambiante qui lui rappelait tous ces étés passés ici –, alors qu'il était étendu sur son lit dans ses vêtements, dans l'une des chambres tout au bout de la caserne. La maison était presque entièrement occupée par ceux qui avaient fait le déplacement pour l'enterrement…

Merde, alors. Des pas dans l'escalier. Dans le couloir. Des coups à la porte. La paix, putain !

La tête d'une femme se glissa dans l'embrasure d'un air zélé.

« Luc, comment vas-tu, mon beau ? » Sarah Bavister, sa camarade de traversée forcée pendant ce maudit déjeuner à bord du *Dauphin*. « Je peux entrer ?

— Oui, bien sûr. »

Sa poitrine de pigeon boulant avait enflé au fil des ans, donnant maintenant à son buste la forme d'une grosse cruche. Elle s'assit près de lui.

« Comment te sens-tu, mon chéri ? »

Elle était bourrée.

« Ça va, merci. Fatigué. Et toi ?

— Pourquoi ne loges-tu pas dans la maison principale, mon chéri ? dans la chambre de ta maman ? ou dans le bureau ? Il n'y a personne là-bas. Tu serais mieux qu'ici. Nous te verrions plus souvent, plutôt que d'être obligés de traverser toute la caserne... à moins que tu n'aies voulu t'isoler, mon chéri ?

— Non, pas vraiment. J'ai simplement l'habitude d'être là.

— Tu es sûr ?

— Oui. C'est un peu ma chambre, ici.

— Je comprends. »

Sarah le regarda, perdue dans ses souvenirs sirupeux.

« Mon cher, cher Lukey. » Elle lui prit la main et la pressa contre sa poitrine tout en lui malaxant douloureusement le poignet. « Tu descendras quand même dîner avec nous ? Je ne sais pas ce qu'on nous a préparé, mais ça sent rudement bon. Et il faut que tu manges, mon poussin.

— Non. Enfin oui, je sais. Je descendrai tout à l'heure. Sinon, tout le monde va bien ?

— Oh, oui. Tu les connais. Mais c'est un bien triste jour pour nous tous. Et nous voudrions que tu sois parmi nous, mon chéri.

— C'est très gentil de ta part, Sarah. J'arrive tout de suite.

— Bien. »

Elle se pencha sur lui, écrasant sa poitrine sur son torse dans un effluve rance d'alcool, de sueur et de Chanel N° 5. Puis elle lui colla un baiser mouillé sur la joue.

« À tout de suite, alors ?

— À tout de suite, oui, Sarah. »

Elle se leva et lui lança un dernier coup d'œil sur le seuil de la porte.

« Nous t'aimons tous si fort, mon Lukey chéri. Tu n'es pas seul.

— Moi aussi. Merci. »

Il n'avait pas la moindre intention d'aller coucher dans la maison. La chambre de sa mère était vide pour le moment, mais Luc savait que quelqu'un la prendrait. Et que lorsque viendrait l'été, tout le monde se disputerait la « chambre de Lulu » sur la page de réservation du site. Au fin fond de la caserne, cette chambre était la plus proche du seul endroit où Luc se fût jamais senti chez lui aux Rochers : dans sa cabane à outils, rasée depuis si longtemps, adossée au mur d'enceinte de la propriété. La seule chambre qui ait été la sienne, jamais ouverte aux clients, ni convoitée par d'autres que lui ; témoin de son enfance aux Rochers, des montées d'hormones de son adolescence, refuge humide et solitaire où Luc s'était mille fois masturbé.

Refuge où, lors d'une nuit regrettée, Luc avait manqué l'occasion de devenir plus pour Aegina qu'un preux chevalier qui l'avait raccompagnée chez elle à mobylette.

Sa mère n'était plus là. Étrange sensation que de voir la maison, Les Rochers, sans elle à présent. Des gens errant à sa recherche. Comme si l'essentiel manquait.

Était-ce cela le chagrin, cette étrange atmosphère que créait l'absence de Lulu ?

Sa mère l'avait aimé, Luc en était certain, mais d'une manière rigide, carrée ; lui-même l'avait aimée en retour, mais avec discrétion, avec amertume, sans jamais rien lui déclarer. Aucun souvenir de sa mère lui disant : « Je t'aime, mon chéri. » Aucun souvenir de lui-même prononçant ces mots. Entre eux, les choses ne se passaient pas comme ça. Tout était tenu pour acquis. Sa mère, cruciale pour lui – quand bien même décevante, quand bien même agaçante. Toujours présente. Un être qui, quoique l'ayant peu exprimé, l'aimait. Laissant un vide désormais – abstraction faite de Sarah et de tous les autres en bas, au bar, sorte de deuxième famille, marchant à pas feutrés dans la maison, parlant de sa mère comme si elle avait été la leur.

Mais personne parmi eux ne serait parti en mer le chercher.

2

Il faisait chaud pour un début de printemps. Le Marítimo était presque plein. Des personnes âgées pour la plupart – autrement dit, de l'âge de Luc ou plus vieux. Toujours les mêmes retraités, venus d'Allemagne, d'Angleterre, des pays du Nord. La terrasse était agréable au soleil. Les bateaux de pêche et ceux qui avaient mouillé pour l'hiver remplissaient la marina, désormais agrandie. La ville grouillait d'activité, même hors saison. Les gens autour de lui parlaient à voix basse, poliment.

Luc se leva, voyant arriver Aegina. Elle portait un jeans, un T-shirt, une veste courte en coton et des espadrilles.

« Tu as l'air en forme, lui dit-il. Tu es resplendissante. »

Luc connaissait son âge, cinquante-trois ans. Sans doute était-elle chanceuse – ou particulièrement disciplinée. Ou les deux à la fois. Plus mince que la dernière fois qu'il l'avait vue… dix ans auparavant ? Des cheveux toujours noirs – pas une seule mèche grise. Une teinture, très certainement. Mais bien faite. Aucune ride, sauf autour de ses yeux, à cause du soleil. La même que dans ses souvenirs. Luc, quant à lui, avait conscience de pouvoir passer tout au mieux pour un homme lambda de la bonne cinquantaine : la peau du cou un peu relâchée, bedonnant quoi qu'il fasse, les cheveux de plus en plus rares, comme son père – même si son père était mort avant que le pire ne survienne.

« Merci, lui dit-elle avant de le regarder attentivement. Et toi, comment ça va ?

— Ça va. C'est une sensation étrange. Et toi ?

— Étrange, oui, c'est le mot. Je n'arrive pas à me rendre compte. Il faut du temps, j'imagine. Je… » Elle faillit dire : « Je suis contente d'avoir Charlie. » Mais elle lui demanda à la place : « Et la villa, c'est supportable avec tout ce monde ? À moins que ça ne t'aide ? C'est vrai que tu les connais tous.

— Je ne sais pas à quoi la vie ici ressemble sans eux. Ils ont toujours été là. Mais ils seront partis d'ici quelques jours. Peut-être que je le saurai finalement.

— Je suis sûre qu'ils t'aiment énormément.

— C'est en tout cas ce qu'ils disent.

— C'est la vérité, Luc. Pourquoi le diraient-ils, sinon ? Tu fais partie d'une personne qu'ils ont aimée. Ils t'aiment aussi, bien sûr qu'ils t'aiment. »

Une serveuse arriva. Elle devait avoir dans les vingt ans, des piercings partout. Elle leur demanda en anglais ce qu'ils désiraient manger, avec un fort accent hollandais.

« Comment avez-vous deviné que nous étions anglais ? lui demanda Luc.

— Elle, dit-elle en désignant Aegina du bout de ses lèvres percées, c'est impossible à dire. Mais vous, c'est facile. »

Ils commandèrent deux salades et une *agua con gas*. Luc regarda la serveuse s'éloigner à l'intérieur du bar.

« Je ne connais plus personne ici, remarqua-t-il.

— Tu comptes garder Les Rochers ? lui demanda Aegina.

— Oui. Pour le moment, en tout cas. Sally s'occupe de gérer la maison. L'hôtel est rentable. Il marche bien, même. Les gens nous trouvent grâce au site web. Et toi ? Tu comptes vendre ?

— Ca'n Cabrer ? Oh, non. C'est chez moi, tu sais, plus que n'importe quel autre endroit. Et chez Charlie aussi. Il adore cette maison, et continue d'y venir. Donc, non, nous allons la garder. De toute manière, vu le marché de l'immobilier…

— Oui, tu as raison.

— Tu sais, Charlie et moi, on est allés voir *Ryan*, lui dit-elle. On a tous les deux adoré.

— Merci.

— Ton père était vraiment un espion ?

— Je n'en suis pas sûr. Il aurait pu. Il évoquait de temps à autre des boulots qu'il effectuait pour un soi-disant ministère. Mais je n'en sais rien. J'ai tout inventé, tu sais.

— En tout cas, le film m'a beaucoup émue. Je t'ai reconnu. Et j'ai reconnu ton père. »

Luc avait connu son plus grand succès deux ans plus tôt, grâce à une série télévisée française diffusée jusqu'en Angleterre et dans plusieurs autres pays d'Europe, l'histoire de Ryan, un journaliste américain vivant à Paris pendant la guerre froide. Sous couvert d'être un reporter sillonnant l'Europe pour le compte d'un journal américain, Ryan travaillait en réalité pour la CIA. Le public comme la critique appréciaient ce juste équilibre entre aventure, quand on suivait les pérégrinations de Ryan l'espion, et scènes montrant le quotidien d'un père élevant seul un enfant à Paris. Il y avait dans cette histoire quelque chose de la tendresse d'un François Truffaut, avaient relevé plusieurs critiques en référence à cette relation parfois houleuse entre Ryan et son jeune fils. L'agent français de Luc était maintenant « en discussion » avec HBO, AMC et d'autres chaînes américaines désireuses d'adapter la série. « Autant d'argent que dans un trafic de drogue », avait dit son agent, car vendre la série aux Américains risquait de leur rapporter gros. Un producteur exécutif allait être engagé. Luc restait partagé, craignant de voir son travail saccagé.

« Tu sais, moi qui ne pensais pratiquement jamais à mon père – je ne le voyais que très rarement – quand il était parmi nous, eh bien, je pense à lui souvent maintenant. Quand je regarde en arrière, je vois une personne très floue.

— Je suis sûre qu'il te manque beaucoup.

— J'aimerais le revoir. Lui parler. Savoir qui il était vraiment.

— Et tu as quelqu'un à Paris ?

— Personne d'autre que Sophie.

— Qui ça ?

— Sophie ! La petite amie que je m'étais inventée quand nous étions au Maroc. Toi aussi, tu étais censée avoir quelqu'un…

— Dennis ! Oui ! Mais sérieusement, tu es avec quelqu'un ? Je te le souhaite, en tout cas. »

La probabilité de rencontrer quelqu'un avec qui Luc ne se sentirait pas encore plus seul semblait s'amenuiser avec le temps. Luc voyait la vie comme un processus inéluctable à présent, pas comme un terrain sur lequel bâtir une nouvelle histoire. Il ne pouvait s'imaginer avec quelqu'un de nouveau, envisager de s'ouvrir, de se sentir compris et apprécié sans avoir au préalable à s'expliquer, à justifier son passé et toutes les références de sa vie.

« Non, pas vraiment. Mais j'ai des amis. Un semblant de vie… Et toi ? Tu es avec quelqu'un ? lui demanda-t-il.

— Je l'ai été.

— Ah. »

Pourquoi cette nouvelle le désolait-elle plus que la mort de sa mère ?

« C'est bien.

— Ça l'a été.

— Quel optimisme !

— Non. Les gens changent, tu sais. Ou plutôt, les choses changent.

— Et qui était-ce ? Ou qui est-ce ?

— *Était*. Personne. Un homme que je croyais comprendre, à tort.

— Ça, ça me parle davantage. »

Leurs salades arrivèrent.

« *Gracias* », dit Luc automatiquement.

La serveuse lui répondit en anglais.

« Tu avais quelque chose à me donner ? lui demanda Aegina.

— Oui. » Il posa sur la table une petite enveloppe marron. « J'ai trouvé une vieille boîte à chaussures dans le placard de ma mère. Il y avait le certificat de mariage de ton père et de ma mère dedans – plus un autre, pour le divorce –, avec une pellicule photo, une vieille pellicule de 120 en noir et blanc. Le type de la *fotograferia* en ville fait encore du tirage argentique. »

Aegina sortit de l'enveloppe un petit paquet de photos. Neuves, brillantes.

« Mon Dieu », souffla-t-elle tout bas.

Luc rapprocha sa chaise d'elle.

« Ton père a dû les prendre, c'est même certain. Sauf celle-là, qui a dû être prise par Lulu.

— Mon Dieu, Luc. Regarde comme ta mère était belle, regarde ces cheveux : ils étaient presque noirs.

— Et ce bateau, c'était le sien ?

— Oui, répondit-elle.

— Mais ce n'est pas Majorque, si ? On dirait l'Italie ou un coin comme ça. »

Aegina le regarda.

« C'est leur voyage de noces.

— C'est bien ce qu'il me semblait. »

Son père gardait toujours son Agfa Solinette à bord, photographiant tout ce qu'il voyait, les lieux où il mouillait, les marinas, les petites criques au pied des collines, l'entrée des ports et toutes les côtes de Méditerranée. Ces photos, à la composition soignée, aux contrastes marqués, certaines datant de plus de soixante ans, avaient illustré ses articles et son seul livre jamais publié. Sur beaucoup d'entre elles, calmement amarré, avec en fond une statue grecque ou un petit village de pêcheurs italien, s'apercevait un minuscule, un joli bateau à la coque blanche, sa *Néréide* bien-aimée – sur laquelle, savait Aegina, son père et Lulu avaient navigué depuis Majorque au lendemain de leur mariage, en juillet 1948. Peu avant leur séparation, la *Néréide* avait coulé. Aegina n'avait jamais pu en savoir plus. Lorsque, à plusieurs reprises, elle avait interrogé son père, lui demandant pourquoi il n'avait gardé aucune photo de cet été-là, celui-ci lui répondait que tous les clichés avaient été perdus dans le naufrage du bateau, deux mois plus tard, ce même été. Il avait réussi à sauver l'appareil, ainsi que les autres objets de valeur qu'abritait le bateau.

« Je pourrais en avoir un tirage ? lui demanda-t-elle.

— Elles sont à toi, répondit Luc. Je les ai fait développer exprès. »

Aegina les parcourait lentement.

« C'est tellement curieux – les voir là, tous les deux.

— Et sur un petit bateau. Ma mère détestait les bateaux. »

Aegina leva les yeux vers lui.

« Que leur est-il arrivé ? Mon père a toujours refusé de me le dire.

— Ma mère aussi, répondit Luc. Ils se sont disputés, c'est ce que ma mère disait tout le temps. "Nous nous sommes disputés." »

Aegina lui tendit trois photos.

« Et ça, qu'est-ce que c'est ?

— Je me demandais si tu en saurais plus. Elle ne m'en a jamais parlé. On dirait un naufrage. »

Trois photos d'hommes en détresse agitant les bras depuis la proue d'un bateau de pêche qui, visiblement, sombrait.

« Non, dit Aegina. Il ne m'a jamais parlé de ça.

— Je ne sais pas qui sont ces hommes, mais je suppose qu'ils ont dû leur venir en aide. »

Sur ces mots, Luc lui rendit les trois clichés. Aegina sortit alors une autre photo de son sac et la lui tendit.

« Oh, ça alors », s'exclama Luc.

Une vieille photo aux couleurs délavées de lui et d'elle, si jeunes, appuyés contre le bastingage d'un bateau, souriant à l'objectif.

« Je ne l'avais jamais vue. Elle a été prise où ?

— Sur le ferry, je crois. Sans doute par Minka. Je ne me souviens pas qu'elle m'ait donné cette photo. J'ai remis la main dessus il y a quelques jours seulement.

— À mon avis, c'était plutôt pendant la traversée aller, répondit-il. Plutôt qu'au retour. »

Luc regretta immédiatement sa remarque.

Aegina rangea toutes les photos dans son sac. Puis elle le regarda.

« Tu savais que ta mère avait séduit Charlie ? »

Incrédule, Luc la fixa. Son visage ne trahissait aucune émotion.

« Quand ça ?

— Le jour de son anniversaire. Charlie avait quinze ans. Ça s'appellerait du viol de nos jours. De l'abus sur mineur, au moins.

— Non, je ne le savais pas. Je suis désolé de l'apprendre.

— Est-ce que ça te surprend ?

— Non. » Pas du tout. « Ce serait absurde de m'excuser pour elle, mais… je suis désolé de l'apprendre. » Puis, sans pouvoir s'en empêcher, Luc ajouta : « Merci de me l'avoir dit, vraiment.

— Excuse-moi, ce n'était pas mon intention… » Aegina planta sa fourchette dans sa salade. Mais elle la reposa, levant la tête vers Luc. « Tu sais comment je l'ai appris ?

— Non. » Luc avait envie de se jeter dans la mer en contrebas, mais prit sur lui pour ajouter d'une voix normale : « Raconte.

— Eh bien, ce n'est pas Charlie qui me l'a dit. Il a toujours refusé de m'avouer qui lui avait fait ça, ni ce qui s'était passé. Je l'ai compris toute seule. Elle lui a donné la tunique marocaine, l'originale, celle que j'avais rapportée de Londres. Je l'ai vue dans sa chambre après la fête. Charlie l'a gardée pendant des années. Il pensait être amoureux d'elle. Et bien sûr, du jour au lendemain, Lulu a refusé de le revoir. »

Luc se souvenait de Charlie ce soir-là, portant le fameux vêtement.

« Merde, dit Aegina. Pardonne-moi, Luc. » Sur la table, elle lui prit la main. « Je ne sais pas pourquoi je te raconte tout ça – sans doute parce que j'en avais envie depuis des années… Je ne sais pas vraiment pourquoi. Tu sais, pour moi non plus, ça n'a pas été facile aux Rochers. Pardonne-moi. »

Aegina lâcha sa main et récupéra son sac. Elle en sortit un billet de vingt euros qu'elle posa sur la table.

« Laisse, je vais régler, dit Luc.

— Non, ça va. Je t'invite. Merci pour les photos. Je suis vraiment désolée… » Elle se leva brusquement. « Luc, je suis désolée, dit-elle à nouveau. Au revoir.

— Au revoir. »

Puis elle s'en alla.

Tourné sur sa chaise, Luc la regarda, les yeux humides, jusqu'à ne plus pouvoir distinguer qu'un flou de lumière et de couleurs.

Il contempla les bateaux en contrebas, reprenant ses esprits. Il contempla le quai au bout duquel se dressait le petit phare clignotant. Il contempla la mer qui étincelait obstinément.

Une chaise racla le sol près de lui. Aegina était revenue. Elle se déplaça jusqu'à se trouver tout à côté de lui, ses deux mains sur son bras. Luc se tourna pour la regarder. Elle aussi avait les yeux humides.

« Pourquoi ne viendrais-tu pas dîner à la maison ?

— Merci, non. Il y a Charlie et Fergus, tu dois passer du temps en famille.

— Ils rentrent tous les deux à Londres demain. Je vais rester. Viens demain soir. »

Luc cligna des yeux. Il sentit ses mains se serrer sur son bras.

« Viens, Luc. » Le même regard que toutes ces années plus tôt… dans la cabane à outils.

« À quelle heure ?

— Sept heures. »

Puis elle se pencha sur lui et l'embrassa sur la joue, passant son pouce là où une larme avait coulé. Son regard se promena sur son visage.

« Alors, tu viendras ?

— Je viendrai, oui.

— À sept heures.

— Oui.

— Bien. »

À nouveau, Aegina se leva et traversa la terrasse. Luc la regarda entrer dans sa Clio de location, suivit la voiture des yeux jusqu'à la perdre quelque part sur la Calle Llobet.

Il se tourna vers l'horizon, cette fois vers les rochers et le chemin sablonneux le long du port.

Un sentiment étrange l'envahit. Luc se sentait faible, comme fragilisé… étourdi. Une crise cardiaque, maintenant ?

Et tout d'un coup, il comprit.

Il était simplement heureux.

2005

De nouveau réunis

Gerald remonta à la surface en suffoquant, en sifflant, incapable de reprendre sa respiration. L'eau glacée lui donnait encore plus de mal pour respirer. Par réflexe, il battit des jambes – douleur lancinante. Ses genoux étaient en feu, mais l'eau glacée commençait à l'anesthésier. Les mains en avant, il tenta de nager, quand il sentit de la chair sous ses doigts.

Tournant le cou à grand-peine, il découvrit Lulu, la tête dans l'eau, tout près de lui. Il la tira, parvint au prix d'un effort surhumain à la retourner, s'engouffrant de nouveau dans l'eau. Il poussa sur ses jambes, hurlant de douleur, or seules des bulles sortirent. Sa poitrine se contracta pour respirer, mais il n'ingéra que de l'eau. Il poussa de nouveau sur ses jambes, refit cette fois surface sans trop savoir comment. Sa main retrouva Lulu, l'autre ramant faiblement ; puis il sombra de nouveau. Remonta…

Ainsi parvint-il à les mener tous deux sur un rocher, incapable de faire le moindre mouvement de plus, accroché à un morceau de pierre calcaire tout en maintenant la tête de Lulu, ou du moins son visage, hors de l'eau, contre son torse. Il regarda vers le haut, et ne vit rien d'autre qu'une falaise infinie.

« À l'aide… *Ayuda* », souffla-t-il péniblement, plusieurs fois.

Gerald baissa les yeux vers Lulu. Elle respirait. Des mèches d'un blanc immaculé barraient son visage bronzé – un visage de noyée. Aurait-il eu une troisième main, Gerald l'aurait recoiffée. C'est alors qu'une petite vague immergea son visage. Réunissant toutes ses forces, Gerald la tira plus près de lui. Le visage de Lulu sortit de l'eau, ses cheveux parfaitement à leur place cette fois, comme si elle-même venait de plonger et de rejeter sa chevelure en arrière. Impeccable, comme gentiment endormie, Lulu semblait sur le point d'ouvrir les yeux à tout moment, de les lever vers lui, bercée dans son bras, serrée contre son torse.

Enfin, enfin allait-il pouvoir lui dire.

Gerald ouvrit la bouche pour prendre sa respiration, quand une nouvelle vague, plus grosse cette fois, les submergea tous les deux, se fracassant sur le rocher avant de les emporter vers le large. Gerald perdit Lulu, la vit dériver loin de lui.

« Attends… », lança-t-il dans une nuée de bulles.

Il avait attrapé un bout de ses vêtements. Il la tira vers lui. Mais il se trouvait sous l'eau. Elle ne l'avait pas entendu. Gerald allait lui dire :

Je suis revenu, tu sais. Avec les brebis dans la grotte. Tu es sortie comme Ulysse… sortie de la même grotte. Je les ai entraînés au loin – tu n'as jamais fait développer la pellicule que Milly t'a donnée ? Tu aurais compris. Je les ai éloignés et je me suis occupé d'eux…

Avait-elle entendu ? Où était Lulu ?

Tout à coup, Gerald comprit qu'elle venait de tomber des rochers. Qu'elle s'était coupé le menton. Qu'il lui fallait passer son bras autour d'elle. Il lui tint la tête hors de l'eau et contempla son visage. Elle était seulement endormie. Des fils d'argent avaient déjà commencé à apparaître dans ses cheveux. Ils seraient bientôt blancs. Jamais Gerald n'avait vu quelque chose d'aussi beau. Il l'avait sauvée.

Alors, sa tête tout contre sa poitrine, il nagea de toutes ses forces vers la *Néréide*.

Remerciements

Je n'aurais jamais pu écrire ce livre sans l'amour, le fidèle soutien de mon frère, David, et la foi qu'il a placée en moi et mon travail. Qui sait ce que je serais devenu et où je me trouverais à présent sans lui – sans doute dans le caniveau, sur le bas-côté d'une route, à hurler sur les voitures qui m'auraient sorti de mes songes en passant. Je suis également infiniment reconnaissant pour l'amour et le soutien que m'ont témoignés Liz Sharp, Cynthia Hartshorn et Matthew de Garno. Des ports dans la tempête.

Plusieurs personnes ont beaucoup apporté à ce livre d'un point de vue éditorial. Steve Heller, de l'université d'Antioch, à Los Angeles, a été mon premier et mon dernier mentor – et le plus optimiste qui soit. À l'université d'Antioch également : Dan Bell, Gayle Brandeis, Jenny Factor, Seth Fischer, Christine Hale, Tata Ison, Jim Krusoe, Alistair McCartney, Bernadette Murphy, Susan Taylor Chekak, Howie Davidson et Audrey Mandelbaum. Je tiens également à remercier d'autres amis d'Antioch, Mary Guterson, Vanessa Franking, Wendy Dutwin, Wendy Fontaine, Eric Howald, Ashley Perez, Rachael Warecki, Marcia Meier, Arturo Sande, Elizabeth Earley, Susan Nunn, Christina Lynch, Christine Buckley, Lee Stoops et

Andromeda Romano-Lax qui tous font partie, d'une manière ou d'une autre, de ce roman.

Joan Juliet, Tony Cohan, Damien Enright, Kim Dana Kupperman, David Nichols, Peter Selgin et Liz Sharp, qui tous ont lu ce livre à différents stades de son écriture et m'ont aidé avec leurs commentaires et leur espoir. Kim Dan Kupperman s'est également chargée de relire le premier jet de ce roman, et m'a trouvé un travail.

Merci à Michael White, du programme MFA de l'université de Fairfield, dans le Connecticut, ainsi qu'à Mark Spencer et Diane Payne de l'université de l'Arkansas, à Monticello.

Merci à mes étudiants, tous, rencontrés au fil de mes expériences, qui toujours me donnent l'impression de prendre sur leur temps pour travailler à mes projets personnels.

À Los Angeles, et ailleurs, à Annie Nichols : merci pour tout ce que tu m'as apporté ces dernières années.

Beaucoup de gens, dans différents endroits, m'ont aidé directement ou indirectement à écrire ce livre : Jon Billman, Dick Bloom, Selma Bornstein, Olivia Brown, Susan Burks, Jo-Ann Chorney, Peter Collier et Jeanne Davis, Bridget Conway, Tom Corwin et Marlene Sartzky, Larry Cronin et Marla Reckart, Ruth Ann Duncan-Thomas, Leonora Epstein, Meg Files, Roberta Franzheim, Josephine Franzheim, Rick Gilmore et Donald Craig de chez Rick's A/C & Radiator à Waco, au Texas, Doug Grant et Kathryn Van Dyke, Kate Griffin (tout particulièrement !), Amy Hagemeier, Sheyene Heller, Kelly Horan, Martha Kennedy d'AJ's, à Tucson, dans l'Arizona, Stephanie Pearmain, Richard Podolsky, Flo et Georgie Neve, Karena Rice, Bennett Schuer, Aurelie Sheehan, Sue

Slutes, Isabelle Stone, Jut Wynn, Elaine Lembo et Herb McCormick.

Je suis extrêmement reconnaissant à Jennifer Haigh, dont les romans m'ont inspiré. Ainsi qu'à Richard Russo, que j'ai souvent observé griffonner dans ses carnets, dans différents cafés de Camden, dans le Maine. Grâce à lui, écrire est devenu à mes yeux une activité possible au quotidien.

Kate Griffin et Georgie Neve m'ont trouvé un agent littéraire extraordinaire, Patrick Walsh qui lui aussi – pendant ses vacances en Afrique – a pris la plume, pour me soumettre des propositions par centaines, à l'intérieur de mon énorme manuscrit qu'il a ainsi contribué à améliorer considérablement avant de parvenir à le vendre rapidement. Merci également à Clare Conville, Carrie Plitt, Alexandra McNicholl, Jake Smith-Bosanquet, Henna Silvennoinen, David Llewlyn, Dorcas Rogers et tous les autres chez Conville & Walsh. À Londres également : Gillian Stern, John et Sarah Standing, David et Anita Burdett.

Jamais un écrivain ne pourra suffisamment remercier ses éditeurs pour la foi qu'ils placent en lui : Sarah McGrath, chez Riverhead Books à New York, et Susan Watt chez Heron Books, à Londres ; merci également pour leurs conseils avisés pendant les dernières étapes d'écriture de ce livre. Chez Riverhead également, Sarah Stein ; et Jon Watt chez Heron. Je suis toujours impressionné par le travail des relecteurs et correcteurs, à qui je suis immensément reconnaissant. À New York : Anna Jardine, Martha Schwartz et Linda Rosenberg, et à Londres, Lizzie Dipple.

La Villa est une œuvre de fiction, toute ressemblance avec des personnes existant ou ayant existé ne serait que pure coïncidence. Néanmoins, en écrivant ce livre, j'ai pensé avec une grande affection à Nora,

Luis et Claudine Cumberlege. Ainsi qu'à plusieurs hommes et femmes que j'ai pu connaître de loin à Majorque lorsque j'étais jeune, des gens qui n'avaient certainement pas remarqué ce garçon qui les observait, pour leur redonner vie bien des années plus tard.

Cet ouvrage a été composé et mis en pages
par ÉTIANNE COMPOSITION
à Montrouge.

MIXTE
Papier issu de
sources responsables
FSC® C003309

10/18, une marque d'Univers Poche,
est un éditeur qui s'engage pour
la préservation de son environnement
et qui utilise du papier fabriqué à partir
de bois provenant de forêts gérées
de manière responsable.

Imprimé en France par CPI

N° d'impression : 3027320
X07118/01